Manuela

Astrid Ruppert
Wenn nicht jetzt, wann dann?

Astrid Ruppert

Wenn nicht jetzt, wann dann?

Roman

Marion von Schröder

Für den Mann, der alles zum Blühen bringt

$\mathcal{S}$ie trug schon ihr Nachthemd, als das Telefon klingelte. Da musste sich jemand verwählt haben. Annemie kannte niemanden, der nach 22 Uhr abends noch bei ihr anrufen würde. Kurz überlegte sie, ob sie überhaupt abnehmen sollte. Doch das Klingeln war hartnäckig. Wesentlich hartnäckiger als ihre Zweifel. Als sie den Hörer in die Hand nahm, wurde ihr zaghaftes »Hallo?« von dem aufgebrachten Wortschwall einer vage vertraut klingenden Stimme schier weggespült.

»Frau Hummel! Wie gut, dass ich Sie erreiche …«

Wörter wie: »Unfall«, »Krankenhaus«, »Termin«, »Hilfe«, und »dringend« drängten an Annemies Ohr. Das Wort »dringend« fiel sogar mehrfach. Und der Satz, den Annemie in der ganzen Flut von Sätzen, die binnen weniger Sekunden über sie hereinbrach, als den wichtigsten von allen ausmachte, war: »Sie müssen mich morgen vertreten!«

Dieser Satz hallte nach, da hatte Annemie den Hörer schon längst wieder aufgelegt. »Sie müssen mich vertreten!« Das Wort »bitte« war auch noch irgendwo dazwischen gefallen. Aber es war klar, dass es hier nicht um

Bitten ging. Dies war offensichtlich ein Notfall. Und Annemie Hummel, die ihr ganzes vierundsechzigjähriges Leben lang gelernt hatte, zu allem ja zu sagen, bekam das kleine, entscheidende Wörtchen »nein« einfach nicht über die Lippen.

Und genau deshalb begann sich von diesem Moment an, ihr gesamtes Leben zu verändern.

1

Liz hatte so gut wie gar nicht verschlafen, nur zehn Minuten. Oder vielleicht auch zwanzig. Höchstens zwanzig. Der Tag begann richtig gut, dachte sie, als sie sich nach einem Blick auf ihren Wecker aus dem Bett rollte und mit noch tapsigen Schritten ans Fenster trat, um hinauszuschauen, wie der heutige Morgen aussah. Sie streckte sich, um ihrem Körper klarzumachen, dass die Nacht nun endgültig vorbei war, und als sie den hellblauen Himmel über den Dächern entdeckte, stahl sich so etwas wie ein Lächeln in ihr verschlafenes Gesicht. Die Linden, die ihre Straße zu beiden Seiten säumten, zeigten in der blassen Morgensonne schon zarte Knospen. Bis zum Abend würden sie sich zu kleinen, grünen Blattpuscheln ausgewachsen haben.

Endlich, dachte Liz. Endlich wurde es Frühling. Der Winter war in diesem Jahr sehr ausdauernd gewesen. Viel zu ausdauernd für Liz, die eigentlich schon im Januar darauf wartete, dass es wärmer und bunter wurde in der Welt. Dieser erste, gerade aufkeimende Frühling war für Liz die schönste Zeit im Jahr. Man sah noch die dunklen, nackten Äste, die den ganzen Winter über kahl in den

Himmel geragt hatten, doch die lindgrünen Knospenbällchen kündigten den Sommer an und Sonne und eine von üppigem Grün bewachsene, lebendige Welt.

Gut gelaunt ging Liz in die Küche, wo sie das Radio anstellte, beim Kaffeekochen nur ganz wenig Pulver verschüttete und sich später auch nicht die Zunge verbrannte, als sie den Kaffee viel zu hastig trank, während sie gleichzeitig in ihre Kleider schlüpfte, um sich ausgehfertig zu machen. Morgens musste es schnell gehen, und vor allem musste sie, sobald sie fertig war, möglichst rasch und noch bevor das gerade im Radio laufende Lied endete, die Wohnung verlassen. Das war wichtig. Es war ein sehr wichtiges Zeichen für den Tag. Wenn es Liz gelang, innerhalb der Länge eines Liedes die Schuhe und die Jacke anzuziehen, ihre Tasche zu nehmen, an ihr Handy und an den Fahrradschlüssel zu denken und außerdem die Wohnungstür rechtzeitig hinter sich zuzuschlagen, bevor der Moderator wieder sprach, dann deuteten alle Vorzeichen darauf hin, dass sich der Tag in die richtige Richtung entwickeln könnte. Wenn sie nicht schnell genug war und der Moderator bereits irgendein Gewinnspiel ankündigte, standen die Vorzeichen eher schlecht, und wenn sofort nach dem Lied Werbung ertönte, dann war Liz schon kurz davor, zurück ins Bett zu gehen, noch ehe sie das Haus überhaupt verlassen hatte.

Aber dieser Tag ließ sich gut an. Liz brachte ihr Fahrrad um sieben Minuten nach neun vor der Bäckerei zum Stehen, wo sogar noch ein letztes Schokocroissant für sie in der Auslage wartete. Das Einzige, was gegen diesen Tag sprach, war die Tatsache, dass sie nicht auf Anhieb den richtigen Schlüssel für den Laden in die Hand bekam, aber sie hoffte, dass dieses eine, winzige, schlechte Omen nicht so sehr ins Gewicht fiel.

Liz hatte Erfahrungen mit Omen. An dem Tag, an dem sie ihre ehemalige beste Freundin mit ihrem ehemaligen zukünftigen Ehemann in ihrem ehemaligen gemeinsamen Bett erwischt hatte, hatten bereits verschiedene Vorzeichen den ganzen Tag über warnend auf etwas hingewiesen. Doch in ihrem glücklichen, verliebten Vorhochzeitstaumel hatte sie die Warnungen nicht ernst genommen, hatte keiner auf Rot schaltenden Ampel Glauben geschenkt, hatte gelacht, als ihr Lieblingscroissant ausverkauft war.

Und dann hatte sie plötzlich alle Zeichen verstanden. Als sie viel früher als geplant nach Hause gekommen war, wo sie und Jo schon seit einem Jahr zusammenlebten, und Claires Tasche gleich im Flur erkannt hatte, da hatte sie sich noch einen kurzen Moment lang darüber gefreut, dass Claire spontan zu Besuch gekommen war, aber nur einen sehr, sehr kurzen Moment lang.

Seit diesem Tag war ihr bewährtes Werteschema, nach dem sie immer gelebt hatte, verrutscht. Roten Ampeln maß sie nun eine wesentlich höhere und wegweisendere Bedeutung bei als Werten wie Freundschaft und Liebe.

Nachdem Liz beim dritten Anlauf den passenden Schlüssel für den Laden gefunden hatte, schloss sie die feuerwehrrote Tür auf, hinter der sich ihr kleines Reich befand. Liz hatte niemals im Leben daran gedacht, Hochzeitsplanerin zu werden. Hätte man sie weit vor dem Tag, an dem Claires Tasche im Flur ihr Leben verändert hatte, gefragt, ob sie eine kleine Agentur für Hochzeiten führen wolle, sie hätte dankend abgelehnt und die Idee als irgendwie ganz süß, aber insgesamt viel zu kitschig abgetan. Doch als sie in der unromantischsten Zeit ihres Lebens wie aus Versehen in dieses Geschäft hineingerutscht war, hatte sie zu allem Überfluss festgestellt, dass sie verdammt gut war im Planen von Hochzeiten. Nachdem ihre eigene Hochzeit auf so peinliche Art geplatzt war, hätte sie vor Wut darüber in die Luft gehen können, dass ausgerechnet sie Opfer eines solch plumpen Klischees hatte werden müssen. So etwas kam in Seifenopern vor, dass der Mann, den man liebte, einen kurz vor der Hochzeit mit der besten Freundin betrog, aber doch nicht im wirklichen Leben!

Und vor allem nicht in ihrem.

Der Schmerz über Jos Betrug und Claires Verrat kam erst später und war viel nagender und ausdauernder als die Wut. Liz wusste nicht, welcher Betrug sie mehr enttäuschte. Dass ihre beste Freundin sie hinterging oder dass der Mann, mit dem sie ihr Leben hatte verbringen wollen, so geschmacklos war, sie ausgerechnet mit ihrer Freundin zu betrügen. Bevor dieser Schmerz sie vollends lähmte, bot sie in der Tageszeitung ihre bis ins Detail liebevoll geplante eigene Hochzeitsfeier samt Brautkleid und Blumenschmuck, Pfarrer und Trauspruch an, und schon am Morgen des Erscheinungstages meldete sich ein entsetzlich verliebtes Pärchen und kaufte sie ihr ab. Sogar das Menü und den Lieblingsnachtisch ihrer Kindheit übernahmen die beiden, ohne ihn auch nur probiert zu haben. Den hatte ihre Mutter immer gemacht, wenn sie ihren Mädels – und sich – einmal etwas Gutes tun wollte: Grießflammeri mit Himbeersauce und gerösteten Mandelsplittern. Das verliebte Pärchen fand, das sei eine überaus reizende Idee. Und Liz wunderte sich, dass es ihr weniger ausmachte, ihr Brautkleid an eine fremde Frau zu verkaufen, als sich vorzustellen, dass diese ihren Lieblingsnachtisch aß. Sie wäre sich albern vorgekommen, das Menü zu ändern. Und doch war es ausgerechnet der Gedanke an die duftende Himbeersüße, die sich am Gaumen mit dem cremigen Flammeri vermischte, den sie nun am Tag ihrer geplanten Hochzeit nicht schmecken würde, der sie nachts ins Kissen schluchzen ließ.

Als Freunde dieses Paares kurz darauf ebenfalls heiraten wollten und in Erinnerung an deren gelungene Feier um Hilfe baten, verwiesen die glücklich Getrauten sie an Liz, und so setzte sich die Reihe der Empfehlungen fort. Es gab anscheinend eine ganze Menge glücklicher, heiratswütiger Paare. Und nicht alle Bräutigame schienen ihre Auserwählte so schamlos zu betrügen. Oder aber die Bräute kamen vor der Hochzeit einfach nie früher als erwartet nach Hause.

Zunächst war es nur ein Hobby, mit dem Liz die viele freie Zeit totschlug, die ihr plötzlich zur Verfügung stand, so ganz ohne Freund und ohne beste Freundin. Doch dann begann dieses Hobby immer mehr Raum zu beanspruchen, so dass sie sogar schon Urlaub nehmen musste, um die Organisation mancher Festivitäten zu bewältigen. Als ihre Wohnung von Tortenschmuck, Brautmodenkatalogen und Zetteltürmen irgendwann schier überquoll und wesentlich romantischer aussah als ihr eigentliches Leben, beschloss sie, dass es Zeit war, etwas zu ändern. Sie fasste sich ein Herz, zog in eine neue Wohnung, in der sie nichts mehr an Claire oder Jo erinnerte, kündigte ihren Job als Sekretärin und gründete »Hochzeitsfieber«. Eine

Agentur für Hochzeitsplanung von der kleinen, intimen Feier bis zum Riesenevent, je nach Wunsch und Portemonnaie. Schließlich wusste sie genau, wie man sich als Braut fühlte: Sie kannte die heimlichen Wünsche der jungen Frauen, die nach außen ganz cool und selbstbewusst auftraten, aber trotzdem von einer Cinderella-Hochzeit wie aus dem Bilderbuch träumten. Sie kannte all die romantischen, kleinen Sehnsüchte, die vom Zukünftigen erfüllt werden mussten, am besten ohne dass je ein Wort darüber gefallen war. Liz half den Bräuten dabei, ihre Wünsche zu erkennen, und den Bräutigamen, ihren Bräuten jeden Wunsch von den Augen abzulesen, indem sie heimlich für sie simultan übersetzte. Alle waren glücklich, und Liz' Kasse klingelte. Und sie fand, dass es genau darauf ankam. Eine gute Geschäftsidee zu haben und damit erfolgreich zu bestehen. Aus der dunkelsten Stunde ihres Lebens hatte sie etwas gemacht. Andere legten sich ins Bett und weinten sich die Augen aus dem Kopf. Das hatte Liz zwar auch getan, aber sie hatte das Gefühl nicht überhandnehmen lassen. Überhaupt hatte sie Gefühle seitdem nicht mehr überhandnehmen lassen. Darauf war sie stolz. Sie würde nicht mehr an Hochzeitsfieber erkranken. Das wusste sie. Doch sie würde andere, die von diesem Fieberwahn befallen waren, mit dem ihr eigenen Perfektionsanspruch aufs Beste durch diese Krankheit hindurch begleiten.

Als sie den Laden gefunden hatte, war sie begeistert: Genau der hatte es sein müssen. Direkt an der Ecke eines hübschen Jugendstilhauses führten drei Treppenstufen zu einer Tür, die links und rechts von jeweils einem raumhohen Fenster flankiert war. Zunächst wollte Liz den

Laden ganz sachlich halten und die gesamte Romantik auf Abruf in Schubladen und ordentlich sortierten Regalen verstauen. Aber Liz war nicht wirklich sachlich, und sie war noch weniger ordentlich. Sie sammelte alles, was sie zu Ideen inspirieren könnte, sie hatte von allem eine Probe und ein Muster und ein Bild, Brautmodenläden liehen ihr Kleider, Menükarten türmten sich unter Fotos von Hochzeitstafeln und Brautsträußen, und bald schon war Hochzeitsfieber der Name, den Brautleute in den Mund nahmen, wenn sie mehr Geld hatten als eigene Ideen. Ausgerechnet Liz, die Hochzeiten und Liebe und dem ganzen Für-immer-und-ewig-Kram mit ehernem Zynismus gegenüberstand, war plötzlich die Galionsfigur der gelungenen Hochzeit.

Und weil Liz die süße Sehnsucht nach ewiger Zweisamkeit nur zu gut kannte und ihr niemals, nie niemals nie wieder erliegen wollte, kaufte sie sich für jede veranstaltete Hochzeit ein Paar Schuhe. Zum Weglaufen. Sollte jemals wieder ein interessanter Mann ihren Weg kreuzen und ihr etwas von Liebe erzählen: Der gesammelte Inhalt ihres geräumigen Schuhregals würde sie an Flucht gemahnen. So fühlte sie sich sicher, schließlich erschien man niemals barfuß zum Rendezvous.

Liz warf ihre Tasche auf den Stuhl neben der Tür, packte ihr Schokocroissant aus und ging zielstrebig zum Anrufbeantworter, dessen rotes Lämpchen sie schon fröhlich anblinkte. Sie liebte es, wenn dieses Lämpchen blinkte. Es hieß, dass es etwas für sie zu tun gab, dass man sie brauchte und dass der Laden lief. Während sie die Nachrichten abhörte, biss sie in ihr Croissant und machte sich Notizen. Die erste Nachricht war von der Metzgertochter, die bereits sehr bald heiraten wollte und sich Sorgen um das Hochzeitsmenü machte, denn ihr Zukünftiger war Vegetarier und die Eltern sicher beleidigt, wenn die ausladenden Bratenplatten unberührt an ihm vorbeizogen. Die nächste Stimme gehörte einem Bräutigam, der fragte, ob sie ihm Walzernachhilfe geben könne, der Gedanke an den Hochzeitswalzer verursache ihm Bauchschmerzen, und eine etwas hysterische Anruferin bat um Rückruf, sehr dringenden Rückruf. Liz vermutete, dass die schrille Stimme zu der Mutter einer jungen Frau gehörte, die in ganz kleinem Rahmen heiraten wollte, winzige Kapelle, kaum fünfzehn Gäste unter der großen Kastanie in ihrem eigenen Garten, während die Frau Mama gleich ein Schlösschen mieten wollte, um vor all ihren weitläufigen und noch weitläufigeren Bekannten mit dem Glück ihrer Tochter anzugeben. Wenn Liz sich recht erinnerte, dann fand diese Hochzeit bereits in weniger als zwei Wochen statt, die Mutter gehörte anscheinend zu dem Typ, der nie aufgab. Arme Tochter, dachte Liz seufzend und machte sich eine Notiz, dass sie die Tochter nachher dringend anrufen musste. Noch dringender als die Mutter, denn: Wessen Hochzeit war es letztendlich? Sie horchte auf, als sie eine sonore Männerstimme sprechen hörte, die sehr höflich um Rückruf bat, um einen Termin zum Kennenlernen zu vereinbaren.

»Sie müssen verzeihen«, sagte die angenehme Stimme, die vor allem im Vergleich zu den anderen Anrufern auf dem Band in geradezu erhabener Gelassenheit ruhte, »aber ich möchte mir gerne ein persönliches Bild von Ihnen machen, bevor ich Ihnen die Ausrichtung der Hochzeitsfeierlichkeiten für meine Tochter anvertraue.«

Als er seinen Namen nannte, verschluckte sich Liz fast am letzten Bissen ihres Croissants. Winter. Das war doch nicht etwa *der* Winter. Erster Juwelier am Platz. Traditionsbetrieb. Alteingesessene Familie. Eine Tochter. Junges Ding. Ob da überhaupt Liebe mit im Spiel war? Sie hatte vor einiger Zeit in der Lokalzeitung über die Verlobung gelesen. Winter! Das war der Geldadel! Liz war schon so manches Mal am Schaufenster des Ladens vorbeigebummelt. Die Ringe im Fenster kosteten schnell mal mehr als ein Kleinwagen, und für einige der Ketten könnte man sogar eine Wohnung erwerben. Vielleicht nur eine kleine Wohnung, aber immerhin. Wenn Liz dort etwas kaufen wollte, dann könnte sie höchstens einen der kleinen Geschenkkartons erwerben, in denen die funkelnden Juwelen verpackt wurden. Wobei die wahrscheinlich noch nicht einmal käuflich waren. Bei Juwelier Winter bekam sie schnell das Frühstück-bei-Tiffany-Gefühl. Wenn sie die Winters als Kunden haben könnte, würde sie in eine völlig andere Galaxie katapultiert werden. »Keine Angst«, murmelte Liz zum Anrufbeantworter. »Ich werde immer wieder gerne eine intime, nette Hochzeit unter der heimischen Kastanie organisieren.« Für ein paar bunte Flipflops genügte das allemal. Aber Juwelier Winter. Das bedeutete Manolos. Oder Stuart Weitzmans. Oder am besten gleich jeweils ein Paar von beiden. Und sie wusste auch schon genau welche. Sie wischte sich die Krümel vom Mund, richtete sich gerade auf, lächelte breit, um dynamischer zu klingen, und wählte die Nummer, die Herr Winter ihr hinterlassen hatte.

Sehr zuvorkommend entschuldigte er sich nochmals, dass er vor der Vergabe des Auftrags mit ihr selbst sprechen wolle. Seiner Tochter sei Liz wärmstens empfohlen worden, man habe regelrecht von ihr geschwärmt, aber gerade die Tatsache, dass sie allem Anschein nach besonders »angesagt« sei, ließe ihn aufhorchen, ob sie denn auch mit den eher klassischen Anforderungen, die seine Familie an eine Hochzeitsplanerin stellte, Erfahrung habe.

Liz versicherte, dass sie Aufträge sowieso grundsätzlich nur nach persönlichen Gesprächen annehme. Schließlich handele es sich um den schönsten Tag im Leben einer Braut und um einen sehr wichtigen Tag für die betreffenden Familien, und sie würde die Planung nur übernehmen, wenn sie sich sicher sei, den gewünschten Stil und Geschmack komplett treffen und alles zur besten Zufriedenheit aller Beteiligten ausführen zu können. Egal um welchen Stil es letztendlich ging, an diesem Tag musste alles perfekt sein.

Als sie aufgelegt hatte, holte sie tief Luft und stieß einen Jubelschrei aus. Morgen um elf Uhr gaben sich Juwelier Winter und seine Tochter Nina die Ehre, sie in ihren Geschäftsräumen in der Mörikestraße aufzusuchen. Morgen um elf!

Liz sah sich im Spiegel an und dachte, dass sie dann unbedingt etwas anderes anziehen müsse als heute. Etwas Seriöseres. Vielleicht müsste sie sogar noch einkaufen gehen, um etwas richtig Winter-Seriöses zu erstehen. Dieses Kleid ging schon einmal gar nicht. Sie trug ein grüngrau dschungelgemustertes Wickelkleid, darunter blitzte ein rotes Hemdchen hervor, und weil ihre graue Strumpfhose in der Wäsche war und ihre grüne Strumpfhose eine böse Laufmasche hatte, hatte sie die lilaschwarz gestreifte Strumpfhose angezogen. Das Rot ihres Lippenstifts ähnelte zwar entfernt dem Rot ihrer Schuhe, doch sie sah insgesamt kunterbunt aus. Die Riemchen am Knöchel ihrer dunkelroten Lederpumps erinnerten sie immer an Mary Poppins, ihren absoluten Lieblingsfilm, weshalb sie die Schuhe nach einer ihrer ersten geplanten Hochzeiten für viel zu viel Geld gekauft hatte. Wenn sie doch nur auch den Aufräumzauber von Mary Poppins beherrschte, dann könnte sie jetzt einfach losträllern, ein bisschen tanzen, dazu mit den Fingern schnipsen, und ihr Laden wäre für morgen vorbildlich aufgeräumt und sie vorbildlich angekleidet. Man sollte mehr Schwarz tragen, dachte sie, als sie in den Spiegel sah. Da passte wenigstens immer alles zusammen, und man sah einfach elegant aus. Außerdem machte Schwarz so schön schlank. Andererseits, sie betrachtete sich kritisch im Spiegel, war dann eben immer alles so schwarz.

Liz nahm lieber ein quietschbunt gemustertes Tuch vom Treppengeländer, das zu der kleinen Galerie auf halber Höhe ihres Ladens führte, band sich ihre dunklen Haare zu einem Pferdeschwanz zusammen und schlug ihren Kalender auf. Sie musste alle Anrufer zurückrufen und dringend die Einladungen für die jungen tt-Schmitts aus der Druckerei holen. Sie betete, dass ihr Drucker, Herr Frank, sie nicht für dt-Schmidts gesetzt hatte, aber wie sie ihn kannte, standen die Chancen fünfzig zu fünfzig. Eine Francine d'Harnoncourton-Beaulieu würde er garantiert fehlerfrei setzen. Die häufigsten Fehler unterliefen ihm bei den ai- oder ei-Meiers, die dann letzten Endes doch mit Ypsilon geschrieben wurden. Da sie ihn schon lange kannte, gab sie ihm die Aufträge immer früh genug, damit noch genügend Zeit für Korrekturen war.

Sie gab zu, dass sie schon das eine oder andere Mal überlegt hatte, den Drucker zu wechseln. Aber sie mochte Herrn Frank. Er zerbrach sich den Kopf über die richtige Nuance von Grün für das Kränzchen, das eine Tischkarte zieren sollte, oder änderte Abstände, damit Schriften harmonischer wirkten. Was war dagegen ein falsches t? Seine Fehler gingen ihm stets sehr zu Herzen, er war der sorgfältigste Fehlermacher, den Liz kannte. Allein dafür blieb sie ihm treu. Liz war sowieso von der treuen Sorte. Wenn sie sich einmal für jemanden entschieden hatte, dann blieb sie auch dabei. Claire war seit über fünfundzwanzig Jahren ihre beste Freundin gewesen. Liz hatte niemals zwei oder drei beste Freundinnen gehabt. Claire war die einzige, und sie wäre es auch ein Leben lang geblieben. Sie wäre auch bei Jo geblieben. Immer. Und aus diesem Grund blieb sie bei ihrem Drucker. Auch wenn er manchmal die Buchstaben versetzte. Das gehörte in die Rubrik kleine Fehler, über die sie großzügig hinwegsehen konnte.

Sie musste unbedingt daran denken, Frau Hummel anzurufen, um sie daran zu erinnern, bei der Torte für die morgige Hochzeit im Dekor etwas sachlicher zu bleiben. Frau Hummel war vielleicht manchmal etwas umständlich und altbacken und ihre Auffassung von Romantik mochte manchmal hart am Kitsch entlangstreifen, aber wenn Liz ehrlich war, dann war Frau Hummel ein wahrer Goldschatz. Als Liz in die Spohrstraße gezogen war, nachdem sie ihre alte Wohnung hatte verlassen müssen, und mit einer gewissen Verzweiflung versucht hatte, eine leere Wohnung mit Leben zu füllen, hatte nach zwei, drei Tagen eine wundervolle kleine Schokoladentorte mit einem weiß geschwungenen Willkommensschriftzug vor der Tür gestanden. Eine Bordüre aus weißer Schokolade mit silbernen Liebesperlen hatte einen grünen Pistazienrasen eingefasst, auf dem kleine Zuckerveilchen blühten, und Liz waren die Tränen in die Augen geschossen. Ihre eigene Hochzeitstorte hatten andere gegessen. Aber nun hatte sie völlig überraschend eine viel schönere Torte geschenkt bekommen. Als sie an der Tür der Nachbarin Sturm geklingelt hatte, stand sie mit einem Mal vor einer farblosen, unscheinbaren Frau, der sie dieses süße Meisterwerk niemals zugetraut hätte.

»Ich hoffe, Sie mögen Kuchen«, hatte sie schüchtern gelächelt. »Ich backe nämlich schrecklich gerne. Und ich dachte, auf gute Nachbarschaft ...«

Liz hatte Frau Hummel gleich auf ein Stück Torte zu sich eingeladen, und ihr war plötzlich aufgefallen, dass aus der Farblosigkeit ihrer äußerlichen Erscheinung unglaublich strahlende blaue Augen hervorblitzten. Während sie zusammen in Liz' kleiner Küche saßen, in der sich die unausgepackten Kartons nach wie vor stapelten, und den Schokoladenkuchen löffelten, der noch besser schmeckte, als er aussah, obwohl das eigentlich absolut unmöglich erschien, hatte Liz ihr von ihrer Hochzeitsplanerei erzählt und sie spontan gefragt, ob sie nicht für die nächste Hochzeit die Torte backen wollte. Frau Hummels Augen hatten kurz aufgeleuchtet, doch dann hatte sie sehr aufgeregt widersprochen. Sie könne das gar nicht, das Backen sei nur ein Steckenpferd, aber sie könne das wirklich nicht, nein. Liz hatte sie richtiggehend überreden müssen. Als sie ihr dann noch den Preis nannte, den sie ihr dafür bezahlen würde, hatte sich die arme Frau Hummel fast verschluckt.

Seitdem backte Frau Hummel Kuchen und verwandelte sie für Liz in wunderbare Hochzeitstorten. Es konnte vorkommen, dass darauf weiße Taubenpärchen Marzipanröschen im Schnabel trugen und kleine Liebespaare aus Plastik umflatterten, die in der Mitte der Torte aus kleinen aufgemalten Augen starr geradeaus guckten, als hätten sie soeben etwas gesehen, was ihnen das Lächeln auf dem Gesicht gefrieren ließ.

»Weniger ist mehr, liebe Frau Hummel!«, pflegte Liz ihrer Tortenbäckerin zu predigen, und meist gelang es ihr, sie zu überreden, die Idee mit den Marzipanröschen für die nächste Torte zu nehmen, und die Idee mit den rosa Zuckergussherzen für die übernächste. Ihre üppigen Torten verzauberten jedoch jede Gesellschaft, sobald sie hereingetragen wurden. Man sah ihnen einfach an, mit wie viel Liebe und Sorgfalt sie dekoriert worden waren. Frau Hummel würde niemals auf die Idee kommen, bereits vorgeformte Marzipanrosen zu verwenden. Sie knetete und modellierte alles selbst. Liz vermutete, dass eigentlich eine bildende Künstlerin in ihr steckte, die sich nie so recht hervorgewagt hatte und sich nun in Marzipan und buntem Zuckerfondant austobte. Kürzlich hatte sie die Hochzeit für eine junge Schneiderin ausgerichtet, und Frau Hummel hatte eine Torte als Knopfschachtel dekoriert, die so aussah, als ob unzählige, verschieden große, rosa und rote Zuckergussknöpfe aufgenäht waren. Seit sie zusammenarbeiteten, wurden auch die Kuchen, die unter der Dekoration steckten, immer besser. Nie zuvor hatte Liz so saftigen Schokoladenkuchen, so lockeren Biskuit und so fein abgestimmte Petit Fours gegessen. Seit Liz ihr einmal gestanden hatte, dass sie eine Schwäche für Petit

Fours habe, bekam sie immer wieder ein Tellerchen mit drei, vier kleinen bunten, mit Schokoschnörkeln und Zuckerperlen verzierten Würfeln.

»Ach, die sind nur zum Probieren. Da ist mir die Dekoration nicht richtig gelungen«, winkte Frau Hummel jedes Mal schamhaft ab, wenn Liz ihr dankte. »Ich wollte mal testen, ob es besser schmeckt, wenn man Himbeer- mit Johannisbeergelee mischt und ein paar Tropfen Amaretto in das Marzipan gibt.«

Liz beschloss, Frau Hummel zu fragen, ob sie noch ein paar Petit Fours vorrätig hatte. Die würde Liz dem Juwelier morgen anbieten. Als kleinen Vorgeschmack auf alles, was man bei ihr bekommen konnte.

Liz sauste durch ihren Tag. Beflügelt von dem Gedanken an den morgigen Termin, gelang es ihr sogar, den großen Tisch leer zu räumen und alle dort befindlichen Katalog- und Papierstapel einzusortieren. Als sie losging, um frischen Kaffee zu besorgen, atmete sie fröhlich die Frühlingsluft ein, die nach dem langen Winter so grün und frisch roch, dass man tatsächlich spürte, wie die gesamte Natur wieder begonnen hatte, zu wachsen und zu sprießen. Sie kaufte einen ganzen Korb voller blauer Hyazinthen und stellte sie in die Mitte des hellen, leeren Tisches. Sie bedufteten den Laden bis in die hinterste Ecke. Der Tisch müsste immer so aufgeräumt sein, dachte Liz, und es sollten immer frische Blumen darauf stehen. Sie war so gut gelaunt, dass sie die Laufmasche, die sie sich in ihre Strumpfhose riss, als sie einen Stoß Ordner im hintersten Regal verstauen wollte, nicht als böses Omen wertete. Genauso wenig Beachtung schenkte sie im Überschwange dieses Tages der Tatsache, dass das Pizzastück, das sie später bei der kleinen Stehpizzeria an der Ecke holte, ihr ausgerechnet mit dem Belag nach unten auf den Boden fiel. An anderen Tagen hätte Liz diese Zeichen vielleicht beachtet, hätte innegehalten und ihr Tempo gedrosselt. Doch das Einzige, was an diesem lauen Frühlingstag das Tempo bremste, und das sehr abrupt, waren die Reifen des Autos, das Liz' Fahrrad unsanft erwischte, während sie auf ihrem Heimweg abends viel zu schnell und fröhlich pfeifend um die Ecke bog. Diese Reifen quietschten unschön, und Liz hörte den schrillen Ton noch immer in ihren Ohren nachhallen, während sie zum ersten Mal in ihrem Leben einen Notarztwagen von innen sah.

»Da haben Sie aber verdammtes Glück gehabt«, sagte der Sanitäter, der auf der Fahrt ins Städtische Krankenhaus neben ihr saß.

Liz blickte starr nach oben und dachte nur, das dürfe doch alles nicht wahr sein. Als sie den Kopf drehte, um zu schauen, wer hier diesen Blödsinn redete, schrie sie vor Schmerz auf. Ihr tat alles weh. Alles. Sie wusste gar nicht, dass ihr Körper so viele Stellen hatte, die so weh tun konnten.

»Glück?« Liz war verzweifelt. »Was verstehen Sie denn unter Glück? Für mich ist das Pech. Schwarzglänzendes Pech! Mein Hinterteil tut höllisch weh, ich weiß gar nicht, wie ich es überhaupt aushalten kann, auf meinem Rücken zu liegen, mein Arm brennt wie Feuer, und wo ist eigentlich mein Fahrrad?«

»Machen Sie sich mal keine Sorgen um Ihr Rad, das lässt sich ersetzen, aber Ihr Kopf nicht. Und der sitzt noch fest. Also würde ich mal sagen: Glück gehabt!«

Der Sanitäter beugte sich über sie und kontrollierte den Sitz der Halskrause, die man ihr sofort angelegt hatte.

»Sie sind mit dem Kopf auf Ihren Arm gefallen, deshalb können Sie wenigstens noch schimpfen. Die Leute, die hier drinnen schimpfen können, haben alle Glück gehabt. Richtig schlecht geht's denen, die keinen Piep mehr sagen, wenn sie hier auf der Trage liegen. Die haben Pech. Sie nicht. Das Bein kann man auch wieder zusammenflicken.«

Liz verstand nicht gleich. Das Bein? Was war denn mit ihrem Bein?

»Alles relativ«, brummte der Sanitäter. »Alles. Ich geb Ihnen mal was gegen die Schmerzen.«

Sie wollte gerade fragen, was mit ihrem Bein sei, als sie spürte, wie eine kühle Flüssigkeit sich von ihrer Armbeuge her auszubreiten begann, und schon wenige Kurven später waren die Schmerzen viel weniger spitz und ihr gesamtes Denken fühlte sich weicher an, schwerer, ihre Wut löste sich in dumpfe Wolken auf, die sich wie ein Nebel um sie herum senkten, und sie hatte Schwierigkeiten, die Augen offen zu halten. Träumte sie, dass sie jetzt gerade ins Krankenhaus fuhren, dass die Türen sich öffneten und sie schaukelnd aus dem Inneren des Wagens herausgerollt wurde? Sah sie tatsächlich den Himmel, der sich schon in einem dunkleren Blau färbte, und hörte sie tatsächlich diese Amsel in den Abendhimmel hinein singen, oder bildete sie sich das alles nur ein? Liz wusste noch, dass ein Arzt nach ihr gesehen hatte, dass sie geröntgt wurde, dass zwei Menschen sich über Steiß und L1 und L2 und über eine komplizierte Unterschenkel-Fraktur unterhielten, aber sie war sich nicht sicher, um wessen

Steiß es hier ging und um welchen Unterschenkel, und es war ihr auch alles egal.

Später hörte sie eine freundliche Stimme, die jemanden fragte, ob man Angehörige für sie benachrichtigen solle. Sie wunderte sich, dass anscheinend niemand auf diese oft und laut und deutlich wiederholte Frage antwortete, bis sie auf die Idee kam, dass ja vielleicht sie gemeint sein könne. »Ich?«, krächzte sie mit einem verwunderten Ton und fand, dass ihre Stimme so klang, als ob sie gar nicht zu ihr gehörte.

»Wartet jemand auf Sie? Macht sich jemand Sorgen, weil Sie nicht nach Hause kommen? Gibt es eine Nummer, die wir anrufen können?«

Das waren viele Fragen auf einmal, und Liz brauchte eine Weile, bis sie in diesem Nebel, der in ihrem Kopf herrschte, alles geordnet hatte. Niemand machte sich Sorgen, wenn sie nicht nach Hause kam. Sie lebte alleine. Sie wollte jetzt auch nicht, dass sich jemand anders Sorgen machte. Ihre Schwester oder ihre Mutter brauchten heute nicht von diesem dummen Unfall zu erfahren, denn morgen war doch alles wieder gut.

»Morgen ist doch alles wieder gut?«, fragte Liz und dachte, dass da etwas gewesen war, an das sie sich unbedingt erinnern musste, morgen war etwas wirklich Wichtiges gewesen.

»Junge Frau, stellen Sie sich mal drauf ein, dass wir Sie eine Weile hierbehalten müssen. Und ob das von alleine besser wird oder ob wir operieren, das wird morgen der Doktor entscheiden.«

Und in diesem Moment fiel ihr alles wieder ein. Herr Winter. Und seine Tochter Nina.

»Ich muss morgen aber arbeiten«, rief Liz. »Ich muss in den Laden. Ich habe extra Hyazinthen gekauft, ich habe morgen den wichtigsten Termin, den allerwichtigsten …«

Für einen Moment war es so, als ob der Nebel in ihrem Denken aufriss und sie ganz klar erkennen konnte, in welch einem Schlamassel sie saß. Oder vielmehr: lag. Da hatte sie morgen endlich die Chance, ein Entree zu den besseren Kreisen zu bekommen, der Moment, auf den sie immer gehofft hatte, eine richtig große Hochzeit, Geld, Champagnerzelte, Journalisten, und da lag sie wie ein Käfer hilflos auf dem Rücken im Krankenhaus. Sie spürte, wie ihr heiße Tränen in die Augen schossen und ein Schluchzen in ihr aufstieg. War das alles ungerecht.

»Kann Sie denn jemand vertreten?«, fragte die nette Stimme, und als Liz verzweifelt den Kopf schüttelte, mahnte die Schwester sie, jetzt mal nicht gleich zu verzweifeln.

»Es gibt immer eine Lösung. Haben Sie Bekannte, die mal einspringen können?«

Liz schüttelte wieder den Kopf. »Die arbeiten alle selbst.«

»Schütteln Sie lieber nicht den Kopf. Am besten liegen Sie ganz still.«

Und da spürte Liz auch schon, warum sie besser ganz still liegen sollte. Jede kleinste Drehung ihres Halses setzte sich schmerzhaft über den ganzen Rücken bis zu ihrem Steißbein fort. Wahrscheinlich war der Steiß, von dem vorhin die Rede gewesen war, doch der ihrige gewesen.

»Na, wer wird denn da weinen, gibt es nicht Mitarbeiter, die für Sie übernehmen könnten?«

Die nette Schwester tupfte ihr die Tränen aus dem Gesicht, die direkt hinter ihre Halskrause flossen. Liz wollte gerade sagen, dass sie ganz allein sei, ganz und gar allein, da kam ihr ein Gedanke. Es war nicht optimal, es war wirklich nur eine Notlösung, eine absolute Notlösung. Aber es war besser als nichts.

Die Schwester holte das Telefon, wählte für sie die Nummer, und dann hörte Liz ein erstauntes »Hallo« am anderen Ende, und sie versuchte Frau Hummel klarzumachen, um was es morgen ging. Während des kurzen Gesprächs spürte Liz, wie die Nebelwolken sich wieder zusammenzogen, um sie in dichte Schwaden einzuhüllen, und sie versuchte doppelt so schnell zu sprechen, um noch alle wichtigen Informationen loszuwerden. Vor allem an die Petit Fours sollte sie denken. Unbedingt. Dringend. Und dann verlor Liz den Faden, und die Schwester nahm ihr den Hörer aus der Hand und legte ihn auf ihren Nachttisch.

»So, und jetzt schlafen Sie mal schön und machen sich keine Sorgen. Das wird schon.«

Die Schwester wusste zwar nicht, warum Petit Fours so dringend sein könnten, dass ihre Patientin beinahe noch mal in Tränen ausgebrochen wäre, aber man steckte eben nicht in der Haut von anderen. Außerdem stand das Mädel sicher unter Schock. Und wer konnte schon wissen, was dieser Herr Winter wohl für einer war und warum er unbedingt Petit Fours brauchte. Das waren doch diese klebrigen, süßen, kleinen, bunten Würfel. Sie dachte bei Petit Fours immer an ältliche, fast lila gelockte Tanten, die es heute eigentlich fast gar nicht mehr gab. Die Sorte, die ohne Handschuhe das Haus nicht verließ und mit Handtasche auf dem Schoß im Café ein Kännchen Hag bestellte. Und dazu Petit Fours.

Annemie Hummel goss sich auf diesen Schrecken erst einmal ein kleines Gläschen Kirschlikör ein. Kirschlikör hatte Annemie immer im Haus, weil er so schön süß war und nicht so furchtbar nach Alkohol schmeckte wie andere alkoholische Getränke, aber trotzdem ein bisschen beruhigte. Von innen. Von der Magengegend her, die stets am meisten zitterte, wenn sie aufgeregt war. Außerdem mochte sie die dunkelrote Farbe. Allein das tiefrote Glas anzuschauen erzeugte bei ihr eine gewisse innere Zufriedenheit. Das erste Gläschen trank sie ziemlich schnell, damit es rasch in besagter Magengegend seine wohltuende Wirkung entfalten konnte, und mit dem zweiten Gläschen setzte sie sich in den Sessel, in dem Rolf immer gesessen hatte, und dachte nach. Jetzt hatte sich das innere Flattern zwar etwas beruhigt, aber sie hatte dennoch keine Ahnung, was sie machen sollte. Sie konnte doch nicht einfach jemanden vertreten. Vor allem nicht morgen. Sie konnte doch gar nichts! Was sollte sie bloß tun? Sie nippte noch einmal an ihrem Gläschen und blickte aus dem Fenster hinaus in die nächtliche Dunkelheit, die genauso ratlos zurückschaute.

Annemie hatte viele Eigenschaften. Zum Beispiel war sie sehr hilfsbereit, sie war pflichtbewusst und zuverlässig. Doch eines war sie ganz gewiss nicht: spontan. Spontaneität war nichts, das Annemie in ihrem in stets geregelten Bahnen verlaufenen Leben je gefehlt hätte. Sie glaubte nicht an Veränderung. Annemie hielt Routine, Wiederholung und Ordnung für segensreicher als Veränderung, Abwechslung und Durcheinander. Wenn es in ihrem Leben Veränderung gegeben hatte, dann hatte es nicht immer zu einer Verbesserung ihrer Lebensumstände geführt. Sie hegte deshalb allem Neuen gegenüber eine große Skepsis, es war ihr einfach lieber, am Bewährten festzuhalten. Es erfüllte sie mit Zufriedenheit, wenn ihre Geschirrtücher sorgfältig gebügelt und auf Kante gefaltet im Schrank lagen, wenn ihre Blusen auf Polsterbügeln hingen, das Besteck in der Schublade ordentlich aufgereiht war, und die Fransen an ihrem Teppichläufer frisch gebürstet in eine Richtung zeigten. Es erfüllte sie mit tiefer Zufriedenheit, wenn sie wusste, was in einer Stunde oder in vier Stunden, morgen oder übermorgen geschehen würde. Unbekanntes machte ihr Angst. Wie eine Schnecke, deren Fühler man berührt, zog sie sich rasch in ihr Schneckenhaus zurück und dachte nicht im Traum daran, so etwas wie Spannung oder Vorfreude zu empfinden.

Annemie lebte seit zweiundvierzig Jahren in der Spohrstraße Nr. 11. Seit ihr Rolf sie damals mit Schwung über die Schwelle getragen hatte, in ihre Dreizimmerwohnung mit Balkon und orangebraunen Streifentapeten, hatte sich nur sehr wenig verändert. Die Tapeten hatten nun dezentere Muster als damals, und die kaputten Elektrogeräte waren durch neue ersetzt worden, aber Rolf war, selbst als er noch lebte, nicht mehr auf die Idee gekommen, seine Annemie irgendwohin zu tragen. Von Schwung ganz zu schweigen. In ihrer Wohnung war ansonsten zweiundvierzig Jahre lang nichts verändert worden. Warum sollte sie ihre Einbauküche, die einmal sehr schick und zudem teuer gewesen war, durch eine neue ersetzen? Und die Polstergarnitur im Wohnzimmer war auch noch gut. Nach Rolfs Tod hatte sie selbst im Schlafzimmer nichts verändert. Es wäre ihr seltsam erschienen, das Doppelbett zu teilen oder gar ein kleines Einzelbett in das Zimmer zu stellen. Am Anfang hatte sie sogar noch Rolfs Bettdecke mitbezogen. Doch mittlerweile ließ sie die Seite frei, auf der er geschlafen hatte, und benutzte sie als Ablage für ihre vielen Liebesromane, in denen sie Abend für Abend versank, um ein bisschen von dem Leben zu träumen, das sie selbst nicht hatte leben können. Und noch etwas war all die Jahre über konstant gleich geblieben: Annemie hatte sich an Rolfs Seite beinahe genauso einsam gefühlt wie nach seinem Tod. Fast hatte es sich sogar richtiger angefühlt, dass er nicht mehr da war. Denn die innere und die äußere Einsamkeit passten seitdem besser zusammen.

Während Liz im Krankenhaus einen traumlosen, schmerzmittelgedämpften Schlaf schlief, in dem alles, was sie erlebt hatte, dem dumpfen Vergessen anheimfiel, warf sich Annemie die ganze Nacht über unruhig hin und her und schlief nur wenig. Wenn sie schlief, dann träumte sie für zwei. Annemie träumte die nichterholsame Art von Träumen. Die Art von Träumen, in denen man ganz klein vor einem großen Komitee stand, um geprüft zu werden, aber weil diese Prüfung viel zu früh stattfand, war man überhaupt noch nicht darauf vorbereitet; Träume, in denen eine ganze Gesellschaft voller Gäste in die Wohnung einfiel, und als Annemie die Speisekammer öffnete, um die kalten Platten herauszuholen, befand sich darin nur ein winziges Tellerchen mit einem einzigen zartrosafarbenen Petit Four, das sie dann beschämt zu den Gästen trug. Zum Glück wachte sie auf, bevor sie das Wohnzimmer erreichte.

Als es allmählich anfing zu dämmern, gab sie den Gedanken an Schlaf völlig auf und stieg aus ihrem Bett, um dieser unruhigen Nacht ein Ende zu setzen. Normalerweise stand sie immer um die gleiche Zeit auf. Dazu benötigte sie keinen Wecker. Um fünf vor sieben öffnete sie automatisch die Augen, blieb aber noch im Bett liegen, bis sie um sieben Uhr die Kirchenglocken läuten hörte, und ging dann im Bademantel in die Küche, um sich ihren Kaffee zu kochen. Das machte sie seit zweiundvierzig Jahren so. In all diesen Jahren hatte es nur wenige Ausnahmen gegeben, an denen diese gewohnte Routine durcheinandergebracht worden war. Kein einziger dieser Tage war ein guter Tag gewesen. Und an keinen einzigen davon dachte sie gerne zurück. Annemie befürchtete, dass auch der heutige Tag dazugehören würde. Aber sie versuchte, jetzt nicht daran zu denken, sondern an ihrem gewohnten Ablauf festzuhalten. Auch wenn heute alles fast zwei Stunden früher stattfand als sonst. Sie stellte die Kaffeemaschine an und schnitt sich zwei Scheiben Brot ab. Annemie frühstückte immer zwei süße Scheiben Brot, und deshalb hatte sie stets zwei Marmeladen geöffnet. Eine helle und eine dunkle. Im Moment waren es zwei Gläser mit goldenem Quittengelee und dunkelvioletter, fast schwarzer Brombeermarmelade. Selbstgemacht natürlich. Auf Annemies Frühstückstisch hatte noch nie ein

Glas gekaufter Marmelade gestanden. Während die Kaffeemaschine glucksend durchlief, deckte sie den Tisch. Darauf legte sie Wert, auch wenn sie seit Rolfs Tod alleine dort saß. Sie stellte sich einen hübschen Teller hin, legte eine gefaltete Serviette daneben und platzierte das Besteck exakt parallel zu deren Kante. Als der Kaffee fertig war, goss sie ihn in eine passende Tasse und holte zuallerletzt die Butter aus dem Kühlschrank. Wenn sie etwas nicht mochte, dann war das weiche Butter. Als Rolf noch lebte, hatte sie stets zwei Butterdosen gehabt. Denn Rolf mochte keine harte Butter. Er hasste es, wenn sie sich nicht so streichen ließ, wie er es wollte. Die Dose mit ihrer Butter hatte im Kühlschrank gestanden und Rolfs Butter neben dem Brotkasten. Doch dieser Platz war nun seit einigen Jahren leer. Genau wie das halbe Ehebett im Schlafzimmer und der Fernsehsessel im Wohnzimmer.

Sie setzte sich an den Küchentisch und begann darüber nachzudenken, was sie gleich alles zu erledigen hätte. Nach der zweiten Tasse Kaffee und den beiden Broten fühlte sie sich schon eine Spur besser, aber noch lange nicht bereit für die Aufgaben, die heute vor ihr lagen. Wobei Annemie genau wusste: Sie würde sich diesen Aufgaben niemals gewachsen fühlen, auch wenn sie noch so viele Tassen Kaffee trinken würde. Sie glaubte einfach nicht, dass sie so etwas überhaupt konnte.

Das erste Problem, das sich ihr stellte, war das der passenden Garderobe. In Annemies Schrank befanden sich eine Menge Kleider »für zu Hause«. Ihre Mutter hatte ihr noch beigebracht, dass man Sachen, die nicht mehr perfekt, aber nach wie vor gut in Schuss waren, nicht aussortierte, sondern zu Hause trug. Gleichzeitig schonte man damit die guten Sachen. Weil Annemie sehr wenig »draußen« zu tun hatte, wenn man von den Einkaufsgängen zum Edekaladen einmal absah, die sich sehr gut mit Kleidern für »zu Hause« bewältigen ließen, besaß sie auch sehr wenig Garderobe für »draußen«. Da sie ebenfalls der Meinung war, Anziehsachen müssen aufgetragen werden, wäre sie niemals auf die Idee gekommen, sich einfach mal so etwas Neues für »draußen« zu kaufen. Rolf hatte diese Haltung stets sehr vehement unterstützt. »Die blaue Bluse ist doch noch gut. Wozu brauchst du denn eine neue blaue Bluse?« So kam es, dass Annemie, wenn sie sich schick machte, zwar adrett, aber auch hoffnungslos altmodisch aussah. Sie entschied sich dafür, ihren blau karierten Blazer anzuziehen. Die Goldknöpfe daran machten etwas her, fand sie. Sie hatte ihn schon viele Jahre, und er hatte ihr immer gute Dienste geleistet. Er war aus einem feinen Wollstoff in dezentem Karomuster gefertigt. Ein doppelter grüner und ein unterbrochener roter Faden durchzogen ein sattes Marineblau. Sie würde die dunkelblaue Stoffhose dazu anziehen, eine weiße Bluse, damit konnte man ja nie etwas falsch machen, und das kleine rote Tüchlein um den Hals binden. Sie hielt viel davon, wenn sich die Farben, die man trug, in den verschiedenen Kleidungsstücken wiederholten. Die dunkelblauen Slipper würden das Ganze komplett machen. Sie würde wirklich schick aussehen. Das Dumme daran war allerdings, dass sie sich dann immer schnell verkleidet fühlte: Sie zog sich so selten schick an, dass die ungewohnte Kleidung sie noch zusätzlich verunsicherte.

Nachdem sie die Kleidungsstücke, die sie ausgesucht hatte, mit einem letzten prüfenden Blick auf dem Bett zurechtgelegt hatte, ging sie ins Bad, um sich ihrer Haare anzunehmen. Ihre Haare waren sehr fein. Sie hielten selten so, wie Annemie sich das vorstellte, aber sie waren noch immer blond, wenngleich das Blond auch stumpf und matt wirkte und nicht mehr so strahlte wie früher. Sie ging genau alle sechs Wochen zum Nachschneiden, und jedes Mal versuchte ihr Friseur Marcel, sie zu Highlights zu überreden oder wenigstens zu einer Farbglanzspülung. Aber Annemie fand es zum einen viel zu teuer, zum anderen lohnte sich das doch gar nicht. Für wen sollte sie auch glänzende Haare haben? Als sie an diesem Morgen in den Spiegel schaute, wünschte sie allerdings, sie hätte beim letzten Mal auf Marcel gehört. Ein wenig Glanz hätte jetzt gewiss nicht geschadet. Meistens föhnte sie ihr halblanges Haar einfach trocken. Nur zu besonderen Anlässen sprühte sie etwas Haarfestiger darauf und drehte Strähne für Strähne auf große Wickler, damit sie mehr Volumen bekamen.

Als sie die Lockenwickler im Haar festgesteckt hatte, dachte sie, dass sie nun bei Liz nebenan nach dem Schlüssel für ihren Laden suchen sollte. Es war durchaus möglich, dass sie ihn nicht auf Anhieb fand. So nett ihre Nachbarin auch war, Ordnung gehörte wahrlich nicht zu ihren vordersten Tugenden.

Sie nahm den Schlüssel zur Nachbarswohnung vom Schlüsselbrettchen, das hinter ihrer Tür hing, damit sie immer wusste, wo ihre Schlüssel sich befanden, und trat ins Treppenhaus. Kurz lauschte sie, ob auch niemand von oben herunterkäme und sich wunderte, was Annemie in Morgenrock und Lockenwicklern an der Tür nebenan zu schaffen hatte. Dann schritt sie beherzt zur Tat.

In Liz' Wohnung fand sie sich sofort einem bunten Durcheinander gegenüber, das davon zeugte, dass Liz am vorherigen Morgen in Eile gewesen sein musste. Im Flur lagen diverse Schuhe verstreut auf dem Boden, so als hätte Liz etliche davon durchprobiert und sich dann doch für keines der hier herumliegenden Paare entschieden. Annemie bückte sich, um sie aufzuheben und wegzuräumen, und fragte sich, ob Liz wohl einen Schuhschrank hatte. Sie schaute kurz in die Kommode, die dort stand, nicht um zu schnüffeln, so etwas lag ihr fern, sie hätte nur gerne die Schuhe weggeräumt. Unordnung ertrug sie einfach nicht gut. Annemie benötigte immer eine gute Übersicht. In der Schublade lagen – sehr unübersichtlich – allerlei gemusterte Tücher, Ketten und Mützen bunt ineinander verschlungen. Keine Schuhe. In der Schublade darunter lagen Glühbirnen, Werkzeug, ein Hüpfseil und Batterien neben einem Weihnachtsengel und einer Packung Kerzen. Das war es auch schon. Der Schuhschrank musste sich woanders befinden. Aber es wäre ihr unangenehm gewesen, ihn nun überall zu suchen. Sie stellte die Schuhe ordentlich nebeneinander an die Seite, nahm die halbvolle Kaffeetasse, die noch auf der Kommode stand, und ging in die Küche, um sie auszuspülen. Die leere Milchtüte auf dem Tisch warf sie in den Müll, wischte mal eben über die Arbeitsplatte, wo eine ganze Ladung Kaffeepulver verschüttet war, und sah sich nach der flachen grünen Schale um. Liz hatte sie gebeten, darin nach dem Schlüssel zu schauen. Und falls sie ihn dort nicht finden sollte, dann gäbe es noch eine Schale im Wohnzimmer, wo sie alles Mögliche sammelte. Aber die Schale in der Küche erwies sich gleich als die richtige.

Unter Aspirinschachteln, Weinkorken, Armbändchen, einer Packung Muskatnüsse und einer angebrochenen Tafel Schokolade kam der Schlüssel zum Vorschein. Annemie hätte hier am liebsten erst einmal richtig aufgeräumt. Das konnte sie wenigstens. Hätte Liz sie doch nur gebeten, ihre Wohnung aufzuräumen! Das wäre ihr so viel leichter gefallen, als in den Hochzeitsladen zu gehen und einem Juwelier zu begegnen, dem sie ausrichten müsste, dass Liz im Krankenhaus liege, den sie fragen solle, ob sie schon Wünsche und Vorstellungen notieren könne, und den Rest, den konnte sie sich sowieso nicht merken. Einen freundlichen, kompetenten Eindruck sollte sie dabei aber bitte auch noch vermitteln. Liz hatte so verzweifelt geklungen, dass ihr viel daran liegen musste. Das machte die ganze Sache noch schlimmer. Ihr graute davor. Sie hatte in solchen Dingen wirklich keinerlei Übung.

Annemie verließ ihre Wohnung nur selten. Die ganze Welt war ihr viel zu schnell und unordentlich, viel zu unübersichtlich und laut geworden. Irgendwie hatte sie das Gefühl, in den letzten Jahren den Anschluss verpasst zu haben. Plötzlich rannten alle mit Handys am Ohr umher und achteten überhaupt nicht mehr darauf, wen sie beim Telefonieren umrannten, keiner wartete mehr bei Rot, Fahrradfahrer schossen aus allen Richtungen unvermittelt auf einen zu, von überall her dröhnten Geräusche und Musik, Läden, die sie ihr Leben lang gekannt hatte, verschwanden, stattdessen kamen immer neue, immer buntere Geschäfte, in denen sie nie das fand, was sie suchte. Deshalb ging sie nur alle zwei, drei Tage zu dem kleinen Edekaladen an der unteren Ecke ihrer Straße und von da weiter zu den Geschäften des kleinen

Einkaufsviertels ihrer Nachbarschaft. Da fand sie alles, was sie brauchte. Ab und zu ließ sich eine Fahrt in die Stadt nicht vermeiden, um neue Backformen oder besondere Zutaten zu besorgen. Aber dabei blieb es dann auch. Nach diesen seltenen Ausflügen in die Stadt war sie stets richtiggehend erschöpft und froh, wenn sie wieder in ihren eigenen vier Wänden war und nicht mehr mit fremden Menschen sprechen musste. Manchmal hatte sie das Gefühl, sich selbst ganz fremd zu sein, wenn sie mit anderen sprach. So als ob das gar nicht sie selbst sei, die da antwortete, sondern jemand anders, den sie im Grunde gar nicht sonderlich gut kannte, und deshalb blieb sie immer verunsichert, ob dieser Jemand auch das Richtige antworten würde.

Heute stand ihr ein Ausflug bevor, der sie besonders verunsicherte. Sehnsüchtig schaute sie zu dem Schrank, in dem sie ihre Backutensilien aufbewahrte. Wie gerne würde sie einfach hierbleiben und etwas backen. Wenn sie beobachtete, wie der Teig allmählich die richtige Konsistenz bekam, wenn es nach frischer Butter roch oder nach karamellisierendem Zucker, wenn dunkle Schokolade sämig vom Löffel tropfte, dann war Annemie glücklich. Doch jetzt hatte sie eine andere Aufgabe. Sie seufzte. Für Liz würde sie sich zusammenreißen und es schaffen.

Seit Liz neben ihr eingezogen war, hatte sich Annemies Alltag sehr deutlich zum Besseren verändert. Es gab in ihrem Leben nun drei Dinge, auf die sie sich freute und die sie glücklich machten. Das Erste war das Backen. Das Zweite war das Lesen. Einmal pro Woche tauschte sie mit ihrer Freundin Waltraud, die im Edekaladen an der Kasse saß, Liebesromane aus, die sie beide mit großer Wonne verschlangen. Je dicker die Romane waren, desto lieber lasen sie die Bücher, die ihnen für etliche Stunden kleine, herzerwärmende Fluchten aus ihrem Alltag gewährten. Während Annemie besonders die Bücher mochte, auf denen Frauen in hochgeschlossenen langen Kleidern in Rosengärten geküsst wurden, lagen Waltrauds Vorlieben eher bei den tief dekolletierten Varianten. Aber Hauptsache, alles endete gut. Annemies dritte Freude begann stets in dem Moment, in dem Liz abends klingelte und von ihrem aufregenden Leben als Hochzeitsplanerin erzählte. Wenn sie eine neue Torte bei Annemie bestellte und das Brautpaar beschrieb, für das sie die Hochzeitstorte backen konnte. Annemie liebte diese kleinen Geschichten, die ein Brautpaar umwebten, und am allermeisten gefiel es ihr, die Torten nach Herzenslust zu verzieren und zu formen. Wenn sie Liz später ihre Werke präsentierte, musste sie manchmal ganz schön kämpfen, damit noch ein paar Herzchen übrig bleiben durften. Warum waren die modernen jungen Frauen bloß so unromantisch? Da hatte Liz den romantischsten Beruf der Welt und fand, dass sich auf ihren Torten zu viele Girlanden wanden oder zu viele Tauben turtelten. Das Leben war doch schon karg genug! Es konnte wenigstens am Hochzeitstag mal so richtig gerüscht und gerankt zugehen.

Gerade weil sich durch Liz die Freuden in ihrem Leben vervielfacht hatten, war es einfach ihre Pflicht, ihrer Nachbarin zu helfen. Auch wenn es ihr wirklich schwerfiel.

Nachdem Annemie sich angezogen, die Haare zu-

rechtgezupft und mit Spray eingenebelt, die Dose mit
den Petit Fours, den Schlüssel und den Busplan zurechtgelegt hatte, waren es noch immer fast drei Stunden.
Doch sie beschloss, lieber früher da zu sein, denn so wie
sie Liz kannte, gab es auch dort bestimmt noch das eine
oder andere aufzuräumen. Außerdem musste sie sich ja
auskennen in dem Laden. Musste wissen, wo die Bild-
bände standen, wo sich die Mappe mit den bereits er-
probten Locations befand. »Lokeeschens«. Liz hatte es ihr
dreimal vorgesagt, aber das Wort klang aus ihrem Mund
ganz komisch. Sie würde Orte sagen. Die Orte, an denen
Liz bereits Hochzeiten ausgerichtet hatte. Die sollte sie
den Winters mal vorlegen, um vorab einen ganz allgemeinen Rahmen und einige Vorstellungen abzustecken,
so es diese denn schon geben sollte. Genauere Vorschläge
dazu wollte Liz dann im Krankenhaus ausarbeiten. Und
diese »Lokeeschens« musste sich Annemie in der Mappe
ja vorher selbst noch anschauen. Neben der Angst, die ihr
im Nacken saß und im Magen und in den Knien ebenfalls, spürte sie im Oberkörper links, ganz in der Nähe
des Herzens, aber auch so etwas wie ein aufgeregtes Flattern.

Es war das erste Mal, dass sie alleine zum Hochzeitsladen
fuhr, den Schlüssel aus ihrer Handtasche holte, als würde
sie dort arbeiten, als wäre es ihr eigenes Geschäft, und die
rote Tür aufschloss. Als sie eintrat, war aus dem Herz-
flattern ein Herztoben geworden, und sie musste ein-,
zweimal tief Luft holen, bis sich der Sturm in ihrer Brust
gelegt hatte und sie sich richtig umsehen konnte. Sie erkannte sofort, dass Liz für den Anlass aufgeräumt hatte. Sie

roch die Hyazinthen, die einen üppigen Duft verströmten, schon bevor sie sie erblickte, und warf einen Blick in die kleine Teeküche. Auch die war blitzsauber, und die Tassen standen gespült im Regal. Annemie rückte sie automatisch gerade, so dass alle Henkel in eine Richtung zeigten, sie konnte einfach nicht anders, und sie schaute in die Kaffeedose, aus der ihr frischer Kaffeeduft entgegenströmte. Liz hatte an alles gedacht. Nur nicht daran, dass sie leider eine unwürdige, unfähige Vertreterin haben würde, die all ihre schönen Bemühungen mit schlafwandlerischer Sicherheit zunichtemachen würde. Warum musste sie auch gerade gestern einen Unfall haben? Warum hatte Annemie nicht die Dinge machen dürfen, die sie konnte: Blumen holen, Küche aufräumen, frischen Kaffee besorgen. Warum musste gerade Annemie, die nun wirklich die unromantischste Ehe überhaupt geführt hatte und nun so ein einsames Leben lebte, warum musste gerade sie nun eine junge Braut vor ihrer Hochzeit beraten?

Sie blickte in den Spiegel, in dem sie sich von Kopf bis Fuß sehen konnte, und trat probeweise auf sich zu, um sich die Hand zu schütteln.

»Guten Tag«, sagte sie zaghaft zu ihrem Spiegelbild. »Ich bin Frau Hummel, und ich vertrete Liz Baumgarten.«

Nein, das war viel zu ernst. Und zu schüchtern. Sie ging noch einmal einige Schritte zurück, um es erneut zu versuchen.

»Guten Tag«, lächelte sie sich mit breit verzogenen Lippen an. Das sah grässlich aus. So ging das nicht.

»Guten Tag«, versuchte sie es noch einmal, mit ihrem kleinen, schüchternen Lächeln, und seufzte. »So wie ich aussehe, geben Sie Liz den Auftrag ganz gewiss nicht. Ich habe auch keine Ahnung, was ich jetzt machen soll. Ich kann das nicht. Ich kann das doch gar nicht!«

Sie nahm einen zarten weißen Blütenkranz aus winzigen perlenbesetzten Seidenblumen von einem Ständer und setzte ihn sich ins Haar.

»Ich war nie so eine romantische Braut, wissen Sie«, erzählte sie ihrem Spiegelbild. »Ich habe sehr nüchtern und zweckmäßig geheiratet. Und schnell. Damals heiratete man dann eben manchmal sehr schnell. Auch wenn es gar nicht nötig gewesen wäre. Aber das wussten wir ja nicht.«

Annemie spürte, wie ihr eng ums Herz wurde und eine Woge von Traurigkeit in ihr hochstieg. Wie lange hatte sie daran nicht gedacht? Nicht an ihre Hochzeit, nicht an die Krämpfe in den darauffolgenden Wochen und erst recht nicht an den Krankenhausaufenthalt und die vielen bitteren Stunden, die sie alleine mit ihren Schmerzen und dem Gefühl eines ungeheuren Verlustes verbracht hatte. Die Traurigkeit stach ihr plötzlich sogar in den Augen, so dass sie sich zusammenreißen musste. Und zwar sofort. Das waren nun wirklich nicht die richtigen Gedanken, und sie versuchte, rasch an etwas anderes zu denken, um die unerwünschten Bilder wieder an den Platz zurückzudrängen, an dem Annemie sie jahrelang verwahrt hatte. Unsichtbar. Im Dunkeln ihrer Seele. Sie musste jetzt ganz schnell an etwas anderes denken, sehr schnell, doch kein neuer Gedanke wollte sich formen.

2

Nina Winter rief Fabian schon morgens an, um ihn zu fragen, ob er denn nun mitkommen wolle zu dem Termin bei der Hochzeitsplanerin. Sie ahnte schon, dass er die Verabredung sozusagen »vergessen« hatte und alles lieber ihr und ihrem Vater überlassen würde. Er wollte Nina heiraten, zumindest sagte er das so deutlich, dass es keinerlei Zweifel daran gab. Aber wie und wo und mit wem, also das ganze Drumherum, das alles war ihm völlig gleichgültig.

»Vergesst nur nicht, meine Eltern mit auf die Gästeliste zu setzen!«, scherzte er, und Nina schluckte die leise Irritation hinunter, die dabei in ihr aufstieg. Konnte es einem denn wirklich egal sein, wie man heiratete? Ihr war es sicherlich nicht egal. Ganz im Gegenteil, sie hatte eine sehr genaue Vorstellung davon, wie ihre Hochzeit zu sein hatte. So wie sie von vielen Dingen in ihrem Leben eine sehr genaue Vorstellung hatte. Aber sie beschloss schnell, die Verwunderung beiseitezuschieben und es stattdessen wirklich süß von ihm zu finden, dass er ihr völlig freie Hand ließ. Schließlich ahnte er wahrscheinlich, dass er sowieso nicht zu Wort käme, weil Nina stets ganz genau wusste, was sie wollte. Unsicherheiten pflegte sie zuverlässig und streifenfrei wie ein frisch ausgewechselter Scheibenwischer zu beseitigen.

Sie hoffte, dass die Hochzeitsplanerin ihre anspruchsvollen Pläne verwirklichen konnte. Wenn sie an ihre Hochzeit dachte, dann stellte sie sich weiße Geradlinigkeit vor, eine gewisse Sachlichkeit, die ruhig ein wenig kühl wirken durfte, und darin sollten wie bunte Tupfer, wie Zitate aus einer anderen Welt, die traditionellen Elemente hervorstechen, die zu einer Hochzeit gehörten. Vater führt Braut zum Altar. Ehegelöbnis, Hochzeitstorte, Hochzeitswalzer, Brautstrauß werfen. Ansonsten alles in betont schnörkelloser Geradlinigkeit. Und um Gottes willen nichts Rührseliges. Wenn ihr Vater nun auch Zutrauen zu dieser Liz Baumgarten gefasst hatte, und so hatte er ja nach dem Telefonat mit ihr geklungen, umso besser. Denn Ninas Hochzeit war schließlich keine reine Privatsache. Das Ganze war auch eine öffentliche Angelegenheit. Sie gehörten nun einmal zu den bekannten Familien in der Stadt. Als Verkäufer von teurem Luxusschmuck, den sich nur wenige leisten konnten, würden sie von der Öffentlichkeit sehr genau beobachtet werden. Und sie wollte, dass die Familie gut dastand.

»Es wird dir bestimmt gefallen, was wir planen.«

»Das wird es«, versicherte Fabian ihr. »Es wird ein toller Tag werden. Du hast ein Händchen für so was, ich bin da hoffnungslos. Sag mir, was ich zu tun habe, und ich tue es.«

»Pass auf, was du sagst«, schmunzelte Nina. »Ich nehme dich beim Wort!«

»Nur die Ringe, die sind meine Sache!«

Nina lächelte. Es gab sicherlich nicht viele Frauen, die ihren Ring von ihrem zukünftigen Ehemann selbst geschmiedet bekamen. Fabian war einer der Goldschmiede, die eine Lehre bei Winter gemacht hatten und sofort übernommen worden waren. Er war sehr sorgfältig, er hatte keine extrem abgehobenen Ideen, aber ein gutes Gespür für das Besondere, das ihrer zahlungskräftigen Kundschaft, die oft nicht gerade zum Understatement neigte, gefallen könnte.

Das Juweliergeschäft, das ihr Urgroßvater Emil Winter vor über hundert Jahren gegründet hatte, konnte in der Kaiserzeit stark florieren, nicht zuletzt, weil die Kaiserin sich dort während ihrer Kuraufenthalte so manches Schmuckstück hatte anfertigen lassen, was sowohl der russische Adel als auch der heimische Geldadel zur Freude des Winter'schen Betriebes gerne nachahmten. Ihr Großvater und Vater hatten es weitergeführt, und nun war es an Nina, das Geschäft in den nächsten Jahren zu übernehmen. Die Verbindung mit Fabian war in dieser Hinsicht einfach ideal, denn Nina hatte zwar kaufmännisches Talent, aber sie machte sich überhaupt nichts aus Schmuck, und das Goldschmiedehandwerk hatte sie noch nie interessiert. Sie schätzte diese Kunst, und aus Traditionsbewusstsein heraus würdigte sie das Können einzelner Goldschmiede durchaus, schließlich hatte ihre Familie es deshalb zu etwas gebracht. Aber sie hätte niemals die Geduld aufbringen können, mit diesen Miniaturgeräten und hinter Brillen und Lupen versteckt Metalle so zu verarbeiten, dass ein Schmuckstück dabei herauskam. Sie selbst trug auch selten Schmuck. Ein paar goldene Ohrstecker, in denen kleine Aquamarine funkelten, das war eigentlich alles. Nina war eher der sportliche Typ, und während viele ihrer Freundinnen sie beneideten, dass sie bei Gesellschaften einfach irgendeinen tollen Schmuck aus dem Laden ausführen durfte, empfand Nina selbst das sogar als lästig. Da Goldschmiedin für sie deshalb als Berufsfeld ausfiel, hatte sie sich entschlossen, wie ihr Vater den kaufmännischen Weg einzuschlagen, den Laden zu führen und sich, was die Schmuckherstellung und den Einkauf der Bestände betraf, lieber an ihren Lieblingsgoldschmied Fabian zu halten. Zusammen, da war sie sich sicher, würden sie ein hervorragendes Team abgeben.

Nach dem Telefonat ging Nina hinunter, um ihren Vater zu suchen. Sie bewohnten eine kleine Gartenvilla aus der Gründerzeit, die Urgroßvater Winter vor über hundert Jahren gebaut hatte. Wobei »klein« eine sehr relative Angabe war. Im unteren Geschoss befanden sich die Gesellschaftsräume, eine Eingangshalle, am Ende eine Küche. Daran grenzte ein privates kleines Esszimmer, in dem Nina und ihr Vater gewöhnlich aßen, wenn sie alleine waren, und gegenüber lag noch der größere Speisesaal, in dem mit Gästen diniert wurde. Dazwischen gab es zwei Wohnzimmer. Ein gemütliches und ein repräsentatives. Im ersten Stock hatte ihr Vater sein Reich, zu dem sein Schlaf- und Ankleidezimmer, sein Arbeitszimmer, eine Bibliothek und ein Bad gehörten. Ein Stockwerk darüber lagen Ninas Räume und ganz oben unterm Dach standen noch verschiedene Gästezimmer zur Verfügung. Es war völliger Unsinn, dass das junge Paar auszog und den Vater alleine in der großen Villa wohnen ließ. Obwohl Fabian noch seine eigene Wohnung hielt, wohnten sie praktisch schon gemeinsam dort in Ninas

Stockwerk. Sie hatten überlegt, einen Architekten zu Rate zu ziehen, wie man unter Einbeziehung des Dachgeschosses noch eine Küche, eine Werkstatt für Fabian und eventuelle Kinderzimmer unterbringen könnte. Aber die Pläne waren noch nicht weit gediehen, es gab meistens irgendetwas, das dringender schien. Wenn Nina ehrlich war, dachte sie immer wieder darüber nach, ob sie nicht vielleicht doch ein eigenes Haus haben könnten. Etwas Modernes, Helles. Stein, Holz, Glas. Auch in dieser Frage war Fabians Wille so wenig ausgeprägt, dass es sie manchmal irritierte, selbst wenn er stets gute Gründe dafür hatte.

»Von welchem Leben träumst du? Wie sollen wir wohnen?« Das hatte sie ihn erst vor ein paar Tagen gefragt.

»Natürlich wäre ein eigenes Haus toll«, hatte er geantwortet. »Aber weil ich es nicht selbst bezahle, kann ich doch nicht einfach sagen, ja, ich will ein Haus! Gleichzeitig lassen wir deinen Vater dann alleine in diesem Riesenhaus sitzen. Und ich weiß nicht, ob du das überhaupt willst.«

In dieser Frage kamen sie nicht wirklich weiter. So zielstrebig und entschieden Nina sonst immer war, in diesem Punkt war sie unsicher, auch wenn sie das noch nicht einmal vor sich selbst zugeben würde. Gleich neben der Sehnsucht, ihr Elternhaus zu verlassen, machte sich in ihr ab und zu eine Verunsicherung breit, die sie sofort mit dem Argument beschwichtigte, dass sie ihren Vater nicht alleine lassen könne. Er hatte so viel für sie getan, sie konnte doch jetzt nicht einfach ausziehen. Eine gute Tochter würde ihren Vater jedenfalls nicht in einem Haus zurücklassen, das viel zu groß für ihn war und die Abwesenheit einer Frau in seinem Leben noch sehr viel spürbarer machen würde als bisher. Eine gute Tochter würde bleiben. Nina war bisher immer eine gute Tochter gewesen. Mehr als das. Sie hatte sich stets bemüht, eine perfekte Tochter zu sein. Keine Schulprobleme, ein Spitzenabitur. Keine wilden Partys, keine Drogen, nur die richtigen Jungs in Ralph-Lauren-Hemden. Ein Bachelorabschluss in BWL, exzellent und zielstrebig abgeschlossen, die richtigen internationalen Praktika in den richtigen Betrieben, darunter auch Cartier und Tiffany. Drei Fremdsprachen, fließend. Und nun würde sie den richtigen Mann heiraten, auf den auch ihr Vater große Stücke hielt. Sie war die perfekte Tochter, und genau deshalb würden sie in der Villa bleiben.

Und doch. Und doch war der Gedanke auszuziehen irgendwie auch verlockend. Aber das würden sie irgendwann ja immer noch tun können. Nina war dreiundzwanzig und hatte bereits mehr von dem verwirklicht, was ihr wichtig war, als andere in ihrem Alter. Und wenn das mit dem Nachwuchs schnell klappte, dann wäre sie mit Mitte vierzig schon wieder frei. Für Reisen, für Filialengründungen in aller Welt, für was auch immer sie wollte.

Nina suchte ihren Vater zunächst in der Bibliothek, doch er saß an seinem Tisch im Arbeitszimmer und sah nicht in die Papiere, die vor ihm lagen, sondern aus dem Fenster. Er war so in Gedanken versunken, dass er sie gar nicht eintreten hörte und überrascht aufschaute, als sie plötzlich vor ihm stand.

»Hallo, Papa«, begrüßte Nina ihn lächelnd. »Wo bist du denn mit deinen Gedanken? Ganz weit weg?«

»Ziemlich«, lächelte Claus Winter wehmütig. »Ich musste plötzlich an meine eigene Hochzeit denken.«

»Ach Papa.« Nina seufzte verständnisvoll.»Nicht traurig werden jetzt. Wenn du traurig wirst, heirate ich nämlich lieber gar nicht. Ich wollte dich eigentlich fragen, ob wir mit einem oder zwei Autos zu Frau Baumgarten fahren? Wenn du danach direkt zum Laden musst, kann ich mit dir kommen. Wenn du woanders hinmusst, fahre ich selbst.«

»Deine Mutter war eine wundervolle Braut«, sagte Claus Winter träumerisch, ohne auf ihre Frage einzugehen.»Ich frage mich, wo das Kleid geblieben ist. Ich habe es nie mehr gesehen.Was machen Frauen eigentlich nach der Hochzeit mit ihren Brautkleidern?«

»Sie schlagen sie in Mottenpapier ein und hängen sie ganz hinten in den Schrank. Oder sie geben sie weg. Keine Ahnung.« Nina zuckte die Achseln.»Manche lassen es auch umarbeiten. Aber zu denen hat Mutter bestimmt nicht gehört. Dazu gehören eher diejenigen, die sich kein Cocktailkleid leisten können.«

»Ich glaube nicht, dass sie es weggegeben hätte. Aber es war nicht mehr in ihrem Schrank.«

»Papa …« Nina versuchte ihn abzulenken, doch er ging nicht darauf ein.

»Sie hat damals alles selbst geplant. Mit der Hilfe ihrer Mutter natürlich. Es war toll. Das könntest du auch. Du hast das von ihr geerbt, das Organisationstalent, das Durchsetzungsvermögen.Wenn irgendetwas nicht so lief, wie sie es wollte, dann hat sie die Leute so lange beschwatzt, bis es doch ging.Wenn sie noch hier wäre, hättet ihr die Hochzeit gemeinsam planen können. Es wäre bestimmt schön geworden.«

»Es wird so auch schön werden«, erwiderte Nina.»Wer weiß, vielleicht hätten wir uns sogar in die Haare gekriegt, vielleicht hätte sie alles anders gewollt, als ich es mir vorstelle, und wir hätten einen Riesenkrach bekommen.«

Mit Sätzen wie diesen hatte sie fast ihr ganzes dreiundzwanzigjähriges Leben lang immer wieder versucht, ihren Vater zu trösten und ihm zu vergewissern, dass er ein so toller Vater war, dass sie die fehlende Mutter kaum vermisste. Manchmal brauchte sie diese Sätze auch, um sich selbst zu trösten. Denn natürlich hatte es nur sehr wenige Momente in ihrem Leben gegeben, in denen ihr nicht bewusst gewesen war, dass ihr eine Mutter fehlte. Wenn sie bei Freundinnen war, deren Mütter ihnen Anekdoten erzählten, was diese als Baby gemacht hatten. Wenn bei den Kindergeburtstagen, auf denen sie eingeladen war, der von der Mutter selbstgebackene Lieblingskuchen des Geburtstagskindes auf dem Tisch stand. Sie stellte sich vor, dass ihre Mutter sie immer verstanden hätte, ohne dass sie irgendetwas zu sagen brauchte. In ihrer Vorstellung war ihre Mutter der perfekte Mensch, voller Wärme, Verständnis und Humor. Während der Pubertät begann eine Freundin nach der anderen, über ihre Mutter zu schimpfen. All die netten Mütter, die sie doch von ganz anderer, freundlicher Seite kannte, schienen sich in diesen Jahren eine nach der anderen in strenge, ordnungsbesessene Furien zu verwandeln, denen es nur darum ging, ihren Töchtern das Leben zu vergällen. Sie bedauerte es zutiefst, dass die einzige Mutter, die noch immer nett, verständnisvoll und lustig geblieben wäre, nämlich ihre, nicht mehr lebte. Aber diese Gedanken würde sie ihrem Vater niemals verraten. Denn ihren Vater umflorte schon immer eine Traurigkeit, ohne die sie ihn sich überhaupt nicht vorstellen konnte. Und es machte sie glücklich, wenn es ihr gelang, ihn zum Lachen zu bringen. Wenn sie ihm gesagt hätte, dass sie gerne eine Mutter gehabt hätte, hätte dies all ihre vorherigen Anstrengungen auf einen Schlag zunichtegemacht. Und Nina hatte einige Anstrengungen auf sich genommen, um ihren Vater glücklich zu machen und sich selbst als heiteres und kompetentes Mädchen darzustellen, dem nichts, aber auch gar nichts fehlte. Diese Rolle hatte sie so gut einstudiert und jahrelang so überzeugend praktiziert, dass sie mittlerweile selbst daran glaubte. Wenn die traurigen Erinnerungen ihren Vater überfielen, dann wusste sie genau, wie sie ihn und damit auch sich selbst aufheitern konnte.

»Ich würde am liebsten im Mai heiraten.« Nina versuchte jetzt, das Thema zu wechseln. »Nicht sehr originell, ich weiß, aber der Mai ist doch tatsächlich schön für Hochzeiten!«

»Das wird zu knapp werden, schätze ich.« Claus Winter ging gerne auf das Ablenkungsmanöver seiner Tochter ein. Er wollte ihr mit seinen trübseligen Erinnerungen nicht die Laune verderben. Schließlich ging es um ihre Hochzeit. Um ihr Leben. Nicht um seins.

»Aber das wird uns deine Frau Baumgarten bestimmt verraten. Es soll ja auch nicht überstürzt wirken, oder ist mir da womöglich etwas entgangen?«

Er sah sie fragend an.

»Nein, nein«, lachte Nina. »Keine Angst. Sonst nehmen wir eben den Mai nächstes Jahr!«

»So lange kannst du doch gar nicht warten, wenn du dir erst einmal etwas in den Kopf gesetzt hast.« Ihr Vater sah sie neckend an.

»Scherz!«, erwiderte Nina. »Hauptsache, es ist Sommer. Meinetwegen mitten im Sommer. Nur nicht zu spät. Keine Spätsommerhochzeit.«

Ihr Vater stimmte ihr zu. Der Spätsommer war keine gute Zeit für Hochzeiten. Niemand sollte heiraten, wenn schon die ersten Blätter fielen. Vielleicht war es auch eine Typsache. Es gab tatsächlich Menschen, die den Herbst mochten. Nina und ihr Vater gehörten nicht dazu. Für sie war der Oktober schon immer der traurigste Monat gewesen, weil Ninas Mutter im Herbst verunglückt war.

»Was sagt denn mein zukünftiger Schwiegersohn zu diesem Thema?«, fragte Claus Winter.

»Fabian ist es egal, wann wir heiraten. Auch das Ziel der Hochzeitsreise darf ich alleine aussuchen.« Nina zog eine Grimasse. »Schon toll, was Frauen erreicht haben. Vor 100 Jahren hätte ich weder bei der Wahl meines Ehemannes noch beim Ziel meiner Hochzeitsreise ein Wörtchen mitreden dürfen. Na ja, ein Wörtchen vielleicht, aber ob man darauf gehört hätte?«

»Und stell dir vor, er hätte dich mit einer Schiffsreise überrascht!«

Ihr Vater erinnerte sie lachend an die zwei Überfahrten, die sie gemeinsam einmal nach Schweden und einmal nach Schottland gemacht hatten. Niemand auf dem Schiff war so seekrank geworden wie Nina, die schon bei kleinen Ruderbootfahrten auf Ausflugsseen grün um die Nase wurde.

Claus Winter war froh, dass Nina seine Grübeleien unterbrochen hatte. In seinem Berufsleben hatte er so gut gelernt, sie zu verbergen, dass sie ihn in der geschützten Umgebung seines Zuhauses immer häufiger heimsuchten. Besonders seit Nina ihm verkündet hatte, heiraten zu wollen, einen Entschluss, den er mehr als begrüßte, schweiften seine Gedanken öfter zurück in die Vergangenheit. Vor allem in die Zeit, in der er selbst gerade geheiratet hatte. Damals hatten sie so etwas wie eine Hochzeitsplanerin nicht gebraucht. Es hätte sowieso keine gegeben. Das hatten die Mütter und die Schwiegermütter übernommen, und wenn man Glück hatte, verstanden sie sich einigermaßen, und alles ging glimpflich vonstatten. Am Verlauf der Hochzeitsplanungen hatte sich stets schon sehr früh und sehr deutlich offenbart, ob die zwei Schwiegerfamilien in Zukunft harmonieren oder streiten würden und wie vielfältig die Möglichkeiten eines freundschaftlichen Miteinanders der beiden Familien sein könnten. Diese Hochzeitsplanerin hatte allerdings tatsächlich sehr kompetent geklungen. Er hatte den Eindruck, sie wusste genau, worauf es ankam. Doch er würde seinem Motto treu bleiben, an das er sich bei all seinen wichtigen geschäftlichen Entscheidungen immer gehalten hatte: Man musste sich einmal tief in die Augen sehen, dabei auf die innere Stimme hören und sich nicht von Wunschdenken fehlleiten lassen. Erst dann konnte man Entscheidungen treffen. Schließlich war Ninas Hochzeit eine wichtige Angelegenheit, und sie benötigten jemanden, der auf all das achtete, auf was man in seinen Kreisen eben zu achten hatte, und dabei doch gleichzeitig Ninas ganz persönliches Hochzeitsfest gestaltete. So wie eine

Mutter das machen würde. So wie Evelyn es sicher wunderbar gemacht hätte.

Wie oft hatte er an Evelyns Stelle entscheiden müssen. Und wie oft hatte er gehofft, dass er alles richtig machte. Vor zwanzig Jahren war ein alleinerziehender Vater eine noch größere Sensation gewesen als heute. Heute begegnete man dem Thema auf Schritt und Tritt, ja es gab gar Selbsthilfegruppen und Organisationen, die dem Vater anscheinend dabei halfen, einer zu sein. Überhaupt schien es plötzlich irgendwie »in« zu sein, sich »Vater« zu nennen und als solcher zu leben. Aber wenn er tagsüber am Spielplatz oder an Schultoren vorbeifuhr, dann sah er dort doch insgesamt wenige Exemplare dieser Spezies. Er sah vor allem Mütter.

Für ihn hatte es damals weder Ratgeber noch Vorbilder gegeben. Es war nicht leicht für ihn gewesen, Nina allein großzuziehen. Natürlich hatte ihm eine ganze Armada mehr oder weniger kompetenter Kindermädchen und Haushaltshilfen dabei zur Seite gestanden. Doch es gab Entscheidungen, die er alleine treffen musste, ob er sich ihnen nun gewachsen fühlte oder nicht. Welche Schule Nina besuchen sollte; ob sie eine feste oder eine herausnehmbare Zahnspange tragen sollte; ob es gut war, sie für ein Jahr ins Ausland gehen zu lassen, oder ob sie nicht vielleicht doch lieber zu Hause in seiner Nähe bleiben sollte, was sie dann auch tat; wann man den ersten Frauenarztbesuch einplanen müsste und wie man mit dem ersten ernsthaften Freund der einzigen Tochter höflich umzugehen hatte, obwohl man ihn am liebsten am Kragen packen und ihm einen Satz ins Gesicht knurren würde, der mit »Jetzt hörst du mir mal gut zu, Freundchen …« begann.

Wann immer es um Entscheidungen dieser Größenordnung ging, war er auf sich alleine gestellt. In all diesen Momenten, und nicht nur in diesen, weiß Gott, nicht nur in diesen, hatte er seine Frau schmerzlich vermisst. Evelyn war sehr plötzlich und viel zu früh gestorben. Viel zu früh. Da war Nina erst vier gewesen, und auf all ihre Fragen, wo denn die Mama sei, hatte er nur immer wieder hilflos wiederholen können, sie sei im Himmel. Und da sei es schön. Aber warum er dann so weinen müsse und warum alle so traurig wären, wenn sie es im Himmel doch schön hatte, und warum man jemanden in der Erde vergraben müsse, wenn er doch in den Himmel käme, das alles konnte er ihr nicht erklären. Er war heilfroh, dass sie irgendwann einfach aufgehört hatte nachzufragen, und von sich aus hatte er das Thema nie wieder angesprochen.

Heute dachte er manchmal darüber nach, ob er vielleicht mehr mit ihr hätte reden müssen. Aber gerade Ninas naive Fragen hatten das Gefühl verstärkt, das seit Evelyns Tod in ihm vorherrschte. Er glaubte nicht mehr an Worte. Sprache, so wie er damit umzugehen gelernt hatte, versagte ihm den Dienst.

Evelyn ist tot.

Mama ist im Himmel.

Evelyn kommt nie mehr wieder.

Das waren aneinandergereihte Worte, deren Bedeutung irgendwie stimmte, die aber noch nicht einmal einen Bruchteil dessen enthielten, was in ihm tobte. Weder ein »nie mehr« noch ein »nie wieder« vermochten auszudrücken, wie es sich in ihm anfühlte. Er hatte befürchtet zu verstummen. Wenn Nina auf seinem Schoß saß und ihm Fragen stellte, dann hatte er keine Antworten für sie.

Letztlich hatte er keine Ahnung, wie Nina das alles damals erlebt und was für Erinnerungen sie an diese Zeit überhaupt hatte. Irgendwie hoffte er, sie hätte alles vergessen. Sie war doch noch so klein gewesen. Viel zu klein, um plötzlich keine Mutter mehr zu haben.

Claus Winter war einundsechzig, und er freute sich, dass Nina sich ausgerechnet in seinen besten Goldschmied verliebt hatte. Fabian war ein netter junger Mann, zuverlässig und begabt. Er war, wenn er ehrlich war, heilfroh, dass er einen kleinen Teil seiner väterlichen Verantwortung für Nina abgeben konnte und dass er ebenso einen Teil seiner Verantwortung für das Geschäft an seinen zukünftigen Schwiegersohn mit abgeben konnte. Die beiden würden zusammen ein gutes Team bilden. Er spürte die Erleichterung förmlich in den Knochen. So wie man sich bei einer langen Wanderung, die sich dem Ende zuneigt, auf den Moment freut, an dem man den Rucksack ablegt und die Schuhe abstreifen kann. Eigentlich merkte er erst durch diese sich ankündigende Erleichterung, wie sehr es ihn belastet haben musste, Nina gleichzeitig Vater und Mutter zu sein, sich mit niemandem vernünftig beraten zu können und trotzdem immer alles richtig machen zu wollen für dieses blonde kleine Geschöpf.

»Und wie fahren wir nun?«

Nina sah ihren Vater fragend an.

»Wir nehmen mein Auto, und danach fahren wir zusammen ins Geschäft. Dann können wir auf der Fahrt unsere Eindrücke austauschen.«

Nina nickte.

»So habe ich mir das auch vorgestellt! Wollen wir dann

aufbrechen? In der Gegend gibt es so gut wie keine Parkplätze.«

»Spricht schon einmal gegen diese Frau Baumgarten«, bemerkte Claus Winter.

»Solange es bei der Hochzeit genug Parkplätze gibt!« Nina drehte sich in der Tür noch einmal zu ihm um. »Ich hole eben meine Sachen. Bin in fünf Minuten unten, okay?«

Annemie hatte sich den Regalen, die voller Bücher und Ordner und Kästen standen, zugewandt und begonnen, in einen nach dem anderen hineinzuschauen. Begeistert blätterte sie alles durch und vergaß schnell, dass sie sich eigentlich nur hatte ablenken wollen.

In einem der Ordner waren Brautsträuße fotografiert, einer schöner als der andere. Solch hübsche Brautsträuße hatte Annemie noch nie gesehen. Rosen in kräftigem Pink kuschelten sich an leuchtend rote Nelken, und alles wurde von hellgrünem Frauenmantel umkränzt. Oder blassrosa Rosen, die von dunkelroten Schokoladenblumen gerahmt waren. Wie ungewöhnlich. Und dann diese kleinen Träume in Weiß! Weiße Pfingstrosen, die neben weißem Flieder, durchsetzt von weißen zarten Wickenblüten, dufteten. Ranunkeln zwischen Zwergmargeriten, elegante cremefarbene Mini-Callablüten, deren Stiele mit einer großen Schleife aus breitem Seidenband zusammengehalten wurden. Maiglöckchen! Kleinblütige Röschen zwischen Vergissmeinnicht und Traubenhyazinthen. Sie hätte gar nicht gedacht, dass blaue Blüten in einem Brautstrauß so hübsch und frisch aussehen. Sie hatte damals für ihren eigenen Strauß Nelken in Rosa und Rotweiß gestreift selbst mit weißem Geschenkband eng zusammengebunden und ein wenig Grün außen herum gesteckt. Das Band war am Abend ganz grau und schmutzig gewesen. Aber in der Vase, in welcher der Strauß noch fast zwei Wochen lang auf ihrem neuen Wohnzimmertisch stand, hatte man es ja nicht gesehen.

Das Klingeln eines Telefons schreckte Annemie auf. Wo kam dieses Klingeln nur her? Nach einer kurzen panischen Suche fand sie das Telefon zwar, doch was jetzt? Sie kannte sich nicht aus mit diesen Dingern. Zu Hause hatte sie noch ein normales Telefon, dessen Hörer durch eine Schnur mit dem Gerät verbunden war. Man nahm den Hörer ab, und man legte ihn wieder auf. Diese Knopfdruckhörer waren ihr überhaupt nicht vertraut, auf welchen Knopf musste sie jetzt bloß drücken?

Sie drückte beherzt auf eine Taste und das Klingeln verstummte, doch als sie vorsichtig »Hallo, Hochzeitsfieber!« in den Hörer sagte, hörte sie: nichts. Sie musste etwas falsch gemacht haben. Aber was nur? Sie drückte alle Knöpfe nacheinander, die sich auf der oberen Hälfte des Hörers befanden und mit keiner Zahl bedruckt waren, in der Hoffnung, noch den richtigen zu finden, um den Anrufer zu sprechen. Doch sie hatte kein Glück. Plötzlich traf sie eine Taste, die das langgezogene Leerzeichen erklingen ließ. Die musste es sein. Sie drückte sie, der Ton erklang, sie drückte sie nochmals, und der Ton erstarb. Das war sie also. Das hätte sie sich eigentlich denken können, denn es war die Taste, deren Zeichen schon so abgenutzt war, dass man es nicht mehr richtig erkennen konnte. Das Telefon klingelte, während sie noch auf die Taste starrte, und sie drückte schneller darauf, als sie zu sprechen bereit war, verhaspelte sich fürchterlich und legte panisch wieder auf. Sie spürte, wie ihre Hände vor Anspannung ganz feucht wurden.

Was, wenn gerade Herr Winter angerufen hatte? Toller erster Eindruck. Ihr fiel kein Vorwand ein, wie sie sich je herausreden könnte. Das war einfach zu viel für sie. Sie würde alles falsch machen. Für diese Situation gab es kein Backrezept, dessen Zutaten sie ordentlich vor sich hinstellen konnte, um sie dann in der richtigen Reihenfolge unter langsamem oder starkem Rühren zu vermischen. Mit Teig kannte sie sich aus. Hiermit nicht. Sie wollte nur noch weg. Und zwar so schnell wie möglich. Sie könnte einen Zettel an die Tür kleben, wegen Krankheit muss der Termin leider ausfallen. Ja, das war die rettende Idee. Einen Zettel musste Liz doch haben und Tesafilm zum Festkleben bestimmt auch. Dass sie darauf nicht früher gekommen war! Annemie schaute in Liz' Schreibtisch nach und fand das Gesuchte. Gerade als sie den Stift ansetzte, klimperte ein Türglöckchen hell und fröhlich und zwei Menschen betraten den Laden, die Annemie verdutzt ansahen. Denn in Annemies Haar saß zierlich und etwas schief noch immer der weiße blütenbesetzte Brautkranz.

Liz hatte einen Moment lang nicht die geringste Ahnung, wo sie war. Als sie aufwachte, wusste sie jedoch sofort sehr genau, dass sie sich nicht in ihrem eigenen Bett befand. Außerdem lag sie auf dem Rücken, was sie sonst nie tat, und alles fühlte sich fremd an. Kein Wecker hatte geklingelt. Kein Wecker! Wie viel Uhr war es wohl? Hatte sie verschlafen? Mit einem Schrecken wollte sie hochfahren, doch sie konnte sich überhaupt nicht bewegen, alles tat so weh. Und dann fiel ihr wieder ein, was passiert war, und sie überließ sich seufzend dem Kissen, das hinter ihrem Kopf ein Knäuel bildete, und bedauerte sich. Die sonnenblumengelben Vorhänge des Krankenzimmers waren noch zugezogen und tauchten alles in ein orangegelbes Licht, so dass sie das Gefühl hatte, sie liege in einer Orange. Leider roch es nicht so fruchtig frisch. Es roch eindeutig nach Krankenhaus. Liz fragte sich, wie dieser Geruch wohl zustande kam? Es wurde gelüftet, es wurde geputzt, und dennoch roch es so muffig und kränklich, dass Liz fast Atembeklemmungen bekam. Wenn sie zu viel von dieser Luft einatmete, würde sie am Ende immer kränker werden.

Sie sah sich mit einer behutsamen Kopfdrehung in dem Zimmer um. Ihr Kopf war schwer und schmerzte, wenn sie ihn bewegte, sie hatte das Gefühl, ihn langsamer als Zeitlupe drehen zu müssen, damit sie es überhaupt hinbekam. Vom gelben Fenster, das sich zu ihrer Rechten befand, blickte sie vorsichtig nach links. Dort war die Tür. Das war gut zu wissen. Es war immer besser, wenn man die Fluchtwege kannte. Unpraktisch war nur, dass sie noch nicht einmal in der Lage war, alleine weglaufen zu können. Von Wegrennen ganz zu schweigen. Dabei war gerade Wegrennen genau das, was sie in diesem Moment am liebsten getan hätte. Zur Tür hin stand ein weiteres Bett, in dem eine Frau leise schnarchend schlief. Sie konnte nicht genau erkennen, wie alt sie war oder was ihr wohl fehlte. An ihrem Bett stand ein Gehwagen. Ein Gehwagen! Am Ende würde sie auch so ein Ding haben müssen. Gestern noch ein Rennrad, heute ein Rollator. Sie versuchte in ihr Bein hineinzuhorchen, ob sie wohl fähig sein würde, mit Hilfe eines Rollators den Fluchtweg anzutreten, doch schon der leiseste Versuch, einen Muskel anzuspannen, tat so weh, dass sie den Fluchtgedanken vorerst beiseiteschob.

In diesem Moment öffnete sich die Tür mit Schwung, und eine weiß gekleidete Schwester schmetterte ein viel zu fröhliches »Guten Morgen, die Damen!« in den Raum. Aus dem Nachbarbett grunzte es kurz, und als die Schwester entdeckte, dass Liz ihre Augen bereits geöffnet hatte, steuerte sie energisch auf sie zu, steckte ihr mit zackiger Bewegung ein Fieberthermometer ins Ohr, was schon eine Sekunde später piepste, band eine Manschette um ihren Arm und begann sie aufzupumpen, um Blutdruck zu messen. Flink trug sie die Werte in eine Tabelle ein, fragte, ob Liz gut geschlafen habe, kündigte an, dass sie ihr ausnahmsweise den Kaffee ans Bett bringe und dass der Arzt sie gleich nach dem Frühstück ansehe, danach wäre sie sicher ein wenig im Haus unterwegs, damit zur Visite später alle Daten vorlägen. Liz nickte nur stumm, das waren viel zu viele Informationen für sie. Aber die Schwester erwartete sowieso keine Antwort. Noch während Liz nickte, hatte sie bereits ihrer Zimmernachbarin die Manschette umgelegt und Liz ihren breiten, kompetenten Rücken zugekehrt. Liz war ganz unwohl bei dem Gedanken, dass jemand schon am frühen Morgen in dieser Luft so betont fröhlich und praktisch und nützlich war.

Der Kaffee war lauwarm und dünn. Das Brötchen sah knusprig aus, aber die Beläge waren eher trist. Eine verpackte Ecke Schmelzkäse, wie Liz sie seit ihrer Kindheit nicht mehr gesehen hatte, eine in Plastikdöschen eingeschweißte Marmelade, auf deren Deckel eine Kirsche abgebildet war, die wahrscheinlich darauf hinweisen sollte, dass Kirschgeschmacksstoffe in der dunkelroten Glibbermasse waren, die sich darunter befand. Liz dachte an Annemies Marmeladen und seufzte. Auf ihren Teller hatte sich auch noch eine kleine Plastikleberwurst gesellt, die aussah, als käme sie aus einem Kinder-Kaufmannsladen. Das Einzige, was sie wirklich anlachte, war ein Stückchen Butter in Goldpapier. Unbeholfen schmierte sie die weiche Butter auf ihr Brötchen. Ihr Arm wollte einfach nicht so, wie sie wollte, was sie fast zur Verzweiflung brachte. Geduld war noch nie eine von Liz' Stärken gewesen.

Die Tobsuchtsanfälle, die Liz schon als Kind immer dann bekam, wenn sie etwas nicht schnell genug alleine bewältigte, hatte ihre Mutter stets seufzend damit kommentiert, dass Liz sich wohl gerade in dem Augenblick versteckt haben musste, als im Himmel die Geduld ausgeteilt wurde. Ihre Mutter. Ob Liz sie anrufen sollte? Ihr Verhältnis war sicher nicht das einfachste. Aber sobald Liz krank war, stieg so etwas wie eine leise Kindersehnsucht nach Mama in ihr auf. Als ob die Abwehr, mit der Liz sie sonst eher von sich fernhielt, zusammen mit ihrer Gesundheit hinweggeschmolzen war und Mama allein nun alles richten könne. Zumindest könnte sie ihr jetzt dieses Brötchen schmieren. Das würde sie bestimmt machen. Und dann würde sie ihr das Brötchen in kleine Müffelchen schneiden, so hatten sie zu Hause stets die gebutterten Brotstreifen genannt, die man in den Kaffee tunken konnte, bis nach einer Weile lauter kleine Fettaugen von der Butter darin schwammen. Wann immer Liz oder ihre kleine Schwester Natalie krank gewesen waren, war Krankenpflege die Art von Mütterlichkeit, mit der sie rechnen konnten. Auch wenn sich diese stets schnell erschöpfte, weil ihre Mutter selbst so ein bedürftiges Wesen war. Marlene Baumgarten, die mit zwei Kindern sitzengelassen worden war, ließ ihren beiden Mädels gegenüber nie einen Zweifel daran, was sie von Männern im Allgemeinen und Peter Baumgarten im Besonderen hielt, wie übel ihr mitgespielt wurde, wie viel ihr eigentlich im Leben zugestanden hätte und wie froh sie war, wenigstens ihre beiden kleinen Schätze zu haben. Sie neigte dabei zu einer gewissen Theatralik, mit der über kurz oder lang eine Unmenge feuchter Küsse auf beide Mädchen niederging, so dass sowohl Liz als auch Natalie lieber schnell das Weite suchten, wenn sich einer dieser dramatischen Ergüsse ankündigte, der oft mit einem Gläschen Prosecco begann und nach einer Flasche noch lange nicht aufhörte. Marlene Baumgarten war stets sehr darauf bedacht gewesen, ihre Töchter vor der Männerwelt zu warnen und sich selbst als Paradebeispiel dafür darzustellen, was einer Frau passieren konnte, wenn sie einem Mann vertraute.

»Und wenn er auch noch schöne Augen hat, Kinder, glaubt mir: Das sind die schlimmsten! Wenn er schöne Augen hat, dann lauft um euer Leben!«

Liz und Natalie waren stets davon überzeugt gewesen, dass ihr Vater das Weite gesucht hatte, weil seine Frau ihm zu anstrengend geworden war. Auf jeden Fall hatten sie beide, ohne dies je miteinander besprochen zu haben, den Männern nie so grundsätzlich misstraut, wie ihre Mutter es gerne gesehen hätte. Vielmehr hatten sie oft grinsend den Kopf geschüttelt über die düsteren mütterlichen Prophezeiungen, dass sie schon noch sehen würden, wohin das führe, und dass sie ihren naiven, ahnungslosen Töchtern die Enttäuschungen gerne erspart hätte, die zweifellos auf sie warteten, wenn sie der Spezies Mann so sorglos vertrauten.

Doch dann wurde erst Natalie mit dem dritten Kind hochschwanger sitzengelassen, weil der werdende Vater sich »irgendwie doch noch nicht bereit fühlte für Familie und so«, dann war die Geschichte mit Claire und Jo passiert, und Liz und Natalie hatten sich stumm angeschaut und gedacht, dass vielleicht doch etwas dran war an den Warnungen ihrer Mutter.

Liz blickte deprimiert auf ihr Brötchen. Sie würde ihre Mutter erst einmal nicht anrufen. Wenn Marlene Baumgarten das Wort »Unfall« nur hörte, würde sie wahrscheinlich schon tränenüberströmt ins Krankenhaus laufen, und Liz müsste sie stundenlang beruhigen, bis die Mutter ihr glaubte, dass Liz weder sterben noch lebenslang behindert sein würde. Das war zu viel für sie heute. Außerdem wusste sie noch gar nicht, was wirklich mit ihr los war. Wenn sie mit ihrer Mutter sprach, brauchte sie genaue Fakten, um deren ausgeprägte Phantasie im Zaum halten zu können. Sie seufzte einmal so abgrundtief, dass die alte Dame aus dem Bett nebenan besorgt zu ihr herüberschaute. Da hatte sie die Aussicht auf ein Butterbrötchen mit Kaffeeplörre zum Frühstück und bekam es noch nicht einmal hin, die Butter auf dem Ding zu verteilen. Sie schlug mit dem Messer auf ihr Brötchen ein und ließ es dann sein. Entnervt lehnte sie sich zurück und schloss die Augen, das Buttermesser noch aufgerichtet in der Hand.

»Schwierigkeiten?«

Liz sah einen Weißkittel vor sich stehen. Aha. Der wollte nun Untersuchungen mit ihr machen, bevor sie überhaupt gefrühstückt hatte.

»Nach was sieht es denn aus?«, fragte sie patzig, hob das Messer ein Stück hoch und stutzte überrascht, als eine schlanke Männerhand ihr das Messer aus der Hand nahm, um die Butter schön gleichmäßig auf ihr Brötchen zu schmieren.

»Gehört das hier zum Service, oder muss ich dafür den dreifachen Satz zahlen?«

Vorsichtig drehte Liz den Kopf nach oben, wo sie in ein grinsendes, noch etwas verschlafen wirkendes Gesicht schaute. Sympathisch. Die Frischekompetenz der Schwester vorhin hatte ihr mehr Unbehagen eingejagt, denn Frühaufsteher weckten bei ihr schon immer Schuldgefühle.

»Damit schmeichele ich mich bei Ihnen ein, damit Sie denken, ich bin nett, und bei den Untersuchungen kooperieren.«

Der Arzt lächelte sie an, und sofort fand sie ihn nicht mehr sympathisch. Sie fand, dass er viel zu gut aussah, um auch noch Arzt zu sein. Bestimmt war er ein selbstgefälliger Macho, der jedem Schwesternkittel nachjagte und sich für unwiderstehlich hielt. Genauso sah er aus. Zu allem Überfluss hatte er auf einer Seite ein Grübchen, wenn er grinste. Sein Grinsen war etwas schief. Was ihn interessanter machte, als wenn es gerade gewesen wäre. Bestimmt hatte er das schiefe Grinsen vor dem Spiegel geübt, um besser mit seinen Patientinnen flirten zu können. Und dann hatte er auch noch schöne Augen. Ihre Mutter hätte sofort einen meterhohen Schutzwall errichtet.

»Friedrich, mein Name. Ich bin der diensthabende Orthopäde und würde mir heute Morgen gerne mal Ihren Allerwertesten und Ihre Beine anschauen«, er streckte ihr seine Hand entgegen und sie schüttelte sie vorsichtig.

»Normalerweise werde ich davor zumindest auf ein Glas Sekt eingeladen. Wenn nicht gar zu einem eleganten Abendessen.« Liz brummelte unwillig vor sich hin. Noch nicht einmal ihren dünnen Kaffee konnte sie in Ruhe schlürfen.

»Ich habe Ihnen immerhin Ihr Brötchen geschmiert. Wenn Sie gnädig sind, lassen wir das heute mal gelten.«

Er schlug Liz' Bettdecke zurück und wollte nach ihrem Fuß greifen, als Panik in Liz hochstieg.

»Sie tun mir jetzt aber nicht weh, oder? Nicht vorm Frühstück?!«

»Ich kann es nicht versprechen. Leider. Ein paar Tests muss ich machen, damit wir entscheiden können, wie wir operieren.«

»Operieren …?«

Liz versagte vor Schreck die Stimme. Das durfte ja wohl nicht wahr sein. So viel Pech auf einmal.

»Warum habe ich so ein Pech?« Liz spürte, wie sich ein Kloß in ihrem Hals bildete, und dachte, sie wolle jetzt ganz bestimmt nicht weinen. Nicht vorm Frühstück und nicht vor diesem Arzt.

»Sie hatten Glück, wissen Sie das?«

»Alle erzählen mir einen vom Glück! Finden Sie, dass

man Glück hat, wenn man im Krankenhaus liegt, man nicht weiß, was weher tut, der Hintern oder das Bein oder der Kopf, und man sich noch nicht mal sein Brötchen selber schmieren kann? Und mein Kaffee zu Hause schmeckt auch besser. Au!«

Sie schrie vor Schmerz leise auf, denn Dr. Friedrich hatte versucht, ihren Fuß zu drehen.

»Und normalerweise jage ich Kerle weg, die an meinem Bein rumfummeln und mir dabei auch noch weh tun.«

Liz kämpfte mit den Tränen, obwohl sie doch tapfer sein wollte. Am allerliebsten aber wollte sie, dass dies alles ein Traum war, aus dem sie gleich erwachte, um einen schönen Tag zu beginnen.

»Jetzt müsste ich Sie umdrehen. Geben Sie mir mal Ihren Arm, dann ziehen Sie sich am besten selbst hier herüber, so dass Sie auf der Seite liegen.«

Liz nahm seinen Arm und ließ sich helfen, während sie wütend durch die Zähne fluchte und es immer schwieriger fand, tapfer zu bleiben. Weil sie hier lag wie ein Käfer auf dem Rücken, mit dem Unterschied, dass sie noch nicht einmal zappeln konnte. Weil draußen die Sonne schien und sie nicht dabei war. Weil ihr alles weh tat. Weil sie ein Flügelhemdchen trug. Und weil der erste Mann, der seit langem überhaupt ihren Po sah, ein Arzt war, der das aus rein professionellem Interesse tat. Und weil es – »Au!«

»Ich fasse Sie nicht mehr an. Keine Angst. Die Schwester wird Sie allerdings nachher einreiben müssen. Sie haben eine starke Prellung am Steißbein. Das wird aber in den nächsten Tagen schon wesentlich besser, auch wenn Sie noch eine Weile damit zu tun haben werden. Blöde Stelle. Wenn der Bruch am Bein operiert ist, geht es Ihnen schnell besser. Es sind immer drei Tage. Drei harte Tage, dann geht es bergauf.«

»Geben Sie mir mal eine von Ihren Tabletten, damit ich auch so gute Laune bekomme.«

»Glauben Sie mir, es geht Ihnen bald besser.«

»Operieren Sie mich denn?«

»Steht auf dem Plan. Erheben Sie Einspruch?«

Liz schüttelte den Kopf.

»Nö. Aber machen Sie es bitte gut. Kein krummes Hinkebein.«

»Kein krummes Hinkebein. Versprochen.«

»Und nur auf mein Bein gucken, nicht auf all die hübschen OP-Schwestern.«

»Ich gehöre zu den Menschen, die einen komplizierten Beinbruch sehr faszinierend finden. Ich werde an nichts anderes denken.«

»Im Fernsehen tun die Ärzte auch immer so, als seien sie an den Patienten interessiert, dabei denken sie nur ans Flirten, schauen sich über die offenen Patienten hinweg tief in die Augen, bis plötzlich der Alarm lospiepst und einer ›Kammerflimmern‹ ruft. Und dann müssen alle zur Seite treten, weil der Defi zum Einsatz kommt.«

»Es gibt wenige Orte, die noch unromantischer sind als ein OP. Keine Sorge. Das wissen nur die Serienschreiber nicht.«

Dr. Friedrich lächelte sie an, und sie wusste, das war sein Lächeln, mit dem er versuchte, seine Patientinnen zu beruhigen, um ihnen zu versichern, dass sie bei ihm in guten Händen waren. Es sah irgendwie eingeübt aus.

Liz runzelte die Stirn.

»Wenn Sie das sagen.«

»Sie brauchen keine Angst zu haben. Nach der Visite besprechen wir mit dem Chef, wie es weitergeht, und dann erkläre ich Ihnen genau, was wir vorhaben. Haben Sie jetzt schon Fragen?«

»Ich will nach Hause«, sagte Liz. »Wann kann ich nach Hause?«

»Das lässt sich erst in ein paar Tagen sagen. Bis dahin behalten wir Sie noch ein bisschen hier.«

»Werde ich gefragt?«

»Fragen Sie Ihr Bein, ob es wieder gerade werden will und ob es laufen und springen und tanzen möchte. Wenn es ja sagt, dann sollten Sie auf Ihr Bein hören. Das scheint Ihnen dann vielleicht leichter zu fallen, als auf mich zu hören.«

»Mein Bein kenne ich halt schon länger«, konterte Liz und musste ein klein wenig grinsen, als er sich in der Tür noch mal nach ihr umdrehte.

»Ich würde auch nicht jedem dahergelaufenen weißen Kittel vertrauen. Aber mir schon!«

»Na, ist das nicht ein charmanter junger Arzt«, tönte es vom Nachbarbett herüber, nachdem er das Zimmer verlassen hatte.

»Ach, der denkt, weil er gut aussieht, kann er alle um den Finger wickeln. Ich kenne die Sorte.«

Liz spähte neugierig hinüber zu ihrer Nachbarin. Sie war bestimmt schon siebzig und gehörte offenbar noch zu der Generation, die Männer in Weiß vergötterte.

»Der ist ein ganz hervorragender Arzt. Mich hat er gut hingekriegt. Ich kann schon wieder laufen. Das hätte nicht jeder geschafft. In meinem Alter, wissen Sie, da gehört schon was dazu. Da heilen die Knochen nicht mehr so schnell. Und immer nett. Immer. Gestern hat er gesagt: ›Bald springen Sie wieder wie ein junges Reh!‹« Sie kicherte und errötete sogar ein wenig. »Reizend ist der junge Mann. Ganz reizend.«

»Na dann«, sagte Liz. »Solange ich wieder springen kann wie vorher, bin ich schon zufrieden. Ein Reh muss es gar nicht sein.«

Sie schlug die Augen zu, damit die Dame vielleicht aufhören würde zu reden. Aber die bemerkte es gar nicht und plapperte einfach weiter.

»Ich habe mich ja noch gar nicht vorgestellt. Also da reden wir und reden wir und wissen noch gar nicht, mit wem eigentlich! Mein Name ist Schäfer, Rosi Schäfer. Oberschenkelhalsbruch. Da denkt man ja immer, jetzt ist es aus. In meinem Alter einen Oberschenkelhalsbruch! Aber der Herr Doktor hier hat mich wirklich gut wieder hingekriegt.«

»Ja.« Liz versuchte freundlich zu lächeln. »Das sagten Sie eben schon. Das freut mich. Ich bin Liz Baumgarten. Vom Fahrrad gefallen. Und so wie es sich anfühlt, ist viel kaputt. Das werden wir ja bei der Visite nachher alles ganz genau erfahren.«

»Bestimmt!«

Rosi Schäfer senkte die Stimme ein wenig, um ganz vertraulich zu klingen, und raunte zu Liz hinüber: »Ich höre dann mal mit zu, zusammen kann man sich das alles besser merken, was die einem sagen! Und dieser Medizinjargon! Ihre Vorgängerin und ich haben das auch immer so gemacht. Zusammen zugehört und hinterher haben wir alles noch mal besprochen.«

Na super, dachte Liz, und laut sagte sie: »Danke schön. Ach, wissen Sie, ich mach mal noch ein wenig die Augen zu und ruhe mich aus. Wenn Sie erlauben. Ich glaube, ich bin schon wieder müde.«

»Ach, Sie armes Dingelchen … und ich plappere und plappere, schlafen Sie mal noch ein bisschen, ich bin ganz leise.«

Nach einer Weile kamen tatsächlich keine Laute mehr vom Bett nebenan, und Liz sortierte ihre Gedanken. Das Denken dauerte irgendwie länger als sonst. Bestimmt hatte sie eine Gehirnerschütterung. Spätestens jetzt, da sie erfahren hatte, dass sie operiert werden musste, war sie erschüttert. Eine Operation! Eine Narkose! Davor graute ihr am allermeisten. Da hatte sie überhaupt nichts mehr im Griff. Wusste noch nicht einmal, ob sie je wieder erwachen würde. Grauenhaft. Liz gehörte zu den Menschen, die schon bei der kleinsten Abgabe von Kontrolle in Panik gerieten. Sie war ein entsetzlicher Beifahrer, in Aufzügen stellte sie sich direkt neben die Tafel mit den Knöpfen, um schnell darauf herumdrücken zu können, falls der Aufzug etwas tun sollte, was sie nicht wollte. Sie machte lieber alles selbst und überließ so wenig wie möglich anderen. Dann wusste sie wenigstens, dass und wie es gemacht worden war. Und jetzt wurde sie operiert, und Frau Hummel traf die Juweliersfamilie Winter, während sie hilflos im Bett lag. Großartig. Hoffentlich bekam Annemie Hummel alles gut hin.

Hoffentlich.

3

Annemie riss sich blitzschnell das Kränzchen vom Kopf und wäre am liebsten einfach weggerannt. Aus der signalroten Tür hinaus, nichts wie weg, nur weg! Weil das nicht ging, wäre sie als Nächstes am liebsten drei Meter tief im Boden versunken, und weil auch das nicht ging, versuchte sie mit dem letzten Mut der Verzweiflung, gute Miene zum schlechten Start zu machen. Sie legte das Kränzchen beiseite, lächelte ihre beiden etwas verdutzt dreinschauenden Besucher an, bat sie höflich herein, bot ihnen einen Platz am Tisch an und entschuldigte sich kurz, ob die Herrschaften sich doch bitte einen ganz kleinen Moment gedulden könnten, während sie rasch den Kaffee nach vorne hole. Kaum in der kleinen Kochnische angekommen, lehnte sie sich gegen die Wand und atmete tief durch.

»Ruhig bleiben«, sprach sie sich Mut zu. »Bleib ruhig. Der Anfang ist vermasselt, schlimmer kann es nicht werden. Ruhig bleiben. Weitermachen. Weitermachen. Einfach weitermachen.« Sie atmete tief ein, während sie mit etwas zittrigen Händen das Tablett ergriff, um zurückzugehen.

»Das ist sie nicht. Hier bleibe ich nicht«, hatte Nina ihrem Vater in ihrer bestimmten Art, die keinen Widerspruch duldete, zugeraunt. Doch Herr Winter hatte zurückgeraunt, dass sie jetzt erst einmal abwarten würden, was nun käme. Denn obwohl er sich eine angesagte Hochzeitsplanerin anders vorgestellt hatte als diese zugegebenermaßen etwas altbacken gekleidete Dame mit dem Blütenkränzchen im Haar, so hatte ihn der kurze verstörte Blick aus ihren Augen tief getroffen. Veilchenblau. Diese Augen waren so tiefblau, wie er es in seinem ganzen Leben nur ein einziges Mal gesehen hatte. Bei Evelyn. Nie wieder hatte er Augen von derartig blauem Blau gesehen. Er musste unbedingt noch ein wenig länger hierbleiben, allein um noch einmal einen Blick aus diesen Augen zu erhaschen.

Nina sah ihren Vater überrascht von der Seite an.

»Papa, was um Himmels will–«

Sie verstummte, denn die Frau im Karoblazer kam mit einem Tablett zurück, das sie auf den Tisch stellte, um sich dann schüchtern gegenüber auf einen Stuhl zu setzen.

Annemie holte tief Luft und begann sehr schnell und viel zu leise zu reden, so dass Nina und Claus Winter fast gleichzeitig nachfragen mussten.

»Wie bitte …?«

»Entschuldigung, was haben Sie gerade …«

Wieder war es dieses ungewöhnliche Blau aus Annemies Augen, das Claus Winter sofort verstummen ließ und eine Bereitschaft in ihm weckte, seine Ohren zu spitzen und dieser Frau zu helfen, das loszuwerden, was sie offensichtlich loswerden wollte. Er legte seine Hand beruhigend und bestimmt auf Ninas nervös zappelnde Hand und schaute Annemie freundlich an.

»Sie müssen entschuldigen. Das Geschirr hat geklappert und mein Gehör ist leider nicht das beste. Wenn wir uns vielleicht vorstellen dürften: Dies ist meine Tochter Nina Winter, die Braut, um die es hier geht, und ich bin ihr Vater, Claus Winter. Und Sie sind Frau Baumgarten?«

Er schaute sie fragend an, und Annemie spürte, wie eine aufgeregte Röte ihr am Hals hochstieg. Auch das noch. Nun wurde sie auch noch rot.

»Nein«, stammelte sie schüchtern. »Ich bin nicht Frau Baumgarten, ich bin Frau Hummel. Frau Baumgarten liegt im Krankenhaus, ein Unfall, leider, gestern Abend, sie ist zu schnell, na egal, sie kann nicht kommen und hat mich gebeten, hier zu sein und mit Ihnen zu sprechen. Weil, sie kann ja nicht.«

Eine kleine Stille trat ein.

»Und Sie sind, was? Ihre Mitarbeiterin?«

»Ja«, antwortete Annemie. »Also nein, eigentlich … also, ich arbeite schon mit, aber anders. Wollen Sie nicht erst einmal einen Kaffee?«

»Gerne.« Claus Winter nahm eine Tasse entgegen und stellte sie vor sich hin.

»Und auf welche Art arbeiten sie ›schon mit‹?«, fragte Nina etwas herablassend.

»Ich backe«, sagte Annemie und reichte ihr den Teller mit den Petit Fours, die sie mitgebracht hatte. »Hochzeitstorten. Ich backe Hochzeitstorten. Und ich verziere sie.«

»Wir wollen heute aber nicht über Hochzeitstorten reden.« Nina war genervt. »Vielleicht kann uns Frau Baumgarten anrufen, wenn sie wieder zurück ist, damit wir einen neuen Termin vereinbaren. Wenn wir bis dahin niemand anderes gefunden haben.«

Claus Winter sah, wie Annemie erst blass, dann rot wurde und wie dieser Farbwechsel genau um ihre blauen Augen herum stattfand, die dadurch immer anders leuchteten.

»Die stürmische Jugend!«, rief er aus, lächelte Annemie ermutigend an und griff wieder nach Ninas Hand. Die er diesmal noch etwas fester hielt. »Jetzt probieren wir zunächst einmal diese kleinen Törtchen und trinken eine Tasse Kaffee und hören uns in Ruhe an, was Frau Hummel uns erzählen kann.«

Er schaute Nina mit einem bestimmenden Blick an, sie rollte die Augen, zog ihre Hand aus seiner und spielte das übertrieben gelangweilte, geduldige Lämmchen, das sie noch nie gewesen war.

»Frau Baumgarten bat mich, Sie schon einmal nach Ihren ungefähren Vorstellungen zu fragen, denn wenn sie den Rahmen kennt, dann könnte sie Ihnen sehr schnell einige Vorschläge machen. Genauere Vorschläge.«

Annemie schaute auf ihren Zettel, auf dem sie sich notiert hatte, was sie alles fragen sollte.

»Wissen Sie schon, wie viele Gäste Sie erwarten? Oder haben Sie bereits eine Vorstellung von der Lo…, also, von … äh dem Ort, an dem das Fest stattfinden soll? Wir haben hier auch schöne Bilder, ich kann ja mal …«

Sie stand auf, um einige Bücher, die sie am anderen Tischende zurechtgelegt hatte, zu holen und sie vor den beiden auszubreiten.

»Vielleicht wollen Sie einmal darin blättern …«

»Wir wollten eigentlich von Ihnen hören, was Sie angemessen fänden.«

Nina war ein Biest. Ihr Vater strafte sie mit einem Blick und hielt ihr den Teller mit den Petit Fours hin. Sie nahm

75

eines, biss hinein und konnte nicht anders, als anerkennend die Brauen hochzuziehen. Wenn Annemie dies gesehen hätte, hätte es ihr vielleicht ein wenig Sicherheit gegeben, aber sie hatte es nicht bemerkt. Sie hatte für einen kleinen Moment die Augen geschlossen und überlegt, was Liz jetzt wohl tun würde. Oder was ihre Freundin Waltraud nun an ihrer Stelle getan hätte. Waltraud saß immer so kompetent an der Kasse im Edekaladen und redete mit allen Leuten. Egal, ob sie Pelze trugen oder ausgeleierte Pullis, die schon lange keiner Waschmaschine begegnet waren. Sie redete einfach. Annemie war, was das Reden anging, vor allem aber, was das Reden mit Fremden anging, schlicht aus der Übung. Sie redete meist mit sich selbst, und da gab es wenig Unerwartetes, auf das sie spontan reagieren musste. Was würde Waltraud sagen? Beim Gedanken an Waltraud fiel ihr das Buch ein, das sie erst gestern getauscht hatten und das nun zu Hause an ihrem Bett lag. Sie öffnete die Augen wieder und sah Nina an, die gerade ein zweites Petit Fours nahm.

»Ich darf doch …«, fragte sie und Annemie nickte froh.

»Aber natürlich! Wenn Sie als kleines Mädchen von einer Hochzeit geträumt haben«, fragte Annemie, »wie haben Sie sich die immer vorgestellt?«

»Kitschig«, antwortete Nina. »Total rauschend, wallende Stoffe, Spitzen, Blumenmädchen, Geigen, das volle Programm. So wie man heute natürlich nie mehr heiraten würde!«, ergänzte sie schnell, nicht dass die Karodame noch auf falsche Gedanken kam.

Aber das war ein Stichwort, mit dem Annemie etwas anfangen konnte. Mit Träumen kannte sie sich aus. Auch sie hatte einst von einer Hochzeit geträumt, bei der sie sich fühlen würde wie eine Prinzessin. Wunderschön und strahlend für einen Tag, für den schönsten Tag im Leben. Sie hatte dann schließlich die vernünftige, klein gehaltene Hochzeit mit einem unauffälligen Kleid bekommen. Ohne Schleier, ohne Fest, ohne Hochzeitswalzer. »Du kannst jetzt sowieso nicht richtig feiern, in deinem Zustand«, hatte ihre Mutter ihr zugeraunt und war wahrscheinlich heilfroh gewesen, dass sie dadurch Kosten sparen konnte. Doch bis heute war Annemie überzeugt davon, dass ihre ganze Ehe romantischer geworden wäre, wenn sie mit einer romantischen Hochzeit begonnen hätte.

»Das finden Sie jetzt sicher dumm von mir. Aber wissen Sie, es kann sein, dass es einmal einen Zeitpunkt in Ihrem Leben geben wird, an dem Sie es bereuen, nicht so geheiratet zu haben, wie Sie es sich als kleines Mädchen erträumt haben. Und dann können Sie es nicht mehr nachholen.«

Sie erschrak fast über sich. Dass sie einfach so losgeplappert hatte. Wer war sie denn schon, dass sie jemandem wie Nina Winter einen Rat geben wollte. Bestimmt hatte sie es jetzt vermasselt. Unsicher schaute sie auf und genau in die Augen von Claus Winter, die auf ihr ruhten.

»Und das kann traurig sein«, fügte er hinzu.

Annemie nickte zögernd. Er schien zu verstehen, dass sie von sich gesprochen hatte, und erleichtert merkte sie, dass er es nicht völlig falsch fand, was sie gesagt hatte.

»Deine Mutter hat sich damals ihren Mädchentraum erfüllt. Sie war für einen ganzen Tag lang meine Prinzessin, und das ist sie geblieben. Das ist sie noch immer. Lass es dir noch einmal durch den Kopf gehen, Nina. Es ist ja nichts, was wir sofort entscheiden müssen.«

»Ich werde mich ganz bestimmt nicht in die Geschmacklosigkeiten aus Tüll kleiden, die ich mir als kleine Göre in kitschigen Märchenbüchern angeschaut habe!«

»Aber vielleicht gibt es ja ein Kleid, das Sie heute richtig schick finden, und trotzdem fühlen Sie sich wie eine Prinzessin darin.«

Annemie wurde zusehends mutiger, denn jetzt hatte sie das Gefühl, aus einem ihrer Romane oder einem ihrer Träume zu erzählen, was letztendlich das Gleiche war.

»Sie glauben gar nicht, was es alles für Kleider gibt! Wir haben hier Kataloge, aber ein Kleid muss man anprobieren, man muss sich darin bewegen, man muss spüren, ob man sich verkleidet fühlt und falsch oder ob Sie plötzlich noch schöner und besonderer werden, als Sie es schon sind.«

Annemie lächelte sie an. Sie sah Nina vor sich, als ob sie einen Bucheinband von einem ihrer Liebesromane zieren würde. Mit blonden Locken und Blüten im Haar.

»Sie sind so schön. Sie werden eine wundervolle Braut sein.«

Nina war einen Moment lang seltsam berührt von diesem Satz, der noch eine Weile über den blauen Hyazinthen hing, bevor er sich im Raum verflüchtigte … *Sie werden eine wundervolle Braut sein …* Das hatte noch niemand zu ihr gesagt, aber plötzlich glaubte sie es. Sie wollte es glauben, und sie wollte es sein, eine wundervolle Braut. Schon der bloße Gedanke rührte sie, und sie wischte das Gefühl schnell beiseite. Rührung und damit verbundene Tränen waren nichts, was besonders viel Raum in Ninas Leben einnahm. Sie hatte nach dem Tod ihrer Mutter gut dafür gesorgt, dass nichts, was mit Tränen verbunden war, je wieder besonders viel Raum in ihrem Leben einnehmen würde.

Claus Winter sah Annemie an, die ein wenig aufgeblüht war während ihrer Unterhaltung und vor Aufregung schon rosig schimmernde Wangen hatte. Er ahnte, dass sie alles, was sie tat, mit viel Herzblut angehen würde. Gleichzeitig käme diese Frau Baumgarten ja bald aus dem Krankenhaus. Es gefiel ihm, dass eine ältere Dame und eine junge Frau gemeinsam Ninas Hochzeit vorbereiten würden. Frau Hummel hatte Herz. Das hatten nicht viele. Geschäftssinn, das traf man häufig an. Gute Kontaktlisten, Adressen, Phantasie. In der einen oder anderen Gewichtung gab es das alles oft. Aber Herz. Und das zusammen mit diesen blauen Augen. Mit Evelyns blauen Augen. Ihm kam eine gewagte Idee.

»Frau Hummel, ich hätte eine besondere Bitte an Sie. Ein Spezialauftrag sozusagen. Ich weiß nicht, ob Sie immer mit einem bestimmten Floristen zusammenarbeiten …«

»Das weiß ich leider auch nicht, da müsste ich …«, antwortete Annemie zögernd, doch Claus Winter ließ sie gar nicht ausreden.

»Ich habe einen Bruder mit einer Gärtnerei –«

»Papa, das ist nicht dein Ernst!«, unterbrach ihn Nina entsetzt. »Du glaubst doch nicht, dass ich mir den Brautschmuck von diesem Gartenzwerg stecken lasse?!«

Claus Winter ignorierte den Einwand seiner Tochter und fuhr an Annemie gewandt fort.

»Ich habe den Kontakt zu meinem Bruder verloren. Ich weiß weder, wie es ihm geht, noch wie er lebt. Ich weiß nur, dass es seine Gärtnerei noch gibt, und ich würde mich freuen, wenn Sie unter einem Vorwand bei ihm vorbeischauen könnten und für mich herausbekommen, wie es ihm geht.«

»Ein Vorwand«, wiederholte Annemie und zweifelte stark, ob sie das könnte. »Ich bin da nicht so, also, so etwas fällt mir nicht so leicht, ich meine …«

»Vielleicht fragen Sie ihn, ob er Interesse hätte, sich um den Blumenschmuck für eine Hochzeit zu kümmern?«

»Und wenn er nein sagt?«

»Dann sind wir alle erleichtert!«, tönte Nina.

Aber ihr Vater warf ihr einen strafenden Blick zu.

»Ich würde mich freuen, Nina. Er ist mein Bruder.«

Nina seufzte.

»Du bist jetzt schon lange ohne ihn ausgekommen!«

»Das stimmt«, erwiderte Claus Winter. »Zu lange. Viel zu lange. Es wird höchste Zeit, das zu ändern.«

Annemie redete sich beruhigend zu, dass sie sich die Gärtnerei ja einmal anschauen könnte. Einfach vorbeigehen. Und ein paar Blumen kaufen. Ganz nebenbei fragen, ob er denn auch Hochzeiten ausrichte. Das würde sie doch können? Vielleicht. Ja, vielleicht könnte sie sich das zutrauen. Und dann wäre ja auch Liz bestimmt schon wieder gesund und könnte alles Weitere übernehmen.

»Wenn Ihnen das gelänge, Frau Hummel, dass er die Blumenarrangements für seine Nichte Nina steckt, dann haben Sie nicht nur den Auftrag sicher in der Tasche, dann haben Sie auch etwas wirklich Wichtiges vollbracht. Ich glaube, Ihnen würde er zuhören.«

»Warum denn mir? Und warum gehen Sie nicht selbst zu ihm?«, fragte Annemie vorsichtig.

»Die letzten Male, die ich es versucht habe, wurde mir

die Tür ins Gesicht geschlagen. Er hat sogar Blumentöpfe nach mir geworfen, als ich hartnäckig blieb. Das ist allerdings etliche Jahre her. Er mag mich nicht. Aber keine Angst, Sie wird er mögen, da bin ich mir sicher. Was sagen Sie, können Sie mir helfen? Sie würden mir damit persönlich einen sehr großen Gefallen erweisen.«

»Ich versuche es«, flüsterte Annemie errötend. Sie war stolz, dass Herr Winter ihr so etwas Schwieriges zutraute. »Ich versuche es einfach!«

Dann betrachteten sie gemeinsam Liz' eindrucksvolles Hochzeitsalbum, in dem die Highlights der von ihr organisierten Hochzeiten inklusive vieler Ideen und Anregungen zusammengestellt waren. Claus Winter und nach und nach auch Nina waren begeistert. Aber nicht so begeistert wie Annemie, die schon lange, lange keinen so abwechslungsreichen und unterhaltsamen Vormittag erlebt hatte. Wenn überhaupt je ein einzelner Vormittag so viele Überraschungen und Neuigkeiten auf einmal bereitgehalten hatte.

Nachdem Vater und Tochter gegangen waren, sorgte Annemie rasch für Ordnung. Sie stellte die Bücher an ihren Platz zurück, stapelte die Notizen fein säuberlich übereinander, spülte das Geschirr, räumte es ins Regal, wo sie die Tassenhenkel akkurat ausrichtete, und versuchte dann, Liz im Krankenhaus anzurufen. Nach einer kleinen Auseinandersetzung mit dem Telefon, die beinahe zugunsten des Apparates ausgegangen wäre, gelangte Annemie an die Krankenhauszentrale. Sie fragte sich durch nach Frau

Baumgarten und landete nach einer schier endlosen Zeit, in der sie immer weiter und weiter verbunden wurde und schon auflegen wollte, endlich bei Liz, die plötzlich aufgeregt klang, nachdem sie hörte, wer am Telefon war.

»Frau Hummel! Wie war es denn? Sagen Sie schnell, war es okay?!«

»Es war wunderbar!«

»Ach«, seufzte Liz glücklich, »wenn ich Sie nicht hätte!«

»Dann hätten Sie jemand anderes«, erwiderte Annemie, doch sie strahlte voller Stolz, als sie das sagte. Sie kündigte ihren Besuch für den Nachmittag an, ließ sich eine Liste diktieren, was sie dann für Liz mitbringen sollte, und schrie entsetzt auf, als Liz mit einem Mal einfiel, dass es ja die Torte auszuliefern galt. Die schnörkellose Torte für das sachliche junge Paar.

»Frau Hummel, ist die Torte wirklich schlicht und ohne Schnörkel?«

»Ja«, erwiderte Annemie zögernd.

»Wirklich?«

»Fast.«

»Gut. Dann los, die Adresse liegt auf dem Stapel neben dem Telefon, es war irgendetwas mit Blumen im Namen, rufen Sie sich ein Taxi, holen Sie die Torte und bringen Sie Ihr Werk selbst dorthin. Das klappt noch, wenn Sie gleich loslaufen. Vorne an der Ecke ist doch ein Taxistand. Da stehen immer ein paar Wagen!«

Annemie legte auf, fand einen Zettel mit der Adresse Gladiolenweg, das musste sie sein, schnappte sich ihre Handtasche, schloss ordentlich ab und lief zum Taxistand.

Natürlich stand kein Taxi da. Nur eine Rufsäule, von der sie nicht wusste, wie man sie überhaupt bediente.

Doch weiter vorne, die Straße hinunter, sah sie ein Taxi, das auch noch gerade in ihre Straße einbog, und Annemie versuchte zu winken, so wie sie es schon in Filmen gesehen hatte. Doch der Wagen machte keinerlei Anstalten anzuhalten. Er fuhr einfach weiter. Sie schaute auf die Uhr und spürte, wie eine kleine Hitzewelle ihr den Rücken hinaufkroch und den Nacken feucht werden ließ. Auch das noch. Ein weiteres Taxi fuhr vorbei, sie winkte derart heftig mit ihrer Handtasche, dass sie sich sehr albern dabei vorkam. Doch immerhin reagierte der Fahrer. Er deutete nach oben zum Himmel, was immer das auch heißen mochte. Sollte sie etwa beten? Dann sah sie ein weiteres Taxi, das direkt auf den Taxistand zufuhr und nach einem erneuten erniedrigenden Taschenschwenken vor ihr anhielt.

»Junge Frau, hier ist doch der Taxistand, da halten wir sowieso an, da brauchen Sie gar nicht zu winken!«

Junge Frau! Machte der sich etwa lustig über sie?

»Aber die anderen sind alle vorbeigefahren!«

»Dann waren die Kollegen wahrscheinlich besetzt.« Er machte die gleiche Handbewegung nach oben, die der vorherige Fahrer auch gemacht hatte, und sie nickte, als ob sie alles verstünde.

»Und?« Er warf ihr einen fragenden Blick zu.

»Was?« Annemie sah ihn verständnislos an. Was war denn nun schon wieder?

»Wohin soll's denn gehen?«

Annemie errötete erneut, und die Hitzewelle begann sich vom Rücken her auszubreiten. Sie stellte sich aber auch wirklich dumm an.

Sie nannte ihre Adresse, die Adresse des Hochzeitspaares, beschrieb, was sie vorhatte, und der Taxifahrer fuhr los, so dass sie sich kurz zurücklehnen konnte, um Atem zu schöpfen, bis sie ankamen.

Als das Taxi in der Spohrstraße vor ihrer Wohnung hielt, lief sie nach oben, holte die Torte, die schon im Karton bereitstand, und hob rasch den Deckel, um ihr Werk noch einmal zu betrachten. Nun, schnörkellos konnte man es nicht gerade nennen. Es war eben eine Hochzeitstorte. Es saßen keine Tauben darauf, und sie hatte auch keine Zuckerherzchen auf der Glasur verteilt. Aber in den Schokoladenranken, die sich um die Torte wanden, saßen silberne, süße Liebesperlen, die ihrem Werk einen gewissen Glanz verliehen. Schließlich handelte es sich doch um eine Hochzeitstorte! Sie trug sie vorsichtig in ihrem sperrigen Karton die Treppe hinunter. Als sie das gemeistert hatte, versuchte sie, zusammen mit der Torte ins Taxi einzusteigen, ohne dass irgendetwas in Schieflage geriet. Es war tatsächlich gar nicht so einfach, eine Torte zu transportieren.

»Jetzt fahren wir mal ein bisschen vorsichtiger«, beschloss der Taxifahrer zu Annemies Erleichterung ganz von selbst und lieferte sie kurz darauf beinahe pünktlich vor dem schmucklosen Mehrfamilienhaus ab. Annemie klingelte, wurde von einer jungen blonden Frau in einem schmalen Etuikleid aus hellgrauer Seide hineingebeten und setzte den Karton auf den Tisch.

»Wo ist denn die Braut?«, fragte Annemie in Erwartung eines hübschen weißen Kleides, das sie in ihre nächsten Träume mit einbeziehen könnte.

»Steht vor Ihnen!«, sagte die junge Frau, und Annemie schluckte das »Aber«, das sofort in ihr aufstieg, schnell hinunter. Meine Güte, eine Hochzeit in Grau, dachte sie. Wie wird dann erst der Alltag werden?

Doch laut sagte sie: »Oh, da gratuliere ich Ihnen aber herzlich, alles Gute für Ihre Ehe und viel Glück und Zufriedenheit miteinander.«

»Danke, danke«, wehrte die Braut, die gar nicht danach aussah, ab. »Wir heiraten, weil es einfach günstiger kommt. Steuerlich gesehen, wissen Sie. Natürlich lieben wir uns«, fügte sie wie zur Rechtfertigung hinzu, als sie Annemies Blick sah. »Aber das kann man ja auch tun, wenn man nicht verheiratet ist.«

»Natürlich«, sagte Annemie rasch und strich sich verlegen ihren Karoblazer glatt, den noch nie eine Falte verunziert hatte. »Aber ja doch. Trotzdem, alles Gute. Und einen wunderschönen Tag noch. Einen schönen Hochzeitstag.«

Sie verließ die Wohnung und sah nicht mehr, wie die Braut die Torte auspackte und doch ein Lächeln nicht vermeiden konnte angesichts der Liebesperlen und des süßen Schmuckes, der die Torte zierte. Und als sie später mit ihrem Mann gemeinsam das Messer hielt, um die Torte anzuschneiden, wurde aus der etwas sachlichen kleinen Versammlung mit einem Mal eine richtige Hochzeit, und das hellgraue Seidenkleid begann wie ein Brautkleid zu schimmern, weil die Braut, die darin steckte, plötzlich strahlte.

Der Taxifahrer hatte wie verabredet auf sie gewartet und fuhr sie nun zurück in ihre Wohnung, wo sie ein paar Sachen für Liz zusammensuchen wollte, um sie ihr ins Krankenhaus zu bringen. Als der Taxifahrer ihr vor dem Haus den Preis für diese Fahrt nannte, fiel sie fast um. So viel gab sie in der Woche normalerweise für Lebensmittel aus. Sie hatte Sorge, dass sie gar nicht genug Geld im Portemonnaie hatte, und überlegte schon, wie sie dem netten Fahrer diese peinliche Situation erklären könnte. Nervös öffnete sie ihre Geldbörse, um nachzuschauen, aber zum Glück reichte das Geld gerade aus, und sie konnte die Rechnung begleichen.

Als Annemie die Tür aufschloss und die Treppen zu ihrer Wohnung im zweiten Stock hinaufstieg, merkte sie plötzlich, dass ihre Beine sehr schwer waren. Dass ihr ganzer Körper überhaupt sehr schwer war. Annemie war furchtbar müde, sie hatte heute schon mehr erlebt als sonst in einem ganzen Monat, und der Tag war noch lange nicht vorbei! Sie war so froh, in ihre Wohnung zu kommen, dass sie sich direkt in den Sessel im Wohnzimmer fallen ließ und erst dort die Schuhe abstreifte, obwohl sie diese gewöhnlich gleich im Flur fein säuberlich parallel zueinander unter die Garderobe stellte. Einen Moment lang genoss sie es, einfach still zu sitzen und sich auszuruhen und dabei zu spüren, wie ihre ausgestreckten Füße kribbelten. Doch schnell wurde sie wieder unruhig, es gab einfach zu viel zu tun. Sie erhob sich, um die Schuhe an ihren Platz zu stellen, um ihre Jacke ordentlich auf einen Bügel zu hängen und sich ausgiebig die Hände zu waschen. Als sie aus dem Badezimmer trat, merkte sie, dass sie fürchterlichen Hunger hatte. Es war ja auch schon halb drei. Sie würde sich richtig beeilen müssen, wenn sie alles schaffen wollte. Aber Essen musste sein. Das hielt schließlich Leib und Seele zusammen. Etwas, das schnell ging. Sie schaute in den Kühlschrank und beschloss, sich ein Rührei zu braten. Ihre Beine kribbelten wohlig, als sie kurz darauf endlich sitzen

konnte und in ihrer Küche am Tisch ein Butterbrot mit
Rührei aß, das sie etwas stärkte und das hohle Gefühl im
Magen vertrieb.

∞

Fabian Schenk hatte gute Laune. Er hatte sogar sehr gute
Laune. Er hatte gerade ein Schmuckset für einen exklu-
siven Kunden entworfen, und der Kunde hatte sich aus
mehreren Angeboten für Fabians Entwurf entschieden.
Und als ob das noch nicht genug Triumph für einen einzigen Vormittag gewesen wäre, hatte sein Chef und zukünftiger Schwiegervater Claus Winter ihn in sein Büro
gerufen und ihn seinem Schreibtisch gegenüber Platz
nehmen lassen. Er hatte ihn über seine randlose Lese-
brille hinweg angefunkelt, ob er es wirklich ernst meine
mit seiner Tochter. Das hatte Fabian natürlich bejaht.
Dann hatte sein Chef noch einmal angesetzt und ihn
gefragt, ob er sich zutraue, Anteile an dem Geschäft zu
übernehmen. Auch darauf hatte Fabian freudig überrascht mit Ja geantwortet, er könne sich das sehr gut vorstellen und fühle sich geehrt, wenn so viel Vertrauen in
ihn gesetzt werde. Er hatte jedoch ebenfalls sofort einge-
wendet, dass er es sich einfach nicht leisten könne, Anteile zu erwerben, weil er außer seinem Gehalt keinerlei
Rücklagen habe. Herr Winter hatte ihn angelächelt und
gesagt, dass er das wisse, es sei ihm sympathisch, dass Fabian da geradeheraus spreche. Was er denn davon hielte,
wenn er als zukünftiger Chefgoldschmied eine Gehalts-
erhöhung in Form von Anteilen bekäme, um so über die
Jahre zu einem passablen Prozentsatz zu kommen. Wäh-

87

rend Claus Winter schon den Telefonhörer in die Hand nahm, um seinen Juristen zu bitten, einen entsprechenden Schriftsatz aufzusetzen, hatte Fabian innerlich mindestens so laut gejubelt wie an dem Tag, als Nina seinen Heiratsantrag angenommen hatte. Er hatte dem Impuls widerstehen müssen, sofort zu seinem Handy zu greifen, um es in die Welt zu posaunen, um es seiner Mutter zu erzählen, die wahrscheinlich genauso wenig an seine Beförderung glaubte wie daran, dass er jemals Anteile am Juweliergeschäft Winter halten könnte. Sie hatte auch nie daran geglaubt, dass Nina Winter seinen Heiratsantrag annehmen würde. Aber sie würde es schon noch sehen! Es war ihm wichtig. Es war ihm verdammt wichtig, dass aus ihm jemand geworden war, auf den seine Mutter stolz sein konnte. Spätestens wenn er ihr die Schiffsreise schenken würde, die sie sich schon immer wünschte, spätestens dann würde sie ihm glauben.

Er war bestimmt kein einfacher Sohn gewesen. Seine Eltern waren kleine Angestellte, die nie den Ehrgeiz besessen hatten, mehr aus sich zu machen. Seine Mutter arbeitete im Kaufhaus in der Haushaltsabteilung, wo sie den Kunden hochwertige Topfsets oder Besteckkoffer empfahl, die manchmal fast so viel kosteten, wie sie in einem ganzen Monat verdiente. Darauf war sie richtiggehend stolz. Sie fand, dass sie eine gute Stelle hatte. Sie mochte ihren Arbeitgeber, sie mochte die Prozente, die sie im Personalkauf bekam, und sie mochte die anderen Verkäuferinnen, von denen manche wie sie selbst schon seit über dreißig Jahren dort arbeiteten. Fabian hegte ebenfalls den Verdacht, dass sie es mochte, sich den ganzen Tag zwischen neuen, schönen Dingen zu bewegen.

Er hatte sich manchmal geschämt, wenn sie zu Hause beim Essen von einem neuen Produkt geschwärmt hatte, das sie jemandem verkauft hatte, der es sich offensichtlich leisten konnte. Es machte ihn wütend, dass sie es sich nie würde leisten können und dass sie trotzdem davon schwärmte. Er hatte sich jedenfalls vorgenommen, einmal so viel Geld zu verdienen, dass er ihr jedes bescheuerte Topfset und jedes Kaffeeservice kaufen könnte, von dem sie träumte. Und die Schiffsreise dazu. Denn sein Vater hatte es in seinen Augen auch nicht viel weitergebracht. Er arbeitete in einem der wenigen übriggebliebenen, alteingesessenen Eisenwarenläden, dem die Kunden abhandenkamen. Niemand ging mehr in einen dieser kleinen Läden, wenn vor der Stadt riesige Baumärkte öffneten, die alles vorrätig hatten, was man eventuell suchen könnte. Sein Vater hoffte inständig, dass der Laden noch so lange durchhielt, bis er in Rente gehen würde, was nicht mehr allzu lange dauerte. Fabian schätzte, dass sein Vater höchstens noch zwei oder drei Jahre arbeiten musste. Den grauen Kittel, den er stets im Laden trug, hatte Fabian nie gemocht. Aber die Vorstellung, dass sein Vater auf seine alten Tage noch eine orange oder quietschgrüne Baumarktkluft anziehen müsste, war unerträglich. Er hoffte, dass ihm das erspart bliebe.

Es war damals schwer gewesen, seine Eltern davon zu überzeugen, dass er Abitur machen wolle. In seiner ganzen Familie aus Arbeitern wurde es schon als Karriere angesehen, wenn man ein kleiner Angestellter wurde. Doch Fabian, der eine kreative Ader hatte, wollte raus aus dem Baumarkt-Eisenladen-Kaufhaus-Milieu. Er wollte in eine andere Welt. Er dachte, wenn er mit edlen Materialien zu tun hätte, dann könnte er auch in edlere Regionen des Lebens aufsteigen.

Zunächst war es ihm durchaus peinlich gewesen, Nina seine Eltern vorzustellen. Doch der Nachmittag war damals gut verlaufen, Nina hatte sich eine Riesenmühe gegeben, sich nicht zu schick anzuziehen, kein zu teures Gastgeschenk mitzubringen, sie hatte mit seiner Mutter ewig über Geschirr geredet, als sei es das, was ihr im Leben am wichtigsten wäre, und er hatte dabeigesessen und gedacht, dass er der glücklichste Mensch auf Erden wäre. Dass seine Mutter später voller Bedenken den Kopf gewiegt hatte, hatte ihn überrascht.

»Was habt ihr denn? Es war doch alles gut?« Fabian verstand nicht, warum seine Mutter beunruhigt war.

»Sie gehört woandershin, sie gehört in eine ganz andere Klasse, das geht nicht gut, mein Junge, das kann nicht gutgehen. Jetzt seid ihr verliebt, und da machen diese Unterschiede nicht so viel aus. Aber wenn es euch mal nicht mehr so gutgeht, wenn ihr mal Schwierigkeiten habt, wie man sie in einer Ehe eben auch mal hat, dann wird es euch trennen.«

»Das klingt ja wie aus dem letzten Jahrhundert! Mama, die Zeiten haben sich geändert! Ich lebe in einer anderen Welt als du! Alles ist möglich!«

Er war wohl auch laut geworden, hatte sich jedoch noch früh genug gebremst, um nicht noch mehr zu sagen, was seine Eltern sicher verletzt hätte. Denn er wollte auf keinen Fall verletzend sein, aber sie waren so unwissend, so naiv, so kleingeistig, das machte ihn rasend.

Dennoch hatte seine Mutter zu Boden geschaut und nichts mehr gesagt, und er war an diesem Tag im Streit von ihnen weggegangen. Und genau deshalb wollte er ihnen zeigen, dass er es zu etwas gebracht hatte, dass er es geschafft hatte, seine Klasse zu verlassen und dorthin aufzusteigen, wo er eigentlich hingehörte. Weg vom Eisenwarenhandel, hin zum Goldschmied für die besseren Kreise. Er würde dazugehören. Er würde es schaffen. Wenn ein Fitnesstrainer die schwedische Kronprinzessin heiraten konnte, dann konnte er auch Nina Winter zu seiner Frau machen.

Auf dem Weg ins Café, wo er Nina auf einen schnellen Imbiss treffen wollte, damit sie ihm von dem Besuch bei der Hochzeitsplanerin erzählen konnte, pfiff er fröhlich vor sich hin. Er würde heiraten, er würde Geld haben, und seine Kinder würden sich einmal nicht für ihn schämen. Im Gegenteil, seine Kinder würden stolz auf ihn sein.

»Ich weiß nicht, was in meinen Vater gefahren ist.« Nina sah Fabian fast verzweifelt an, nachdem die Bedienung ihnen ihre Bestellung gebracht hatte. Nina trank einen Latte macchiato, und Fabian biss in ein großes Sandwich, was ihn in diesem Moment nicht zu einer Antwort befähigte.

»Hmmm ...«, brachte er lediglich hervor, doch er zog seine Augenbrauen in die Höhe, um Nina zu bedeuten weiterzusprechen, was sie sowieso tat.

»So eine altbackene, biedere Mutti, weißt du, ich meine, wenn diese Liz Baumgarten mit solchen Leuten zusammenarbeitet, wirft das kein gutes Licht auf den Laden. Vielleicht war es wirklich ein Notfall. Aber wenn die jetzt auch noch Onkel Hannes anschleppt, der in seinem Gartenhaus wahrscheinlich schon Moos angesetzt hat, dann weiß ich auch nicht mehr weiter. Dann werden es rosa

Springnelken mit Schleierkraut, ich sehe es schon kommen ... Der ist doch gar nicht auf der Höhe der Zeit ...«

»Warte doch erst mal ab«, versuchte Fabian Nina zu besänftigen, nachdem er seinen Bissen endlich hinuntergeschluckt hatte.

»Abwarten ist doch keine Lösung!« Nina war sichtlich entnervt. »Ich habe da schon meine Vorstellungen!«

»Zweifellos«, stimmte er ihr grinsend zu, bevor er wieder in sein Sandwich biss und auf die Uhr sah. »Ich wusste gar nicht, dass dein Vater überhaupt einen Bruder hat. Ging es um Erbstreitigkeiten, oder was? Warum gibt es keinen Kontakt mehr?«

Wenn er ehrlich war, verspürte er sogar so etwas wie eine kleine Erleichterung, dass auch diese Familie von Ansehen und Reputation anscheinend einen kleinen Makel hatte. Ein Bruderstreit. Vielleicht war der Makel noch nicht einmal besonders klein.

»Keine Ahnung. Das war irgendwie schon immer so. Auch bevor Oma und Opa meinem Vater das Geschäft überschrieben haben. Scheint eine alte Geschichte zu sein.«

Nina löffelte den Milchschaum von ihrem Kaffee und sah Fabian an, der zum wiederholten Mal auf die Uhr blickte und unruhig auf dem Stuhl umherrutschte. Er musste die Steine bestellen, die er für den neuen Schmuckauftrag brauchte. Er überlegte bereits, bei wem er alles anfragen könnte. Es müssten sehr spezielle braune Diamanten sein, die sehr selten waren, in einer Größe, in der es sie noch seltener gab. Von der Provision, die ihm dieser Auftrag einbrachte, würde er nicht nur seinen Eltern die Schiffsreise schenken können, sondern auch den Kredit abbezahlen, den er hatte aufnehmen müssen, um den Diamanten zu erstehen, den er in Ninas Ehering einarbeiten wollte. Er würde ihn so fassen, dass selbst sie, die nie Ringe trug, ihn würde tragen können, ohne dass er sie störte. Und der Stein würde wunderbare Glanzlichter setzen, wann immer sie ihre Hand bewegte.

»Aber du musst los, oder?«, fragte sie und lächelte ihn an. Wie gut, dass sie ihn verstand. Sie war wie er. Erfolg bedeutete ihnen etwas, sie waren beide ehrgeizig und wollten das, was sie taten, auch richtig gut machen.

»Geh nur, das große Rätsel des seltsamen Bruders werden wir jetzt sowieso nicht lösen. Ich werde Papa fragen.«

Er sprang auf und küsste sie und setzte sich gleich wieder hin, um nach seiner Geldbörse zu kramen.

»Entschuldigung«, murmelte er, »ich war schon wieder halb in der Werkstatt …«

Doch Nina scheuchte ihn davon.

»Lass mal, das übernehme ich! Und heute Abend stoßen wir auf dich an! Und auf den schönen Auftrag. Mach dich schon mal darauf gefasst: Wir werden noch ganz andere Kunden bekommen!«

Nina sah Fabian hinterher, wie er langsam in der Menge von Passanten verschwand, und ihr fiel auf, dass sie ihm gar nichts von dem Prinzessinnengedanken erzählt hatte, den diese Karodame in ihr wachgerufen hatte. Eigentlich hätte sie gerne gewusst, was er dazu gesagt hätte. Ob er überhaupt etwas dazu gesagt hätte.

Annemie hatte das Krankenzimmer kaum betreten, da rief Liz ihr schon entgegen:

»Frau Hummel, die wollen mich operieren! Und zwar schon morgen!«

Annemie versuchte all die Taschen und Tüten und Blumen, die sie für Liz mitgebracht hatte, rasch irgendwo abzustellen, um an ihr Bett eilen zu können.

»Sie Arme!«, rief Annemie mitfühlend und nahm Liz' Hand in ihre. »Haben Sie denn Angst?«, fragte Annemie bedauernd.

»Ja.«

Liz' Antwort kam direkt und schnörkellos, und Annemie seufzte. Angst hätte sie wahrscheinlich auch. Schreckliche Angst. Sie war nicht gut dafür geeignet, jemanden zu beruhigen.

»Und es muss wirklich sein?«

»Ja. Sonst wird mein Bein ein wenig verdreht bleiben. Würde zwar zu mir passen, aber wer will schon eine Frau, bei der gleich Kopf und Bein verdreht sind?«

»Ach, Kindchen, das wird schon, machen Sie sich keine Sorgen, die werden das hier sicher wunderbar hinbekommen.« Annemie setzte sich auf den Stuhl, der neben Liz' Bett stand, und seufzte mitfühlend, während Liz neugierig auf die vielen Taschen sah, die Annemie hereingeschleppt hatte.

»Was ist da denn alles drin?«, fragte sie und zog die Augenbrauen erwartungsvoll in die Höhe. »Etwas Süßes, das meine Stimmung heben könnte?«

»Oh, natürlich!« Annemie sprang gleich wieder auf, um auszupacken. »Wie dumm, natürlich, ich habe Ihnen ja etwas mitgebracht!«

Zum Vorschein kam eine kleine Dose mit bunt verzierten Petit Fours.

»Es waren gerade noch fünf übrig. Die sind für Sie, bis ich wieder neue backe.«

Ein Glas Marmelade.

»Himbeer. Die mögen Sie doch so gerne. Und Krankenhausmarmeladen sind nicht der Rede wert, oder hat sich das inzwischen geändert?«

Schokolade, Erdbeeren.

»Das sind zwar importierte, aber sie duften schon.«

Nachthemden, Toilettensachen.

»Ich hoffe, ich habe die richtigen Sachen mitgenommen, ich wusste manchmal nicht genau …«

Annemie stammelte ein wenig, weil sie nicht direkt sagen wollte, dass sie in Liz' Unordnung nicht alles finden konnte, was sie zu suchen beauftragt gewesen war, aber Liz bemerkte Annemies Verlegenheit gar nicht.

»Ich habe aber auch so viel Zeug, bestimmt ist alles genau richtig, Sie sind ein Schatz. Ohne Sie wäre ich heute hysterisch zusammengebrochen!«

»Ach, jetzt übertreiben Sie aber.«

Annemie errötete leicht.

»Kein bisschen. Wenn Sie heute Morgen nicht für mich in den Laden gegangen wären, das wäre entsetzlich gewesen, und außerdem war ich mir sicher, dass Sie mir heute noch etwas Süßes mitbringen.«

Sie deutete auf die Dose mit den bunten Kuchen-Würfelchen, öffnete sie und schnupperte einmal daran.

»Nur deshalb habe ich das Mittagessen und den Zwieback am Nachmittag überstanden! Danke schön, Frau Hummel, aber nun erzählen Sie mal!«

»Jetzt ist es genau andersherum«, bemerkte Annemie. »Sonst kommen Sie zu mir und erzählen mir, was sich alles ereignet hat, und heute komme ich zu Ihnen! Aber jetzt müssen Sie mir doch erst einmal sagen, was genau los ist? Und wie ist denn das überhaupt passiert?«

Liz erzählte kurz von dem Auto, das sie erwischt hatte, davon, dass anscheinend jeder fand, sie hätte großes Glück gehabt, dass ihr Arzt so ein typischer Frauenheld wäre und sie nur hoffte, dass alles gutging. Dass sie eigentlich ihrer Mutter und ihrer Schwester gar nichts hatte sagen wollen von dem Unfall, um sie nicht zu beunruhigen, aber dass sie es nun eben müsste, denn die ganze Angelegenheit schien noch eine Weile länger zu dauern, als sie vermutet hatte. Aber am meisten interessiere sie jetzt doch, wie es mit den Winters war.

»Los!«, feuerte sie Annemie an. »Von vorne und mit allen Details. Was hatten die beiden an?«

Annemie erzählte alles, nur den Zwischenfall mit dem Kränzchen im Haar, den ließ sie aus, das war ihr zu peinlich. Als sie fertig war, seufzte Liz und meinte, das hätte sie gut gemacht. Sehr gut für den Anfang. Liz stellte noch einige konkretere Fragen bezüglich Terminwunsch, Gästezahl, Dauer und Programmvorstellungen, und sie wollte wissen, welche Örtlichkeiten den Winters denn am besten gefallen hätten. Sie beschloss dann, ihnen eine kleine Auswahl zu präsentieren. Vielmehr beschloss sie, dass Annemie ihnen eine kleine Auswahl präsentieren sollte.

Annemie sah Liz an und fragte sie direkt.

»Meinen Sie denn wirklich, dass ich das kann? Ich bin ja heute gerne eingesprungen, aber ich glaube, das reicht mir.«

Das »gerne« stimmte ja eigentlich nicht, aber Annemie wollte Liz gegenüber nicht verraten, wie schwer es ihr tatsächlich gefallen war. Man musste nur an das Kränzchen denken.

Liz legte beruhigend eine Hand auf Annemies Arm.

»Liebe Frau Hummel, Sie haben das heute ganz wunderbar gemacht, völlig aus dem Stegreif, Sie haben mir den Auftrag gerettet und die beiden vertrauen Ihnen. Natürlich sind Sie die Richtige dafür! Sie können das.«

Annemie schluckte. Ob sie ihr doch von dem Kränzchen erzählen sollte?

»Trotzdem …«

»Trotzdem, was?«

»Ich kann das trotzdem nicht so gut.«

Nein, sie würde das Kränzchen unerwähnt lassen.

»Ich glaube aber schon.«

Liz nickte bekräftigend und sah Annemie bittend an.

Und dann schob sie nach, ob sich Annemie nicht vorstellen könne, ein bisschen nach dem Rechten zu sehen, während sie hier lag? Jeden Tag einmal in den Laden gehen und den Anrufbeantworter abhören und sich um die dringlichsten Dinge kümmern?

»Es wäre fürchterlich, wenn jetzt alle meine Kunden zu dieser anderen Hochzeitstante abwandern, mit denen ich mir schon eine solche Mühe gegeben habe.«

Am liebsten hätte Annemie gesagt, »aber natürlich, Frau Baumgarten, das mache ich doch gerne«! Denn sie hätte ihr tatsächlich sehr gerne geholfen. Aber um jemandem zu helfen, musste man doch auch etwas können. Dass das heute halbwegs geklappt hatte, war purer Zufall.

»Ich kann das nicht, Sie überschätzen mich.«

Annemie sah Liz verzweifelt an und schüttelte mit Nachdruck den Kopf.

»Ich weiß ja noch nicht einmal, wie man einen Anruf-beantworter abhört!«

»Das kann man aber lernen! Wissen Sie, Frau Hummel, das ist jetzt so, als ob Sie Ihre Kuchen backen und jemand anders, den Sie überhaupt nicht leiden können, macht dann eine Verzierung, die Ihnen aller Wahrscheinlichkeit nach noch nicht einmal gefällt. Und der andere bekommt dann die Komplimente! Wäre das schön?«

»Das wäre nicht schön«, erwiderte Annemie.

»Nein«, bestätigte Liz. »Das wäre kein bisschen schön.«

»Haben Sie nicht jemand anders, der für Sie einsprin-gen kann? Jemand Jüngeres, dem das alles mehr liegt?«

Liz seufzte.

»Glauben Sie mir, ich würde Sie nicht bitten, etwas für mich zu tun, wenn ich es nicht müsste. Meine Mutter arbeitet ja selbst noch, und auch wenn sie das nicht täte, sie würde allen ausreden, überhaupt zu heiraten. Ge-branntes Kind, wissen Sie?«

»Aber das sind Sie doch auch«, rief Annemie erstaunt aus, schließlich kannte sie die Geschichte von Claires Handtasche im Flur.

»Ich kann Berufliches und Privates eben trennen. Das kann meine Mutter nicht. Meine Schwester kann sich auch keinen Urlaub nehmen, den braucht sie für den Sommer, wenn ihre Kinder Ferien haben, und dann hat sie eben auch noch die Kinder. Die sind so klein. Sie hat ja eines nach dem anderen bekommen, bis mein Ex-schwager … ach, egal. Frau Hummel, so etwas kann man nur seine Familie und höchstens noch seine beste Freun-din fragen, und was mit der passiert ist, wissen Sie ja.«

Liz sah sie bittend an, und Annemie wusste nicht mehr,

wohin sie eigentlich noch schauen könnte. Zu Liz' flehendem Blick, nein, auf die Bettdecke, unter der sich Liz' kaputtes Bein befand, lieber nicht, zur Tür, aus der sie am liebsten verschwinden würde, zu offensichtlich. Also doch zu Liz, deren Blick noch immer fragend auf sie gerichtet war.

»Frau Hummel, ich habe niemanden außer Ihnen. Könnten Sie vielleicht meine beste Freundin sein?«

Annemie schluckte. Sie wollte es wahrhaftig nicht. Aber konnte sie tatsächlich nein sagen? Wenn ein Mensch ihre Hilfe brauchte? Wann wurde sie denn schon einmal wirklich gebraucht? Jetzt. Genau jetzt wurde sie gebraucht. Sie holte tief Luft und dann nickte sie.

»Ich versuch's.«

Sie bereute es schon im gleichen Moment, doch sie nickte noch einmal.

»Ich versuch's. Aber Sie müssen mir mit allem helfen. Mit allem!«

»Abgemacht!« Liz strahlte. »Sie sind so ein Schatz, Sie wissen gar nicht, was für ein großer Schatz Sie sind!«

Nachdem sie alles besprochen hatten und Annemie dreimal zur Schwester hatte laufen müssen, um nach Papier zu fragen, auf dem sie gemeinsam Listen anlegten mit allem, was dringend zu erledigen war, mit Namen und Besonderheiten, auf die sie achten musste, machte sich Annemie wieder bereit zu gehen. Als sie ihren Mantel übergezogen hatte und schüchtern die Hand erhob, um Liz zu winken, streckte Liz ihr beide Hände entgegen, so dass sie etwas näher zu ihr treten musste. Liz ergriff ihre Hand und hielt sie ganz fest.

»Danke, Frau Hummel«, sagte sie leise. »Vielen Dank.«

Und Annemie, deren Hand heute zwar viele andere gedrückt hatte, spürte, wie genau von diesem Händedruck eine warme Linie ihren Arm hinaufkrabbelte und ihr Herz erreichte, das gleich etwas schneller schlug.

Als Annemie das Zimmer verließ, hatte sich dieses Gefühl kribbelnder Wärme überall in ihr ausgebreitet und ihr wurde davon etwas schwindelig. In der Nähe des Aufzugs war eine Besucherecke eingerichtet, und sie ließ sich auf einen leeren Stuhl sinken, um erst einmal durchzuatmen. Es fiel ihr richtig schwer zu atmen. Ihr Herz schien so angeschwollen zu sein, dass ihre Lungenflügel Schwierigkeiten hatten, sich für jeden neuen Atemzug auszudehnen. Ich muss erschöpft sein, dachte sie. Das war ja auch alles etwas viel für einen Tag. Und vor allem würde es morgen nicht unbedingt weniger aufregend werden. Was sie alles erledigen musste! Aber Erschöpfung fühlte sich eigentlich anders an. Da schlug das Herz nicht ganz so schnell und laut. Da schlug es doch eher müde und matt. Sie versuchte gerade tief Luft zu holen, als eine Stimme sie ansprach.

»Alles in Ordnung? Kann ich Ihnen helfen?« Als Annemie aufsah, blickte sie in das freundliche Gesicht einer Schwester und seufzte.

»Mein Herz schlägt grad ein bisschen schnell …«

Sie schaute hilfesuchend zu der Schwester, die gleich ein Messgerät aus der Kitteltasche zog, um ihren Blutdruck zu messen. Innerhalb weniger Sekunden hatte die Schwester die Manschette um den Oberarm geschlungen und pumpte sie auf. Und mit dem plötzlichen Druck an ihrem Oberarm kamen die Erinnerungen. Mit einem

Mal wusste sie, warum ihr Herz raste, warum ihr schwindelig war und warum so viel Gefühl in aufgewühlten Wellen durch sie hindurchwogte.

»Machen Sie sich keine Sorgen, Puls und Blutdruck sind ein bisschen erhöht, aber nicht schlimm. Ich bringe Ihnen mal ein Glas Wasser, bleiben Sie einen Moment sitzen, dann geht es Ihnen gleich wieder besser.«

Sie nickte fast mechanisch. Die Stimme der Schwester drang wie durch einen Schleier zu Annemie, die plötzlich zweiundvierzig Jahre zurückkatapultiert worden war. Diese Manschette, die ihr den Oberarm abschnürte. Es gab Schwestern, die pumpten einfach drauflos, bis es nicht mehr ging, so dass man schon glaubte, der Arm würde mit Sicherheit jeden Augenblick absterben. Und es gab Schwestern, die hörten auf, bevor es richtig unangenehm wurde. Als sie vor zweiundvierzig Jahren im Krankenhaus gewesen war, da hatten die Blutdruckmessungen zweimal täglich dazugehört. Sie hatte die Manschettenpumpgewohnheiten jeder einzelnen Schwester gekannt, die morgens und abends an ihr Bett getreten waren und ihr signalisierten, dass die Nacht vorbei war oder der Tag. Je nachdem. Die Zeit war zerflossen in ein einziges Elend, in dem sie in einem Zimmer lag, das Liz' Zimmer, das sie gerade verlassen hatte, durchaus ähnelte. Krankenhauszimmer ähnelten sich. Manche hatten Rollos, manche hatten Vorhänge. Alle hatten verstellbare Betten und einen Notrufknopf. Und alle hatten weiße Bettwäsche, auf denen Blut besonders rot wirkte. Noch viel röter als sonst.

Annemie legte den Kopf nach hinten und schloss für einen Moment die Augen. Sie hatte heute schon einmal daran gedacht und hatte es geschafft, die Erinnerung wieder wegzupacken in das kleine Kästchen auf dem Grunde ihrer Seele, wohin es damals gesunken war in all seiner Schwere. Jeden Tag ein bisschen tiefer. Sie hatte nicht vorgehabt, es jemals wieder zu öffnen. Doch aus irgendeinem Grund hatte dieser Tag es wieder aufsteigen lassen und den Deckel etwas angehoben. Und aus irgendeinem Grund hatte es sich nicht wieder richtig verschließen lassen.

Eine Pflanze kann sich nur so entwickeln,
wie ihre Umgebung es zulässt.

4

nnemie war schon immer schüchtern gewesen. Bereits als kleines Mädchen hatte sie gelernt, dass man brave Mädchen nur sah, aber nicht hörte, dass es am besten war, gar nicht bemerkt zu werden, denn wenn sie bemerkt wurde, dann hatte dies zu eher nicht so erfreulichen Situationen geführt.

Ihre Mutter, Luise Zabel, war sehr jung gewesen, jung, hübsch und lebenshungrig, als sie sich 1947 in den gutaussehenden Harvey Sandrock verliebte, der ungefähr genauso jung und lebenshungrig war wie sie, und gemeinsam wollten sie möglichst schnell aufholen, was sie durch den Krieg versäumt hatten. Er versprach ihr, sie zu heiraten und sie mit nach Amerika zu nehmen als seine kleine süße deutsche Frau, und abends vor dem Spiegel übte sie den neuen Namen, den sie dann haben würde: Louise Sandrock. Sie war stolz auf den Extrabuchstaben, der sich im Amerikanischen in ihren Vornamen hineinschlich, dadurch klang ihr Name nach großer weiter Welt und Abenteuer, nach Lippenstift und Zigarettenspitzen, klang nach allem, wonach sie sich nach einer Jugend im Krieg sehnte. Doch als ihr irgendwann ständig übel war und sie ihm erzählte, dass sie offensichtlich ein Kind von ihm erwartete, da wurde er sehr plötzlich nach Amerika versetzt. Er versicherte ihr noch beim Abschied mit einem treuen Blick aus seinen tiefblauen Augen, dass er sie bald, sehr bald schon nachholen würde. Er würde gleich eine schöne Wohnung für sie suchen, er würde seinen Eltern von ihr erzählen und eine tolle Hochzeit vorbereiten. Sobald alles fertig war, würde er ihr ein Ticket schicken, damit sie schnell in seine Arme fliegen könnte. Dieser Zeitpunkt kam natürlich nie. Nach einigen Wochen des Wartens dämmerte es Luise, dass sie mit einem Kind sitzengelassen worden war, und ihre ganze Vorfreude auf das gelobte Land jenseits des großen Teiches, voller Hershey's Chocolate Bars und starker Zigaretten, und auf ihr Leben an Harveys Seite als Louise Sandrock verwandelte sich Tag für Tag in immer schärfere Bitterkeit, die geballt auf Annemie niederprasselte, als sie unschuldig und ahnungslos das Licht der Welt erblickte, in der sie so wenig erwünscht war.

Annemie war ein süßes Baby, doch für ihre Mutter war sie der fleischgewordene Beweis für ihre eigene Dummheit und obendrein der Grund, warum ihr Leben von nun an verpfuscht war. Welcher Mann, der auf sich hielt, wollte schon eine Frau, der ein Balg angehängt worden war? Außerdem war Annemie ein Mädchen. Noch nicht einmal einen Jungen hielt das Schicksal für sie bereit. Stattdessen ein Mädchen, dem sie dabei zuschauen würde, wie es entweder die Fehler vermied, die seine Mutter gemacht hatte, und es deshalb viel besser haben würde als sie, was Luise bis an ihr Lebensende mit ansehen müsste, oder ein Mädchen, das genau die gleichen Fehler machte und ihr damit ewig einen Spiegel vorhalten würde. Luise hatte sich gar keine Gedanken gemacht, welchen Namen sie einem Mädchen geben könnte. Als die Hebamme sie fragte, wie sie ihre Tochter denn nennen wolle, fragte Luise in Ermangelung einer Idee die Hebamme, wie sie denn hieße, und gab ihrer kleinen Tochter den Namen der Frau, die geholfen hatte, sie zur Welt zu bringen: Annemarie. Sie fütterte und wickelte sie und zog sie an. Sie tat alles, was nötig war, um ein Kind zu versorgen. Aber kein bisschen mehr. Annemies Hunger wurde gestillt, doch ihr Lieblingsessen wurde nicht für sie gekocht, sie bekam Kleider, die sie warm hielten, doch sie wurde nicht danach gefragt, was ihr besonders gut gefiel, oder danach, was ihr besonders gut stand. Und so lernte sie bald, dass es am besten war, gar nicht aufzufallen. Wenn man sie nicht hörte und sie sich möglichst unsichtbar machte. Der Unmut von Luise Zabel war unberechenbar, und es war besser, das hatte Annemarie früh gelernt, ihn nicht auch noch durch auffälliges Verhalten auf sich zu ziehen.

Mit sechs Jahren war Annemarie, die ihren Namen, während sie Sprechen lernte, selbst zu Annemie verkürzt hatte, bereits eine kleine Meisterin darin geworden, sich unsichtbar zu machen. Und die Beherrschung genau dieser Kunst wurde ihr zum Problem, als sie in die Schule kam. Wenn sie in der Klasse nicht auffiel, bekam sie keine guten Noten. Wenn sie aber keine guten Noten hatte, bekam sie wiederum Probleme mit ihrer Mutter. Genau das wollte Annemie aber doch unbedingt vermeiden. Es war ihr ein großes Rätsel, wie sie nur halbwegs unbeschadet und mit der richtigen Dosierung von auffälliger Unauffälligkeit durch die Schulzeit kommen würde.

Auch mit den anderen Kindern konnte sie sich nie so richtig anfreunden. Manche wollten ganz offensichtlich nichts mit ihr zu tun haben, weil es in den adretten fünfziger Jahren genug Eltern gab, die ihnen den Umgang mit einem »Balg« verbaten und nicht schön über ihre Mutter sprachen. Andere übersahen sie schlichtweg, weil sie tatsächlich einen effektiven Weg gefunden hatte, unsichtbar zu sein.

Sobald die Schule aus war, verließ sie das Schulgebäude sehr schnell, um noch vor allen anderen auf dem Heimweg zu sein und deshalb nicht allzu deutlich vor Augen geführt zu bekommen, dass alle anderen zu zweit oder zu dritt nach Hause gingen. Im Gegensatz zu ihr, die immer alleine ging. Bis Luise spätnachmittags von der Arbeit heimkam, war Annemie auch zu Hause alleine. Doch genau diese Stunden liebte Annemie. Kaum zu Hause angekommen, warf sie ihren Ranzen in die Ecke, wärmte sich die Reste vom Vortag auf, und während sie aß, las sie in dem Buch, das sie sich aus der Kinderbibliothek ausgeliehen hatte. Dann spülte sie das Geschirr, das noch vom Frühstück im Spülstein stand, wischte den Tisch ab und breitete ihre Hefte darauf aus, um Hausaufgaben zu machen. Wenn das getan war, blieben ihr meistens noch ein, zwei Stunden, bis ihre Mutter von der Arbeit kam. In dieser Zeit spielte sie, sie hätte ein anderes Leben. Manchmal begann das Spiel schon vorher, schon beim Mittagessen oder beim Erledigen der Hausaufgaben. Richtig frei war sie aber stets erst dann, wenn alles getan war, was getan werden musste. Sie spielte, dass sie eine Mutter hätte, die schon ungeduldig auf sie wartete und sie nach der Schule ausfragte, während sie das Essen auf den Tisch stellte.

»Hier mein Schatz, iss!«, sagte sie dann als Mutter zu ihrer imaginären Tochter. »Ich habe extra dein Lieblingsessen für dich gekocht.«

Oder sie spielte, dass sie Geschwister hätte, große und kleine, und dass es lebendig und lustig zuging. Doch manchmal war sie nach der Schule zu müde, um all die verschiedenen Rollen zu spielen. Dann spielte sie, ihre Mutter wäre tot und sie würde es keinem sagen, damit sie nicht in ein Heim müsste. Sie würde einfach weiter in der Wohnung bleiben, alleine und ungestört, und spielen, solange sie wollte.

Am allerliebsten spielte sie Ehefrau. In diesem Spiel hatte sie einen netten Ehemann, der ihr von seinem Tag erzählte, und sie erzählte von ihrem Tag, sie kochte Essen für ihn und dann aßen sie gemeinsam und lächelten sich dabei verliebt an. Annemie hatte durch die niemals versiegenden Tiraden ihrer Mutter bereits früh verstanden, dass alles anders gekommen wäre, wenn es im Leben von Luise Zabel erst eine Hochzeit und einen Ehemann gegeben hätte. Und dann erst Annemie. Also war das Ehefrau-Ehemann-Spiel so etwas wie eine Übung fürs Leben, denn anscheinend lag allein darin die Voraussetzung dafür, dass alles gut werden konnte.

Als Annemie etwa neun oder zehn Jahre alt war, sprach Konstanze Ansbach aus ihrer Klasse sie an und fragte, ob sie mal mit zu ihr nach Hause kommen wolle nach der Schule. Konstanzes Mutter meinte, sie solle doch ihre Mutter fragen, ob sie es erlaube. Annemie nickte und fragte. Luise erlaubte es, ermahnte sie aber mehrmals, sich gut zu benehmen und ihr keine Schande zu machen. Als es so weit war, gingen Konstanze und sie zusammen einen Heimweg, den sie noch nicht kannte. Gingen andere Straßen, an anderen Zäunen und anderen Grundstücken entlang. Annemie schwieg. Sie wusste nicht, über was man so reden könnte, wenn man gemeinsam nach Hause ging. Konstanze hatte dann den Anfang gemacht und ihr gesagt, sie beneide sie so, ganz hinten im Alphabet zu stehen, sie mit dem blöden Ansbach käme immer als Erste dran und müsse immer alles wissen. Das sei blöd. Annemie, die noch nie das Gefühl gehabt hatte, dass man sie um irgendetwas beneiden könnte, war plötzlich richtig stolz auf den Namen Zabel. Davon ermutigt fragte sie Konstanze nach ihrem Lieblingsfach, und dann fragte Konstanze Annemie nach ihrem Lieblingsfach und sie wiederholten das Spiel des gegenseitigen Ausfragens so lange, bis sie selbst schallend darüber lachen mussten. Konstanzes Schulweg war etwas weiter als ihrer, und als sie ankamen, hatte Annemie richtig Hunger.

Margot Ansbach war hübsch, und sie begrüßte die beiden Mädchen herzlich, als sie die Tür öffnete. Konstanze bekam einen Kuss und Annemie wurde mit beiden Händen in die kleine Wohnung gezogen.

»Und du bist also Annemie mit dem Z im Nachnamen. Schön, dass du uns besuchst und ich dich auch mal kennenlerne. Konstanze erzählt oft von dir.«

Bevor Annemie rot wurde, weil sie sich nicht vorstellen konnte, was es denn von ihr zu erzählen gab, außer peinlichen Geschichten über ihre Herkunft oder langweiligen Geschichten über ihr ereignisloses Schulleben, redete Margot Ansbach schon munter weiter.

»Magst du eigentlich Kartoffelpuffer? Ich mach euch jetzt ein paar Kartoffelpuffer, und wenn ihr eure Hausaufgaben erledigt habt wie brave kleine Schulmädchen, dann backen wir zusammen Kuchen.«

Annemie und Konstanze kicherten und wurden ins Bad gescheucht zum Händewaschen. Die Seife war rosa und roch nach Blumen und ganz anders als zu Hause, wo Seife einfach nur nach Seife roch. Während das Wasser von ihren duftenden Händen tropfte, wusste Annemie bereits mit unumstößlicher Sicherheit, wie sie einmal sein wollte, wenn sie groß war: genau wie Konstanzes Mutter. Das Mittagessen war so lustig, dass Annemie richtig schwindelig davon wurde. Frau Ansbach war so hübsch und lachte so laut, dass ihr Pferdeschwanz im Nacken auf und ab wippte. Sie war sogar zu Hause geschminkt, und sie trug viel schickere Kleider als ihre Mutter. An das Hausaufgabenmachen mit Konstanze konnte sich Annemie überhaupt nicht mehr erinnern, nur an dieses federleichte Gefühl von Heiterkeit. Und das Backen. Bei Annemie zu Hause war noch nie gebacken worden. Sie hatten nie Besuch und für sie beide, fand Luise Zabel, lohne es sich nicht zu backen. Manchmal holten sie sich zum Wochenende ein Stück Kuchen in der Bäckerei. Aber Annemie hatte noch nie gesehen, wie man Eier trennt, so dass die goldgelben Dotter in die eine Schüssel glitten und das glibberige Eiweiß in eine andere. Sie hatte noch nie Eischnee geschlagen, wusste nicht, wie roher Teig schmeckt, wie es war, eine Kuchenform in den heißen Ofen zu schieben und danach die Schüssel auszulecken. Sie durften sogar mit den Fingern darin herumkratzen und sich die Hände ablecken – das hätte es bei ihr zu Hause bestimmt nicht gegeben. Und das Beste war: Weil Konstanzes Mutter Marmorkuchen backen wollte, gab es zwei Schüsseln.

»Für jede eine!«, lachte die Mutter.

»Hier, die blonde Annemie bekommt den blonden Teig und die brünette Konstanze den brünetten Teig!«

Der Duft, der sich in der Wohnung ausbreitete, als der Kuchen im Ofen buk, war wundervoll, und als der Marmorkuchen endlich zum Abkühlen auf einem Rost stand, konnten die beiden Mädchen es kaum erwarten, ihn anzuschneiden und zu probieren.

»Eigentlich muss er erst abkühlen, von warmem Kuchen bekommt man Bauchweh.«

Doch Margot Ansbach grinste, während sie dies sagte, und ihr Pferdeschwanz wippte bekräftigend.

»Ein bisschen Bauchweh nehmen wir aber in Kauf für warmen Marmorkuchen, oder?«

Sie stimmten jubelnd zu und deckten den Tisch, während die Mutter noch mit einem Löffel Puderzucker durch ein kleines Sieb strich, so dass es kräftig auf den Kuchen schneite. Dicke, warme weiche Scheiben süßen Kuchens landeten auf drei Tellern, und dazu gab es für die Mädchen eine Tasse Milch mit einem Schuss Kaffee und für die Mutter eine Tasse Kaffee mit einem Schuss Milch.

»Das ist wie Geburtstag.« Annemie strahlte mit Krümeln im Gesicht. »Nur schöner.« Annemie biss wieder in den Kuchen und verstand nicht, warum Konstanzes Mutter plötzlich so traurig guckte und ihr übers Haar strich. Als sie ging, zwinkerte die Mutter ihr zu. »Komm bald wieder. Konstanze hat nicht so viele Freundinnen, die so nett sind wie du. Dann backen wir wieder Kuchen, hm?«

Beseelt erzählte Annemie ihrer Mutter abends von dem Nachmittag und dem Kuchen und fragte, ob sie denn auch einmal backen könnten. Doch ihre Erzählung perlte an Luise geradezu ab. Sie reagierte kaum, zuckte dann und wann die Achseln und erwiderte auf Annemies Frage nur knapp: »Irgendwann einmal«, bevor sie aufstand, um das Geschirr abzuräumen und ihrer Tochter zu verstehen zu geben, dass sie nichts mehr hören wollte. Annemie blieb mit dem Gefühl am Tisch sitzen, dass sie etwas furchtbar falsch gemacht hatte. Nur was? Es war doch so ein schöner Nachmittag gewesen.

Ab da ging sie einmal pro Woche zu Konstanze. Beim nächsten Besuch backten sie Apfelkuchen und dann Zitronenkuchen. Annemie war stets mit roten Wangen dabei und wusste nicht, worüber sie sich am meisten freute. Dass sie eine Freundin hatte? Dass diese Freundin eine nette Mutter hatte, die so war, wie sie einmal werden wollte, wenn sie groß war? Dass sie backen lernte? Dass sie die Teigschüssel auslecken durften? Dass sie zusammen Kaffee tranken und Kuchen aßen und es jedes Mal aufs Neue wieder schöner war als Geburtstag? Selbst an das schlechte Gewissen, das sie danach hatte, angesichts ihrer schweigsamen Mutter, hatte sie sich schon fast gewöhnt. Auch wenn sie nie mehr den Fehler machte, allzu viel von ihrem Nachmittag bei Ansbachs zu erzählen: Etwas rutschte ihr doch immer heraus, und sie konnte sehen, wie ihre ohnehin schon wortkarge Mutter sich noch mehr vor ihr verschloss.

Herrn Ansbach bekam Annemie nie zu Gesicht. Sie hätte gerne gewusst, welcher Mann zu einer Frau wie Konstanzes Mutter gepasst hätte. Auf dem Hochzeitsfoto im Wohnzimmer sah er toll aus in seinem dunklen Anzug. Er sah aus wie ein Filmstar, und Annemie stellte sich vor, dass die beiden noch so glücklich verliebt waren wie am ersten Tag. Doch als sie Konstanze fragte, ob sie ihren Vater mal sehen dürfte, antwortete diese, es sei besser, wenn sie ihm nicht begegnete, er hätte nicht gerne andere Kinder im Haus, deshalb musste sie ja auch immer gehen, bevor er nach Hause kam. Das fand Annemie zwar irgendwie seltsam, sie wusste nicht genau, warum, aber es passte einfach nicht zusammen, passte weder zu den Kuchennachmittagen noch zu dem Lachen im Haus.

Wenn sie vor dem Hochzeitsfoto stand, stellte sie sich vor, wie wunderschön diese Hochzeit gewesen sein musste, wie glücklich Margot Ansbach als Braut gestrahlt hatte und wie perfekt alles gewesen war. Zu Annemies einsamen Nachmittagsspielen zu Hause gesellte sich ein neues Spiel dazu, das sie mit großem Eifer spielte: das Hochzeitsspiel.

Ein paar Wochen lang war Annemies Leben herrlich, doch dann kam sie eines Tages mit Konstanze in deren Wohnung und die Frau, die sonst so wunderschön strahlte, öffnete ihnen die Tür, und ihr Gesicht war blass und durchscheinend. Das war nicht die Frau, die Annemie kannte. Während sie noch bestürzt in der Tür stand, war Konstanze schon in die Wohnung getreten und hatte ihre Mutter an der Hand genommen, um sie in das Elternschlafzimmer zu ziehen.

»Leg dich hin, Mama«, hörte Annemie Konstanze flüstern. Sie folgte ihnen vorsichtig und sah durch den Türspalt, wie Konstanze ihrer Mutter die Schuhe von den Füßen nahm, ihr die Hose auszog und sie sanft aufs Bett drückte, zudeckte und ihr über den Kopf strich. Dann lief sie ums Bett herum zum Fenster, zog die Vorhänge zu und kam zurück zu Annemie.

»Was hat sie denn?«, flüsterte Annemie. »Ist sie krank?«

»Ja«, sagte Konstanze. »Im Kopf, weißt du. Mein Vater sagt, sie ist wie eine Uhr, die manchmal nicht richtig tickt und die immer mal wieder in Reparatur muss. Manchmal liegt sie nur ein paar Tage im Bett, und dann steht sie auf und alles ist wie vorher, dann hat sie sich selbst repariert. Und manchmal muss sie ins Krankenhaus. Dann kommt meine Oma und passt auf mich auf.«

Die Wohnung, die sonst so warm und freundlich war, schien plötzlich trist und leer und ohne den Kuchenduft auch nicht mehr so schön wie vorher. Annemie bemerkte auch, dass es nicht sehr sauber war. Das war ihr noch nie aufgefallen. Der Nachmittag mit Konstanze war ohne ihre lustige, hübsche Mutter ein bisschen zäh. Natürlich backten sie keinen Kuchen, und sie trauten sich nur zu flüstern, um Konstanzes Mutter nicht zu stören. Annemie war froh, als es Zeit war zu gehen.

Später beim Abendessen mit ihrer Mutter war sie sehr schweigsam, und als ihre Mutter ein paar Tage darauf sagte, sie wolle nicht mehr, dass Annemie so oft mit Konstanze spielte, sie habe gehört, deren Mutter habe es an den Nerven, und da wisse man nie, woran man sei, da war Annemie klar, dass die Nachmittage, die wie Geburtstagskuchen schmeckten, nun endgültig der Vergangenheit angehörten.

Doch Annemie hörte nicht auf zu backen. Sie hatte sich alle Rezepte gemerkt, und wenn genug Geld in der Haushaltskasse war, dann kaufte sie Eier und Butter, Kakao oder Zitrone. Irgendwann entdeckte sie sogar ein

Backbuch im Regal ihrer Mutter und probierte neue Rezepte aus. Das Lachen von Konstanzes Mutter fehlte, auch Konstanze fehlte ihr. Alleine zu backen war einfach nicht dasselbe. Aber es war immer noch besser, als gar nicht zu backen. Und der Kuchenduft barg bittersüße Erinnerungen. Süß, weil sie so schön waren, und bitter, weil alles vorbei war.

Nach der Schule hätte Annemie gerne Konditorin gelernt, aber ihre Mutter hatte sie ausgelacht. Ob sie glaube, etwas Besseres zu sein? Konditorin! Das klang ja schön gespreizt. Sie solle keine Lehre machen, sondern lieber zusehen, dass sie rasch Geld verdiene und ihr nicht mehr auf der Tasche liege. Annemie hatte trotzdem all ihren Mut zusammengenommen und mehrere Konditoreien abgeklappert, um nachzufragen, ob sie als Lehrmädchen dort anfangen könnte. Doch sie hatte wenig Glück. Sie war schüchtern, sie war ungelenk, und außerdem hatte sie Angst, was ihre Mutter wohl dazu sagen würde, wenn sie herausfand, dass Annemie eine Lehrstelle als Konditorin angenommen hätte. So verstellte sie sich mit der Befürchtung, ihr kleiner Traum könnte wahr werden, selbst den Weg. Schließlich landete sie in einer kleinen Bäckerei als Verkäuferin, wo man ihr vage in Aussicht stellte, ab und zu beim Kuchenbacken helfen zu können, wenn sie sich erst mal eingearbeitet hätte. Das genügte schon, um Annemie zu begeistern.

Die Bäckerei gehörte dem Ehepaar Lotti und Wilhelm Studt, und es gab dort bereits eine Verkäuferin in Annemies Alter. Waltraud trug immer roten Lippenstift und kam jeden Montag mit neuen Frisuren in die Bäckerei.

Das war Lotti Studt suspekt. Ihrer Meinung nach sollte eine Verkäuferin bei ihr Brötchen verkaufen und nicht Frisurenschau betreiben. Am liebsten hätte sie ihr ein Häubchen verordnet, doch das hätte sie zusätzliches Geld gekostet, und deshalb ließ sie es sein. Waltraud war nachmittags stets allein im Laden, während die Bäckerin erst ihren »Haushalt machte« und dann ihrem Mann das Abendbrot bereitete. Lotti Studt schaute immer wieder kurzzeitig im Laden vorbei, um zu zeigen, dass sie die Chefin war, aber sie stand überhaupt nicht gerne hinter der Theke. Davon, so behauptete sie, bekam man in ihrem Alter Wasserbeine. Hinter der Theke standen nun die beiden Mädchen, und Lotti Studt gefiel es, dass Annemie im Gegensatz zu Waltraud schlicht gekleidet und unauffällig war. Die Bäckersfrau setzte darauf, dass die Hausfrauen gerne bei ihr Brot und Kuchen kaufen würden, und hoffte insgeheim, dass etwas von Annemies Schlichtheit auf Waltraud abfärben würde. Wozu es natürlich nie kam.

Annemie ging gerne in die Bäckerei. Sie liebte den Duft von frischgebackenen Broten und Kuchen, und sie liebte ihre weiße, gestärkte Schürze, die sie mit einer perfekten Schleife im Rücken über ihre Kleidung band, bevor sie sich hinter die Theke stellte. Nachdem sie erst einmal mit der Kasse vertraut geworden war, mochte sie auch das energische Pling, mit dem sich die Geldlade öffnete und schloss. Im Laufe des Tages sorgte sie stets dafür, dass die Brote in den Regalen hinter ihr akkurat aufgereiht lagen und die Kuchenstückchen in der Vitrine vor ihr immer hübsch und appetitlich nebeneinander aufgebaut waren. Waltraud lachte oft über sie, aber sie musste zugeben, dass Annemie die Reste nachmittags besser verkaufte, weil sie dadurch frischer wirkten.

Nach Konstanze Ansbach war Waltraud Annemies zweite Freundin geworden. Manchmal erinnerte Waltraud sie ein wenig an Margot Ansbach, ihre Fröhlichkeit war ebenso ansteckend, sie konnte unentwegt schnattern, Kunden nachahmen und Tanzschritte hinter der Theke üben. Doch wenn Waltraud sie zu überreden versuchte, die Tanzschritte mit ihr zu üben oder sich auch einmal die Haare machen zu lassen, wenn sie versuchte, ihr ihren Lippenstift aufzuschwatzen, dann schüttelte Annemie jedes Mal lächelnd den Kopf. Sie liebte es, Waltraud zuzuschauen, aber es war ihr unmöglich mitzumachen. Waltraud war so anders als sie.

Wenn Lotti Studt nachmittags sagte, sie müsse jetzt hoch in ihre Wohnung, um »ihren Haushalt« zu machen, raunte Waltraud Annemie zu, sie zeige ihr später, wie hart die Chefin oben geschuftet habe. Und wenn die Bäckerin zwei Stunden später wiederkam, um nach dem Rechten zu sehen, und Waltraud auf die Schlaffalten in ihrem Gesicht deutete, wusste Annemie nicht mehr, wie sie das Kichern unterdrücken sollte.

Als Annemie nach über einem Jahr immer noch nicht wie erhofft in die Backstube gebeten und in die Geheimnisse des Kuchenbackens eingeweiht worden war, bedurfte es vieler auffordernder Blicke Waltrauds, bis Annemie es wagte nachzufragen, wann die Frau Bäckerin denn meine, dass sie gut genug eingearbeitet sei, um hin und wieder beim Kuchenbacken zu helfen. Ihre Chefin musste nun abwägen: Annemie war im Verkauf Gold wert, weil sie so gewissenhaft und ordentlich war. In der Backstube, wo ihr Mann allein oder mit ihr zusammen arbeitete, wollte sie Annemie eigentlich gar nicht haben. Andererseits wollte sie nicht riskieren, sie zu verlieren. Lotti Studt versuchte Annemie einfach noch ein Weile hinzuhalten, bis Waltraud ihr ohne Annemies Wissen im Vertrauen zuraunte, sie befürchte, dass Annemie dabei war, sich nach etwas anderem umzusehen. Etwas mit Backstube. Wenige Tage später kam die Bäckerin in den Laden und tat freudestrahlend kund, sie hätte es endlich geschafft, ihren Mann zu überreden, das Mädel freitags und samstags morgens ein paar Stunden zum Kuchenbacken dazuzuholen. Sie hoffte, Annemie würde sich so ungeschickt anstellen, dass ihr Mann sie schon bald wieder in den Verkauf zurückschickte. Doch da hatte sich die Bäckersfrau getäuscht. Annemie lebte in der Backstube richtiggehend auf, und der Bäcker überließ ihr mit der Zeit immer mehr Eigenverantwortung, zumindest was das Kuchenbacken betraf. An die Brote ließ er niemanden, aber die süßen Backwerke gehörten immer mehr in Annemies Ressort, und sie konnte sich nach Herzenslust ausprobieren. Wenn sie nachmittags verkaufte, was sie gebacken hatte, und die Kunden später von dem Streuselkuchen schwärmten, dann war Annemie einfach nur glücklich. Die Bäckerei wurde in diesen Jahren zu einem richtigen Zuhause für sie.

Obwohl Waltraud Annemie nicht überreden konnte, sich wie sie samstags nachmittags bei einem Friseur als Frisurenmodell zur Verfügung zu stellen, um umsonst frisiert zu werden, obwohl sie den Lippenstift, den Waltraud ihr schenkte, kaum benutzte und nie am Wochenende mit ihr ausging, hatte Annemie schneller einen festen Freund als ihre lebensfrohe Kollegin.

Annemie lernte Rolf in der Bäckerei kennen. Jeden Morgen kaufte er bei ihr auf dem Weg zur Arbeit ein Hörnchen oder ein Brötchen zum Frühstück. Obwohl sie morgens meist zu zweit im Verkauf waren, schien er es stets genau abzupassen, dass sie ihn bediente. Nachdem er an die drei Dutzend Hörnchen und mindestens genauso viele Milchwecken bei ihr gekauft hatte und Annemie sie für ihn wie immer in eine kleine bedruckte Tüte gesteckt und ihm das Wechselgeld zurückgegeben hatte, wandte er sich eines Morgens nicht wie sonst zum Gehen, sondern blieb einfach stehen. Sie hatte ihm einen Milchweck in die Tüte gesteckt und ihm vier Pfennig Wechselgeld gegeben, und beides hielt er in der Hand, während er stocksteif stehen blieb und sie ansah. Ihr wurde plötzlich bewusst, dass sie sich alleine im Laden befanden. Gerade als sie ihn fragen wollte, ob er noch etwas wünsche, wurde er ein wenig rot und brachte dann sein Anliegen vor, nämlich, ob sie mit ihm ins Kino gehen würde, am Samstag. Im ersten Moment verstand Annemie gar nicht, dass dies offensichtlich eine Einladung zu einem Rendezvous war. Allein schon aus Überraschung darüber sagte sie ja. Am nächsten Tag schaute sie sich den jungen Mann genauer an, als er morgens sein Hörnchen kaufte. Er war ein bisschen älter als sie, er trug ein Hemd mit einem Pullunder und darüber ein Jackett, dessen Ärmel ein klein wenig zu kurz waren, und seine Schuhe waren sehr sauber geputzt. Er hatte warme braune Knopfaugen, und als er sie anlächelte, wurde er wieder ein wenig rot.

Annemie war verblüfft. Sie hatte so gut gelernt, die

Antennen auszuschalten, mit denen sie Signale empfing und mit denen sie ihre eigenen Signale in die Welt sendete. Und nun waren auf unergründlichen Wellenlängen anscheinend doch irgendwelche Signale gesendet worden. Denn Rolf-Dieter Hummel hatte sie bemerkt.

Sie schauten zusammen im Kino Filme an, sie gingen Eis essen, sie machten Spaziergänge und erzählten sich aus ihrem Leben. Sie erzählten sich, was sie am Tag erlebt hatten, und Annemie dachte, sie hätte jemanden gefunden, mit dem sie das Ehemann-und-Ehefrau-Spiel ihrer Kindheit für immer würde spielen können. Als sie seine Eltern kennenlernte und, auf deren Sofa sitzend, all ihre freundlichen Fragen beantwortete, musste sie insgeheim lächeln und dachte, sie wäre nun unter Hummeln geraten. Der Name gefiel ihr. Er klang weich und warm und lebendig.

Ihre Mutter beobachtete das alles mit Skepsis und warnte sie, sich ja kein Kind anhängen zu lassen.

»Sonst endest du noch so wie ich.«

Annemie nickte bloß und dachte, wenn sie ein Kind hätte, würde sie alles ganz anders machen. Sie würde ihrer Tochter nach der Schule Mittagessen kochen und ihr bei den Hausaufgaben helfen. Sie würden dabei ganz viel lachen. Später würden sie zusammen Kuchen backen. Und furchtbar viel Puderzucker darüberstreuen. Abends würde sie ihr vorlesen und ihr noch einmal übers Haar streichen, bevor sie das Licht ausschaltete und die Tür einen Spalt weit offen ließ, damit sie hörte, wenn ihre Tochter einen schlechten Traum hatte, aus dem sie befreit werden musste. Sie würde alles ganz anders machen.

Sie würde ihre Tochter lieben.

Als Annemie schwanger war, bekam sie einen Riesenschreck und traute sich nicht, es ihrer Mutter zu sagen. Doch innerlich spürte sie eine unendliche Freude. Ganz egal, wie Rolf reagieren würde, sie würde dieses Kind haben und großziehen und lieben, es machte sie so glücklich, dass sie bald ein Kind haben würde. Sie würde nie mehr allein sein, dachte sie. Egal was nun geschah, das Kind und sie wären auf immer verbunden, und sie würde ihm alles geben, was sie konnte.

Rolf wurde erst rot im Gesicht, dann blass, dann fast grau, dann wieder rosig, und dann stotterte er etwas von Verantwortung und Heiraten und nicht alleine lassen und sich mögen, und als er sie erwartungsvoll ansah, begriff Annemie, dass Rolf-Dieter Hummel ihr soeben einen Heiratsantrag gemacht hatte, und sagte ja.

Ihre Mutter reagierte bissig.

»Da hast du es doch weiter gebracht als ich. Glückwunsch. Dabei war ich zu meiner Zeit viel hübscher als du.«

Annemie schluckte schwer und dachte, wenn ihre Tochter einmal heiratete, dann würde sie alles dafür tun, dass es ein wundervolles Fest sein würde. Während sie sich schon auf die Hochzeit ihrer Tochter freute, für die sie alles ausgeben würde, was sie hatte, ging es jetzt zunächst um ihr Fest. Und da die Familie der Braut die Hochzeit zu bezahlen hatte, fiel das Ganze recht klein aus. Rolfs Eltern und seine Schwester, sein bester Freund, der auch der Trauzeuge war, und Waltraud bildeten schon die ganze Gesellschaft. Man feierte mit Kaffee und Kuchen und späterem Abendessen bei Zabels zu Hause. Der Bäcker hatte seiner liebsten Mitarbeiterin als Hochzeitsgeschenk eine Torte gebacken, und Annemie hatte für den Abend kalte Platten vorbereitet. Spargel lagen in Schinken gerollt zwischen geschnitzten Radieschen und mit Fleischsalat gefüllten Tomaten, russische Eier saßen zwischen Petersiliensträußchen um einen mit Trauben verzierten Käseigel herum, und ihre Mutter hatte dazu einen kalten Braten aufgeschnitten.

Natürlich gab es wenig von dem, was Annemie sich als Mädchen erträumt hatte. Kein langes Brautkleid, keinen Hochzeitswalzer, kein Brautstraußwerfen. Aber es gab das Kuchenanschneiden, und am Abend trug Rolf sie über die Schwelle ihrer neuen, gemeinsamen Wohnung, in der sie noch immer wohnte.

Jetzt hätte das Eheglück beginnen sollen. Das gemeinsame Einrichten eines Zuhauses, das Einrichten des Kinderzimmers, die gemeinsamen Abende, an denen man sich vom Tag erzählte. Wenn Annemie abends aus der Bäckerei nach Hause kam, bereitete sie das Abendbrot und deckte liebevoll den Tisch. Danach setzte sie sich an die Nähmaschine und nähte Gardinen, nähte einen Himmel für die Wiege, die sie bekommen hatten, nähte Bezüge für Kissen, die das noch etwas karge Wohnzimmer zierten, und versuchte so auch ohne viel Geld ein Heim zu schaffen. Schließlich sollte ihre Tochter in ein gemütliches Nest geboren werden. Wenn Rolf abends nach Hause kam, aß er, was Annemie vorbereitet hatte, und setzte sich dann ins Wohnzimmer, um die Zeitung zu lesen. Gesprächsversuche von Annemie wurden mit einem gebrummten »Hm« oder einem unwilligen »Ich lese gerade« abgetan.

Es dauerte nur wenige Wochen, bis Annemie, die alles getan hatte, was sie konnte, um ihrem lieblosen Zuhause zu entfliehen, merkte, dass sie in einem neuen, ebenso lieblosen Zuhause gelandet war. Sie hatte es Rolf nicht ansehen können, dass er aufhören würde, sich mit ihr zu unterhalten, sobald die Brautzeit vorbei war, dass er sich im Bett grunzend wegdrehen würde, dass er mit offenem Mund schlief, in den sie, wenn sie nicht schlafen konnte, manchmal starrte und sich wunderte, dass es ihr einmal Spaß gemacht hatte, ihn zu küssen.

Als Annemie feststellte, dass sie in einer neuen Variante ihres alten Lebens gelandet war, erschütterte sie dies nicht sonderlich. Vielleicht weil sie es so gewohnt war. Vielleicht aber auch, weil sie einen ganz anderen, neuen Trost gefunden hatte. Denn in ihrem Leib wuchs ein Menschlein heran, mit dem alles anders sein würde. Es wäre egal, ob Rolf abends Zeitung las oder nicht, denn sie würde ihre Tochter in den Schlaf singen, sie würde ihr Märchen vorlesen und einen Gutenachtkuss geben.

Aus Annemie, die von der Ehe träumte, wurde Annemie, die von ihrem Kind träumte. Sie spürte die kleinen Bewegungen in ihrem Inneren, die Glückswellen durch sie hindurchrieseln ließen, und ging lächelnd durch die Welt.

Es machte ihr sogar nichts mehr aus, dass die Bäckerei sie beurlauben wollte. Die Bäckersfrau meinte, in der Nähe von schwangeren Frauen ginge der Hefeteig nicht auf und im Verkauf mache sich eine Schwangere auch nicht gut. Außerdem wäre es für eine werdende Mutter doch auch viel schöner, die Füße hochzulegen.

Wenn Annemie zu Hause Hefeteig machte, gelang das jedes Mal hervorragend, was sie nicht wunderte, sowohl der Teig als auch ihr Bauch gingen so gut auf, dass man förmlich dabei zusehen konnte. Doch es störte Annemie nicht im Geringsten, dass sie in der Bäckerei nicht mehr willkommen war. Sie trug ihr kleines Glück in sich. Dies kleine Glück, das ihr keiner nehmen konnte. Das glaubte sie bis zu dem Tag, an dem sie mit Blutungen in die Klinik eingeliefert wurde und wie durch einen Filter hindurch wahrnahm, wie rot das Blut auf den weißen Laken aussah, wie kühl die Flüssigkeit aus einer Nadel in ihren Arm floss, wie schrecklich die Schmerzen waren, die genau an dem Ort in ihrem Körper tobten, an dem ihr kleines Glücksgefühl seinen Ursprung gehabt hatte, wie sachlich der Arzt sprach, der irgendwann, als alles vorbei war, an ihr Bett trat.

»Sie haben Ihr Kind verloren. Aber Sie sind ja noch jung. Warten Sie ein paar Monate, dann versuchen Sie es wieder. Das wird schon.«

Die Schwester, die neben dem Arzt stand, hatte mitleidig ihre Hand gehalten, ihr eine Tablette gegeben und gemurmelt, sie solle jetzt erst einmal schlafen.

»Es geht vorbei. Das glauben Sie mir jetzt nicht, aber ich weiß es. Es geht vorbei.«

Aus diesem dunklen Schlaf war sie am nächsten Morgen mit einem furchtbaren Druckgefühl am Arm erwacht. Im ersten Moment hatte sie gar nicht gewusst, wo sie war und was das alles bedeutete. Aber dann verstand sie, dass ihr Blutdruck gemessen wurde, dass sie im Krankenhaus war, dass sie ihr Kind verloren hatte. Ihr Kind war tot. Annemie wollte in diesem Moment auch nicht mehr leben. Sie glaubte der Schwester, die gesagt hatte, es würde vorbeigehen, kein Wort. Und allein der Gedanke daran, »es« noch mal zu versuchen, war in diesem Moment einfach grauenerregend.

Ihr Kind war tot. Und mit dem Kind waren alle Träume gestorben. Welchen Traum hätte sie nun noch träumen können? Sie saß in der Falle. Wie ihre Mutter war sie in eine Falle getappt. Nur dass ihre Mutter in die Kinderfalle gelaufen war und sie in die Ehefalle. Wie viel lieber wäre sie in die Kinderfalle gelaufen! Wie viel lieber wäre sie ihre Mutter gewesen.

Die Tage im Krankenhaus verschwammen zu einem einzigen Wachtraum aus Schmerz und Enttäuschung. Ihr Bauch, der sie vor kurzem noch so glücklich gemacht hatte, war leer und tat weh. Niemand wollte sie. Ihre Mutter nicht, ihr Mann nicht und auch ihr ungeborenes Kind nicht. Manchmal krallte Annemie sich ins Kopfkissen, um nicht laut hinauszuschreien. Doch meist lag sie fast apathisch da. Es war egal, ob sie die Augen geöffnet oder geschlossen hatte, denn sie sah sowieso nichts außer ihrem Kummer. Die Dumpfheit, die sich in ihrem Körper ausbreitete, nachdem der schlimmste Schmerz abgeklungen war, füllte sie aus, und sie fand das beruhigend. Dumpfheit war besser als Schmerz. Nur die Manschette, die immer wieder zum Blutdruckmessen aufgepumpt wurde, riss sie für kurze Minuten aus der Apathie und brachte ihr deutlich in Erinnerung, wo sie sich befand und warum.

Annemie schaute den weißen Krankenhausflur hinunter und trank noch einen Schluck von dem Wasser, das die Schwester ihr hingestellt hatte.

Sehr lange hatte Annemie nicht daran gedacht.

Sehr lange nicht.

5

Simon Friedrichs Handy klingelte. Er sah schon am Display, dass es Sandra war. Und er konnte sich denken, worum es ging. Es ging jedes Mal um Leonie und darum, wie sehr er als Vater versagte. Entweder Sandra beschwerte sich, er wolle seine Tochter zu oft sehen, was grundsätzlich immer dann der Fall war, wenn er es sich wünschte. Oder sie klagte, er kümmere sich »überhaupt gar nicht«, was ihm immer dann vorgeworfen wurde, wenn er wegen seines Dienstplanes in der Klinik sein musste. Er hätte Leonie gerne bei sich behalten nach der Trennung, er hätte sie gerne großgezogen. Wenn er ehrlich war, vermisste er seine Tochter entsetzlich. Leonie lernte so viel in so kurzer Zeit. Wenn er sie einmal zwei Wochen lang nicht sah, hatte er stets das Gefühl, wahnsinnig viel verpasst zu haben. Er beschloss, erst nach der Dienstbesprechung zurückzurufen, und versenkte das klingelnde Telefon in seiner Kitteltasche.

»Na, wollen Sie nicht drangehen?« Eine der jungen Schwestern, die ihn gerne provokativ anflirtete, kam ihm entgegen. »Wird da wieder eine hoffnungsvolle Verehrerin abgewimmelt? Tststs ...«

Er schüttelte den Kopf, es war immer das Gleiche. Man dichtete ihm haufenweise Verehrerinnen und zurückgelassene gebrochene Herzen an. Fast niemand wusste, dass er seit seiner Scheidung eigentlich selbst ein gebrochenes Herz hatte. Vielleicht war es nicht komplett entzweigebrochen, aber schwer lädiert auf jeden Fall. Und als Orthopäde wusste er, dass Knochen, die einen Knacks hatten, manchmal schwerer und langwieriger heilten als glatte Brüche. Er wäre gerne in ein Mauseloch gekrochen oder ein Fließbandarbeiter gewesen, der nur vom Schichtführer gegrüßt wurde und von den zwei Arbeitern, die links und rechts von ihm standen. In unvorteilhafter Arbeitskleidung und mit Mundschutz. Seit der Trennung fühlte er sich seinem Äußeren nicht mehr gewachsen. Er wusste, dass er gut aussah, und der Arztkittel tat sein Übriges. Schwestern, Patientinnen, Besucherinnen, Kolleginnen – alle hielten ihn ausnahmslos für einen Herzensbrecher und flirteten mit ihm, neckten ihn, beobachteten ihn genau. In ihren Vorstellungen führte er Scharen von attraktiven Damen in französische Restaurants aus, schenkte Champagner ein und war witzig. Gut, witzig konnte er sein, aber wenn die Damenwelt um ihn herum ihm nur glauben würde, wenn er sagte, dass er mit einer Oliven-Sardellen-Pizza, einem kühlen Bier und der Champions League im Fernsehen schon selig war, vor allem, wenn er Leonie dabei noch das Abseits erklären konnte, dann hätte er es leichter. Es war ein sonderbarer Wunsch, lieber nicht so gut auszusehen, lieber nicht so viel Erfolg beim weiblichen Geschlecht zu haben und wegen einer traurigen Scheidung nicht noch interessanter zu wirken. Er wusste, dass er es eigentlich gut hatte, aber er wäre gerne einmal übersehen worden. Es würde dauern, bis sein Herz sich wieder erwärmte.

Auf dem Weg zur Dienstbesprechung wollte er noch einmal bei seiner neuen Unfallpatientin vorbeischauen. Eine richtige Kratzbürste und eine willkommene Ausnahme. Es war geradezu erfrischend, von ihr angeranzt zu werden, nur weil er ein Mann war und gut aussah. Er musste grinsen. Aber er hatte bei seiner Erstuntersuchung am Morgen gespürt, dass sie Angst hatte vor der OP, und er wollte ihr noch einmal erklären, was an ihrem Bein genau gerichtet werden musste.

In einem Krankenhaus war es wesentlich einfacher, Arzt zu sein als Patient. Für einen Arzt war es Arbeitsalltag, für einen Patienten der absolute Ausnahmezustand. Man machte sich das nur viel zu selten bewusst. Meistens war auch überhaupt keine Zeit, sich irgendetwas bewusst zu machen, denn in der Regel hetzte er von OP zu OP, von Patient zu Patient. Gedanken über seine Arbeit und die Menschen, denen er dort begegnete, machte er sich in den Minuten des Leerlaufs, sobald er alleine in der Umkleide war, im Auto auf dem Weg nach Hause saß oder unter der Dusche stand. Und wenn er gerade nicht an Leonie oder Sandra dachte.

Im Flur vor dem Zimmer seiner Patientin saß eine ältere Dame, die sehr blass wirkte.

»Alles in Ordnung?«, fragte er im Vorübergehen.

»Danke, ja.« Sie lächelte schwach. »Der Kreislauf. Die nette Schwester kümmert sich schon um mich.«

Seine Patientin Liz Baumgarten saß im Bett und schaute in eine Dose voller bunter kleiner Kuchenwürfel.

»Immer wenn ich Sie sehe, sind Sie mit Essen beschäftigt! Und dann auch noch etwas Süßes.«

Sie blickte auf und grinste ihn an.

»Ich brauche das. Zucker macht glücklich, wissen Sie. Und darauf ist wenigstens Verlass. Ich öffne die Dose, ich weiß, was drin ist, und ich ahne, wie gut es schmecken wird. Und hinterher geht es mir gut, weil es genau so war, wie ich es mir vorgestellt habe. Wollen Sie auch mal?«

Sie hielt ihm die Dose hin, und er wollte schon abwinken.

»Mit Süßem können Sie mich nicht so locken. Ich bin eher für Oliven und Sardellen. Aber na gut. Eins probiere ich mal.«

Er wusste nicht genau, warum er zugriff. Er fand es selbst ganz bemerkenswert, denn normalerweise hätte man ihn mit buntem Zuckerguss jagen können. Irgendetwas in ihrem Blick hatte ihn dazu gebracht, in die Dose zu greifen. Vielleicht brauchte sie das Gefühl, dass er etwas von ihr annahm, bevor sie ihm morgen ihr Bein überlassen konnte. Es kam ihm jedenfalls vor wie eine Abmachung. Er nahm einen gelben Würfel und betrachtete ihn.

»Und jetzt? Beiße ich vornehm ein Stückchen ab, oder stecke ich ihn ganz in den Mund?«

»Also, ich beiße meistens die Hälfte ab. Aber es ganz in den Mund zu stecken ist auch nicht schlecht. Das ist dann eine richtiggehende Kuchenexplosion. Aber eine gute. Machen Sie ruhig.«

Als er den Würfel noch einen Moment zögernd betrachtete und dachte, dass man davon bestimmt auch

Zahnweh bekommen könnte, nahm sie sich ebenfalls einen rosa Würfel heraus und sah ihn herausfordernd an.

»Ich mach mit. Los, auf drei. Eins, zwei drei.«

Sie schauten sich gegenseitig beim Kauen zu, und er musste tatsächlich lachen, dass er mit vollem Mund kauend am Bett einer Patientin saß.

»Die Dinger schmecken«, sagte er, als er es geschafft hatte, alles hinunterzuschlucken.

»Die Dinger heißen Petit Fours. Kleine Öfen. Wärmen die Seele, oder? Also bei mir tun sie das. Nun erklären Sie mir mal genau, was Sie morgen vorhaben.«

»Was meinen Sie mit ›genau‹?«, fragte Simon. »Es gibt Patienten, die sagen ›ganz genau‹ und schreien dann entsetzt auf, wenn ich sage, zuerst hole ich die Knochensäge und dann …«

»Zu denen gehöre ich!«, unterbrach ihn Liz. »Wäre es Ihnen möglich, es so zu beschreiben, dass ich es verstehe und es sich trotzdem nicht so schlimm anhört?«

»Ich versuche es. Aber Sie müssen mir natürlich vertrauen. Das Schlimme war Ihr Sturz. Ich repariere jetzt nur, was kaputtgegangen ist. Es wird nicht schlimmer. Glauben Sie mir, alles wird besser.«

»Vertrauen. Sie sagen es. Das ist ja das Problem. Warum sollte ich Ihnen vertrauen?«

»Weil ich Medizin studiert habe. Weil ich Facharzt für Orthopädie bin. Weil ich nicht zum ersten Mal so einen Bruch operiere.«

»Klingt gut. Ich versuche, es mir zu merken.«

Er nickte und begann, Liz so ungenau genau wie möglich zu beschreiben, wo eine Schraube eingesetzt werden musste, um den Bruch zu stabilisieren, und konzentrierte sich bei seinen Ausführungen vor allem darauf, wie schnell das Bein dann verheilen würde.

»Und ich wache auch wieder auf?«

»Und Sie wachen auch wieder auf. Versprochen.« Er stand auf. »Essen Sie schnell noch einen kleinen Ofen«, riet er ihr, als er beim Hinausgehen auf die Uhr sah. »Sie werden sehen, morgen Nachmittag komme ich zur gleichen Zeit vorbei und dann essen wir zusammen noch so ein Ding, okay?«

Sie lächelte schwach.

»Wenn alles gutgegangen ist, gebe ich Ihnen zur Belohnung noch eines ab.«

Annemie studierte schon während des Frühstücks ihren Stadtplan, den sie vor sich auf dem Tisch ausgebreitet hatte. Die Gärtnerei Winter lag wirklich weit außerhalb. Sie konnte von Glück sagen, dass überhaupt ein Bus dorthin fuhr, auch wenn sie zweimal umsteigen musste. Es war eine richtige kleine Reise.

Sie entschied sich, erst später zum Laden und zuerst zur Gärtnerei zu fahren, bevor sie der Mut verließ. Danach könnte sie beruhigt bei Hochzeitsfieber nach dem Rechten sehen. Der Anrufbeantworter. Sie musste den Anrufbeantworter abhören. Keinesfalls durfte sie ihre Notizen vergessen, die sie sich gestern im Krankenhaus gemacht hatte. Auf diesen Zetteln stand alles: wie man das Telefon bediente, wie man den Anrufbeantworter abhörte und wie man Nachrichten löschte. Sie hatte so viel vor, sie hoffte nur, dass sie auch alles hinbekommen würde. Heute konnte sie Liz schließlich nicht fragen, denn das arme Ding wurde sicher gerade operiert. Sie war verblüfft gewesen, wie nett alle im Krankenhaus gewesen waren. Damals war niemand so freundlich gewesen. Weder die Schwestern noch die Ärzte. Alle hatten streng und ernst dreingeschaut. Vielleicht war es ihr auch nur so vorgekommen. In ihrer Seele war ja auch kein Fünkchen Freude mehr gewesen, sondern nur schmerzliches Dunkel.

Nachdem sie den Tisch abgeräumt, die Krümel säuberlich in die Hand gefegt und das Geschirr abgewaschen hatte, sorgte sie dafür, dass alles wieder schön ordentlich auf seinem Platz landete, wusch sich einen Apfel und steckte ihn in ihre Handtasche. Falls sie wie gestern nicht rechtzeitig zum Mittagessen kam. Annemie war überzeugt davon, dass ihr kleiner Zusammenbruch auf dem Krankenhausflur vor allem daher gerührt hatte, dass sie nicht zu ihrer regelmäßigen Zeit gegessen hatte. Das tat ihr nicht gut. Der Mensch war doch ein Gewohnheitstier. Sie stellte ihre Hausschuhe unter die Garderobe und schlüpfte in ihre braunen Wildlederhalbschuhe. Das Wetter war heute so frühlingshaft, dass sie ihren braunen Rock und dazu eine hellblaue Bluse angezogen hatte, darüber trug sie den hellen Mantel, der sie schon seit vielen Jahren durch den Frühling begleitete. Sobald sie den warmen Wollmantel weghängen konnte und den hellen Popelinemantel hervorholte, war Frühling, und es konnte passieren, dass sie die ersten Hummeln sah, die mit noch schweren, kalten Flügeln ihre ersten taumelnden Flugversuche in der Sonne machten. Das beglückte Annemie immer so sehr, dass sie meist stehen blieb, um ihnen zuzuschauen, und sich freute, als ob sie es selbst wäre, die ihre steifen Glieder dem Licht entgegenreckte, um endlich auch einmal zu fliegen.

Als sie in den Bus stieg, der sie in die Nähe des Ortes bringen sollte, wo sie die Gärtnerei vermutete, fragte sie den Busfahrer, ob er wüsste, wo man am besten ausstieg, um zur Gärtnerei Winter zu kommen. Der Busfahrer sah noch nicht einmal auf, während er mit der ihm eigenen Höflichkeit brummelte, er sei kein Auskunftsbüro. Annemie nahm auf einem der Vierersitze Platz und wurde von der Frau, die ihr gegenübersaß, angesprochen.

»Ich glaube, das ist die Gärtnerei in der Staufenstraße. Da steigen Sie Welfenstraße aus, und von da ist es nicht mehr weit.« Sie nickte bekräftigend. »Ich sag Ihnen dann Bescheid. Ich fahre dort immer vorbei.«

Bevor Annemie sich bedanken konnte, mischte sich der Herr, der hinter ihr saß, in das Gespräch mit ein.

»Vielleicht meint die Dame aber auch diese Gärtnerei weiter außerhalb. Ich meine, auf dem Schild stünde Winter, das ist mir mal aufgefallen, weil ich noch dachte, Winter ist ja nicht so ein passender Name für eine Gärtnerei, und vielleicht geht sie deshalb nicht so gut. Sie sieht nämlich ein bisschen heruntergekommen aus, müssen Sie wissen.«

»Weiter außerhalb klingt richtig«, antwortete Annemie und drehte sich halb zu dem Herrn um. »Und ›heruntergekommen‹ ist wahrscheinlich auch eine treffende Beschreibung. Die muss es sein.«

»Aber was wollen Sie denn dort, gehen Sie doch lieber in die Gärtnerei in der Staufenstraße, die sind sehr nett. Da kauf ich immer. Und bin jedes Mal zufrieden.«

»Das werde ich mir merken«, antwortete Annemie

höflich. »Aber diesmal muss es die Gärtnerei Winter sein, vielen Dank für all die guten Ratschläge.«

»Dieser Winter ist ein Brummbär.«

Jetzt mischte sich noch jemand vom Zweiersitz gegenüber ein. Eine etwas jüngere Frau hatte anscheinend auch etwas dazu beizutragen.

»Ich war einmal dort, und der hat mich hochkant wieder rausgeworfen! Ich solle mich verziehen, aber plötzlich, seine Blumen sind nicht zu verkaufen! Herumgeschrien hat der, da habe ich aber gesehen, dass ich Land gewinne! Also, machen Sie sich auf etwas gefasst.«

»Oh.« Annemie wurde ein bisschen blass. »Das muss er sein. Aber dass es so schlimm ist, hätte ich nicht gedacht.«

Als sie ausstieg, nachdem ihr noch zweimal auf drei Arten der Weg beschrieben und sie zur Vorsicht ermahnt worden war, hatten sich die Fahrgäste im Bus so lebhaft über Gärtner und Pflanzen, Qualitäten von Zwiebeln und Setzlingen ausgetauscht, dass Annemie es schon zu bedauern begann, keinen Garten zu haben. Es klang so schön, wie die Leute darüber redeten. Und sie waren alle freundlich gewesen. Vielleicht war der Gärtner Winter doch auch ein freundlicher Mensch. Sich mit Tulpenfarben und Sonnenblühern zu beschäftigen müsste einen Menschen eigentlich freundlich stimmen.

Dennoch ging Annemie mit einem etwas mulmigen Gefühl in die Richtung, die ihr im Bus beschrieben worden war. Was, wenn dieser verschollene Bruder tatsächlich ein Verrückter war? Wenn er sie mit der Harke vom Gelände vertreiben würde? Sie war nicht besonders schnell. Und Verrückten sagte man ja enorme Kräfte nach. Unsinn, sagte sie sich, um sich zu beruhigen. Herr

Winter hätte sie niemals hierhergeschickt, wenn es auf irgendeine Weise gefährlich sein könnte. Andererseits hatte er seinen Bruder selbst lange nicht gesehen. Und dass er seltsam war, war nie bestritten worden.

Mit klopfendem Herzen stand sie vor dem vergilbten Schild, auf dem in altmodischer Schrift »Gärtnerei Winter« stand. Das Schild war vielleicht einmal grün gewesen, oder blau, das ließ sich nicht mehr genau sagen, und der geschwungene Schriftzug, der jetzt von einem blassen schmutzigen Weiß war, hätte einst gelb gewesen sein können. Es hing über einem rostigen Tor, das nicht so aussah, als sei es oft in Benutzung.

»Hallo?!«

Annemie schaute sich vorsichtig um, bevor sie versuchte, das Tor zu öffnen. Es war nicht verschlossen, ganz im Gegenteil, es hing etwas lose in den Angeln und quietschte beim Öffnen in einem entsetzlich langgezogenen Ton, der einen Toten hätte aufwecken können. Doch nichts passierte. Niemand kam. Annemie rief noch einige Male, dann ging sie beherzt durch das Tor und einen kleinen Weg entlang, der durch hohes, verwunschenes Buschwerk mitten hinein in noch mehr Grün führte, hinter dem auch ein Dornröschen ungestört einen mehrjährigen Schlaf hätte halten können.

Es roch grün und erdig und feucht, es roch nach Wachstum und nach Frühling. Annemie sog den Duft ein, während sie langsam auf dem halbverwilderten Weg weiterging, mit dem unbestimmten Gefühl, etwas Verbotenes zu tun. Zwar sah sie kein Schild, auf dem »Zutritt verboten« gestanden hätte, dennoch hatte sie den Eindruck, hier als Kunde nicht erwünscht zu sein. Als sie nach etlichen Metern durch das hohe Heckengrün wie aus einem Tunnel heraustrat ins Freie, blieb sie überrascht stehen. Das Gelände der Gärtnerei war sehr viel größer, als das quietschende Tor am Eingang sie hatte vermuten lassen.

Der Weg, der über eine weite Wiese zu den Gewächshäusern führte, war sicherlich einst von gepflegten Rabatten gesäumt gewesen, doch nun wuchs dort alles wild durcheinander, was der Frühling an Blumen zu bieten hatte: Tränende Herzen und lila Tulpen, Narzissen und Büschel von Frauenmantel ragten aus einem Teppich von Vergissmeinnicht und Löwenzahn hervor. Die Wiese hatte sich die Rabatte zurückerobert und ganze Distelfamilien, bunter Klee und hohe Gräser hatten sich zwischen den Blumen ausgebreitet, die anscheinend wachsen durften, wie sie wollten. Die Gewächshäuser, auf die Annemie staunend zuging, waren alle unterschiedlich. Es gab runde und rechteckige, antike, hübsch verzierte und sehr zweckmäßige Glasbauten, teilweise umrankt von Efeu, von duftenden Glyzinien und wild wuchernden Kletterrosen. Dazwischen stand ein kleiner Obsthain gerade in voller Blüte. Weißrosa Apfelblüten leuchteten mit einer von Gänseblümchen gesprenkelten Wiese um die Wette, und noch weiter hinten konnte Annemie ein Gartenhäuschen mit Terrasse ausmachen, das aussah, als sei es bewohnt.

Annemie hatte das Gefühl, eine Märchenwelt betreten zu haben, und es hätte sie nicht gewundert, kleine Elfen zwischen den Blumen zu entdecken. Das erste Gewächshaus, in das sie neugierig hineinschaute, war sehr klein und schmal und beherbergte eine ganze Kompanie von Setzlingen. Hunderte kleiner Erdbällchen standen in schmalen Wannen, keck schoben sich aus manchen kleine Blättchen hervor und winzige Halme reckten sich ins Licht, während in anderen Bällchen noch alles in geduldiger Erde zu schlummern schien.

Annemie spürte, wie sich ein Lächeln in ihrem Gesicht ausbreitete. Hier war sie anscheinend in der Kinderstube der Gärtnerei, wo die Pflänzchen geschützt ins Licht der Welt wachsen konnten. Der Kindergarten für die etwas größeren Pflanzen, die in langen, schmalen Hochbeeten wuchsen, war nebenan. Annemie war gerührt, von der Sorgfalt, mit der hier ein Gärtner alles umhegte. Und doch, dachte sie, wusste man nie, wie sich eine Pflanze weiterentwickeln würde. Würde sie meterhoch kräftig wachsen und den ganzen Sommer hindurch üppig blühen? Oder bliebe sie klein, mit dünnen Blättern und gerade mal drei mickrigen Blüten? Die eine Dame im Bus hatte ja gesagt, der Gärtner würde seine Pflanzen nicht verkaufen. Ein bisschen konnte sie das sogar verstehen, wenn sie die behutsam aufgehäufelte Erde sah, die die kleinen Pflanzen umgab. Vielleicht wollte er einfach wissen, was aus ihnen wurde.

Hier war Herr Winter jedenfalls nicht. Als sie aus dem Kindergarten trat, sah sie weiter hinten ein Gewächshaus, das ihr vorher noch nicht aufgefallen war. Es schien in einem unwirklichen Blau zu schimmern. Ob es das Glas war, welches das Tageslicht seltsam reflektierte? Neugierig ging sie darauf zu, und kurz bevor sie eintrat, erkannte sie, was es war. Das ganze Glashaus stand voll blauer Hortensien. Fast ehrfürchtig blieb sie stehen. Diese Hortensien waren so blau. Und es waren so viele, dass ihr der Atem stockte. Es war die größte Ansammlung von blauen Hortensien, die sie je gesehen hatte. Annemie hatte das Gefühl, geradewegs in einen Himmel hineinzuschweben, wie er sich nach besonders klaren Tagen zur blauen Stunde über allem wölbte. Tiefblau, Indigoblau, Lapislazuliblau. Annemie drehte sich langsam im Kreis. Blau, wohin sie auch sah. Abendhimmelblau. Unverdünntes, ergreifendes Abendhimmelblau.

»Die sind nicht verkäuflich. Das hier ist privat.«

Die tiefe Stimme knurrte düster, und Annemie erschrak so sehr, dass sie einen kleinen Satz machte. Entsetzt fuhr sie herum und erblickte einen Mann in der Tür zum Gewächshaus, der eine entfernte Ähnlichkeit mit dem anderen Herrn Winter aufwies. Zumindest wenn sie sich auf sein Gesicht konzentrierte und nicht auf das, was er trug und wie er es trug.

Dieser Herr Winter war ein Draußen-Mensch. Seine Haut war von Wind und Wetter gegerbt, er hatte schon jetzt im April eine gesunde Bräune im Gesicht, das von tiefen Furchen durchzogen war. Was am Juwelier Winter weich und gepflegt war, war am Gärtner Winter hart und kantig. Das Haar, das grau unter seiner Schirmmütze hervorschaute, trug er recht lang. Die Mütze hatte er tief ins Gesicht gezogen, so dass sie fast die braunen Augen verdeckte, die bestimmt auch freundlich dreinblicken konnten, nur taten sie dies gerade überhaupt nicht.

In seinen Gummistiefeln steckte eine ausgebeulte Cordhose, die schon bessere Jahre gesehen hatte, darüber trug er eine abgewetzte dicke Wolljacke und darüber einen grünen Kittel, dessen Taschen sich prall gefüllt nach außen beulten.

Er wandte sich zur Tür, warf aber noch einmal einen

Blick zurück, um sich zu vergewissern, dass Annemie ihm auch folgte.

»Vorne habe ich Hortensien zum Verkauf. Die hier sind privat.«

Als sie an ihm vorbei nach draußen trat, sah er sie an und stutzte kurz. Er hielt den Blick einen Moment länger auf sie gerichtet, als man das normalerweise tat, vor allem, wenn man bedachte, dass er sie eigentlich gerade aus seinem Gewächshaus geworfen hatte. Er sah ihr so tief in die Augen, dass Annemie sich plötzlich durchschaut fühlte. Als ob er gesehen hätte, dass sein Bruder sie geschickt hatte und sie jetzt gleich irgendetwas erfinden müsste, irgendetwas, was ihr natürlich gerade nicht einfiel, so dass sie einfach stumm zurückstarrte, während sie verzweifelt überlegte, was sie bloß sagen könne. Doch bevor sie auch nur einen Ton herausbrachte, murmelte er etwas, das so klang wie »Gutes Blau«. Seine Stimme hörte sich schon wesentlich weicher an als zuvor, wenn es auch nicht ihr zu gelten schien.

»Kommen Sie mal hier ins Licht.«

Annemie gehorchte, obwohl sie sehr verwundert war. Als der Gärtner Annemies Augen im Tageslicht betrachtete, kroch fast so etwas wie ein Lächeln über sein Gesicht. Trotzdem klang seine Frage, was sie eigentlich hier wolle, recht ruppig. Auch machte er keinerlei Anstalten, sich für sein seltsames Verhalten zu rechtfertigen, geschweige denn zu entschuldigen.

»Ich wollte Blumen. Für mich. Ich hätte gerne eine Hortensie. Sind die Ihr Spezialgebiet, Herr Winter? Sie sind doch Herr Winter?« Annemie war froh, etwas herausgebracht zu haben.

»Meine Hortensien sind privat. Ich bin Gärtner. Ich habe kein Spezialgebiet.«

Er sah sie an und wurde eine Spur freundlicher.

»Oder nennen Sie es Wachstum. Wenn Sie wollen, dass ich ein Spezialgebiet habe, dann ist es das: Wachstum. Kommen Sie, ich zeige Ihnen ein paar Hortensien.«

Er führte sie in ein anderes Gewächshaus, in dem Hortensien in allen nur möglichen Farben standen, er schaute noch einmal in ihre Augen und ging dann zielstrebig auf einen Pflanztisch zu, von dem er eine blaublühende Hortensie nahm und ihr hinstreckte.

»Nehmen Sie diese. Die passt zu Ihnen. Nicht genau, aber fast.«

»Und wenn ich eine andere möchte?«

»Dann gehen Sie woandershin. Hier bekommen Sie diese.«

»So machen Sie doch bestimmt nicht immer gute Geschäfte, oder?«

»Nein. Aber darum geht es auch nicht.«

»Worum geht es Ihnen denn dann?«

Annemie sah ihn verblüfft an.

Er runzelte die Stirn.

»Sie sahen so aus, als verstünden Sie das. Hab ich mich wohl getäuscht.«

»Ich wollte eigentlich eine rosablühende Hortensie, die passt viel besser zu meiner Wohnung.«

»Aber zu Ihnen passt die blaue. Nehmen Sie die. Die kommt denen aus meiner Sammlung sehr nahe. Nehmen Sie sie.« Er rollte die Pflanze in ein Stück Zeitungspapier und hielt sie ihr hin.

»Und was kostet sie?«, fragte Annemie vorsichtig.

»Nehmen Sie sie einfach. Wiedersehen.«

Er drehte sich um und verließ das Gewächshaus. Annemie ging ihm nach.

»Danke schön!«, rief sie seinem Rücken hinterher, der sich in Richtung Gartenlaube bewegte. Wahrscheinlich wohnt er da tatsächlich, dachte sie und rief noch einmal. »Herr Winter! Herr Winter! Ich habe noch eine Frage!«

»Was denn noch?«

Unwillig drehte er sich um.

Annemie schluckte und ging ein paar Schritte auf ihn zu. Sie biss sich nervös auf die Lippe, und dann fragte sie einfach:

»Machen Sie eigentlich auch Hochzeiten?«

»Nein.«

»Nie?«

»Nie.«

Annemies Mut sank. Das war es dann wohl. Traurig schlug sie die Augen nieder und umarmte hilfesuchend ihre Hortensie. Die Geste schien ihn milder zu stimmen, denn er schaute sie neugierig an.

»Geht es denn um Ihre Hochzeit?«

»O nein! Nein.« Annemie musste lächeln. »Ganz gewiss nicht.«

Mit einem Mundwinkel lächelte er zurück und zuckte kurz mit den Schultern, als ob er damit sagen wollte, warum eigentlich nicht. Annemie wurde ein ganz klein bisschen rot, und sein Lächeln breitete sich bis zu seinem zweiten Mundwinkel und dann über sein gesamtes Gesicht aus.

»Aber diese Hochzeit ist Ihnen wichtig?«

»Ja.« Annemie nickte und begann ein wenig zu stammeln, weil sie nicht wusste, wie sie ihr Anliegen nun vorbringen sollte. »Es ist alles ein bisschen kompliziert zu erklären, wissen Sie, aber ich möchte jemandem helfen, also einer Freundin möchte ich helfen, die gerade sehr dringend Hilfe braucht.« Das war noch nicht einmal gelogen. »Und es wäre schön gewesen, wenn Sie den Blumenschmuck für diese eine Hochzeit gemacht hätten.«

So, nun war es heraus. Sie lächelte schüchtern.

Seine braunen Augen konnten also doch freundlich schauen.

»Warum gehen Sie nicht in irgendeinen Blumenladen in der Stadt? Die reißen sich doch um so etwas.«

»Mir gefällt es hier«, antwortete Annemie. »Es ist so anders.«

Er dachte einen Moment nach.

»Geht es um einen Strauß für die Braut? Oder einen Kranz fürs Haar?«

Annemie nickte.

»Und um den Blumenschmuck in der Kirche. Und um den Tischschmuck und den Eingang und den Tanzsaal. Es geht um alles.«

Herr Winter schüttelte müde den Kopf, das war ihm zu viel.

»Nein. Das geht nicht. So etwas kann ich nicht. Die armen Blumen. Wissen Sie, ich ziehe sie groß, ich hätschele sie, ich pflege sie, damit sie zu wunderbarer Pracht erblühen, und dann sollen sie verwelken, nur weil zwei törichte junge Dummköpfe an die Liebe glauben? Das ist Verschwendung. Niemals.«

»Glauben Sie denn nicht an die Liebe?«, fragte Annemie leise.

Er schaute sie überrascht an.

»Sie etwa?«

Sein Blick war so neugierig und direkt, dass Annemie irritiert wegsehen musste, um einen Moment nachzudenken. Sie sah in die Apfelbäume, die so verschwenderisch blühten.

Ihre Antwort war ganz schlicht.

»Ja«, sagte sie.

Er sah sie weiterhin an, und sie spürte, dass er tatsächlich mehr von ihr wissen wollte. Also tastete sie sich noch etwas näher an eine Antwort heran.

»Ich glaube an die Liebe. Ich glaube nicht, dass jeder sie finden kann, aber ich glaube, dass es sie gibt.«

»Und lassen Sie mich raten, Sie haben sie gefunden?«

Er grinste fast ein wenig spöttisch.

Annemie ärgerte sich und wandte den Blick ab. Sie hätte ihm gar nicht antworten sollen. Dieser Mann konnte richtig unhöflich starren. Nun konnte er schön spotten über sie. Was ging das diesen Fremden an? Was war das überhaupt für ein Gespräch? Was tat sie hier eigentlich? Mit einem wildfremden Mann über Liebe zu sprechen! Sie wollte sich am liebsten einfach umdrehen und gehen. Doch irgendetwas in ihr bewog sie dazu, es nicht zu tun, nicht zu verstummen, sondern ihn anzusehen und ihm seine dreiste, neugierige Frage zu beantworten.

»Nein. Habe ich nicht.«

Annemie schüttelte kurz den Kopf zur Bekräftigung und erwartete, dass er nun etwas Dummes sagen würde. So etwas wie »Kein Wunder«. Doch er sah sie sehr ernst an.

»Ich auch nicht.«

Er seufzte, und nach einer kleinen Pause, in der sie nicht wusste, wie sie reagieren sollte, sprach er weiter.

»Ich dachte, ich hätte sie gefunden. Eine kurze Zeit lang dachte ich es. Aber, Pustekuchen. Na ja. Ist lange her.«

Eine Weile standen sie schweigend voreinander, und Annemie zupfte an ihrer Hortensie herum. Sie wusste nichts darauf zu erwidern, sie wollte jetzt unbedingt gehen, das war alles zu sonderbar. Als sie sich mit einem schüchternen Nicken zum Gehen wandte, griff er zu einer Pflanze, die neben ihm stand, und brach einen kleinen Zweig ab.

»Hier, das sollten Sie im Haar tragen, Myrrhe, das vertreibt die Wehmut aus der Stirn.«

Er lächelte sanft und hielt ihr den Zweig hin.

»Und warum tragen Sie dann keinen Kranz davon um den Kopf?«

Sie erschrak über sich selbst. Am liebsten hätte sie sich auf die Zunge gebissen, wie frech von ihr! In der Gegenwart dieses Gärtners, der so seltsam direkt war und wirklich kein Blatt vor den Mund nahm, wurde sie ja selbst richtig dreist.

Doch er lachte, trat einen Schritt auf sie zu und steckte ihr den Zweig behutsam hinters Ohr.

»Hab ich schon versucht«, antwortete er. »Hat aber nichts genützt. Und sorgen Sie gut für die Hortensie.«

Er nickte, drehte sich um und verschwand.

Im Bus betrachtete sie ihre Reflexion in der Scheibe und überlegte, ob es wohl albern war, mit diesem Zweig im Haar herumzulaufen. Doch sie berührte die Blüten mit einem versonnenen Lächeln und ließ sie dort stecken.

Vielleicht würde sie einfach in ein paar Tagen wiederkommen. Genau das würde sie machen. Wiederkommen. Vielleicht würde er wenigstens den Brautstrauß binden. Sie hätte zu gerne gewusst, was passiert war, dass dieser Herr Winter sich in seiner Gärtnerei hinter Hecken verschanzt hatte, während der andere Herr Winter es zu so viel gebracht hatte. Sie war sich fast sicher, dass es etwas mit den Hortensien zu tun hatte. Und auch mit Liebe.

Als sie in den Hochzeitsladen kam, griff sie als Erstes nach dem Telefon, um sich zu erkundigen, wie Liz ihre Operation überstanden hatte. Sie war erleichtert, als sie erfuhr, dass alles gutgegangen war, dass Liz momentan noch überwacht wurde und sie die Patientin am Nachmittag aber sicher schon besuchen könnte. Annemie überlegte, womit sie ihr wohl eine Freude machen könnte, und als Antwort fiel ihr vor allem eines ein: Kuchen. Aber zum ersten Mal seit vielen Jahren war an einem einzigen Tag in ihrem Leben tatsächlich so viel los, dass sie vor heute Abend gar nicht zum Backen kommen würde. Dann gab es eben erst morgen Kuchen. Sie überlegte, welcher Kuchen Liz eigentlich immer am besten geschmeckt hatte. Es könnte Schokoladenkuchen sein. Vielleicht dieser dreifache Schokoladenkuchen, der aus Schokoladenteig, geschmolzenen Schokoladenstückchen und einer Schokoladenumhüllung bestand. Der war Seelentrost pur. Also genau das, was die gebeutelte Liz jetzt brauchen konnte. Aber bevor es ans Backen ging, musste sie den Anrufbeantworter abhören.

Annemie starrte auf ihre Notizen und von diesen auf die Knöpfe mit ihren kleinen Zeichen, die sie nicht verstand, und fragte sich, wie um Himmels willen sich die Tasten-kombination vom Zettel auf das Telefon übertragen ließe. Als das Telefon in ihrer Hand plötzlich anfing zu klingeln, ließ sie es vor Schreck beinahe fallen. Zum Glück fiel ihr ein, dass sie nur auf die Taste mit dem kaum noch sicht-baren kleinen Hörer drücken musste. Es war Herr Winter.

»Frau Hummel, ich habe mir Gedanken gemacht, ob es richtig war, Sie zu meinem Bruder zu schicken. Ich mache mir nun doch Sorgen, wir wissen ja gar nicht, in welcher Verfassung er überhaupt ist, und ich hätte keine ruhige Minute, wenn ich Ihnen eine unangenehme Be-gegnung bereiten würde. Vielleicht vergessen wir diese Episode einfach und …«

»Aber ich war schon bei ihm!«, unterbrach Annemie seinen Redefluss. »Heute Vormittag. Ich habe ihn bereits kennengelernt.«

»Oh, so schnell.« Herr Winter war offensichtlich er-staunt.

»Ich hatte das Gefühl, es sei Ihnen sehr wichtig. Da habe ich den Besuch gleich vorgezogen.«

»Ja, wunderbar, und … wie war es? Was hat er gesagt?« Claus Winter klang sehr neugierig.

»Wir haben uns ein wenig unterhalten. Ich habe noch nichts gesagt von Ihrem Anliegen, ich dachte, ich versu-che ihn erst einmal kennenzulernen. Damit ich weiß, wie wir weiter vorgehen können. Er ist ein eigenartiger Mensch. Aber durchaus freundlich.«

Annemie schlug sich erschrocken die Hand vor den Mund. Sie konnte doch nicht ihrem Auftraggeber gegen-über sagen, dass sein Bruder eigenartig war, das war re-spektlos.

»Durchaus freundlich«, wiederholte sie zur Sicherheit noch einmal. Aber Herr Winter schien zufrieden.

»Wunderbar!«, rief er begeistert. »Sehr gut. Wissen Sie was, wenn Sie wieder bei ihm waren, rufen Sie mich doch bitte direkt im Anschluss daran an, damit ich auf dem Laufenden bleibe. Ich bin Ihnen sehr dankbar, Frau Hummel. Sehr. Sagen Sie mir nur noch eben, war er ein bisschen sonderbar, oder war er sehr, sehr eigenartig?«

Annemie überlegte kurz, was sie darauf wohl antworten sollte. Sie hätte einfach »ja!« sagen können, »sehr, sehr eigenartig!«, doch das wäre ihr wie Verrat vorgekommen.

»Ich bin einem Menschen wie ihm noch nie begegnet, und sein Verhalten war wirklich keineswegs alltäglich, zum Beispiel hat er mich erst aus einem Gewächshaus vertrieben, und dann hat er mir eine wunderschöne Hortensie geschenkt, und wir haben uns auch unterhalten. Er ist ein besonderer Mensch.«

Sie erwog für einen Moment, ob sie erwähnen sollte, dass sie über Liebe geredet hatten, beschloss dann aber, dieses Detail wegzulassen. Vielleicht würde Herr Winter sie sonst für verrückt halten.

»War die Hortensie blau?«

»Ja.« Annemie schwieg verdutzt. »Warum?«

»Das klingt gut«, sagte Herr Winter, ohne auf ihre Frage einzugehen. »Das klingt sogar sehr gut. Ich danke Ihnen. Und Sie melden sich, nicht wahr?«

»Natürlich«, versicherte Annemie ihm. »Ich werde Sie anrufen.«

Als sie den Hörer aufgelegt hatte, sah sie in das wundervolle Blau der Hortensie und überlegte, warum er nach der Farbe der Blume gefragt hatte. Und was sie bloß mit dem Anrufbeantworter machen könnte.

Die Türglocke läutete, und ein Mann betrat den Laden mit einem kleinen Karton unterm Arm.

»Hallo, ist Frau Baumgarten nicht da?«

Er schaute sich suchend um, und Annemie erklärte ihm, was passiert war und dass sie Liz im Moment vertrat. Der Mann stellte sich als Herr Frank von der Druckerei vor, der alles für Hochzeitsfieber druckte, und soweit er wüsste, würden diese Karten gleich abgeholt werden. Er hatte es gerade noch rechtzeitig geschafft.

»Die sind für das noch zu werdende Ehepaar Schmitt mit tt. Stellen Sie sich vor, der Mädchenname der Braut ist Schmidt mit dt und ihr Mann ist ein tt-Schmitt, und jetzt haben sie sich auf das tt geeinigt. Na ja, hören wird man den Unterschied nicht!«

»Wie lustig«, fand Annemie. »Haben sich die beiden für das tt entschieden, weil es einfacher zu buchstabieren ist?«

»Wer weiß. Oder, warten Sie mal, am Ende …« Herr Frank wurde ganz blass um die Nase und kramte noch einmal seinen Auftragszettel hervor. Aber nein. Es war alles richtig. »Glück gehabt. Wissen Sie, das passiert mir manchmal. Dass ich Fehler mache. Da prüfe ich es vier- oder fünfmal nach. Und dann ist es doch manchmal falsch. Keine Ahnung, wie das passiert.«

Herr Frank war Annemie auf Anhieb sympathisch.

»Kennen Sie sich eigentlich auch mit Anrufbeantwortern aus?«, fragte Annemie.

»Ein bisschen schon«, erwiderte er. »Gibt es denn etwas Spezielles?«

Annemie wand sich ein wenig, bevor sie zugab, dass es um gar nichts Spezielles ginge, sondern nur darum, die Nachrichten abzuhören, die darauf hinterlassen worden waren. Sie kenne sich nun mal mit solchen Geräten überhaupt nicht aus.

Schon kurz darauf hörten sie gemeinsam das Band ab, und Annemie kam mit dem Schreiben kaum hinterher, so viele Nachrichten waren es. Unter seiner Aufsicht übte sie noch zweimal, welche Tasten sie in welcher Reihenfolge drücken musste, damit sie es auch morgen noch wissen würde. Bevor er ging, trat er mit ihr vor den Laden, um ihr zu zeigen, wo seine Druckerei war.

»Wenn Sie Hilfe brauchen, kommen Sie einfach schnell rübergelaufen. Ich helfe der kleinen Baumgarten gerne, und Ihnen natürlich auch. Also, kommen Sie ruhig mit all Ihren Fragen! Und jetzt noch viel Glück.«

Als er wieder gegangen war, starrte Annemie hilflos auf die Liste, die sie beim Abhören der Nachrichten mitgeschrieben hatte, und merkte, dass sie so gut wie keine der Anfragen alleine bearbeiten konnte. Wegen allem würde sie bei Liz nachfragen müssen. Hoffentlich war sie nach der Operation schon fit genug dafür, dachte Annemie und machte sich daran, zuerst einmal die Liste abzuarbeiten, die Liz ihr mitgegeben hatte.

Als sie Nina Winter anrief, hatte sie Herzklopfen. Es fiel ihr sowieso nicht leicht, am Telefon zu sprechen. Und mit Nina Winter, von der sie wusste, dass sie ihr gegenüber Vorbehalte hatte, war es erst recht nicht leicht.

Natürlich kam es ein bisschen so, wie Annemie es erwartet hatte. Als sie Nina vorschlug, zusammen die verschiedenen Locations zu besichtigen – sie hatte das Wort geübt und es ging ihr fast flüssig von den Lippen –, und sie bat, ihr einige freie Termine für die Besichtigungen zu nennen, zierte Nina sich ein wenig, bevor sie sich dazu herabließ, drei, vier mögliche Daten zu nennen.

»Aber es kann sein, dass mir da noch etwas dazwischenkommt, vielleicht muss ich sehr kurzfristig absagen. Nur dass Sie schon einmal vorgewarnt sind.«

Annemie telefonierte die verschiedenen Locations durch, die Liz ihr genannt hatte, und versuchte, entsprechende Termine zu vereinbaren. Das war leichter gesagt als getan. Der Schlossverwalter, den sie zuletzt anrief, konnte nur zu dem Termin, den sie mit dem ersten Restaurant bereits ausgemacht hatte. Der Restaurantchef wiederum hatte nur an einem Termin Zeit, der ebenfalls schon vergeben war. Sie hatte das Gefühl, sich in einer Endlosschleife zu befinden.

»Guten Tag, hier ist noch einmal Frau Hummel von Hochzeitsfieber …«

Sie wusste nicht, wie oft sie diese Einleitung gesprochen hatte, als die Termine endlich standen. Wenn Nina Winter jetzt sagte, dass sie an diesem einen Tag doch nicht mehr könnte, würde sie schreien. Immerhin hatte sie nun ein wenig Übung beim Telefonieren bekommen.

Gerade als sie auf die Uhr schauen wollte, um nicht zu spät zum Krankenhaus aufzubrechen, läutete die Türglocke und eine junge Frau stürzte völlig atemlos in den Laden.

»Sind die Einladungen fertig?!«

»Guten Tag, Sie müssen Frau Schmidt sein! Noch dt-Schmidt, nicht wahr?!«

Annemie grüßte sie freundlich, und weil die Unruhe

149

der jungen Frau sie ansteckte, begann sie plötzlich auch schneller zu sprechen.

»Natürlich sind die Einladungen fertig, ganz wie vereinbart. Wenn Sie vielleicht ganz kurz Platz nehmen wollen, dann können Sie einen Blick darauf werfen. Darf ich Ihnen denn so lange eine Tasse Kaffee anbieten?«

Die junge Frau ließ sich auf einen Stuhl fallen.

»Eigentlich habe ich ü-ber-haupt keine Zeit. Wo sind denn die Einladungen?«

Annemie öffnete den Karton, nahm ein paar Karten heraus, die sie der jungen Frau Noch-dt-Schmidt reichte, und nahm ihr gegenüber Platz. Mittlerweile war sie selbst schon fast genauso atemlos wie Frau Schmidt und hatte das Gefühl, Herzrasen zu bekommen. Sie atmete einige Male tief durch, um sich zu beruhigen, und versuchte betont langsam zu sprechen.

»Für Ihre Hochzeit und die Planung sollten Sie sich aber ein bisschen Zeit nehmen. Ich möchte mich gar nicht einmischen, und sicher haben Sie furchtbar viel zu tun, doch der Hochzeitstag ist ein ganz besonderer Tag.«

Langsam beruhigte sich ihr Puls und Annemie bekam wieder besser Luft. So eine hektische junge Frau!

»Gefallen Ihnen die Karten?«

»Die sind ganz anders, wir wollten doch zwei Ringe hier als Absatz, zwei goldene Ringe. Warum …«

»Herr Frank, das ist der Herr, der die Karten für Sie gedruckt hat, der hat sich Gedanken gemacht«, unterbrach Annemie die junge Frau.

Dann wiederholte sie, was er sie gebeten hatte auszurichten. Die goldenen Ringe erschienen ihm viel zu bieder für ein junges, dynamisches Paar, wie die beiden es waren, deshalb hatte er das Symbol als Golddruck weggelassen und die Schrift moderner gesetzt, die beiden Ringe jedoch ausgestanzt. Das wirke viel frischer und sei trotzdem traditionsbewusst. Sie spürte, dass Frau Schmidt die Karten nun umso besser gefielen.

»Und wissen Sie, Frau Schmidt«, fügte Annemie mit einem verschmitzten Lächeln hinzu. »Manchmal muss man sich wirklich ein wenig Zeit nehmen, um auf die richtigen Ideen zu kommen! Also, Sie bleiben jetzt mal ganz in Ruhe sitzen und bekommen von mir eine schöne Tasse Kaffee, und Sie atmen erst einmal einen Moment durch.«

Die junge Frau Schmidt versuchte noch einmal kurz zu protestieren, doch dann lehnte sie sich seufzend zurück und beschloss, auf eine Tasse Kaffee zu bleiben.

»Aber nur, wenn es schnell geht! Ich habe fünf Minuten!«

Beim Kaffee ließ Annemie sich alles erzählen, was die Braut sich eigentlich wünschte für den schönsten Tag im Leben, wobei sie, wie sie sagte, noch nie richtig Zeit gehabt hatte, darüber nachzudenken, obwohl es gar nicht mehr so lange dauerte, bis der große Tag da war. Doch während sie sprach, vergaß sie ganz, auf die Uhr zu schauen, und wurde etwas ruhiger. Gleichzeitig begannen sich die Ideen und Vorstellungen in ihrem Kopf zu formen, als ob sie nur darauf gewartet hätten, einmal fünfzehn Minuten Zeit zu bekommen, um sich zu entwickeln.

»Ich bin nicht so der Rosa-Typ. Ich hab's auch nicht mit zu viel Romantik. Aber richtig modern und cool sind wir auch nicht. Klassisch hätte ich es gerne. Aber nicht verstaubt. So wie die Karte.«

Annemie schrieb alles mit und lächelte sie an.

»Dann halten Sie sich doch an Rot. Das ist die Farbe der Liebe, das ist zeitlos.«

»Zeitlos! Das trifft's genau! Rot, ja, warum nicht Rot?«

Frau Schmidt überlegte einen Moment, dann nickte sie zustimmend.

»Und rote Rosen auf den Tischen sind sicher auch sehr schön.«

»Möchten Sie denn, dass alles klassisch in Weiß eingedeckt wird, oder sollen es zu den Rosen auch rote Servietten sein?«, fragte Annemie.

»Weiß. Nein, Rot. Oder?«

Die Braut zögerte einen Moment, und Annemie machte einen weiteren Vorschlag.

»Was halten Sie davon, wenn man beides kombiniert? Rot und Weiß zusammen macht immer einen sehr freundlichen, frischen Eindruck.«

»Gute Idee.«

Die beiden plauderten noch eine halbe Stunde lang über Sitzordnungen und Brautkleider und dass sie die weißen Schuhe unbedingt früh genug kaufen musste, um sie zu Hause schon einmal einzulaufen, damit sie keine Blasen bekam, die ihr den schönsten Tag im Leben verderben würden. Als die gehetzte Braut den Laden verließ, lächelte Annemie sie mit vor Aufregung roten Wangen an.

»Sehen Sie, Kindchen, jetzt haben Sie richtig viel Zeit gespart, denn jetzt wissen wir, was wir alles für Sie tun können. Ihr Hochzeitstag, das ist doch Ihr Tag!«

Und an diesem Tag würde zum Glück auch Liz wieder da sein und sich um alles kümmern, dachte Annemie.

Und wenn sie dann die Hochzeitstorte für die tt-Schmitts backen würde, hätte sie ein Bild der Braut vor sich. Das war ein schöner Gedanke, zu wissen, für wen sie die Torte machen würde. Sie würde viele rote Rosen auf weißen Zuckerguss setzen, jede ein wenig anders als ihre Nachbarblüte, damit Frau Schmitt alles in Ruhe würde anschauen müssen, bevor sie die Torte anschnitt.

Hannes Winter war schon den ganzen Tag ruhelos. Seit er in die ungewöhnlich blauen Augen dieser Frau geschaut hatte, war er immer wieder in das Gewächshaus mit den blauen Hortensien gegangen und hatte unzufrieden an ihnen herumgezupft. Er hatte vergessen, wie blau Augen sein konnten. Er hatte vergessen, wie es war, in solch blaue Augen zu schauen. Und er hatte vergessen, dass selbst das tiefste leuchtende Blau seiner Blumen das Strahlen von blauen Augen nicht einmal annähernd nachahmen konnte. Damals war er im Blau ihrer Augen versunken. Doch heute war ihm bewusst geworden, dass das Blau seiner Hortensien weniger ihren Augen glich als vielmehr dem einzigen Blau, an das er sich überhaupt noch erinnern konnte. Bloße Bruchstücke eines Gefühls, das ihn einmal ganz und gar erfüllt hatte. Es war ein armseliger Ersatz. Heute war ihm bewusst geworden, dass seine Erinnerung schon sehr verblichen war und selbst dem Vergleich mit den Augen einer Fremden nicht mehr standhielt. Hannes Winter war erschüttert.

Es war alles so lange her. Er hatte sich eingerichtet in seiner Gärtnerei, mit seinen Pflanzen, denen er alles mögliche Gute angedeihen ließ, was er ihr nicht mehr angedeihen lassen konnte. Er hatte sich von den Menschen abgewandt und den Blumen zugewandt und war für alle, die ihn kannten, verstummt. Was für einen Sinn hatten Worte, wenn er sie ihr nicht mehr sagen konnte? Doch mit den Pflanzen kamen ganz neue Worte. Worte, die er nie vorher ausgesprochen hatte. Worte, die sie nicht gekannt hatte, weil er sie ihr nie gesagt hatte. Die Pflanzen hatten ihm eine neue Sprache beigebracht, die er sprechen lernte, weil sie eine Welt beschrieben, die sie nie gesehen hatte. Pikieren, Herbstschnitt, Durchlässigkeit. Hannes war ein guter Gärtner, er spürte, was eine Pflanze zum Wachsen brauchte. Weil er nichts mehr zu sagen hatte, weil ihn nichts mehr trieb, hörte er ihnen in aller Ruhe zu. Und er hörte, was einer Pflanze guttat, was sie Blüten treiben ließ und wann sie Ruhe brauchte. Meist musste er eine Pflanze nur ansehen, und schon schien sie es ihm zuzuraunen. Die Gärtnerei hatte ihn gerettet und ihm dabei geholfen, sein unglückliches Leben in eine bunt blühende Üppigkeit zu verwandeln, die er einfach nicht mehr verließ. Bis heute Morgen hatte er geglaubt, er hätte sein Paradies damals zwar verloren, aber in seiner Gärtnerei ein anderes gefunden. Doch heute Morgen hatte er erkannt, dass ein Paradies nicht nur aus einem Garten besteht, sondern dass es darin immer auch Menschen gibt. Nicht umsonst hatte Gott Adam eine Eva geschaffen.

Sein Garten war einsam. Er teilte ihn mit Vögeln und Eichhörnchen, leider auch mit Schnecken, Wühlmäusen und Blattläusen, aber er teilte ihn nicht mit einem Menschen.

Immer wieder ging er durch sein Blau, das ihm heute das Glücksgefühl verweigerte, überall stieß er auf Unzulänglichkeiten, die er gar nicht mehr wahrgenommen hatte. Hier hatte eine Pflanze einen Rotstich und war viel zu violett geworden, dieses Blau war zu hell und blass – er schleppte die Pflanzen hin und her, gruppierte sie um, bis er mit der neuen Ordnung der Schattierungen zufrieden war. Anschließend ging er zu seinem Regal, in dem er neben dem Dünger, der Hortensien blauer blühen lässt, die verschiedenen Gläser mit den unterschiedlichsten Arten von Eisenspänen, Rost und Mineralien aufbewahrte. Er rührte nun für jede Pflanze einzeln eine neue, besondere Mischung an, die nur auf sie abgestimmt war, und hob diese vorsichtig unter die Erde.

Danach prüfte er den Winkel, in dem das Licht auf die Pflanzen fiel, nahm noch ein paar Veränderungen an der Position mancher Töpfe vor, schloss einige Kippfenster, um andere wiederum zu öffnen, und trat schließlich zurück, um sein Werk zu begutachten.

Nein, heute schwebte er nicht wie in einem Flug durch das unendliche Blau ihrer Augen, wie er es erinnerte, heute versank er im tiefen Blau seiner eigenen Melancholie.

Als er das Hortensienhaus verließ, sah er nach oben. Der Himmel war von einem sehr hellen Blau, das von weißen Kondensstreifen durchzogen war. Ein heiterer Himmel, wesentlich heiterer als er selbst, erstreckte sich über seinem Garten, den er nun auf der Suche nach etwas durchschritt, das ihn ablenken könnte. Vielleicht wäre es an der Zeit, die Akeleien umzupflanzen. Er ging in eines seiner Gewächshäuser, in denen er aussäte und anzog, um nachzuschauen, wie sie sich entwickelten, und staunte, wie sich die kleinen Blättchen entfaltet hatten, seit er das letzte Mal hier gewesen war. Die ersten waren schon so weit gediehen, dass sie in größeren Töpfen in das nächste Gewächshaus wandern konnten, wo die Bedingungen für die Pflanzen freilandähnlicher waren als hier in seiner Anzucht. Er hatte nie viel davon gehalten, Pflanzen unter optimalen Bedingungen, die es im normalen Garten nie gab und nie geben würde, möglichst schnell anzuziehen. Die Gartenmärkte, die Hunderte identischer Töpfchen mit hocheffizientem Substrat füllten und computergesteuert beleuchteten und bewässerten, damit große, fette, gesund aussehende Pflanzen zum Kauf lockten, verachtete er zutiefst. Jedes Aussetzen wäre ein Schock für derartige Pflanzen, die weder mit Kälte noch mit Wind, noch mit normalem Boden umgehen konnten und entweder schnell von Schädlingen befallen wurden oder komplett eingingen. Vielleicht war er privilegiert. Durch sein Erbe und seinen bescheidenen Lebensstil musste er nicht arbeiten, er musste keine Pflanze verkaufen, wenn er nicht wollte, er musste keine Schnittblumen anbauen und beeteweise abernten, und er musste keine Aufträge für Hochzeiten annehmen. Er musste es nicht, und er würde es auch nicht. Das würde er der blauäugigen Dame auch ganz klar verdeutlichen. Wenn sie denn wiederkäme.

Während er die stärksten Akeleisetzlinge, die schon mehrere Blätter entfaltet hatten, behutsam in neue Erde bettete, um sie dann in ihr neues Zuhause zu bringen, überlegte er, wer sie wohl war. Sie hatte gesagt, sie wolle einer Freundin helfen. Es war irgendetwas sehr Dringliches an ihrer Bitte gewesen. Hannes fragte sich, warum sie sich gerade seine Gärtnerei ausgesucht hatte und warum ihre Augen so blau waren, dass sie ihn seine innere Ruhe kosteten. Nachdem er aus Versehen zum dritten Mal die zarten Wurzelbällchen von einer Pflanze abgerissen hatte, wurde ihm bewusst, dass er heute nicht die Geduld hatte, sich um das Pikieren der Setzlinge zu kümmern. Dieser Tag verlangte nach größeren Bewegungen. Vielleicht sollte er das Dickicht, das den Weg zu seiner Gärtnerei umwucherte, ein klein wenig zurückschneiden. Es würde ihm guttun, sich anzustrengen. Heute musste er sich todmüde arbeiten, weil ihn sonst die Erinnerung an Blicke, die er aus blauen Augen bekommen hatte, und an Blicke, die er dann plötzlich nie mehr aus blauen Augen bekommen hatte, den Schlaf rauben würde.

Annemie kam mit einer großen Liste voller Fragen zu Liz ins Krankenhaus. Als sie die Tür zu ihrem Zimmer öffnete, saß ein Arzt bei Liz am Bett.

»Oh, Entschuldigung«, murmelte Annemie verlegen. »Ich komme gleich wieder.« Sie dachte, es handele sich um eine Untersuchung, bei der Zuschauer schließlich nichts verloren hatten, doch Liz winkte sie herein.

»Kommen Sie, Frau Hummel, kommen Sie her. Ich stelle Ihnen meinen Knochenflicker vor. Das ist Dr. Friedrich, dem ich gestern ein Petit Fours versprochen habe, wenn ich heute Nachmittag wieder wach hier liegen sollte. Und zum Glück hat er recht behalten. Auch wenn er nun das letzte bekommen hat.«

Sie schaute seufzend in die leere Schachtel, während

Simon Friedrich aufstand, um Frau Hummel die Hand zu schütteln.

»Sie hat die Petit Fours übrigens gemacht. Sie ist die beste Konditorin, die man sich vorstellen kann. Wie finden Sie das, Frau Hummel, dieser Mann behauptet, nicht gerne süß zu essen, und jetzt schnappt er sich das letzte Stück.«

»Ich würde meinen, dass er das verdient hat.«

Annemie lächelte ihn an und war verlegen, weil Liz so viel plapperte. Vielleicht störte sie hier ja doch, dachte sie, während sie mit wachsender Begeisterung beobachtete, dass ihre äußerst unromantische Nachbarin, die alles verteufelte, was mit romantischer Liebe zu tun hatte, tatsächlich ein wenig mit dem gutaussehenden Arzt flirtete. Sie tauschte einen Blick mit der Dame im Nebenbett, die die gleiche Beobachtung zu machen schien und diese Vorstellung anscheinend interessanter fand als die nachmittägliche Telenovela im Fernsehen, die indessen stumm und unbeachtet im Hintergrund weiterlief.

Nachdem der Arzt gegangen war, setzte Annemie sich zu Liz und sah sie mit großen Augen an.

»Frau Baumgarten, wenn ich es nicht besser wüsste, würde ich fast glauben, dass Ihnen dieser junge Mann gefällt.«

»Ach, Quatsch. Der ist ganz nett, aber den kann man doch nicht ernst nehmen. Wo denken Sie hin, das ist ein Schwesternschwarm! Der sieht viel zu gut aus. Sie sollten mal sehen, wenn hier Visite ist, wie die Damenwelt an seinen Lippen hängt und ihm schöne Augen macht! Alle komplett hormongesteuert.«

»Und Sie sollten mal sehen, für wen allein er Augen hat, wenn er dieses Zimmer betritt«, kommentierte die

Dame vom Nachbarbett bereitwillig und warf Annemie einen bedeutsamen Blick zu.

»Eine Verschwörung«, seufzte Liz. »Dagegen komme ich nicht an. Aber glauben Sie mir, er ist einfach nur nett und aufheiternd in dieser kranken Ödnis. Ansonsten gefällt mir an ihm gar nichts.«

Auf Annemies Nachfrage erzählte sie alles von der OP und wie viel Angst sie davor hatte, dass sie eigentlich erst seit zwei Stunden richtig wach war, und jetzt schon wieder müde wurde. Sie gähnte und fragte Annemie nach ihrem Tag. Doch als Annemie sah, wie müde Liz war, beschloss sie, am nächsten Vormittag wiederzukommen, um die Liste dann mit ihr gemeinsam abzuarbeiten.

»Dann schlafen Sie sich jetzt erst mal schön aus, das ist doch das Beste, und ich fahre nach Hause und backe Ihnen etwas. Morgen ist auch noch ein Tag.«

»Was backen Sie denn?« Liz gähnte schon wieder.

»Was Sie sich wünschen.«

»Den Superschokoladenkuchen. Von dem einem fast schlecht wird, wenn man zwei Stücke isst.«

Annemie lächelte. »Genau an den habe ich auch gedacht! Und vielleicht sollte ich mir auch noch etwas für Ihren Arzt überlegen, etwas kleines Salziges. Das mag er doch, oder?«

»Sehen Sie, und genau das meine ich, er sieht zu gut aus, den mögen alle«, seufzte Liz und legte schon den Kopf seitlich ins Kissen. »Und alle, das sind für mich zu viele.«

Damit schloss sie die Augen.

»Schlafen Sie gut. Ich bin sehr froh, dass Sie es gut überstanden haben.« Annemie nahm Liz' Hand in ihre und drückte sie behutsam. »Wirklich froh.«

Liz antwortete nicht, sie war viel zu müde, aber sie erwiderte den Druck und hielt Annemies Hand noch einen Moment fest in ihrer, bevor ihre Hand sich entspannte. Sie war eingeschlafen. Annemie lächelte und legte Liz' Hand sanft auf die Decke.

Auf dem Heimweg ging sie rasch in ihren kleinen Edekaladen, sie brauchte dringend frische Eier und Butter für den Kuchen und noch ein paar Zutaten für die kleinen Quiches, die sie dem Doktor backen wollte.

»Na, wo bleibst du denn?!«, rief ihre Freundin Waltraud ihr schon von der Kasse her zu, als sie den Laden betrat. »Ich warte auf Nachschub!«

Annemie erschrak, das hatte sie glatt vergessen.

»Ich habe das Buch noch gar nicht durch, stell dir vor, ich komme überhaupt nicht zum Lesen! Das glaubst du nicht, was mir passiert ist!«

Waltraud und Annemie verband, neben der Tatsache, dass sie damals zusammen in der gleichen Bäckerei gearbeitet hatten und Waltraud ihre Trauzeugin gewesen war, schon seit vielen Jahren ihre gemeinsame Schwäche für Liebesromane, die sie alle zwei, drei Tage – denn länger dauerte es nie, bis sie einen Roman durchhatten – austauschten. Waltraud war zweimal geschieden, die letzte Scheidung lag bereits viele Jahre zurück. Vielleicht war sie seitdem niemandem mehr begegnet, mit dem sie sich eine weitere Ehe hätte vorstellen können. Vielleicht war es ihr aber auch lieber, davon zu träumen, als noch einmal zu erleben, dass sich ihre Träume nicht erfüllten. Annemie war sich da nicht sicher.

Doch was Annemie nun zu erzählen hatte, war noch

viel besser als ein Roman, befand Waltraud, als Annemie mit ihrem Bericht der letzten Tage fertig war. Die alte Frau Schneider, die wie immer ihre Cognacbohnen suchte und nicht fand, weil sie dann einen Vorwand hatte, länger im Laden zu sein und länger fern ihrer einsamen Wohnung zu bleiben, stimmte mit einem vehementen Nicken zu, das ihre silbernen Löckchen wippen ließ. Sie hatte extra ihr Hörgerät lauter gestellt, um bloß nichts von dieser spannenden Erzählung zu verpassen.

»Du hast den Juwelier Winter beraten, und der hat dich gebeten, zu seinem Bruder zu gehen, und der hat dir auch noch eine Hortensie geschenkt?«

Waltraud war fassungslos, und Annemie nickte.

»Also, wenn ich jetzt nicht wüsste, dass du so etwas niemals erfinden würdest, würde ich dir kein Wort glauben!«

Die Kasse schnappte auf, und Waltraud druckte den Bon aus.

»Hier, macht 18,75. Am Ende schenkt er dir noch Schmuck. Wart's mal ab. Der schenkt dir noch Schmuck. Winter-Schmuck. Den wollen wir dann aber vorgeführt bekommen, oder, Frau Schneider?«

Frau Schneider kicherte.

»Jawohl, das wollen wir!«

Annemie schüttelte lachend den Kopf, bezahlte und packte die Lebensmittel in den kleinen Stoffbeutel, den sie stets in der Handtasche mit sich trug.

»Fortsetzung folgt!«, rief Annemie im Gehen und dachte, wie sehr sich ihr Leben verändert hatte in diesen drei Tagen. Sie hatte mit einem Mal richtig viel zu erzählen.

Durch das geöffnete Küchenfenster hörte Annemie im Hinterhof die Amseln zum Abend singen, und am liebsten hätte sie mitgesungen, während sie sich alle Zutaten zurechtlegte. Das gehörte zu ihrem Backritual. Sie liebte diese Vorbereitungen und tat alle Handgriffe mit Bedacht. Erst wischte sie ihre Arbeitsplatte sauber ab und stellte den Backofen an, damit er in Ruhe vorheizen konnte. Sie band eine Schürze um, butterte die Backform, stellte ihre alte Küchenwaage vor sich auf und begann dann, alle Zutaten genau abzuwiegen. In einem Topf mit kochendem Wasser löste sie als Erstes einen ganzen Berg Kakao zusammen mit goldenem, zähflüssigem Melassesirup auf und freute sich an dem süßen Duft, der ihr aus dem Topf in die Nase stieg. Während diese Mischung abkühlte, hackte sie eine Tafel Schokolade in grobe Stücke und stellte sie beiseite. Als sie die Butter schaumig geschlagen hatte, schaute sie versonnen zu, wie sich der hereinrieselnde Zucker langsam in den Strudeln auflöste, die ihre Rührquirle in der Masse immer wieder neu formten. Das Mehl arbeitete sie erst mit einer Gabel und dann mit den Fingerspitzen nach und nach in die Buttermasse hinein, bis lauter lustige, kleine Teigerbsen in der Rührschüssel umherkullerten.

Annemie liebte es, den Teig anzufassen und zu fühlen, wie er sich entwickelte. Liz hatte ihr einmal vorgeschlagen, sich doch eine professionelle Rührmaschine zuzulegen, die den Teig automatisch für sie rührte, und ihr dann vorgerechnet, wie viel Zeit sie damit sparen würde. Annemie hatte daraufhin nur lächelnd geantwortet, Zeit habe sie genügend, die bräuchte sie nicht zu sparen, aber zu fühlen, wie ein Teig sich entwickelte, matt wurde oder zu glänzen begann, davon könne sie nie genug bekommen.

»Ach, schrecklich«, hatte Liz geseufzt. »Das würde ich gar nicht aushalten, dass meine Hände so kleben, und dann muss man sie abwaschen und dann kleben sie gleich wieder, o nein, das ist nichts für mich!«

Und Annemie hatte sich gefreut, dass Liz sie dafür bewunderte, dass es ihr gar nichts ausmachte, teigige Hände zu bekommen.

Nachdem sie die aufgelöste Schokomasse und die Eier mit der krümeligen Buttermischung in ihrer Schüssel verquirlt hatte, schaute sie gebannt zu, wie die kleinen Teigerbsen sich in der flüssigen Schokomasse auflösten und alles zu einem weichen, geschmeidig glänzenden Teig wurde, in den sie noch die gehackten Schokoladenbrocken hob.

»Gott walte dies«, flüsterte sie leise, während sie den Kuchen in den Ofen schob. Das hatte sie von dem Bäcker übernommen, der kein Brot, kein Blech und keinen Kuchen in den Ofen geschoben hatte, ohne das Gelingen dem lieben Gott anzuvertrauen.

Sie stellte ihre Backuhr, die Liz ihr einmal geschenkt hatte, eine kleine Hochzeitstorte, die sich langsam tickend im Kreis drehte, und begann, die weiße Schokolade für den Guss zu schmelzen, damit sie rechtzeitig abkühlen würde, um sich gut weiterverarbeiten zu lassen. Sie würde eine weiße, sahnige Schokoladencreme machen und einige Zuckerblüten für Liz darauf blühen lassen. Das wäre doch hübsch.

Für die Blüten färbte Annemie drei verschiedene Portionen Zuckerguss in Rosa, Rot und Orange und ließ die süße Paste dann abwechselnd in kleine Blütenformen tropfen, die sie zum Trocknen beiseitestellte. Der Kuchen im Ofen duftete bereits verlockend. Er sah gut aus. Er sah so aus, als würde er perfekt gelingen.

So kämpfen wir weiter, wie Boote gegen den Strom,
und unablässig treibt es uns zurück in die Vergangenheit.

F. Scott Fitzgerald

6

Nina kam nach Hause und stellte fest, dass noch alle Räume dunkel waren. Ihr Vater war also noch nicht da. Sie würde für sie beide etwas zum Abendessen richten. Ihr Vater brauchte im Moment ein wenig Unterhaltung, ihre geplante Hochzeit schien bei ihm so viele Erinnerungen wachzurufen, dass sie das Gefühl hatte, sich ein bisschen mehr als sonst um ihn kümmern zu müssen. Außerdem wollte sie ihn nach dem geheimnisvollen Bruder fragen. Das würde ihn vielleicht ablenken.

Der Tag war so frühlingshaft gewesen, dass Nina Appetit auf etwas hatte, das nach Sommer schmeckte. Nudeln mit Salbei und Zitrone und dazu ein Glas Weißwein. Im Kühlschrank war noch etwas Forellencreme, die für eine kleine Vorspeise reichte. Und eine Flasche Chablis lag auch noch da. Sie deckte den Tisch, und ihr Vater kam nur wenig später, so dass sie gleich essen konnten.

»Waren wir zum Essen verabredet?« Claus Winter schaute ihr überrascht über die Schulter in den Topf. Es kam nicht allzu oft vor, dass seine Tochter für sie beide kochte. »Mmh, das riecht gut.«

»Ich hatte Lust zu kochen. Nichts Großartiges, aber ich dachte, wir könnten mal wieder zusammen essen.«

»Gut gedacht! Wer weiß, wie oft das vorkommen wird, wenn du erst mal verheiratet bist. Dein Mann wird dich für sich alleine haben wollen, und verstehen kann ich das! Manchmal werdet ihr mich, pflichtbewusst und nett, wie ihr seid, dazubitten und hinter meinem Rücken die Augen rollen, weil ich so selig bin, mit euch gemeinsam zu essen, dass ich überhaupt nicht mehr gehe und auf dem Stuhl förmlich festklebe …«

»Genau so wird es sein«, lachte Nina. »Wahrscheinlich werden wir dich deshalb gar nicht erst fragen!«

Sie sahen sich an, und Nina spürte, dass es ihm ernst war und er Sorge hatte, sie zu verlieren. Sie ging zu ihm und umarmte ihn.

»Paps, die Familie wird nur etwas größer. Du und ich, wir hatten die schönste Zeit zusammen, die eine Tochter mit einem Vater haben kann, aber jetzt werden wir einfach mehr – erst kommt ein Mann dazu, dann ein paar Kinder und am Ende kommt auch noch dein rätselhafter Bruder wieder dazu! Das ist doch auch schön, oder?«

Claus Winter nickte.

»Du hast recht. Ich bin ein sentimentaler Esel. Aber ich hatte noch nicht so viele Töchter, die heiraten. Ich muss das erst noch üben!«

Er drückte ihr einen Kuss auf die Stirn, öffnete den Wein und goss für sie beide zwei Gläser ein, die gleich beschlugen. Während er das Glas hochhielt, sah er Nina liebevoll an:

»Auf die Vergrößerung der Familie.«

»Und auf regelmäßige Vater-Tochter-Essen, nur wir zwei. Das behalten wir bei.«

Nina streckte ihm grinsend ihr Glas entgegen, und er stieß mit ihr an. Bis die Nudeln al dente waren und abgegossen werden konnten, dippten sie stehend kleine Cracker in die Forellencreme und unterhielten sich darüber, wie ihr Tag verlaufen war. Als sie dann am Tisch saßen und ihre Nudeln auf die Gabeln drehten, begann Nina, ihren Vater nach seinem Bruder auszufragen.

»Was ist nun eigentlich mit diesem Hannes?«

»Ach«, Claus Winter winkte ab. »Das ist eine lange Geschichte.«

»Es ist noch früh. Wir haben stundenlang Zeit, im Kühlschrank steht Wein, und irgendwann muss ich es ja doch mal wissen, findest du nicht? Vor allem, wenn er mir meinen Brautstrauß verhunzt, will ich wissen, warum.«

»Ja.« Ihr Vater nickte, zögerte aber noch immer.

»Jetzt weißt du nicht, wo du anfangen sollst.«

»Richtig.«

»Vorne. Fang vorne an. Bei deiner Geburt. Oder seiner. Wer ist denn der Ältere?«

»Hannes. Er war drei, als ich geboren wurde.«

»Oha. Du hast ihn vom Thron geschubst. Warst Mamas Liebling und dann auch noch am Geschäft interessiert, während er lieber mit den Blumen gesprochen hat?«

Claus Winter musste schmunzeln.

»Also, ganz falsch liegst du nicht. Ich hatte die typischen Vorteile eines Zweitgeborenen, und ich hatte schon immer mehr Interesse am Geschäft. Er hatte nicht viel übrig für Schmuck. Da war er ein bisschen wie du. Sagen wir mal, es bestand keine Gefahr, dass er Gold und Diamanten überbewerten würde. Aber wir hatten deshalb kein Problem. Nein, wir waren Kumpels. Er war mein großer Bruder, er war mein Idol, und ich habe ihn einfach verehrt. Und ihm hat es nichts ausgemacht, dass ich in der Schule besser war oder dass mich der Laden mehr interessiert hat. Er war schon immer sehr eigen. Sehr absolut und sicher und speziell in allem, was er tat. Er war ein toller Typ. Er hatte immer viel mehr Persönlichkeit und Charme als ich. Kam gut an bei den Mädchen. Selbst die Lehrer, die ihm Fünfen gaben, mochten ihn.«

»Und was ist dann passiert?« Nina sah ihn fragend an.

»Dann hat er sich verliebt.«

»Und?« Nina wartete, doch es dauerte eine Weile, bis ihr Vater weitersprach.

»Er hat sich verliebt, hoffnungslos, das hat er damals selbst so gesagt. ›Claus, ich bin hoffnungslos verliebt. Sie ist es. Sie oder keine. Jetzt weiß ich, was ich will im Leben. Bei ihr sein. Bei ihr sein oder mich in Luft auflösen und aufhören zu existieren.‹«

Nina schaute ihren Vater an.

»Wow«, war zunächst alles, was sie herausbrachte. »Er hat sie geliebt.«

»Ja.« Claus Winter nickte. »Er hat sie geliebt. Vielleicht auf eine sehr dramatische Weise. Vielleicht war er zu besitzergreifend. Vielleicht auch nicht. Vielleicht war sie für ihn wirklich die Richtige, nur für sie war er nicht der Richtige.«

»Sie hat ihn verlassen?«

»Ja, sie hat ihn verlassen.«

»Und?«

»Und was?«

168

»Warum hat sie ihn verlassen?«

»Sie hat sich in einen anderen verliebt.«

»O Gott. Der Arme. Und dann?«

»Dann hat er gelitten.«

»Und konntest du ihm helfen?«

»Nein. Niemand konnte ihm helfen. Nur sie hätte es gekonnt, aber sie hatte sich gegen ihn entschieden. Er hat unsere Eltern gebeten, ihm die Gärtnerei als vorgezogenes Erbe zu kaufen, und dann hat er sich dort verkrochen. Ich glaube, am Anfang sind ihm alle Blumen eingegangen, weil er sie mit Tränen gegossen hat, aber dann hat er es ganz gut hinbekommen. Er hat tolle Pflanzen gehabt, er war bekannt. Die Blumen wurden seine Liebe.«

»Und dann ist er einfach da geblieben und nie wieder herausgekommen? Hat er keine neue Frau kennengelernt?«

»Ich glaube, er hat viele Frauen kennengelernt, daran wird es nicht gelegen haben. Er sah blendend aus, die traurigen Augen haben da sogar geholfen, und dann noch ein Mann, der Blumen dazu überreden kann, noch schöner zu blühen! Ich glaube nicht, dass die Damenwelt ihm abgeneigt war. Es war eher so, dass er der Damenwelt abgeneigt war. Und zwar total. Er hat sie geliebt, er stand einfach zu seinem Wort, genau, wie er gesagt hatte: ›Jetzt weiß ich, was ich will im Leben. Bei ihr sein oder mich in Luft auflösen und aufhören zu existieren.‹ Das Sich-in-Luft-Auflösen hat nicht ganz geklappt, aber er hat auf eine Weise aufgehört zu existieren.«

»Und sie? Weißt du, was aus ihr geworden ist?«

»Ja.«

»Ja?« Nina sah ihn erwartungsvoll an.

»Sie hat den anderen Mann geheiratet, der sie wahnsinnig geliebt hat. Auch für ihn war sie die Richtige, es hätte keine andere mehr geben können für ihn. Gab es auch nicht. Sie waren glücklich miteinander. Ein paar Jahre lang waren sie sehr glücklich.«

Claus Winter verstummte.

»Und warum nur ein paar Jahre lang?«

Ihr Vater antwortete nicht sofort, und mit einem Mal kroch Nina eine seltsame Ahnung den Rücken hinauf. Plötzlich wollte sie die Antwort nicht mehr hören.

»Sie bekamen eine kleine Tochter, und dann starb sie bei einem Unfall. Völlig unerwartet. Und viel zu früh. Zu früh für alle. Für ihren Mann, für ihre kleine Nina, und auch zu früh für Hannes.«

Er starrte vor sich auf den leeren Teller, als könnte er darin einen Trost finden. Nina schaute in sein abgewandtes Gesicht und versuchte, das Gefühl, das ihr den Hals zuzuschnüren drohte, unter Kontrolle zu bringen.

»Hannes hat sie zweimal verloren. Erst an mich. Dann an den Tod.«

Claus Winter schwieg eine Weile, bevor er weitersprach.

»Dann hat er versucht, sich umzubringen, und ausgerechnet ich habe ihn gerettet. Das hat er mir bis heute nicht verziehen. Seitdem haben wir nie wieder miteinander geredet.«

Nina konnte eine Weile gar nicht sprechen, hinter ihren Augen brannten Tränen, die sie nicht weinen wollte. Sie sah ihren Vater an, in dessen Augenwinkeln es ebenfalls verdächtig glänzte. Was er alles erlebt hatte, bevor sie überhaupt auf die Welt gekommen war! Er musste sie so sehr geliebt haben. Bestimmt hätte er sich ihr sonst niemals zugewendet, wenn er doch wusste, wie wichtig und groß diese Liebe seinem Bruder gewesen war.

»Wie war das, als ihr euch verliebt habt? War es nicht schwierig, sich das überhaupt einzugestehen? Ich meine, er war dein Bruder? Sie war die Freundin deines Bruders?!«

Claus Winter sah Nina an und nickte.

»Es war ganz einfach, und gleichzeitig schien es völlig unmöglich. Hannes hatte mir bereits von ihr erzählt, aber ich kannte sie noch nicht. Er war schon eine ganze Weile mit ihr zusammen, als er sie eines Sonntags zum Kaffeetrinken mit nach Hause brachte, um sie uns offiziell vorzustellen. Ich hatte mich ein wenig verspätet, nicht viel, aber dadurch hatte ich die allgemeine Begrüßung verpasst. Als ich das Haus betrat, hörte ich hier im Salon Stimmen, natürlich unterhielten sie sich bereits. Und dann öffnete ich die Tür. Und da sah ich sie.«

Er verstummte wieder, und Nina dachte, dass er sie nun gerade vor sich sah. Wie damals sah er sie, und sein Gesicht wirkte plötzlich jünger.

»Sie wandte sich zur Tür, als sie hörte, dass jemand kam, und unsere Blicke trafen sich. Von diesem Moment an wusste ich, dass wir zusammengehören. Ich wusste sofort, dass sie zu mir gehörte und nicht zu ihm, und ich konnte in ihrem Gesicht lesen, dass sie das Gleiche empfand. Später hat sie mir erzählt, dass sie in diesem Augenblick dachte, sie habe den falschen Bruder erwischt. Und warum sie nicht mir zuerst begegnet sei, vor ihm.

Wir haben versucht, unsere Gefühle zu ignorieren. Wir sind uns aus dem Weg gegangen, wir sind nie alleine in einem Raum geblieben, es gab schon den Verdacht, dass wir uns nicht ausstehen konnten, weil wir einander mieden. Die Blicke, die wir uns manchmal zuwarfen, wenn keiner hinsah, hätten uns verraten. Doch die sah niemand. Es ging nicht lange gut. Wir hielten es nicht aus. Irgendwann standen wir voreinander, waren alleine, kein Mensch war weit und breit, der uns hätte sehen können, da sind wir uns in die Arme gefallen, wie Ertrinkende, haben uns nur gehalten. Wir haben kaum geredet, und trotzdem wussten wir, wie es nun weitergehen musste. Sie würde Hannes verlassen, ich würde ihm beichten, dass ich sie ebenfalls liebte, wenn nicht noch mehr, dass wir zusammengehörten, und auch meinen Eltern musste ich dies beichten. Es war schrecklich. Niemand von uns konnte ahnen, dass es Hannes so schwer trifft. Wir haben alle gedacht, dass er eine Weile trauern und sich dann neu verlieben würde. Wir waren so berauscht von unserer Liebe, davon, dass es so richtig und absolut unausweichlich war, ihr zu folgen, dass wir verkannt haben, wie schwer es für Hannes war, das alles überhaupt zu ertragen. Und als wir es erkannten, war es längst zu spät. Wir hätten nicht mehr anhalten und umkehren können. Nichts hätte uns mehr getrennt. Ich bin also schuld daran, dass Hannes in seiner Gärtnerei lebt, mit den Pflanzen spricht und den Menschen den Rücken zukehrt. Sein Bruder hat ihn gelehrt, dass den Menschen nicht zu trauen ist.«

»Aber du hast es ja nicht mit Absicht gemacht. Du hast ihm doch nicht mit Absicht und aus Berechnung die

Frau ausgespannt, ihr habt euch doch geliebt. Du kannst nichts dafür!«

»Ja und nein. Wir haben uns geliebt und in Kauf genommen, dass jemand anders deshalb leidet. Ich würde Hannes gerne wiedersehen. Jetzt sind wir beide so alt geworden und mussten beide so lange ohne sie leben. Man würde meinen, dass uns das auch verbinden könnte. Tut es aber nicht.«

»Und als Mama starb?« Nina sah ihn fragend an, und es dauerte eine Weile, bis er antworten konnte.

»Wenn ich dich nicht gehabt hätte … Ich wollte ohne sie nicht leben, ich wusste nicht, wie das gehen sollte, ohne sie weiterleben. Ich wusste nur, dass ich das unserem Kind nicht antun darf, dass es die Mutter und dann auch noch den Vater verliert. Du hast mir das Leben gerettet, du warst eine kleine Maus und hattest keine Ahnung davon, dass du jede Nacht aufs Neue deinen Vater rettest. Abends war es immer am schlimmsten. Tagsüber hat mich die Arbeit von allem abgelenkt. Aber sobald es dunkel war und Ruhe einkehrte, war das vorbei, da sind die dünnen Schutzwälle eingestürzt, und ich wusste nicht mehr weiter. Nächtelang habe ich an deinem Bett gesessen und dir beim Schlafen zugeschaut, beim Atmen, beim Träumen, damit ich keine Sekunde lang vergesse, warum ich weiterleben muss.«

»Ich erinnere mich daran«, sagte Nina plötzlich. »Ich erinnere mich daran, dass du immer da warst, wenn ich wach wurde. Ich wusste immer, dass ich nie alleine bin.«

»Ja. Jetzt weißt du warum. Du hast mich am Leben gehalten damals. Und eines Abends, als ich bei dir saß, hatte ich plötzlich den Gedanken, dass Hannes niemanden hatte, der ihn am Leben hielt. Und da bin ich ins Auto gesprungen und zu ihm rausgefahren in seine Gärtnerei.«

»Aber er war doch auch vorher schon alleine gewesen, ohne sie«, warf Nina ein.

»Ja, das stimmt, aber in diesem Moment habe ich schlagartig begriffen, dass er immer noch gehofft hatte, dass sie zu ihm zurückkommt. Und diese Hoffnung war mit ihr gestorben. Es war wie eine Eingebung. Erst wollte ich den Gedanken wegschieben, wer will schon in der Nacht noch mal raus, es war ja fast Winter, und ich wollte dich nicht alleine lassen. Aber der Gedanke ließ sich nicht wegschieben. Er brachte mein Herz zum Rasen. Wir waren eben doch Brüder. Trotz allem. Ich habe ihn dann gefunden. Draußen im Gras unter seinen Äpfelbäumen. Mit einer Flasche Whisky und mehreren leeren Schachteln Tabletten, es war schon ziemlich kalt. Es hätte ihn erwischt. Sein Plan wäre aufgegangen.«

»Und dann war er dir böse?«

»Ja, er wollte sich im Tod mit ihr vereinen, und ich hatte schon wieder dazwischengefunkt. So sah er es. So sieht er es wahrscheinlich immer noch.«

Ninas Vater seufzte, lehnte sich zurück und sah sie an.

»Ja, das ist eine alte, lange und bittere Geschichte.«

»Und ich dachte, wenn ich dich nach deinem Bruder frage, lenkt dich das ein wenig ab von den Gedanken an Mama. Ich merke ja, dass du oft traurig bist, seit wir unsere Hochzeit vorbereiten.« Nina lächelte schief. »Dieser Plan ist nicht so ganz aufgegangen.«

»Nicht so ganz, nein. Aber es hat auch gutgetan, dir das alles zu erzählen. Ich wollte dich nie damit belasten. Ich wollte nie, dass du denkst, dein gemeiner Vater sei schuld am traurigen Schicksal seines Bruders.«

»Das denke ich nicht, Papa, aber ich muss das alles erst mal verdauen. So eine dramatische Geschichte, so viel Gefühl!«

»Sehr viel Gefühl. Komm, wir trinken noch aus, und dann gehen wir schlafen, hm?«

Nina leerte nachdenklich ihr Glas und blieb noch einen Moment sitzen, als ihr Vater sich schon mit einem Kuss auf ihr Haar und einem liebevollen »Gute Nacht« verabschiedet hatte.

Plötzlich sah Nina ihn mit ganz anderen Augen, nicht nur als ihren Vater, sondern als einen Mann, der ganz unabhängig von ihr ein eigenes Leben geführt hatte, schon bevor sie auf die Welt gekommen war, und dazu einen Mann, den das Schicksal nicht eben sanft behandelt hat. Es war seltsam, dachte sie, wie man als Kind seine Eltern nur durch die Brille der eigenen Existenz wahrnahm und ihnen gar kein Eigenleben zubilligte. Dass er ihr Vater war, war nur ein Teil seines Seins. Er war ein Mann, der sehr geliebt hatte, tragisch geliebt hatte. Der seine Frau und seinen Bruder verloren hatte und damals eigentlich nicht mehr weiterleben wollte.

Er hatte so sehr geliebt. Und auch sein Bruder Hannes hatte so sehr geliebt. Was hatte er noch mal gesagt? »Jetzt weiß ich, was ich will im Leben. Bei ihr sein oder mich in Luft auflösen und aufhören zu existieren.«

Sie überlegte, was sie eigentlich im Leben wollte. Sie verfolgte zielstrebig ihren Plan, den sie schon seit einiger Zeit für sich entworfen hatte. Sie würde das Juweliergeschäft mit Fabian übernehmen, sie würden bald Kinder bekommen, damit sie noch auf ihren Vater zählen konnten, bevor er sich aus dem Geschäft zurückzog, sie würden wahrscheinlich hier wohnen und wären eine wunderbare Familie. Wenn sie dreißig wäre, hätte sie sich schon so viele Träume erfüllt, wie sie sich andere in diesem Alter noch ausdenken. Und wenn die Kinder groß waren, könnte sie immer noch reisen und die Welt sehen. Das wollte sie doch, das hatte sie doch schon immer gewollt.

Dazwischen drängte sich der Gedanke an Fabian. Würde dieser Satz auch auf ihn zutreffen? Würde er bei ihr sein wollen, egal was auch geschah? War es das, was er wollte im Leben? Bei ihr sein? Und sie dachte an sich und ihre Gefühle für Fabian. Wenn sie nicht mehr bei ihm sein könnte, würde sie sich in Luft auflösen wollen und lieber aufhören zu existieren, als ohne ihn zu sein?

Nina stand auf und räumte ihr Glas in die Küche. Darüber würde sie ein anderes Mal nachdenken müssen. Heute spielten ihre Gedanken einfach verrückt.

Liz fühlte sich nach wie vor recht elend, als sie morgens aufwachte. Aber was hatte der Arzt gesagt, drei Tage, dann würde es besser werden. Die drei Tage waren noch nicht um. Sie schloss die Augen und versuchte, wieder einzuschlafen. Vielleicht könnte sie den Tag einfach verschlafen, damit die Zeit schneller herumging. Sie probierte eine andere Liegestellung, um es gemütlicher zu haben, doch der Versuch war nicht von Erfolg gekrönt. Es war schrecklich, so hilflos zu sein. Drei Tage. Sie dachte an ihre Mutter. Irgendwie fühlte sie sich noch nicht in der Lage, ihr zu begegnen. Schließlich wusste sie genau, dass sie nicht den erwünschten Beistand von ihr erhalten würde. Vielmehr würde Liz ihre Mutter darüber hinwegtrösten müssen, dass es ihre Tochter aus dem Sattel gehoben hatte. So wie sie sich jetzt fühlte, überstieg das eindeutig ihre Kräfte.

Liz seufzte. Vielleicht könnte ihre Schwester Natalie helfen. Obwohl sie Natalie eigentlich nicht noch zusätzlich belasten wollte. Mit ihren vielen Kindern und dem Job und allem, was sie alleine zu bewältigen hatte, konnte sie nicht auch noch eine verunglückte Schwester brauchen. Andererseits konnte sie die arme Frau Hummel nicht so einspannen. Sie war eine Nachbarin, mehr nicht. Nein, das stimmte so nicht. Frau Hummel war eine sehr besondere Nachbarin. Eigentlich war sie eine Freundin. Wie sie ihr momentan zur Seite stand, das machten nur wirklich gute Freundinnen. Liz spürte, wie ihre Augen feucht wurden, sie wusste nicht, warum. Weil sie so gerührt war, dass Frau Hummel ihr half, oder weil sie feststellen musste, dass sie seit der Enttäuschung über Claire nie wieder besonders tiefe Freundschaften geschlossen hatte. Liz seufzte noch einmal. Trotz ihres geschäftigen Lebens, trotz ihres kommunikativen und kontaktreichen Berufs hatte sie niemanden, der sich um sie kümmerte. Außer ihrer Nachbarin, die ungefähr doppelt so alt war wie sie und gurrende Täubchen entzückend fand. Das Einzige, was sie gemeinsam hatten, war, dass sie sich – wenn auch aus unterschiedlichen Beweggründen – für Hochzeiten interessierten sowie ihre Adresse und das Stockwerk, auf dem sie wohnten. Aber wenn Liz ehrlich war, musste sie sich eingestehen, dass das nicht stimmte. Sie hatten noch eine andere große Gemeinsamkeit.

Sie waren beide einsam.

Nach dem Frühstück, als Liz sich schon etwas besser fühlte, auch wenn der dünne Kaffee einem durchaus den Tag verderben konnte, griff sie zum Telefon und wählte die Nummer ihrer Schwester.

»Was ist los?«, fragte Natalie sogleich alarmiert, und Liz fiel ein, dass sie ihre Schwester wahrscheinlich noch nie morgens um sieben angerufen hatte, weil Liz zu dieser Zeit normalerweise noch tief und fest schlief. Liz erzählte ihrer Schwester, was passiert war und dass sie ihre Hilfe bräuchte. Nachdem Natalie erst entsetzt aufschrie und sie zutiefst bedauerte, um dann zu überlegen, wie sie es nun auch noch schaffen solle, die Krankenhausbesuche mit ihrem Job und den Kindern unter einen Hut zu bekommen und so weiter und so fort, unterbrach Liz ihre Schwester.

»Es geht erst einmal nur um Mama. Kannst du Mama beruhigen?«

Natalie verstand sofort.

»Weiß sie es schon?«

Liz verneinte.

»Sagst du es ihr denn selbst?«

»Mach ich, aber kannst du sie dann später anrufen und ihr klarmachen, wie wichtig Ruhe für die Genesung ist? Und dass ich erst mal keinen Besuch brauche?«

»Es hat dich ganz schön erwischt, was?« Natalie klang jetzt sehr besorgt. »Ich komme heute nach der Arbeit vorbei, bevor ich die Kinder abhole. Was brauchst du? Nachthemd? Zahnpasta, Zeitschriften? Pralinen? Saft? Was braucht man denn so im Krankenhaus heutzutage?«

»Meine Nachbarin hat mich schon mit allem versorgt, was ich hemdchen-höschen-mäßig brauche. Das Essen hier ist so wie früher bei Schulfreizeiten in Jugendherbergen. So Richtung Graubrot und eine Scheibe Jagdwurst. Mit Gürkchen. Und dazu Früchtetee. Da ist jede Abwechslung willkommen.«

»Oje. Also Obst und Salat?«

»Wenn's sein muss. Sonst lieber Pommes oder einen Döner. Irgendetwas Schreckliches, was glücklich macht.«

Und bevor Natalie widersprechen konnte, fiel Liz diese Binsenweisheit ein, dass man immer auf das Lust hatte, was der Körper brauchte, und man deshalb seinen Essgelüsten ruhig folgen sollte.

»Mit einem Döner lassen die mich doch gar nicht ins Krankenhaus! Das riecht doch wie eine ganze Imbissbude.«

»Gib's zu, es ist dir nur peinlich, damit gesehen zu werden. Kleb ein Schild drauf: ›Ist nicht meine Idee. Ich wurde gezwungen!‹«

»Ganz großartig, Schwesterherz. Also, ich bring dir etwas sehr Fettiges, sehr Ungesundes mit.«

»Ich werde dir ewig dankbar sein.«

Liz legte auf und atmete einmal tief durch, bevor sie ihre Mutter anrief. Das Gespräch war genau, wie sie es erwartet hatte. Ihre Mutter tat sich selbst so leid, weil sie sich nun solche Sorgen um ihre Tochter machen musste, dass Liz vorschlug, sie könne ja vielleicht zu Hause bleiben, um sich zu schonen, in diesem Schockzustand. Sie selbst sei sowieso den ganzen Tag unterwegs, zu Untersuchungen und so weiter, da könnte sie eigentlich überhaupt keinen Besuch gebrauchen.

»Du würdest bloß die ganze Zeit im leeren Zimmer sitzen und warten, dass mich jemand zurückschiebt, und selbst dann kann es ja sein, dass ich irgendwie sediert und gar nicht richtig da bin. Also am besten, wir telefonieren, wenn ich wieder Besuch bekommen kann.«

Simon Friedrich, der gerade zur Tür hereinkam, hörte diese wilden Behauptungen und schüttelte tadelnd den Kopf, nachdem Liz aufgelegt hatte.

»Wen versuchen Sie sich denn da vom Leibe zu halten? Verehrer, die sich in die Quere kommen könnten?«

»Ha, schön wär's! Aber nein. Meine Mutter ist manchmal eine Zumutung. Und das kann ich grade gar nicht gebrauchen.«

Sie schaute sich suchend um.

»Irgendwas riecht hier aber verdammt gut.«

Dann sah sie den Becher in seiner Hand.

»Also das ist eine Frechheit. Da ist ja meine Mutter nichts dagegen. Das ist Folter. Einer Kaffeesüchtigen so einen Becher aus der echten Welt vor die Nase zu halten!«

»Sie sollten sich Verehrer zulegen, die Ihnen jeden Morgen abwechselnd welchen bringen.«

»Toller Hinweis. Danke. Wenn Sie irgendwo Anwärter sehen, können Sie sie ja vorbeischicken. Ich kann mich grade so schlecht auf die Suche begeben.«

»Zu dumm. Nehmen Sie den so lange. Hab ich Ihnen mitgebracht. Ich konnte mich vage an eine Schimpftirade bezüglich des Krankenhauskaffees erinnern.«

Er reichte ihr den Becher. Liz schloss die Augen und sog den Geruch ein.

»Sie sind ja richtig nett.«

»Die einen sagen so, die anderen so.«

Er lächelte und ging wieder nach draußen.

»Und wahrscheinlich haben alle irgendwie recht!«, rief sie ihm noch hinterher, bevor die Tür ins Schloss fiel.

Während sie den Kaffee trank, der sie daran erinnerte, wie schön es doch wäre, nicht im Krankenhaus zu liegen, sondern einfach draußen umherzulaufen und sich einen Coffee-to-go zu kaufen, wann immer es einem gefiel, versuchte sie sich zu vergegenwärtigen, was sie heute alles mit Frau Hummel besprechen musste. Ihre Nachbarin hatte gestern irgendwie gestrahlt, vielleicht gefiel es ihr ja, etwas mehr zu tun zu haben. Liz müsste sie fragen, wie viel sie sich zutraute, denn sie wollte sie keineswegs zu sehr belasten. Es war ein Segen, dass sie sich überhaupt bereit erklärt hatte, ihr zu helfen.

Bestimmt könnte sie Frau Hummel bitten, sich um die Metzgertochter und ihren vegetarischen Bräutigam zu kümmern. Auf jemanden wie Frau Hummel würden die Metzgereltern sicher hören. Eher als auf sie selbst. Vielleicht könnte Frau Hummel auch die hysterische Mutter mit der Tochter übernehmen, die von ihrer kleinen Hochzeit träumte. Wenn sie sich richtig erinnerte, stand der Termin schon sehr, sehr bald an. Einen Versuch war es wert. Und sie musste daran denken, dass Frau Hummel bei ihrer Druckerei vorbeiging. Ihr war so, als müssten irgendwelche Karten fertig werden. Ob Annemie Hummel firm in der Rechtschreibung war und so genau gegenlas wie sie? Am besten, sie las selbst alles noch einmal durch, bevor es rausging. Das war auf alle Fälle sicherer. Und Liz war gern auf der sicheren Seite.

Als ihre Bettnachbarin Rosi Schäfer von ihrem morgendlichen Rollatorausflug zurück ins Zimmer kam, verkündete sie, dass die Visite im Anmarsch war und dass es heute Mittag Blumenkohlauflauf gab. Blumenkohl. Liz hoffte, dass ihre Schwester Wort halten würde in Bezug auf den Döner. Natalie lebte immer so fürchterlich gesund. Kein Zucker, keine falschen Fette, kein Koffein, kein Fast Food. Dabei könnte sie es so viel leichter haben, wenn sie den Kindern einfach mal eine Tiefkühlpizza in den Ofen schob, anstatt abends noch stundenlang Möhrchen zu raspeln. Manchmal wusste sie nicht, ob sie Natalie beneidete, die sitzengelassen wurde, nachdem sie drei Kinder von ihrem untreuen Mann bekommen hatte, oder ob sie ihre Schwester deshalb bedauerte. Sie selbst war sitzengelassen worden, bevor es überhaupt ein Kind gegeben hatte. Ob sie einmal eins bekommen würde? Sie hatte nicht das Gefühl, sich jemals wieder so auf einen Mann einlassen zu wollen, dass sie herausfinden konnte, ob sie mit ihm Kinder wollte. Liz hatte auch nicht das Gefühl, dass sie eine gute Mutter sein könnte. Sie würde mit ihren Kindern bei McDonald's einfallen und ihrer Tochter erlauben, bei Regen mit neuen rosa Stoffsandalen aus dem Haus zu gehen, weil sie es selbst genauso machen würde. Wurde man vernünftig, sobald man Mutter wurde, oder musste man es vorher schon sein? Wie war es bei Natalie gewesen? Ihre Schwester war schon immer etwas vernünftiger gewesen als sie, aber vor zehn Jahren hatte sie noch mit ihr zusammen Pommes gegessen. Das wäre heute wahrscheinlich nicht mehr drin. Vielleicht würde sie selbst auch gesünder leben, wenn sie Kinder hätte. Jo und sie waren sich damals einig gewesen, dass sie nach der

Hochzeit eine Weile einfach verheiratet sein wollten, ohne Kinder, ohne Hausbau oder all die anderen Sachen, die so viele Paare, die sie kannten, fürchterlich stressten. Und dann vielleicht, nach einer Zeit, ein Kind, und dann noch eines. Für Liz war immer klar gewesen, dass sie kein Einzelkind großziehen wollte. Ohne ihre Schwester Natalie hätte sie eine schreckliche Kindheit gehabt, dessen war sie sich sicher, und wer weiß, wenn aus ihr nun eine schlechte Mutter geworden wäre, dann hätten ihre Kinder wenigstens einander gehabt. Aber darüber brauchte sie sich eigentlich gar keine Gedanken mehr zu machen. Dieser selbstgefällige Arzt hatte es ihr gerade verdeutlicht. Es gab überhaupt keine Verehrer. Und die Männer, die es seit Jo gegeben hatte, waren von ihr alle schön auf Distanz gehalten worden. In belangloser Unverbindlichkeit, die sie immer dann bedauerte, wenn sie andere glückliche Paare sah, wenn sie Familien sah. Dann versetzte es ihr einen Stich, und sie wollte genau das auch. Einen Mann zum Anlächeln und Händchenhalten. Einen Mann, der mit den Kindern zu den Schaukeln ging, während sie ihnen von der Parkbank aus zusah. Doch sie hatte sich so sehr in die Arbeit gestürzt, dass es außer dem glücklich verheirateten und zwanzig Jahre älteren Herrn Frank aus der Druckerei überhaupt keinen Mann mehr in ihrem Leben gab. Noch nicht einmal einen unverbindlichen.

Rosi Schäfer hatte recht gehabt. Die Tür öffnete sich, und die Visite stürmte ins Zimmer. Liz fand es unglaublich, wie viele Menschen sich in einer bestimmten Reihenfolge um das Bett ihrer Nachbarin gruppierten, wie flüssig und schnell und vollkommen unverständlich ein Arzt den Fall referierte, wie der Chefarzt daraufhin nickte und ebenso schnell und unverständlich irgendwelche Anweisungen gab. Dr. Friedrich machte einen Einwurf, den der Chefarzt mit einer gönnerhaften Bemerkung zur Seite wischte. Liz konnte sehen, dass es ihn ärgerte. Sie konnte sehen, wie überzeugt er war, die richtige Idee vorgebracht zu haben, und wie es ihn wurmte, nun so abgekanzelt zu werden. Und sie konnte es verstehen. Sie hätte wahrscheinlich den Mund nicht halten können und lautstark protestiert. Liz sah, wie er den Blick in eine weite Ferne richtete und wie sein Mund schmaler wurde. Und sie sah, dass eine der weiblichen Kolleginnen ihm beruhigend über den weißen Ärmel strich, und dann sah sie auch noch, dass eine der Schwestern ihm zuzwinkerte und eine andere ihn anlächelte. Ach, man brauchte sich wirklich keine Sorgen um Dr. Friedrich zu machen. Um ihn kümmerte sich schon das gesamte weibliche Klinikpersonal.

Dann wanderte die Karawane an ihr Bett, gruppierte sich um sie herum, und jetzt war Dr. Friedrich der vortragende Arzt. Er sprach wie sein Vorgänger schnell und unverständlich, der Chefarzt erwiderte etwas genauso Unverständliches und wandte sich dann an Liz, um sich zu erkundigen, ob sie noch Fragen habe.

Liz hatte das Gefühl, dass es sich dabei bloß um eine Höflichkeitsfloskel handelte. Denn er war schon dabei, sich abzuwenden, um mit seinem Gefolge das Zimmer zu verlassen, ohne ihre Antwort auch nur abzuwarten.

»Aber ja!«, rief sie aus, und er drehte sich erstaunt zu ihr um.

»Können Sie das Ganze noch einmal auf Deutsch sa-

gen? Ich würde gerne verstehen, was Sie hier unterein-
ander verhandeln. Es geht dabei doch um mich, oder?«

»Dr. Friedrich, bitte.«

Der Chef machte eine gönnerhafte Handbewegung zu
Simon Friedrich, der Haltung bewahrte, sie anlächelte
und sich für das Fachchinesisch entschuldigte. Gerade als
er anhob zu sprechen, sah der Chef auf die Uhr und
winkte ab, sie seien schon in Verzug, vielleicht könnte er
nach der Visite noch einmal vorbeikommen, um dieser
wissbegierigen jungen Dame alles zu erklären, was sie
unbedingt wissen wollte. Simon seufzte.

»Amen«, sagte Liz und zuckte die Achseln.

Als die Karawane sich nun endlich in Bewegung setzte,
deutete die junge Kollegin, die Simon über den Ärmel
gestrichen hatte, auf den leeren Kaffeebecher auf Liz'
Nachttisch.

»Oh, wie nett, da hat Ihnen jemand Kaffee gebracht!
Der Kaffee hier ist das Schlimmste, oder?«

Liz wollte gerade antworten, dass eine OP für einen
Patienten vielleicht doch noch ein klein wenig schlimmer sei als der schlechte Kaffee, da drehte sich Simon zu
der Kollegin um.

»Ja, Frau Baumgarten hat offensichtlich einen Verehrer,
der ihr schon in aller Frühe guten Kaffee ans Bett bringt.«

Er warf ihr einen Blick zu, der sie erröten ließ, obwohl
sie überhaupt nicht wusste, warum, und sie war froh, als
die Weißkittel endlich verschwunden waren. Was hatte
das denn jetzt zu bedeuten?

Rosi Schäfer schaute neugierig herüber.

»O, da habe ich vorhin wohl gerade verpasst, wer Ihnen den Kaffee gebracht hat.«

»Scheint so«, murmelte Liz und überlegte, ob er sich jetzt selbst als Verehrer bezeichnet hatte, weil er es tatsächlich war, ob er es gesagt hatte, um sie zu veralbern oder um die Kollegin anzuflirten. Das waren drei sehr unterschiedliche Interpretationen. Sie blieb am besten auf der Hut. Und dass sie mit ihm mitgefühlt hatte, als er von Hochwürden in Weiß abgekanzelt wurde, war in diesem Kontext auch nicht gerade hilfreich. Sie würde ihr Mitgefühl etwas besser in den Griff bekommen müssen.

7

Annemie machte sich auf den Weg ins Krankenhaus, um Liz ihre Schokoladentorte und die kleinen Quiches zu bringen. Als sie die Tür zu ihrem Zimmer öffnete, war der gutaussehende Arzt schon wieder bei ihr und erklärte ihr anhand der Röntgenbilder, wo welche Schrauben welche Knochen stabilisierten und wie lange sie noch hierbleiben müsste, bis sie so weit sei, sich auf Krücken zu bewegen.

»Sie müssen dann zu Hause allerdings komplett versorgt werden, zumindest in der ersten Zeit, solange Sie Ihr Bein überhaupt nicht belasten dürfen. Das müssen Sie rechtzeitig organisieren. Es wird einige Wochen dauern, wie lange genau, das hängt vom Heilungsprozess ab. Wenn Sie gut trainieren, werden Sie relativ schnell sehr wendig mit den Krücken sein. Aber Sie sollten trotzdem über eine Reha nachdenken.«

»Das sind ja Aussichten.«

Liz war ganz bleich geworden bei dieser Ausführung. Annemie tat sie schrecklich leid. Sie drückte ihr fest die Hand und versprach ihr zu helfen, so gut sie könnte.

»Machen Sie sich keine Sorgen. Ich bin für Sie da.«

Liz lächelte sie dankbar an, und Annemie wuchs mindestens fünf Zentimeter. Wann war sie zum letzten Mal wirklich gebraucht worden? Sie sah zu, wie Liz den Deckel der Kuchenschachtel anhob und den Duft des Schokoladenkuchens tief einsog, der sofort ein Lächeln auf ihr Gesicht zauberte. Sie gestattete dem Arzt auch einen Blick in die Schachtel und bot an, ihm etwas abzugeben.

»Ich habe es Ihnen ja versprochen. Und versprochen ist versprochen ...«

»... und wird nicht gebrochen. Ich komme später noch mal vorbei. Mit einer Gabel im Gepäck.«

»Sie werden einfach dahinschmelzen«, prophezeite Liz. »Denn wenn jemand Schokokuchen backen kann, dann Frau Hummel! Sie ist nicht nur der hilfsbereiteste und netteste Mensch, den ich kenne, sie ist die Meisterin des Schokoladenkuchens.«

»Ach, Kindchen, jetzt übertreiben Sie mal nicht so maßlos.« Annemie war es sehr peinlich, so gelobt zu werden und plötzlich im Mittelpunkt zu stehen. »Sagen Sie mir lieber, was ich für Sie tun kann.«

»Ich habe mir schon eine Liste geschrieben, woran wir heute unbedingt denken müssen«, sagte Liz auf Anhieb. »Wir müssen heute noch einen Brautwalzer aussuchen und eine Torte besprechen. Schaffen Sie das momentan überhaupt, noch eine Torte zu machen?«

»Das geht schon«, antwortete Annemie und sah, dass sich im Gesicht des jungen Arztes etwas veränderte.

»Ach«, entfuhr es ihm. »Keine Verehrer, aber eine Hochzeit steht bevor. Deshalb. Und warum bringt Ihnen dann Ihr Verlobter keinen Kaffee ans Bett?«

»Weil es keinen gibt«, antwortete Liz verständnislos.
»Das hat doch damit gar nichts zu tun.«

»Nein?«

Simon blickte Annemie verwundert an, die plötzlich verstand.

»Sie ist Hochzeitsplanerin. Es geht nicht um ihre eigene Hochzeit. Es geht um eine Hochzeit, die sie plant. Für jemand anderes.«

Während Annemie ihm das erklärte, fiel auch bei Liz der Groschen, denn Annemie sah, dass sie leise in sich hinein lächelte. Wenn sich da mal nichts anbahnt, dachte Annemie und beobachtete den jungen Mann noch etwas genauer.

»Aha, verstehe!«

Dr. Friedrich lächelte jetzt ebenfalls.

»Das heißt, wenn ich irgendwann einmal heiraten will, dann kann ich zu Ihnen kommen. Hätte ich gar nicht gedacht, dass ein so romantisches Wesen in Ihnen steckt. Da haben Sie ja einen wesentlich schöneren Beruf als ich. Rosenduft, Walzerklänge, Liebesversprechen!«

»Ach, so unterschiedlich sind unsere Berufe gar nicht«, seufzte Liz. »Wir fügen beide auf andere Art etwas zusammen und hoffen, dass es nicht gleich wieder bricht. Bei mir ist die Statistik nicht besonders gut. Über fünfzig Prozent aller Ehen werden geschieden. Und Ehen, die von Hochzeitsplanern organisiert sind, haben sogar eine noch höhere Scheidungsquote. Man munkelt, dass es den Paaren mehr auf einen glorreichen Event ankommt als auf die gemeinsame Bewältigung eines langweiligen Alltagslebens. Ich hoffe, Ihre Quote ist besser.«

Annemie sah zwischen beiden hin und her. Das war spannend. Hier bahnte sich ja wirklich etwas an!

»Ist sie«, antwortete der Arzt lächelnd. »Da können Sie ganz beruhigt sein. Aber denken Sie eigentlich immer so prosaisch? Es klingt fast so, als ob Sie bereits während einer Hochzeit an die Scheidungsquote denken.«

»Tu ich auch. Ich schließe Wetten mit mir ab.«

»Und?«

»Nichts und. Ich gehe ja nicht nach fünf Jahren zu den Paaren und frage sie, wie es läuft. Ich denke mir einfach, dass ich gewinne. Und jetzt«, Liz wandte sich an Annemie, »jetzt planen wir mal ein bisschen weiter.«

»Nun machen Sie mal schön langsam und bürden sich nicht zu viel auf«, ermahnte Annemie sie besorgt.

»Ich bin auf den Hintern gefallen und nicht auf den Kopf. Und der funktioniert noch prima und ist komplett einsatzbereit. Im Gegensatz zum ganzen Rest von mir.«

Der junge Arzt verließ grinsend das Zimmer, dankte Annemie für die Tüte mit dem salzigen Gebäck, die sie ihm in die Hand gedrückt hatte, und verabschiedete sich bis zum nächsten Tag.

»Hier könnte ich nicht Arzt sein«, sagte Liz, als er das Zimmer verlassen hatte. »Sie glauben gar nicht, was für ein Ton hier herrscht, wenn Visite ist, das ist so altmodisch hierarchisch, man glaubt gar nicht, dass es so etwas noch gibt! Er hat es nicht immer leicht, glaube ich, weil er nicht so duckmäusert wie die anderen.«

»Er ist überhaupt sehr nett und anders als die anderen.« Annemie sagte diesen Satz ein bisschen testend, um zu prüfen, wie Liz reagierte. Zu ihrem Erstaunen wehrte Liz sich nicht wie sonst gegen Behauptungen dieser Art.

»Ich werde nicht so richtig schlau aus ihm. Manchmal entspricht er total dem Klischee des Frauenhelden im weißen Kittel, und dann ist er manchmal plötzlich auf eine ganz andere Art wirklich nett.«

»Na, dann ist es doch gut, dass Sie noch ein Weilchen hier sind und der Sache auf den Grund gehen können.«

»Ehrlich gesagt, wäre ich lieber zu Hause und gesund, so dass ich gründlich meine Hochzeiten planen kann.«

Damit begann Liz sogleich mit der Verteilung der nächsten Aufgaben. Sie selbst wollte die Telefonate übernehmen, in denen sie all ihren heiratswilligen Kunden Bescheid sagte, dass sie persönlich zunächst ausfiel, und Annemie ankündigte, die vorerst übernehmen würde. Dazu benötigte sie ihr dickes Buch, das Annemie ihr wie aufs Stichwort auf die Bettdecke legte.

Als Annemie zurück im Laden war, begann sie zu telefonieren, wie sie es mit Liz besprochen hatte. Sie hinterließ Nachrichten auf Anrufbeantwortern, von denen sie sich wünschte, sie könnte mit einem kleinen Knopf alles rückgängig machen und es noch einmal versuchen. Gerade als sie verzweifelt auflegte, weil sie vor lauter Versprechern nicht mehr weiterwusste, kam Herr Frank, um zu hören, wie alles lief.

»Schrecklich!«, stieß Annemie hervor und erzählte ihm, wie furchtbar dumm sie sich verhielt. »Eben habe ich auf einen Anrufbeantworter gesprochen, und ich glaube, ich habe die falsche Nachricht hinterlassen, und dann habe ich auch noch vor Schreck ›O Gott‹ gesagt – auf den Anrufbeantworter! Und ›Wie kann ich das wieder löschen?‹ habe ich auch noch gesagt.«

Er beruhigte sie und sagte, das mache gar nichts. Das ginge den meisten Menschen so, dass sie manchmal Nachrichten hinterließen, die sie am liebsten wieder löschen würden.

»Schreiben Sie sich doch Stichwörter auf, wenn es für Sie schwierig ist, frei zu sprechen«, riet er ihr. »Das mache ich auch, wenn ich ein Gespräch habe, das ich nicht so einfach finde. Und soll ich Ihnen mal ein Geheimnis verraten?«

Annemie sah ihn gespannt an.

»Ich übe das manchmal.«

»Wie? Was üben Sie?« Annemie runzelte die Stirn.

»Na sprechen. Ich übe sprechen. Ich übe das Telefonat. Ich sage es mir auf, so wie ich es mir vorstelle. Und dann«, er hielt plötzlich inne. »Sie halten mich jetzt für verrückt. Sie denken, ich habe sie nicht mehr alle.«

»Nein!«, rief sie aus und sah ihn mit großen Augen an. »Überhaupt nicht, sprechen Sie weiter! Das müssen Sie mir erklären! Sie üben das. Und wenn es ganz anders läuft, als Sie sich das gedacht haben?«

»Also, ich probiere ganz viele Versionen durch. Und meistens ist die dabei, die ich dann brauche. Und wenn nicht, dann kommt es zumindest nicht mehr ganz so überraschend, weil ich das Gespräch schon so oft geführt habe, dass es so etwas wie eine interessante neue Variante ist.«

»Aha.« Annemie sah ihn begeistert an. »Ich mache das eigentlich auch, aber genau andersherum. Wissen Sie, ich rede mir einen Unsinn zusammen und hinterher überlege ich mir, was ich alles hätte anders machen können. Das ist eine sehr gute Idee, Herr Frank. Das werde ich einmal probieren. Vielen Dank. Wollen Sie vielleicht eine Tasse Kaffee?«

»Ich habe insgeheim auf so etwas gehofft, ich habe nämlich keinen Kaffee mehr im Büro«, lächelte er und bat sie zu erzählen, was anstand. »Sie können mit mir üben!«

»O nein, das wäre mir zu peinlich!«, rief Annemie aus, »aber ich erzähle Ihnen, was ich alles machen muss, das hilft mir dann schon.«

Sie begann, ihm von der Metzgerfamilie zu erzählen. Das Metzgerehepaar Schulze, das ihrer Tochter Nicole mit ihrem Vegetarierbräutigam Fleischplatten vorsetzen wollte. Annemie stellte sich vor, sie hätte eine Tochter, deren Ehemann grundsätzlich keinen Kuchen aß und deshalb nichts von der Hochzeitstorte essen würde, die sie für die beiden gebacken hätte. Sie stellte sich vor, wie die Tochter hin- und hergerissen sein würde und schon beschloss, auf die gesamte Hochzeitstorte zu verzichten, nur um ihren Liebsten nicht in diese Bredouille zu bringen und um ihre Mutter nicht zu enttäuschen.

»Das Kind wird sich doch zerreißen, weil es das Gefühl hat, nicht mehr loyal sein zu können zu denen, die es liebt, das arme Ding. Das müssen die Eltern doch verstehen!«

»Sagen Sie es Ihnen«, bestärkte er sie, während er dankbar den Kaffee entgegennahm. »Wenn Sie es Ihnen erklären, werden sie es sicher verstehen.«

Nachdem Herr Frank, der wirklich Gold wert war, wieder in seine Druckerei verschwunden war, vereinbarte Annemie einen Termin mit Herrn und Frau Schulze, die später vorbeikommen wollten, und beruhigte bis dahin die aufgelöste junge Braut. Sie solle sich jetzt doch erst einmal bitte überhaupt keine Sorgen machen.

»Das ist doch gar nicht gut für Ihre Haut. Sorgen machen die Haut ganz fahl. Sie wollen doch strahlen an Ihrem schönsten Tag!«

»Aber wie soll ich strahlen, wenn ich einen Vegetarier heirate? Die Metzgerei, das Fleisch, das ist ihr ganzer Stolz!« Nicole Schulze klang wirklich verzweifelt.

»Ja, wissen Ihre Eltern denn gar nicht, dass Ihr Verlobter Vegetarier ist?«

»Nein«, tönte es kleinlaut aus der Leitung. »Das hat sich bis jetzt irgendwie noch nicht ergeben. Ich habe es mir schon so oft vorgenommen! Für den Notfall hatte er jedenfalls immer eine Plastiktüte in der Hosentasche, da konnte er schnell mal was verschwinden lassen.«

»Oh, ich verstehe.« Annemie musste kurz nachdenken. »Dann ist es aber höchste Zeit, dass Ihre Eltern das erfahren.«

Danach rief sie Nina Winter an und betete, dass sie die Termine, die sie für sie beide gemacht hatte, einhalten würde. Ihre Stimme zitterte ein wenig, und sie hasste es, wenn sie das tat. Nina Winter war so ein Typ, der einen am Ende noch darauf ansprach. Aber entweder war Nina zu beschäftigt, oder sie merkte es nicht, oder sie war doch gut erzogen, denn sie bestätigte nur kurz, dass es bei allem bleiben könne, was sie besprochen hatten, und bedankte sich für den Anruf.

Als die Eltern Schulze später in den Hochzeitsladen kamen, begrüßte Annemie sie herzlich. Die beiden waren recht klein und rund und die Knöpfe an ihren Jacken spannten ein wenig. Annemie konnte sie förmlich vor

ihren Platten mit saftigen, glänzenden Bratenstücken sehen, die sie stolz lächelnd aufschnitten, und spürte, wie
sie Hunger bekam. Sie hatte ewig keinen Braten mehr
gemacht. Das lohnte sich einfach nicht für einen alleine.

»Wie ich mich freue, Sie kennenzulernen!«, rief Annemie ihnen in der Tür entgegen. Sie spürte, dass ihr Gesicht vor Aufregung bestimmt schon rosa glühte, ihre
Wangen fühlten sich heiß an, dafür waren ihre Hände
ganz kalt.

»Sie haben eine so wundervolle Tochter«, schwärmte
Annemie, als sie an dem großen Tisch saßen und die
kleinen Mandelkekse begutachteten, die Annemie in der
Nacht noch gebacken hatte, während der Schokokuchen
für Liz abkühlte. Es war schön, im Laden immer etwas
anbieten zu können.

»Nicole wird eine sehr schöne Braut werden.«

»Ach«, platzte es aus Frau Schulze heraus, »wir machen
uns solche Sorgen, dass das Kind nicht glücklich ist. Vielleicht ist er doch nicht der Richtige, wissen Sie, sie ist so
still geworden. Sie erzählt uns nichts mehr, sie ist fast
abweisend, wir kommen nicht an sie heran. Ich bin so
froh, dass Sie uns angerufen haben, als Mutter ist man
doch so besorgt.«

Annemie nickte verständnisvoll. Die armen Eltern
machten sich solche Gedanken, und die Tochter ja auch.

»Nicole macht sich ebenfalls Sorgen, wissen Sie.«

»Oje. Ich hab's gewusst.« Die Mutter setzte die Kaffeetasse mit einem Ruck ab und ließ ihren üppigen Oberkörper gegen die Stuhllehne fallen. »Ich hab's gewusst.
Er ist der Falsche. Aber sie muss ihn doch nicht heiraten!
Sie muss nicht denken, dass sie das durchziehen muss,

nur weil die Spanferkel bestellt sind und alle Einladungen raus. Für uns zählt doch nur, dass das Mädel glücklich ist! Und nur das!« Ihr traten schon Tränen in die Augen. »Oder Gerhard? Sag doch auch mal was!«

Während sie in ihrer Handtasche umständlich nach einem Taschentuch suchte, grunzte ihr Mann einen Ton, den man mit etwas gutem Willen für Zustimmung halten konnte.

»Sehen Sie!«, rief sie aus ihrem Taschentuch und schnäuzte sich kräftig. »Er findet das auch!«

»Das sagen nur Eltern, die ihr Kind wirklich lieben.«

Annemie schob ihr den Teller mit den Keksen hinüber und Frau Schulze griff dankbar zu.

»Und wissen Sie«, fuhr Annemie zaghaft fort, »Nicole liebt Sie auch so sehr, gerade deshalb macht sie sich solche Sorgen. Es geht gar nicht darum, nicht zu heiraten, sie will ja heiraten, sie liebt ihren Verlobten sehr.«

»Ja, aber was um alles in der Welt …«

Frau Schulze hielt den Keks auf halber Strecke zum Mund an.

Annemie atmete einmal tief durch. Sie musste es ihnen irgendwie sagen. Jetzt. Das war jetzt ihre Aufgabe.

»Sie macht sich Sorgen um Sie beide.«

»Ja, aber warum denn?«

Die Brautmutter schaute ratlos zu ihrem Mann, der ebenso ratlos wirkte und dem das alles etwas unangenehm war.

»Um uns? Aber weshalb denn? Um uns braucht sie sich doch keine Sorgen zu machen!«

»Nun …«, Annemie wand sich ein wenig hin und her und verstand, warum die Tochter es ihren Eltern nicht einfach sagen konnte, sie waren so überschwänglich und gutherzig, es brach einem fast das Herz, ihnen etwas zu sagen, was sie kränken könnte.

»Sie sagten ja eben, das Glück Ihrer Tochter ginge Ihnen über alles. Das ist ein wunderbarer Satz. Den hätte ich als Tochter auch gerne mal – aber das tut ja jetzt nichts zur Sache. Verzeihen Sie.« Sie schluckte. »Also, es ist so, dass Nicole glaubt, dass Ihnen etwas anderes doch noch wichtiger sein könnte, und deshalb …«

»Nichts ist uns wichtiger! Nichts!«

Entrüstet wies die Brautmutter diesen Verdacht weit von sich.

»Es hat etwas mit der Metzgerei zu tun.«

So, nun war der Anfang gemacht.

Dieses Mal schwieg Frau Schulze und schaute zuerst ihren Mann an, der bei diesem Stichwort aufsah und den ersten Satz sagte, seit sie beisammensaßen.

»Was ist mit der Metzgerei?«

»Ihr Schwiegersohn ist«, Annemie stockte, »also, Ihr Schwiegersohn ist Vegetarier. Er isst kein Fleisch.«

So, nun war es heraus.

»Ja und?«

Beide schauten sie erwartungsvoll an und warteten, dass noch etwas kam.

»Ja, nichts. Kein und. Das ist es.«

»Das ist alles?«

»Ja«, Annemie nickte bekräftigend. »Das macht Ihrer Tochter große Sorgen. Dass Sie beide als Ihre Eltern bei der Hochzeit mit großem Stolz das Beste aus Ihrer Metzgerei auftischen werden und Ihr Schwiegersohn nichts davon anrühren wird.«

»Na, da entgeht ihm aber was!« Herr Schulze wiegte bedauernd den Kopf. »Aber man kann ihn ja nicht zu seinem Glück zwingen, nicht wahr?«

Sobald es um das Thema Metzgerei ging, taute Herr Schulze richtig auf.

»Ja, da haben Sie recht.« Annemie lächelte ihn an. »Ihre Tochter hat Angst, dass Sie deshalb gekränkt sein werden.«

»Ach, er macht das ja nicht mit Absicht. Also nicht mit der Absicht, irgendjemanden zu ärgern. Er mag es halt nicht. Hauptsache, er mag Nicole, oder, Gerhard?«

Frau Schulze sah zu ihrem Mann, der zustimmend nickte.

»Wissen Sie, ich habe mir auch nie so viel aus Fleisch gemacht, als ich meinen Mann kennengelernt habe. Na ja, das habe ich mir dann eben so angewöhnt. Aber in den Schlachthof konnte ich noch nie. Ich darf das Tier nicht sehen, wissen Sie, sonst vergeht mir der Appetit. Nur die Wurst, die mag ich dann!«

Ihr Mann sah sie mit gerunzelter Stirn fragend an. Sie bemerkte seinen Blick und machte eine wegwerfende Handbewegung.

»Ach Schatz, das habe ich dir nie gesagt, weil ich nicht wollte, dass du dir Sorgen machst, weil ich ja nun mal immer am Fleisch stehe. Aber das macht mir nichts mehr. Ich kann nur deshalb den jungen Mann ein wenig verstehen.«

»Jetzt hat Nicole natürlich Angst, dass Ihr zukünftiger Mann bei seiner eigenen Hochzeit nichts von dem zu essen bekommt, was er gerne isst. Es soll ja auch für ihn ein Festtag sein.«

»Also, wenn der Junge lieber Gemüse isst, dann soll er

das doch bekommen. Ich werde ihm das persönlich kochen, wenn es sein muss. Was isst man denn da so als Vegetarier? Nur Gemüse? Würde ihm denn ein Gemüseteller gefallen?«

»Hm, vielleicht auch Eier und Käse, vielleicht isst er ja auch Fisch? Manche Vegetarier essen ab und zu Fisch. Das fragen Sie ihn doch am besten einmal selbst. Das wird ihn freuen, wenn es Sie interessiert, und bestimmt hat auch Nicole noch einige gute Tipps.«

»Aber die Spanferkel gibt es trotzdem.« Herr Schulze musste sich noch einmal rückversichern, dass nicht die ganze Hochzeitsgesellschaft Gemüse würde essen müssen, doch auch diese Sorge konnte Annemie ihm nehmen. Und als das Ehepaar den Laden verließ, strahlte Annemie glücklich darüber, dass sie ihre erste Hochzeitskrise gelöst hatte. Und es war gar nicht so schwer gewesen.

Sie spülte die Kaffeetassen und legte ein paar frische Kekse auf den Teller. Gleich wollte Frau Hartmann vorbeikommen, die Mutter, die so groß feiern wollte. Ihr würde sie klarmachen müssen, dass die Hochzeit ihrer Tochter die Hochzeit ihrer Tochter war und nicht ihre eigene. Hoffentlich war die Mutter auch bereit, das anzunehmen. Die Tochter hatte schon recht verzweifelt geklungen, aber vom Naturell her auch bockig. So bockig, dass sie notfalls auch ohne ihre Mutter heiraten würde. Wenn sie diese Hartnäckigkeit von der Mutter hatte, dann gute Nacht.

Als Frau Hartmann hereinrauschte, und sie rauschte tatsächlich mit einer einzigen ausladenden Bewegung in den Laden und brachte mit dem ihr folgenden Windstoß einen ganzen Stapel Papier in Bewegung, sank Annemie sofort der Mut.

»Hartmann, guten Tag, und Sie sind …?«

Annemie schluckte und fühlte sich sofort wie eine kleine, dumme Magd, die hier eigentlich gar nichts verloren hatte.

»Hummel, guten Tag, ich vertrete Frau Baumgarten, während sie krank ist. Wir hatten, äh, telefoniert. Ähm, Frau Hartmann, wollen Sie sich nicht …«

Annemie wies auf die Stühle, die Frau Hartmann mit einem Blick musterte, unter dem alles, was eben noch schön und liebevoll gewirkt hatte, in sich einzustürzen drohte und mit einem Mal billig und geschmacklos aussah. Annemie blickte sogar kurz an sich herunter, ob sie nicht plötzlich einen riesigen Fleck auf ihrer Bluse hatte. Irgendwie fühlte sich in Anwesenheit von Frau Hartmann alles falsch an. Sie kam sich plötzlich selbst vor wie ein einziger großer Fleck.

»Wie Sie meinen.«

Frau Hartmann nahm etwas steif Platz, griff gleich nach einer auf dem Tisch stehenden Tasse, um auf deren Unterseite nachzusehen, ob es sich um ein teures Fabrikat handelte, setzte sie wieder ab und verzog leicht den Mund, als Annemie ihr Kaffee einschenkte.

»Danke, danke, das reicht schon. Zu viel Säure bekommt meinem Magen nicht. Ich nehme nicht an, dass Sie hier auf säurearmen Kaffee achten?«

Annemie kam gar nicht dazu zu antworten. Während sie noch überlegte, ob sie die Packung überhaupt gesehen hatte, winkte Frau Hartman schon großzügig ab.

»Dachte ich mir. Also. Wie gedenken Sie meiner Tochter beizubringen, dass sie so heiraten wird, wie ich es für angemessen halte?«

»Gar nicht«, hätte Annemie am liebsten gesagt, »ich gedenke nichts dergleichen zu tun, werte Frau Hartmann!« Aber natürlich wollte genau dieser Satz absolut nicht über ihre Lippen. Das war zur Eröffnung des Gesprächs vielleicht sogar klug. Nur leider fiel ihr in diesem Moment auch kein anderer Satz ein, mit dem sie hätte antworten können. Annemie schwieg, und Frau Hartmann fuhr einfach fort, so als hätte sie sowieso keine Antwort von ihr erwartet. Annemie hatte das Gefühl, immer mehr zusammenzuschrumpfen. Wo war ihre Stimme geblieben? Warum fiel ihr nichts ein?

»Wir sind nun einmal Teil in einer Gesellschaft und können nicht einfach so tun, als gäbe es nur uns. Was würde meine Cousine Andrea sagen, wenn nur meine Schwester Susanne eingeladen wird und sie nicht? Und warum sollten Susannes Kinder nicht mit dabei sein? Es ist schließlich der gleiche Verwandtschaftsgrad. Kurzum, es geht absolut nicht so, wie meine Tochter sich das vorstellt. Man kann mit einer Hochzeit nicht alle derart vor den Kopf stoßen.«

»Ich glaube gar nicht, dass Ihre Tochter irgendjemanden vor den Kopf stoßen möchte«, warf Annemie schüchtern ein, sie war froh, ihre Stimme wiedergefunden zu haben. »Sie hat eben eine bestimmte Vorstellung davon, wie sie gerne heiraten würde. Und es ist schließlich ihre Hochzeit. Ihr großer Tag.«

»Sie sagen es: ›Ihr großer Tag‹. Und nicht: ›Ihr kleiner Tag‹!«

»Ich meine, es ist doch …«

»Was Sie meinen, interessiert mich herzlich wenig, nichts für ungut, Frau … wie war noch mal der Name?«

Bevor Annemie ein zaghaftes »Hummel« beisteuern konnte, redete Frau Hartmann schon weiter und Annemie fühlte sich noch kleiner.

»Sie kennen weder unsere Familie noch unsere Gepflogenheiten. Ihre Aufgabe ist es, dafür zu sorgen, dass meine Tochter nach diesen Gepflogenheiten heiratet. Ich sehe, dass Sie sich darüber noch nicht viele Gedanken gemacht haben, vielleicht sind Sie dazu auch nicht in der Lage, doch das ist Ihre Aufgabe.«

»Aber Ihre Tochter …«, Annemies Versuch, Frau Hartmann mit mittlerweile hochrotem Kopf zu sagen, dass ihre Tochter zu keinem Kompromiss bereit war, wurde sofort vehement unterbrochen.

»Ich weiß nicht, warum Sie meinen, mich ständig unterbrechen zu müssen, aber ich bin Ihr Auftraggeber und Sie sind mein Dienstleister, sehe ich das richtig? Also, handeln Sie bitte in meinem Sinne.«

Sie erhob sich und sah Annemie streng an.

»Aber Ihre Tochter hat uns den Auftrag für die Hochzeit gegeben. Ihre Tochter ist unsere Auftraggeberin.«

Annemie wusste nicht, woher sie den Mut nahm, dieser Frau noch einmal zu widersprechen. In ihrem Innersten tobten Scham und Wut und Tränen miteinander und rangen darum, an die Oberfläche zu kommen. Irgendwie gelang es Annemie, trotzdem weiterzuatmen, lediglich noch röter zu werden, als sie es sowieso schon war, und noch ein wenig durchzuhalten. Nur noch ein wenig, sagte sie sich. Gleich ist es vorbei. Gleich.

Frau Hartmanns Blick wurde eine Spur kälter, und mit

eisiger Stimme sagte sie so leise, dass Annemie förmlich die Eiszapfen klirren hörte: »Der Auftraggeber ist meines Wissens nach immer der, der zahlt. Und das ist traditionellerweise die Familie der Braut.«

Damit rauschte sie hinaus.

Als die Tür hinter ihr ins Schloss gefallen war, sank Annemie in sich zusammen und begann am ganzen Körper zu zittern. Das hatte sie ja ordentlich vermasselt. Was sollte sie jetzt bloß tun? Sie konnte doch unmöglich die Tochter darin bestärken, gegen den Wunsch ihrer Mutter zu handeln und eine Hochzeit ohne ihre Mutter und ohne ihre Familie zu feiern. Aber sie konnte die Tochter so gut verstehen. So gut! Am liebsten hätte sie die Tochter angerufen und ihr gesagt, wie gut sie sie verstünde. Dann hätte sie am liebsten Liz angerufen und sie gefragt, was sie nun bloß machen solle, oder Herrn Frank. Aber sie konnte doch nicht immer andere um Hilfe bitten. Sie musste doch auch einmal etwas alleine schaffen!

Wenn sie ehrlich war, musste sie sich eingestehen, dass sie überhaupt nichts alleine konnte. Es gab mal hier oder da einen Glückstreffer, aber eigentlich konnte sie das alles nicht. Sie schämte sich entsetzlich dafür, dass sie sich eingebildet hatte, es würde ihr Spaß machen, sie fände es toll, so viel zu erleben. Dumm und einfältig kam sie sich vor. Wenn sie daran dachte, wie sie im Edekaladen vor Waltraud und den anderen Kunden getönt hatte, was sie alles erlebte. Es war so peinlich. Bestimmt hatten alle über sie gelacht, sobald sie draußen war. Sie würde am besten mit niemandem darüber sprechen. Eigentlich bräuchte sie keiner Menschenseele davon zu erzählen, wie sehr sie gerade eben versagt hatte. Dieser Gedanke erleichterte sie ein paar Minuten, bis ihr einfiel, dass es einen Menschen gab, bei dem sie nicht darum herumkäme, es zu erzählen: die Braut. Aber das würde sie erst morgen machen. Heute war sie zu nichts mehr fähig. Sie spülte noch die Tassen, räumte auf und sortierte ihre Notizzettel, schaltete den Anrufbeantworter ein und schloss verzagt die Tür, die sie vor wenigen Stunden noch so freudig geöffnet hatte.

Zu Hause streifte Annemie im Flur die Schuhe von den müden Füßen und stellte sie ordentlich nebeneinander, um gleich in die gemütlichen Hausschuhe zu schlüpfen, die ebenso ordentlich daneben standen. Dann ging sie direkt ins Wohnzimmer, wo die Hortensie des sonderbaren Gärtners auf einem Tischchen vor dem Fenster stand und ein wenig die Blätter hängen ließ. Sie gab ihr Wasser und betrachtete das Blau ihrer Blüten. Es tröstete sie ein wenig über ihren schrecklichen Reinfall bei Frau Hartmann. Liz hätte bestimmt gewusst, was man in so einem Fall zu tun hätte, was man sagen müsste, wie man reagieren sollte. Nur sie selbst war einfach nicht geschaffen für so etwas. Menschen wie Frau Hartmann waren stolze bunte Pfauen, und Menschen wie sie selbst gehörten zu den Spatzen. Warum sollte ein Pfau auch auf einen Spatz hören? Einen gewöhnlichen, langweiligen Spatz, der sowieso nichts zu sagen hatte?

Liz erwachte davon, dass etwas extrem lecker roch. Ein Geruch, der ganz und gar nichts mit Krankenhaus, Desinfektionsmittel oder Verbandsmaterial zu tun hatte. Es roch plötzlich nach Frühling, nach Vertrautheit und nach Imbissbude, es roch so, als ob sie an einem Frühlingsabend mit einer Freundin an der Pommesbude stünde und Spaß hätte. Sie schlug die Augen auf und sah ihre Schwester Natalie, die einen kleinen Frühlingsstrauß in der Hand hielt, der den Blumenduft verströmte. Und sie hatte ihr tatsächlich eine Tüte Pommes frites mitgebracht, die sie gerade zusammen mit den Blumen irgendwo abzulegen versuchte, damit sie ihre Schwester umarmen konnte. Liz spürte, wie es hinter ihren Augen stach, und wunderte sich, dass sie sich so darüber freute, ihre Schwester zu sehen, dass es ihr Tränen in die Augen trieb. Als Natalie sie umarmte und festhielt, dass es weh tat, denn sie konnte schließlich nicht ahnen, wo Liz überall Prellungen hatte, war auch deren Wange feucht. Als sie Liz endlich losließ, schnieften sie erst einmal beide kräftig in ein Taschentuch und lachten. Das Lachen schmerzte Liz fast noch mehr als die Umarmung, aber sie war so glücklich, Natalie zu sehen, dass es ihr gar nichts ausmachte.

»Willst du auch mal?« Liz hielt ihrer Schwester die fettige Pommestüte hin, doch die schüttelte verneinend den Kopf.

»Ich habe ja mit mir gekämpft, ob ich bei McDonald's vorbeifahren und dort Pommes mit einem Hamburger holen soll, aber das habe ich nicht übers Herz gebracht. Diese Pommes hier sind wenigstens aus heimischen Kartoffeln. Bei dem Fleisch weiß man nie, woher es kommt und was da eigentlich verarbeitet wird. Und du brauchst schließlich gesundes Essen, um wieder auf die Beine zu kommen. Im wahrsten Sinne des Wortes. Und das hier«, sie deutete auf die Pommestüte, »das wird dir dabei nicht helfen.«

»Ach Nati«, Liz seufzte, während sie sich selig ein frittiertes Kartoffelstäbchen nach dem anderen in den Mund schob. »Dafür werde ich dir ewig dankbar sein. Wenn du mal in dieser Lage sein solltest, was Gott verhüten möge, werde ich dir eigenhändig Saft aus Biokarotten auspressen und dir zuckerfreie Dinkelkekse backen!«

»Nicht doch.« Natalie grinste.

»Und was macht Mama?«

»Sie leidet angemessen und war schon beim Arzt, um sich Herztropfen verschreiben zu lassen. Und dann wollte sie von mir Geld pumpen, um sich etwas Neues zum Anziehen zu kaufen für den Tag, an dem sie dich besuchen kommt.«

»Du hast ihr aber nichts gegeben.« Liz sah ihre Schwester prüfend an. »Nati! Du hast überhaupt kein Geld!«

Ihre Mutter war so kindisch, es war unglaublich. Die ganze Welt hatte sich ausschließlich um das Wohlbefinden von Frau Baumgarten zu kümmern. Natürlich bekam Liz gleich ein schlechtes Gewissen, Natalie überhaupt dafür eingespannt zu haben, sich um ihre Mutter zu kümmern, damit Liz sie hier nicht selbst am Krankenbett über die verunglückte Tochter trösten musste. Und Nati musste sich auch noch in Unkosten stürzen.

»Es war die beste Art, sie zu beschäftigen. Außerdem hat sie Bella mitgenommen als Beraterin, und so kam ich auch noch in den Genuss eines Teilzeitbabysitters und konnte mit den beiden Kleinen in Ruhe in die musikalische Früherziehung.«

»Ich geb's dir wieder.«

»Brauchst du nicht.«

»Brauchst du doch.«

Sie sahen sich an und Liz hob noch einmal bekräftigend die Augenbrauen, denn sie wusste genau wie Nati, dass man Geld, das man ihrer Mutter lieh, nie zurückbekam. Und Liz wusste ebenso gut, dass Nati das Geld dafür überhaupt nicht hatte. Alleinerziehend mit drei Kindern und einem äußerst unzuverlässig zahlenden Exmann.

»Und wie sind die Herren in Weiß? Sind sie nett zu dir?« Natalie versuchte das Thema zu wechseln, doch Liz stieg nicht wirklich darauf ein.

»Göttergleich«, antwortete Liz. »Und kennst du nette Götter?«

Natalie schüttelte den Kopf.

»Da hast du deine Antwort.«

»Kindchen, da sind Sie aber ungerecht!«

Rosi Schäfers Stimme tönte laut und deutlich vom Nachbarbett zu ihnen herüber.

»Der schöne Herr Doktor ist so nett zu Ihnen wie zu niemandem sonst. Das dürfen Sie nicht vergessen! Der hat einen Narren an Ihnen gefressen.«

»Und wie alt ist unser schöner Onkel Doktor?«, raunte Natalie mit hochgezogenen Augenbrauen. »Und wie gut sieht er wirklich aus?«

»Ende dreißig und eindeutig zu gut. Und das, meine Liebe, sieht jede hier. Jede Patientin, jede Ärztin und jede Krankenschwester.«

»Und Liz sieht's auch«, lachte Natalie. »Und Liz bekommt glänzende Augen!«

»Man sollte meinen, du hättest die Gehirnerschütterung und nicht ich. Ah, die Pommes waren herrlich. Das werde ich dir nie vergessen.« Liz lehnte sich wohlig seufzend zurück. »Ich glaube, ich bin schon in dem Alter, in dem Essen Sex ersetzt.«

»Dann will ich nicht wissen, was du für Sex hattest, wenn eine Tüte Pommes der Ersatz dafür sein kann!«

»Dinkelschrot klingt auch nicht viel besser …«

Natalie lachte, und Liz musste mitlachen, obwohl ihr dabei alles weh tat.

»Auhauhau. Unfair!«

Natalie wischte sich eine Lachträne aus dem Auge und sah über Liz hinweg aus dem Fenster.

»Ich weiß gar nicht, wie ich mit drei Kindern jemals wieder einen Mann kennenlernen, geschweige denn in mein Bettchen locken soll. Bis die Kinder größer sind, wird an meinem Körper den Gesetzen der Schwerkraft zufolge alles nach unten sinken, was nicht ordentlich befestigt ist, dazu kommt Cellulite an den Oberschenkeln, meine erschlafften Oberarmmuskeln werden weiterwinken, wenn ich schon längst aufgehört habe, und mein Kopfhaar wird sich um circa fünfzig Prozent reduzieren. Wimpern und Augenbrauen ebenso. Dafür werden borstige Hexenhaare da wachsen, wo man sie nicht haben will. Stand letztens in einer Zeitschrift. Was im Körper einer Frau ab vierzig passiert.«

»Heulsuse«, erwiderte Liz. »Du hast dann immerhin fast erwachsene Kinder. Du warst wenigstens verheiratet. So wie ich das einschätze, werde ich noch viele Bräute vor den Altar treten sehen, aber mich wird da niemand hinbekommen. So sieht's aus.«

Natalie wusste nicht, was sie hätte erwidern können.

»Aber das macht auch nichts«, fuhr Liz fort. »Denn Liebe ist nichts anderes als eine Krankheit. Ein Infekt!

Holt man sich wie einen Schnupfen. Vergeht aber wieder schnell, vor allem, wenn es nichts Ernstes ist.«

»Ach Lizzi …«

»Du weißt das doch genauso gut wie ich, und Mama auch. Wenn man verliebt ist, wird man blind, man redet Stuss, man glaubt an Dinge, über die man bei gesundem Menschenverstand nur lachen würde. Und wenn man ernsthaft daran erkrankt, dann ist so ein Beinbruch, wie ich ihn hier habe, dagegen ein Witz. Große Liebe führt unweigerlich zu Amputationen, begleitet von lebenslangen, bösen Phantomschmerzen, gegen die keine Pille hilft! Also, sollen doch lieber die anderen vor den Altar treten. Die armen Ahnungslosen!«

»Und der gutaussehende Onkel Doktor …?«

»Ist ein gutaussehender Onkel Doktor. Ich zeig ihn dir mal, dann siehst du, was ich meine. Und Punkt.«

∞

Simon gelang es endlich, sich aus der Klinik zu verabschieden und sich auf den Heimweg zu machen. Bevor er das Gebäude verließ, musste er dem Impuls regelrecht widerstehen, noch einmal bei Elizabeth Baumgarten vorbeizuschauen, um ihr eine gute Nacht zu wünschen. Er hatte das Gefühl, dass er heute schon fast aufdringlich gewesen war. Mit dem Kaffee am Morgen hatte es angefangen. Dann der vom Chef verordnete Extrabesuch nach der Visite, der sich ein wenig ausgedehnt hatte, und dann war er noch zweimal unter einem Vorwand zu ihr gegangen. Sie konnte ihm schließlich nicht aus dem Weg gehen, wenn er ihr zu viel werden sollte. Darauf musste er Rücksicht nehmen, er musste sich bremsen. Er konnte unmöglich alle zwei Stunden aus irgendeinem Grund bei ihr auftauchen. Heute hatte er den ganzen Tag schon Herzklopfen bekommen, wenn er nur an ihrer Zimmertür vorbeigegangen war, was oft vorkam, schließlich lag sie auf seiner Station. Elizabeth. Er musste sie einmal fragen, warum ihr Name mit einem »z« geschrieben wurde. Vielleicht gab es irgendwo im Hintergrund englische Verwandtschaft? Aber er sollte die junge Frau, die anscheinend Fahrrad fuhr wie ein Henker, jetzt erst einmal aus seinem Kopf streichen und an Leonie denken, die er in einer halben Stunde bei Sandra abholen würde, da musste er so pünktlich wie möglich sein. Die kleinsten Verfehlungen seinerseits reichten schon aus, um ein riesiges Drama zu provozieren, und das wollte er Leonie ersparen. Es fiel ihr sowieso schon schwer genug, immer zwischen ihnen beiden hin und her zu wechseln. Wenn dieser Wechsel auch noch in eisiger Stimmung oder, schlimmer noch, bei tosendem Sturm zu geschehen hatte, wurde alles noch schwerer. Wer verließ schon gerne bei Sturm sein sicheres Zuhause?

Bevor er klingelte, verharrte er einen kurzen Moment. Es war jedes Mal wieder seltsam, vor der Tür zu stehen, die einmal seine Haustür gewesen war, und auf den Knopf neben dem Klingelschild zu drücken, auf dem sowohl sein Name als auch wieder Sandras Mädchenname stand. Als sie noch eine intakte Familie gewesen waren, hatte er abends stolz vor dieser Tür gestanden und sich darauf gefreut, nach Hause zu kommen. Später, als sie noch immer eine Familie waren, aber bei weitem nicht mehr intakt, hatte er oft vor dieser Tür gestanden und nicht gewusst, ob er nun hineingehen sollte oder nicht. Auf der Fußmatte hatte »Willkommen« gestanden, aber er hatte sich selten willkommen gefühlt, eher wie ein störender Eindringling, der genauso gut wegbleiben könnte.

Sie hatten sich wahnsinnig gefreut, als Sandra schwanger geworden war, und als Leonie geboren wurde, standen sie kopf vor Glück. Simon konnte sich gar nicht richtig erinnern, wann es angefangen hatte, schwierig zu werden. Leonie war vielleicht ein Jahr alt oder anderthalb, da hatte Sandra begonnen, wieder nach möglichen Stellen Ausschau zu halten, weil ihr die Decke auf den Kopf fiel. Sie war es leid, dass ihre gut ausgebildeten, hochschulgereiften Gedanken um nichts anderes kreisten als um die beste Methode, Kartoffelbreichen zu pürieren, darum, wo es Windeln im Sonderangebot gab, und welches Mittel am besten beim Zahnen half. Als er eines Abends nach Hause gekommen war und sie ihn wortlos an der Hand genommen hatte, um ihn ins Schlafzimmer zu führen, hatte er alles Mögliche erwartet: von der Wiederbelebung ihres ehelichen Sexuallebens bis hin zu einem Spinnennest, das er beseitigen musste. Was er nicht erwartet hatte, war, dass sie den Schrank öffnete, um ihm das Fach zu zeigen, in dem die Handtücher lagen. Nach Farben sortiert. Sandra hatte ihn angesehen und gesagt: »Ich muss wieder arbeiten.« Er hatte genickt, und sie hatte begonnen, sich zu bewerben.

Sie fand keine Stelle, was sie wahnsinnig frustrierte, und sie fing an, ihn um seine Arbeit zu beneiden. Abends, wenn er nach Hause kam, warf sie ihm vor, er könne jeden Tag das Haus verlassen und spannende Dinge tun, während sie festsaß. In ihrer Unzufriedenheit begann sie an seinem Beruf herumzukritteln, regte sich auf, wenn er viele Nachtdienste hatte, fand es ungerecht, dass er seinen Facharzt machen und sich weiterbilden konnte, während sie zu Hause saß und Breichen kochte. Gleichzeitig überschüttete sie ihn mit Vorwürfen, was er alles falsch machte, wenn er nach Hause kam. Er stellte seine Schuhe an der falschen Stelle ab, er pürierte den Brei nicht fein genug, er zog Leonie eine viel zu dünne Jacke an, er sang die falschen Schlaflieder. Es kam so weit, dass er sich schon auf die Nächte freute, in denen er Dienst hatte, weil er da im Durchschnitt wenigstens zwei, drei Stunden einmal gar nichts machen musste, sondern in Ruhe vor dem Fernseher sitzen und seine Pizza aus dem Karton essen konnte, und vor allem: weil er dabei nichts falsch machte.

Zu Beginn hatte er viel Mitgefühl für Sandras Situation gehabt, dass sie keinen Job fand und sie sich deshalb die Kinderzeit nicht teilen konnten, weil sie schließlich von seinem Geld lebten. Er konnte es verstehen, wenn sie ihm beschrieb, dass sie sich oft so angebunden fühlte durch Leonie, durch ihre Schlaf- und Wach- und Essenszeiten, durch den Haushalt und das ständige Zu-Hause-Sein, und er half ihr gerne und immer, so wie es seine Arbeit eben zuließ. Aber irgendwann merkte er, dass er sich rechtfertigen musste für seine Arbeitszeiten, obwohl sie von dem Geld lebten, das er in dieser Zeit verdiente, und er begann sich schlecht zu fühlen. Er fand es schrecklich ungerecht, dass er in der Klinik durch sein Arbeitspensum hetzte und abends beim Nachhausekommen sofort Kind und Haushalt und Abendessen zu übernehmen hatte, damit Sandra auch mal frei hatte. Wann hatte er eigentlich mal frei? Jetzt fiel es ihm wieder ein: Die große Krise begann, als er anfing zu joggen. »Jetzt sag bloß, du willst auch noch jeden Tag laufen gehen? Da bist du ja noch eine Stunde länger weg! Da kannst du auch gleich ganz wegbleiben.« Sandra hatte empört dagegen gekämpft. Jedes Argument seinerseits, dass er das als Ausgleich brauchte, dass sie auch zusammen laufen könnten, dass er Leonie in einem Joggerwagen beim Laufen vor sich herschieben würde, hatte sie wütend vom Tisch gefegt. Nach Monaten zermürbender Streitereien und Auseinandersetzungen, die zu nichts führten, außer dazu, dass sie sich immer fremder wurden, hatte er letztlich genau das getan, was sie selbst vorgeschlagen hatte: Er war ganz weggeblieben.

Anfangs hatte er gehofft, dass sie sich über etwas Distanz im Alltag wieder annähern könnten, dass ihr gegenseitiges Verständnis füreinander wieder wachsen würde, aber das alles war nicht eingetreten. Er hatte sich oft gewünscht, er könnte ihr das Gefühl nehmen, sich durch Leonie so benachteiligt und beeinträchtigt und nutzlos zu fühlen. Doch irgendetwas in Sandra war grundunzufrieden mit allem, und auch nach der Trennung blieb es schwierig. Das Einzige, was für ihn leichter wurde, war, dass er mehr freie Abende hatte. Denn wenn Leonie nicht bei ihm war und er keinen Dienst in der Klinik hatte, dann hatte er tatsächlich einen ganzen Abend ganz für sich. Konnte laufen gehen, ohne sich rechtfertigen zu müssen, konnte in Ruhe Fußball gucken oder sogar mal einen Kinobesuch einlegen. Es war nicht so, dass er sich dieses Leben gewünscht hätte. Gewünscht hatte er sich etwas anderes. Gewünscht hatte er sich eine Familie. Mit allen Hochs und Tiefs. Aber die Familie, die er gegründet hatte, war nicht die, die er sich gewünscht hatte, und anscheinend auch nicht die, die Sandra sich gewünscht hatte, und aus eigener Kraft hatte er es nicht hinbekommen, alles so zu verändern, dass sie eine glückliche Familie werden und bleiben konnten. Sein Plan von Familie war gescheitert. Und deshalb fühlte er sich an den Abenden, an denen er in Ruhe alleine Fußball gucken konnte, auch immer verdammt einsam.

Simon drückte auf den Klingelknopf und hörte den vertrauten Dreiklang, den sie gemeinsam ausgesucht hatten. Sie hatten viel gemeinsam ausgesucht, und all das befand sich nun in diesem Haus, in dem er behandelt wurde wie ein unerwünschter Gast. Die Schritte näherten sich der Tür, und Sandra öffnete. Nach einem knappen Hallo sah sie auf die Uhr und dann vorwurfsvoll zu ihm. Sie hatten sechs Uhr vereinbart, und es war drei Minuten nach sechs. Simon ließ ihren Unmut an sich abperlen und fragte, wie es Leonie ging, ob etwas Besonderes anstünde, ob er an etwas Bestimmtes denken musste? Sie schüttelte nur den Kopf und rief Leonie, die das Klingeln schon gehört hatte und um die Ecke gelaufen kam.

Leonie strahlte ihn an, so dass ihm ganz weich ums Herz wurde, doch sie drückte sich noch ein wenig an der Wand entlang und kam nicht direkt auf ihn zugelaufen. Das kannte Simon aber bereits. Sie brauchte immer ein bisschen Zeit, sich wieder an ihn zu gewöhnen. Spätestens nach dem Abendessen bei ihm zu Hause würde sie auf seinen Schoß kommen und kuscheln wollen. Er respektierte das und zwinkerte ihr zu.

»Und, ist schon alles gepackt? Ist Bobo auch dabei?«

Leonie streckte ihm den kleinen Schmusehund, den sie immer bei sich hatte, entgegen, und er begrüßte ihn.

»Hallo, Bobo! Da fällt mir ein, wir müssen noch dran denken, Hundefutter zu kaufen auf dem Weg, erinnerst du mich dran? Wir haben nichts mehr da!«

Leonie grinste noch breiter, denn »Hundefutter kaufen« war ihr Geheimcode für »beim Supermarkt anhalten und sich etwas aussuchen dürfen«. Simon freute sich auf den Abend mit ihr. Nur würde er jetzt gerne so schnell wie möglich von hier verschwinden, das war für sie alle am leichtesten.

»Und, was essen wir heute Abend?«, fragte er Leonie, nachdem er sie in seinem Auto angeschnallt hatte. »Spaghetti mit Kindersoße à la Papa? Oder mit Fleischklößchen? Oder …?«

»Oder Pizza!«, rief Leonie.

»Gut, dann essen wir Pizza. Und welche? Die aus dem Tiefkühlfach oder die von Antonio?«

»Antonio.«

»Und was holen wir heute für Bobo?«

Er schaute sie im Rückspiegel an, während er losfuhr, und Leonie überlegte laut.

»Also, ich glaube, er mag heute Schokoladeneis. Aber vielleicht auch ein Überraschungsei.«

»Ist es nicht noch ein bisschen kalt für Eis?«

Leonie schüttelte vehement den Kopf.

»Bobo hat ein warmes Fell. Und im Bauch ist es ja immer warm, da schmilzt es dann sowieso.«

»Stimmt auch wieder.«

»Ich hab noch mal nachgefragt, ich glaube, er will am liebsten Schokoladeneis und Erdbeereis.«

»Gleich zwei Sorten!« Simon tat empört. »Was für ein unbescheidener kleiner Hund!«

»Hat er gesagt!« Leonie grinste in den Rückspiegel.

»Na ja, er muss es ja nicht alles auf einmal essen. Mal sehen, was wir finden können.«

Nachdem sich Simon und Leonie eine Pizza geteilt hatten, dachte Simon, dass er schon bald eine eigene Pizza für sie bestellen müsste, weil sie inzwischen ganz kräftig zulangen konnte. Die Zeiten, in denen er die Pizza aß und ihr ein Stückchen oder zwei abgab, waren eindeutig vorbei. Simon verschwand in der Küche, um den Eisbecher für Leonie zurechtzumachen, den er mit bunten Zuckerperlen bestreute.

»Voilà! Das Boboessen.«

Er reichte ihn Leonie und sah zu, wie sie Bobo auf den Schoß nahm und ihm das Eis vor seinen glänzenden schwarzen Knopfaugen wegaß. Danach krabbelte sie auf Simons Schoß und lehnte sich an ihn. Während sie ihm aus dem Kindergarten erzählte, legte er seine Arme um sie und genoss das Gewicht ihres kleinen Körpers. Ihr Kopf lag an seiner Brust, und er atmete tief ein, um den süßen Duft ihres Haares zu riechen, der ihn immer ein bisschen an Heu im Sommer erinnerte und an die Zeiten, als sie zu dritt noch glücklich waren und er sie abends ins Bett gebracht hatte, wo sie oft beim Vorlesen an ihn gekuschelt eingeschlafen war und er sich nicht getraut hatte, das Buch aus der Hand zu legen, aus Angst, sie würde dann wieder aufwachen.

Diesen Duft ihrer Haare und den Moment, in dem sie einschlief und von einem Augenblick zum anderen plötzlich so entspannt und still und mit einem engelsgleichen Gesichtchen dalag, das vermisste er manchmal so sehr, dass es ihm körperlich weh tat. Er konnte den Schmerz nicht genau lokalisieren, aber er saß irgendwo mitten in ihm drin.

Wenn du es träumen kannst, kannst du es auch tun.
Walt Disney

8

Annemie hatte den Laden gerade erst seit zwanzig Minuten aufgeschlossen, als Nina Winter plötzlich unangemeldet in der Tür stand.

»Hätten Sie zufällig Zeit, mit mir heute nach einem Brautkleid zu gucken?«

Nina sah sie fragend an, und Annemie schluckte. Sie hatte eigentlich überhaupt keine Zeit, aber sie hatte so ein Gefühl, dass es Nina um mehr ging als nur darum, nach einem Brautkleid zu schauen. Außerdem war dies die erste Kontaktaufnahme von Nina, die sich bisher immer skeptisch und misstrauisch gegeben hatte. Darauf musste sie eingehen. Dann würde eben jemand anderes warten müssen. Die Winters waren Liz wichtig. Und ihr mittlerweile auch.

»Ich würde mir gerne einen Überblick darüber verschaffen, was es so gibt. Nur so einen ersten Eindruck. Das ist jetzt sehr spontan, ich weiß, aber … könnten Sie?«

Annemie wusste genau, dass sie den Tag über fürchterlich ins Rotieren kommen würde, mit viel Hetze und wenig Pause, wenn sie jetzt ja sagte.

»Ja«, sagte Annemie. »Natürlich! Ich freue mich darauf.

Ich rufe in dem Brautmodenstudio an, mit dem Frau Baumgarten zusammenarbeitet, und mache etwas aus. Wann passt es Ihnen denn am besten?«

Nina schaute auf ihre Uhr, überlegte einen Moment und schlug dann vor, sich um 14 Uhr in dem Studio zu treffen.

»Falls es nicht klappt, sagen Sie mir Bescheid, ja?« Damit flatterte sie auch schon wieder aus der Tür, machte jedoch kehrt, um noch einmal kurz den Kopf hereinzustecken und Annemie ein »Dankeschön!« zuzulächeln, bevor sie verschwand.

»Um 14 Uhr am Wievielten?«, hatte eine herablassende Stimme gefragt, als Annemie wegen des Termins telefonierte.

»Heute?«, bat Annemie zaghaft und erntete ein künstliches Auflachen.

Natürlich war nichts frei. Und es war nicht nur um 14 Uhr kein Termin frei, es war auch um 15, um 16 und um 17 Uhr kein Termin frei. Dieses Brautmodenstudio war auf Wochen im Voraus ausgebucht. Zukünftige Bräute kamen kilometerweit angefahren, um sich dort ein Brautkleid auszusuchen. Annemie war verzweifelt.

»Können Sie nichts machen?«, flehte sie die Dame am Telefon an.

»Tut mir leid«, kam die knappe Antwort. »Wollen Sie denn einen Termin vereinbaren? Ich kann Ihnen den Zwölften um zehn Uhr oder den Fünfzehnten um halb vier anbieten. Was ist Ihnen lieber?«

»Das sind ja noch drei Wochen!«

Annemie war entsetzt. Drei Wochen! Wie naiv von ihr,

einfach zuzusagen. Und jetzt musste sie wieder absagen. Wie unangenehm und peinlich. Sie machte viel zu viel falsch. Schon morgens um zehn Uhr. Wie sollte das bloß weitergehen, und was um Himmels willen sollte sie nur tun?

»Da sagen Sie mir mal, wie ich das dem ungeduldigen Fräulein Winter erklären soll!«, seufzte Annemie verzweifelt. »Aber ich bin ja selber schuld.«

Am anderen Ende der Leitung entstand eine kleine Pause.

»Fräulein Winter? Meinen Sie *das* Fräulein Winter?«

»Nina Winter.«

»Juwelier Winter?«

»Ja. Und ich habe ihr gerade zugesagt, dass ich es möglich machen würde, ich hatte ja keine Ahnung, wie …«

»Ich sehe gerade, hier – warten Sie mal, hier ist ja etwas durchgestrichen. Da haben Sie aber Glück. Heute Nachmittag. Und um Viertel nach zwei. Aber wissen Sie was, da soll unsere Beraterin Ihre Pause ein bisschen verkürzen, und dann kommt das genau hin. Ich trage Sie ein. 14 Uhr.«

Annemie legte erleichtert den Hörer auf, als das Telefon erneut klingelte. Es war die junge Frau Hartmann, die von ihrer Mutter erfahren hatte, dass eine dreiste Person es immer wieder gewagt hatte, ihr ins Wort zu fallen, und dass sie nun überlege, einen anderen Hochzeitsplaner einzuschalten.

»Soll sie doch«, fauchte die Tochter. »Soll sie doch eine eigene Hochzeit planen, zu der es nur leider kein Brautpaar geben wird. Wenn sie das braucht, bitte schön. Meine Hochzeit wird das nämlich nicht sein!«

Annemie setzte sich mit dem Telefon an den großen Tisch, schaute konzentriert in die heute noch stärker duftenden Hyazinthen und überlegte, was sie nun bloß machen sollte. Was sollte sie dem armen Mädel raten? In dieser vertrackten Situation? Bei so einer Mutter?

»Können Sie sich denn eine große Hochzeit wirklich nicht vorstellen?«

»Nein.«

»Und wenn Sie standesamtlich heiraten und danach dieses nette, familiäre kleine Fest in Ihrem Garten feiern und dann die kirchliche Hochzeit mit allem Drum und Dran zusammen mit Ihrer Mutter planen?«

»Nein.«

»Nein«, wiederholte Annemie zögernd.

»Hat sie Sie auch schon rumgekriegt? Hat Sie Ihnen Geld geboten? Sie bekommt immer, was sie will, immer. Sie braucht nur ihr Portemonnaie zu zücken, und schon machen alle, was sie will!«

»Nein, Frau Hartmann«, erwiderte Annemie. »Ihre Mutter hat weder ihr Portemonnaie gezückt, noch machen wir, was Ihre Mutter will. Sie sind unsere Auftraggeberin, wir machen, was Sie wollen. Ich möchte nur, dass Sie sich sicher sind, dass Sie genau das wollen. Nicht nur jetzt, auch hinterher.«

»Bin ich«, sagte Frau Hartmann.

»Sie sollen glücklich sein.«

»Sehen Sie, auf so einen Gedanken würde meine Mutter nie kommen. Dass ich glücklich sein soll. Sie denkt nur an sich. Nur. Und Sie sind eine Fremde und kennen mich überhaupt nicht, und Sie sagen das einfach so.«

»Fremden fällt das manchmal leichter als Müttern.

Aber sind Sie denn sicher, dass Sie wirklich im Streit mit Ihrer Mutter heiraten wollen? Und in Kauf nehmen, dass sie am Ende gar nicht dabei sein wird?«

»Absolut sicher.«

Annemie verspürte Respekt vor der Geradlinigkeit dieser jungen Frau. Diese Art von Durchsetzungskraft hatte sie selbst noch nie besessen. Es war ihr komplett fremd, so zu denken. Den eigenen Willen vor den der Mutter, vor den von anderen zu stellen. Aber es beeindruckte sie, dass jemand so anders war und so fest und sicher eine Meinung vertrat.

»Ich werde Ihnen helfen, dass Sie Ihre Hochzeit so feiern können, wie Sie es sich wünschen.«

Als die junge Frau Hartmann kurz darauf vor ihr saß und ihr ein Foto der kleinen Kapelle zeigte, in der sie heiraten wollte, und ein weiteres Foto des Kastanienbaums in ihrem Garten, wo die Tafel stehen sollte, falls das Wetter mitspielte, musste Annemie lächeln. Das war wirklich etwas ganz anderes, als es der Mutter vorschwebte. So bockig die Tochter gegenüber ihrer Mutter war, so romantisch war sie auch. Sie hatte schon das Aufgebot bestellt, alles mit dem Pfarrer besprochen, der Termin stand kurz bevor, die zehn Einladungen waren verschickt und alle Gäste hatten zugesagt. Worum sie jetzt bat, war ein Zelt, falls es doch regnete, das Essen, den zum Garten passenden Schmuck und einen netten Fotografen. Ob Hochzeitsfieber sich möglichst schnell darum kümmern könne? Denn jetzt wären es ja nur noch wenige Tage bis zur Hochzeit. Durch den Ärger mit ihrer Mutter hatte sich das alles etwas verschleppt.

»Das wird klappen«, behauptete Annemie und hoffte,

dass es stimmte. Sie hatte keine Ahnung, ob sie so schnell einen Caterer finden würde. Aber so eine kleine Gesellschaft von noch nicht einmal zwanzig Gästen, das müsste sich doch sicher arrangieren lassen. Und alles war schon so gut vorbereitet.

Annemie war beeindruckt und sagte das auch.

»Sie haben das wirklich schön zusammengestellt, dabei helfen wir Ihnen gerne, das wird viel Spaß machen. Um wie viel Uhr geht es eigentlich los? Haben Sie denn auch schon eine Torte bestellt? Ich hätte so eine schöne Idee für Sie.«

»Die Trauung ist um 14 Uhr, und danach geht es dann los. Aber lohnt sich das denn, eine Hochzeitstorte für so eine kleine Zahl an Gästen? Ist das nicht eher etwas für größere Feste?«

»Wir machen auch kleine Torten. Aber es ist wundervoll, eine Torte persönlich angefertigt zu bekommen. Ich würde Ihnen eine Torte machen, die aussieht wie eine Frühlingswiese. Sie wird Ihnen gefallen.«

»Sie machen die selbst? Und extra für mich? Wie eine Frühlingswiese?«

»Ich bin eigentlich nur die Tortenbäckerin. Ich vertrete Frau Baumgarten hier im Moment bloß, weil sie krank ist. Sonst backe ich lediglich.«

»Und Sie meinen, das ist nicht zu protzig?«

»Nein«, Annemie lächelte, weil sie die Torte schon vor ihrem inneren Auge sah. »Diese Torte wird genau zu Ihnen passen.«

»Einverstanden. Ich fühle mich bei Ihnen gut aufgehoben, ich nehme eine Torte. Aber eine kleine.«

»So groß, dass alle mindestens ein Stück davon abbekommen und dass ein bisschen was übrig bleibt. Sie werden sie mögen. Wissen Sie …«, Annemie zögerte einen Moment lang, ob sie das sagen sollte oder doch besser nicht. »Wissen Sie, als ich geheiratet habe, vor zweiundvierzig Jahren, da hatte ich auch meine eigenen Ideen. Ich hatte schon als Mädchen von meiner Hochzeit geträumt. Wie ich mit dem weißen Brautkleid aus der Kirche komme und Blumen gestreut werden, wie ich mit meinem Mann den Hochzeitswalzer tanze und die Schleppe dabei so in der Hand halte, wie man das in Filmen manchmal sieht. Es kam dann anders. Meine Mutter hatte andere Vorstellungen, und ich war nicht so stark wie Sie. Ich habe mich dem Willen meiner Mutter gebeugt und so geheiratet, wie sie es für richtig hielt.«

Die junge Frau Hartmann beobachtete sie interessiert.

»Und wenn Sie daran zurückdenken, wie denken Sie jetzt?«, fragte sie Annemie, die einen Moment mit der Antwort zögerte. Sie wollte die junge Frau nicht beeinflussen, doch dann beschloss sie, ehrlich zu sein.

»Es tut mir heute noch leid.«

Frau Hartmann nickte.

»Danke«, sagte sie und lächelte Annemie an, die aufstand, um ein paar von Liz' Bilderbüchern herbeizuschleppen, in denen es von Anregungen für Hochzeiten in diesem Stil wimmelte.

Frau Hartmanns Augen begannen zu strahlen. Plötzlich sah sie ihrem Namen gar nicht mehr ähnlich, plötzlich sah sie aus wie eine freudige Braut, und Annemie wusste, dass sie richtig entschieden hatte.

»Weiße Lampions im Baum! Was für eine hübsche Idee!

Und schauen Sie doch, was für ein süßer Tischschmuck!
Eine Girlande aus Wiesenblumen. Das ist genau, was ich
mir wünsche!«

Sie sprang auf und umarmte Annemie.

»Ich danke Ihnen! Das ist mein Traum!«

Als sie gegangen war und Annemie alle Notizen, die sie
sich gemacht hatte, in einem Ordner abheftete, wie Liz es
ihr geraten hatte, räumte sie die Bücher und Bilder wieder ordentlich zurück an ihren Platz, rückte die Buchrü-
cken noch einmal gerade und dachte, dass die ältere Frau
Hartmann ihre Tochter nie so glücklich sehen würde, wie
Annemie sie eben gerade erlebt hatte. Und das tat ihr
plötzlich furchtbar leid.

Um Punkt 14 Uhr stand Annemie vor dem großen Braut-
modensalon und wartete auf Nina. Sie war nervös. Nina
machte sie nervös. Sie hatte den Rat von Herrn Frank
befolgt und ein wenig Sprechen geübt. Aber als sie ihre
Spiegelung in der Scheibe des Schaufensters sah, sank ihr
der Mut. Da drinnen hingen die Kleider für die Damen
von Welt. Und hier draußen war sie, die Zuschauerin, die
durch einen dummen Zufall, nämlich den Unfall ihrer
Nachbarin, hier gelandet war und nun dort hineingehen
musste. Zu hochnäsigen Beraterinnen, die sie abblitzen
ließen und Frau Winter hofieren würden. Nina Winter
kam in einem flotten Auto angebraust, parkte direkt vor
der Tür und begrüßte Annemie mit einem unverbindlichen Nicken. »So, dann wollen wir mal.«

Drinnen wurden sie persönlich von einer Dame emp-
fangen, die wahrscheinlich nur wenige Jahre jünger war
als Annemie selbst, und das gefiel ihr. Sie fühlte sich sofort

etwas weniger fehl am Platz, auch wenn diese Dame eine Eleganz ausstrahlte, die sie nie besitzen würde, selbst wenn sie die gleichen Kostüme tragen würde. Allein diese Feinstrumpfhose. Wo bekamen Frauen wie sie nur diese Feinstrumpfhosen, die gleich so viel eleganter aussahen als ihre, die irgendwie stumpf waren und immer den falschen Farbton hatten, egal welche Farbe sie wählte. Auf den Packungen standen stets so klangvolle Namen wie »Perle« oder »Sahara«, aber wenn sie die Strumpfhosen anzog, sahen sie weder nach Perle noch nach Sahara aus, sondern einfach nur nach Gesundheitsstrumpf.

Die Verkäuferin stellte sich lächelnd als Frau Schwarz vor und geleitete sie ins Innere des Geschäftes, das so groß war, dass Annemie sofort den Überblick verlor. Frau Schwarz bat die beiden, auf dem Sofa Platz zu nehmen, und fragte, ob sie Champagner oder Kaffee anbieten dürfe.

»Kaffee«, antwortete Nina sofort. »Wir wollen schließlich einen klaren Kopf bewahren.«

»Wenn man nach einem passenden Brautkleid sucht, ist es manchmal auch ganz sinnvoll, den Kopf auszuschalten, damit das Herz wählen kann. Aber ich bringe Ihnen natürlich sehr gerne Kaffee.«

Damit entschwand sie.

Annemie blickte Frau Schwarz hinterher, sie gefiel ihr immer besser. Zusammen mit Nina saß sie auf dem Sofa und sah sich um, während sie warteten. Die Wände hinter ihrer Sitznische hingen voller Bilder unterschiedlichster Brautkleider.

»Bekommt man hier Kataloge zum Durchblättern, oder wie geht das?«

»Ich war noch nie hier, aber ich dachte eigentlich, dass

man anhand der Kataloge eine Vorauswahl trifft und die Kleider dann anprobiert, um herauszufinden, was einem am besten steht.«

Nina nickte.

»Sind Sie aufgeregt?«, fragte Annemie.

Nina schüttelte verneinend den Kopf.

»Warum auch? Man schaut sich Kleider an und überlegt, welches man nimmt. Ist das aufregend?«

»Aber natürlich!«, rief Annemie aus. »Das Kleid tragen Sie nur einmal, und Sie tragen es am schönsten Tag Ihres Lebens, an dem Tag, an dem Sie jede Sekunde im Mittelpunkt stehen und die glücklichste junge Frau sein werden! Da ist es doch wichtig, dass Sie die richtige Wahl treffen.«

Nina schwieg und sah Annemie von der Seite nachdenklich an.

»Wenn ich ehrlich bin, bin ich entsetzlich aufgeregt«, gestand Annemie. »Und ich freue mich so darauf, Sie in einem Brautkleid zu sehen.«

»Sie sind süß«, antwortete Nina. »Vielleicht ist ja auch gar nichts dabei, was mir gefällt.«

»Dann kommen wir wieder. Wir werden Ihr Brautkleid schon finden.«

Annemie lächelte Nina so zuversichtlich an, dass Nina tatsächlich ein wenig schief zurücklächelte. Annemie war jetzt schon etwas weniger nervös und spürte eine freudige Aufregung in sich aufsteigen. Was war das für ein wundervoller Tag! Sie durfte mit einer jungen Frau ein Brautkleid aussuchen. Wie oft hatte sie Liz darum beneidet, und nun saß sie selbst hier, in so einem schönen Geschäft, wo sie so nett bedient wurden. Das hätte sie gerne mit ihrer Tochter gemacht, wenn das Leben ihr eine beschert hätte. Aber heute saß eine andere junge Frau neben ihr, der sie dabei zuschauen durfte, wie sie sich in eine Braut verwandelte. Wenn das Mädchen auch nicht ganz einfach war, es war so aufregend!

Frau Schwarz kam mit einem Tablett zurück, das sie auf dem Tisch vor ihnen absetzte, und stellte ihnen ihre Assistentin Frau Heckmann vor, die schon gleich einen Stapel Kataloge anschleppte und neben dem Tablett auf den Tisch legte. Während Frau Schwarz den Kaffee eingoss, fragte sie Nina, ob sie denn bereits eine Vorstellung habe, die sie berücksichtigen könnten.

»Streng, sachlich, elegant. Nur kein Plüsch«, sagte Nina wie aus der Pistole geschossen.

»Ahaa. Sachlich.«

Frau Schwarz griff zielsicher nach einem Katalog und blätterte ihn vor Nina und Annemie auf.

Dünne Bräute mit schmal geschnittenen Gesichtern und noch schmaler geschnittenen Kleidern standen in steifen Posen an klassischen Säulen oder dunklen Möbeln und sahen an der Kamera vorbei. Sie wirkten so kantig und geradlinig wie die Kleider, die sie trugen. Das waren doch keine Hochzeitskleider!

Während Nina in dem Katalog blätterte, konnte Annemie sich nicht zurückhalten.

»Und gibt es da nicht auch etwas Festlicheres?«

»Das ist doch sehr festlich«, antwortete Frau Heckmann. »Das sind sehr elegante, hochwertige Modelle. Frau Winter würde darin phantastisch zur Geltung kommen. Das Kleid hält sich vornehm zurück, damit die Frau, die es trägt, im Mittelpunkt steht.«

»Es gibt aber auch so etwas, sehen Sie einmal hier«, Frau Schwarz zog einen anderen Katalog hervor und öffnete ihn für Annemie und Nina.

»Das ist festlicher und trotzdem nicht rüschig. Davor haben Sie wahrscheinlich Angst, nicht wahr? Obwohl ich Ihnen versichern kann, dass es festliche, romantische Modelle gibt, die dennoch durch eine ganz geschmackvolle Schlichtheit bestechen.«

Annemie staunte. Frau Schwarz trug nicht nur wundervolle Strumpfhosen, sie konnte sich auch noch so gut ausdrücken. Frau Schwarz hatte wahrscheinlich ihr ganzes Leben lang schon hier gearbeitet, genau wie Waltraud, die, seit Annemie sie kannte, immer gearbeitet hatte und, auch wenn sie einmal darüber schimpfte, im Großen und Ganzen immer Spaß daran hatte. Wie kam es, dass es Frauen in ihrem Alter gab, die etwas richtig gut konnten und damit Geld verdienten, während sie von Rolf-Dieter Hummels Rente lebte, die sie mit Kuchenbacken aufbesserte, und ansonsten nichts richtig konnte? Warum hatte sie aufgehört zu arbeiten? Wie war es bloß dazu gekommen, dass Rolf ihr genau die gleichen Vorschriften gemacht hatte, die sie von ihrer Mutter schon kannte? Vor allem aber fragte sie sich, wie es dazu gekommen war, dass sie sich nicht dagegen aufgelehnt hatte? Niemals? In der Weihnachtszeit hatte sie regelmäßig in einer alteingesessenen Confiserie ausgeholfen. Da hatte sie die hohe Kunst feiner Schokoladen und Pralinen gelernt, ihre Petit-Fours-Rezepte stammten aus dieser Zeit und vieles, was sie für die Tortendekoration verwendete, ebenfalls. Sie hatte diese Arbeit geliebt, doch sie hatte weder den Mut aufgebracht zu fragen, ob sie als spätes

Lehrmädchen aufgenommen werden würde, noch ob sie als Aushilfe einfach für immer dort arbeiten könnte. Sie hatte nie den Mut gehabt, für sich einzustehen. Wie Nina Winter oder die junge Frau Hartmann oder Liz. Diese jungen Frauen waren so anders, dass Annemie irgendwo in der Herzgegend ein richtiggehendes Ziehen verspürte. Aber sie riss sich zusammen, sie war schließlich nicht hier, um über ihr Leben nachzudenken, sondern um über Ninas Brautkleid zu beratschlagen. Ihre Aufmerksamkeit war ja überall, nur nicht bei den Hochzeitskleidern. Sie vertiefte sich wieder in den Katalog. Hier waren schlicht geschnittene Kleider zu sehen, die aber durch Spitzen oder bestickte Seide einen ganz anderen Glanz bekamen. Die gefielen Annemie schon wesentlich besser. Auf einer der Abbildungen liefen Blumenmädchen blütenstreuend vor der Braut her.

»Wissen Sie schon, wer bei Ihnen Blumen streuen wird?«, fragte Annemie neugierig.

Nina winkte ab.

»Bei meiner Hochzeit werden keine Blumen gestreut. Das ist mir zu kitschig.«

»Oh, man sollte aber wenigstens einmal zusammen auf Blüten gewandelt sein, dann lassen sich auch die dornigen Strecken besser bewältigen.«

Nina sah Annemie skeptisch von der Seite an.

»Und sind Sie bei Ihrer Hochzeit auf Blüten gewandelt?«

»Nein.«

Annemie schüttelte den Kopf.

»Nein, das hat mir damals keiner gesagt. Und später dachte ich dann, ja, vielleicht wären manche Stunden mit der Erinnerung daran leichter gewesen.«

»Ich überleg's mir«, antwortete Nina und wandte sich wieder dem nächsten Katalog zu.

»Hier hätten wir Kleider, die die ganz klassische Schleppe in unauffälliger Form zitieren«, fuhr Frau Schwarz fort. »Das ist natürlich teilweise schon etwas üppiger, aber es ist keineswegs gerüscht um der Rüsche willen, wenn Sie wissen, was ich meine. Schöne, fließende Stoffe, und beim Hochzeitswalzer tanzt das Kleid richtig mit.«

»Traumhaft!«, entfuhr es Annemie. »So muss es doch sein.«

»Ich glaube, so etwas hatte meine Mutter an.«

Nina blätterte nachdenklich durch alle aufgeschlagenen Kataloge, und Annemie und die beiden Beraterinnen sahen ihr erwartungsvoll dabei zu. Doch Nina schien sich für keines der Modelle wirklich zu begeistern.

»Ist das, was Sie suchen, noch nicht dabei?«

»Hm.«

Nina war unschlüssig. Sie zeigte mal auf eines, dann auf ein anderes Kleid, aber jedes Mal von Zweifeln begleitet.

»Ich denke, wir bringen Ihnen ein paar der Modelle«, schlug Frau Schwarz vor. »Dann sehen Sie das Kleid vor sich und schlüpfen mal hinein. Dann fällt es Ihnen vielleicht leichter.«

Frau Heckmann entschwand wie auf Knopfdruck, und Frau Schwarz schlug ihre schön bestrumpften Beine übereinander und begann ein wenig zu plaudern, um die Wartezeit zu überbrücken oder – wie sie sagte – um die Braut besser kennenzulernen. Doch Nina hatte keinen redseligen Tag, und obwohl Annemie erst ganz erleichtert war, dass sie anscheinend nicht die Einzige war, die Ninas Unmut und Misstrauen zu spüren bekam, tauchte vor ihr plötzlich ein Gedanke auf, der ihr Sorge bereitete. Wenn Nina bei allem, was die Hochzeit betraf, so missmutig war, dann stimmte am Ende etwas nicht. Oje. Vor Schreck verschluckte sie sich an dem Kaffee, von dem sie gerade einen Schluck genommen hatte, und fand es sehr peinlich, dass Frau Schwarz ihr auf den Rücken klopfen musste. Gerade als sie sich wieder beruhigt hatte und einen prüfenden Blick in Ninas Richtung warf, kam Frau Heckmann mit einer rollenden Kleiderstange zurück, an der lauter Träume in Weiß und Creme hingen. Frau Schwarz sprang auf, um Nina die einzelnen Kleider zu präsentieren, und Nina erklärte sich bereit, eine Auswahl anzuprobieren.

Während die Kleider, Nina und die beiden hilfsbereiten Damen in der Umkleide verschwanden, blieb Annemie nichts anderes übrig, als zu warten und sich weitere Gedanken über ihre beunruhigende Beobachtung zu machen.

Nina sah in jedem der Kleider wundervoll aus, weil sie eine schöne junge Frau war. Sie war groß und schlank, hatte eine weibliche Figur, eine gerade Haltung und einen hübsch geschwungenen Nacken, was Annemie vorher noch gar nicht aufgefallen war. Mit ihrem blonden halblangen Haar ließen sich die verschiedensten Frisuren stecken. Doch es gab eindeutig Kleider, in denen Annemie sie weniger gerne sah als in anderen. Sie dachte, dass sie für Nina vielleicht eine komplett weiße Hochzeitstorte machen würde. Innen verschiedene Teigarten und Füllungen, aber von außen reinweiß und auch weiß verziert. Nina wirkte sehr bräutlich. Weiß und bräutlich, und es stand ihr sehr gut. Es hob etwas in ihr hervor, Annemie wusste nicht so recht, wie sie es benennen sollte, etwas, was man sonst an ihr leicht übersah. Etwas, das bei ihrer sportlichen Art, sich zu kleiden, eher unterging. Etwas, das man vielleicht Schönheit nennen konnte. Oder Anmut. Ja, das war es. Nina war sehr anmutig und dabei viel zarter, als sie sich gab. Ob ihr zukünftiger Ehemann diese zarte Seite an ihr kannte? Annemie dachte, dass er doch glatt in Ohnmacht fallen müsste, wenn sie in der Kirche in so einem zauberhaften Kleid auf ihn zuschritt.

Nur Nina selbst gefiel sich überhaupt nicht. Sie war froh, als sie wieder in ihre eigenen Kleider steigen konnte, bedankte sich bei den beiden Beraterinnen, bat um Entschuldigung, dass sie so unentschlossen war, worauf die beiden erst gleichzeitig und dann noch einmal nacheinander versicherten, das mache gar nichts. Sie sei jederzeit willkommen, alles anzuprobieren, was sie im Haus hatten, um das perfekte Kleid zu finden, jederzeit.

Nina fuhr mit Annemie zurück zum Hochzeitsladen, um sich die Zeiten für die Besichtigung der möglichen Locations aufzuschreiben, die Annemie für sie und Fabian und ihren Vater zusammengebastelt hatte. Annemie überlegte, ob sie Nina auf ihre Beobachtung ansprechen sollte. Und wenn ja, wie? Während sie noch mit sich rang und im Kopf ein paar mögliche Fragen und Antworten durchspielte, waren sie schon angekommen, und Annemie dachte, das nächste Treffen wäre vielleicht auch eine Gelegenheit. Und bestimmt sogar eine bessere.

Weiß stand Nina jedenfalls hervorragend. Vielleicht müsste sogar ihr Brautstrauß ganz in Weiß gehalten werden. Das könnte sie ja einmal mit Hannes Winter besprechen, wenn sie ihn wieder besuchte. Wann sollte sie das wohl am besten tun? Irgendwie verspürte sie einen Drang, sofort hinzufahren, doch das redete sie sich aus. Heute dort zu erscheinen wäre aufdringlich. Morgen, das war schon besser. Morgen würde sie zu ihm fahren.

Liz bekam, seit sie im Krankenhaus lag – und das war nun schon seit einer Woche –, jeden Morgen von Dr. Friedrich Kaffee ans Bett gebracht, was Rosi Schäfer mit einem Kopfnicken kommentierte. »Recht so« oder »Weiter so« schien dieses Nicken zu bedeuten. Und auch Liz gestand sich mittlerweile ein, dass sie dies inzwischen als mehr als nur eine nette Geste empfand.

Wenn Liz ehrlich war, musste sie sich ebenfalls eingestehen, dass sie heute Morgen schon richtiggehend auf ihn gewartet hatte und zusammen mit Rosi Schäfer mehrere Male erwartungsvoll zur Tür geschaut hatte, wann immer sie sich öffnete. Und wenn sie schon einmal dabei war, ehrlich zu sein, dann könnte sie genauso gut auch zugeben, dass es ihr jedes Mal einen kleinen Stich der Enttäuschung versetzt hatte, wenn es doch nur die Schwester war, die eintrat, um die Temperatur zu messen, die Kopfkissen zu schütteln oder das Frühstückstablett zu bringen. Um sich die Zeit zu vertreiben, bastelte Liz sich ein Omen nach dem anderen zurecht. Sie zählte bis hundert: Wenn er kam, bevor sie fertig gezählt hatte, dann war er kein Casanova. Als er bei 99 noch nicht aufgetaucht war, verlängerte sie kurzum bis 200. Doch er kam auch nicht, als sie schon bei 341 angelangt war. Sie wartete, bis sich die Tür ein drittes Mal öffnete: Wenn er beim dritten Mal hereinkam, dann wäre er ehrlich an ihr interessiert. Sie trank ihr Wasserglas in einem Zug aus: Wenn ihr dies gelang, ohne abzusetzen, dann käme er gleich. Doch nichts geschah.

Wenn sie diesen Zeichen Glauben schenkte, dann buchstabierten sie ihr förmlich genau das vor, was sie die ganze Zeit schon vermutete. Dass er ein unzuverlässiger Frauenheld war, der gerne mal ein bisschen flirtete. Die Zeichen rieten ihr, ihn schnellstmöglich am besten komplett zu ignorieren. Dennoch wartete sie immer weiter, während sie sich vorsagte, dass diese Regungen, die sie verspürte, wenn sie an ihn dachte, doch nichts weiter waren als hormonelle Schübe, die alle Menschen im paarungsfähigen Alter in gewissen Abständen in gefühlvolle Schwingungen versetzten, um die Fortpflanzung anzukurbeln und letztendlich die Arterhaltung zu sichern. Genetische Reflexe! Hormone! Chemische Verbindungen im Körper, versuchte sie sich einzureden. Nichts als Chemie.

Doch sie wartete trotzdem.

Und das beunruhigte sie.

Als er endlich auftauchte, eigentlich nur fünfzehn Minuten später als sonst, kam es Liz so vor, als sähe er noch besser aus.

»Und, was haben Sie gestern Abend gemacht, als Sie das Krankenhaus verlassen durften, während ich hier immer noch festklebe?«, fragte sie ihn neugierig und trank einen Schluck von dem herrlichen Kaffee, den er ihr wie immer lächelnd überreichte.

»Soll ich ehrlich sein?«

»Unbedingt!«, flötete Liz und hoffte dabei inständig, dass er jetzt nichts Falsches sagen würde.

»Ich hatte einen herrlichen Abend.«

Er grinste sie über seinen Kaffeebecher hinweg an. Mittlerweile brachte er nicht nur ihr einen Becher vorbei, er brachte auch einen für sich mit und trank ihn gemeinsam mit ihr.

»So«, Liz sah ihn etwas misstrauisch an. »Und der gestaltete sich wie?«

»Ich weiß, Sie sind momentan nicht gut auf Fahrräder zu sprechen, aber ich bin gestern eine Runde Rad gefahren, was wirklich gutgetan hat nach einem ganzen Tag hier drin.«

»Und dann?«

»Dann bin ich nach Hause gefahren – wie genau wollen Sie es denn wissen? Mit Duschen und welches Duschmittel und was ich zuerst eingeseift habe?«

»Das ersparen Sie mir. Duschen reicht. Und dann?«

»Dann habe ich eine Pizza bestellt.«

»Ah. Sind Sie auch ein Anhänger von Weißmehl und Fett und diesem ungesunden Kram?«

»Normalerweise schrote ich mir Grünkern«, er grinste sie an. »Gestern war die Ausnahme.«

»Welche Pizza gab's denn? Als Ausnahme?«

»Sardelle-Olive.«

»Gute Wahl. Kennen Sie die von Antonio?«

»Sie kennen Antonio?«

»Beste Sardellen-Oliven-Pizza in der Stadt.«

»Stimmt. Wir haben schon zwei Gemeinsamkeiten. Wir lieben den Coffee-to-go einer amerikanischen Kette, obwohl er so viel kostet wie ein ganzes Essen und unsere netten, heimischen Cafés verdrängt, und wir bestellen die gleiche Lieblingspizza beim gleichen Italiener. Wir müssen füreinander bestimmt sein.«

Er lächelte Liz an.

»Darf ich Sie zu einer Pizza einladen, wenn Sie wieder laufen können?«

»Nein.«

Ihre Antwort kam wie aus der Pistole geschossen, und Simon schaute enttäuscht.

»Ich lade Sie ein«, grinste Liz. »Als Dankeschön für die allmorgendlichen Rettungsbecher. Und, wie ging es weiter?«

»Champions League.«

»Verstehe.«

»Und Sie?«

»Was, und ich?«

»Wie war Ihr Abend?«

»Oh, mindestens so gut wie Ihrer, wirklich. Ich glaube, mein Essen war nur sehr, sehr viel besser. Äußerst liebevoll zubereitet. Zwei angetrocknete Scheiben helles Brot, drei Scheiben Aufschnitt, ein Stückchen sehr weiche Butter für die, die nicht so gut streichen können, ein Schälchen Kräuterquark und zwei Radieschen. Und dann habe ich mich ausnahmsweise mal richtig früh ins Bett gelegt und bin einfach den ganzen Abend liegen geblieben.«

»Wow.«

»Heute wird es noch besser. Heute kommt meine Mutter zu Besuch.«

»Freuen Sie sich nicht?«

»Ich freue mich ganz bestimmt, sie zu sehen. Wenn sie

das Zimmer betritt, werde ich mich total freuen. Und dann wird sie hier sitzen, und ich werde nicht wissen, unter welchem Vorwand ich eben mal unauffällig den Raum verlassen kann, um durchzuatmen, denn ich kann Räume nicht unauffällig, sondern nur mit Hilfe von Personal verlassen. Aber ich muss bei meiner Mutter immer mal gut durchatmen, damit ich freundlich bleiben kann. Denn das möchte ich schon.«

»Durchatmen?«

»Freundlich bleiben.«

Liz seufzte.

»Sie ist so anstrengend. Braucht einfach viel, viel Aufmerksamkeit. Ich werde sie trösten müssen, dass ihre Tochter einen Unfall hatte.«

»Hat Ihre Mutter eigentlich etwas mit England zu tun? Sie schreiben Ihren Namen mit ›z‹, das sieht sehr englisch aus.«

»Ich wurde nach keiner Geringeren als der Queen of England benannt! Als ich geboren wurde, war mein Vater in England. Er sagte, geschäftlich. Später stellte sich heraus, dass seine Geliebte dort einen Sprachkurs machte, Business English. Sein Geschäft bestand darin, dass er ihr in der Fremde das kalte, englische Bettchen wärmte. Es war jedenfalls das Jahr, in dem die Königin gefeiert wurde, weil sie schon fünfundzwanzig Jahre auf dem englischen Thron saß. Und mein Vater brachte meiner Mutter eine Tasse mit, darauf war die Queen lächelnd abgebildet und darunter stand ›Queen Elizabeth, Silver Jubilee‹. Herr Baumgarten war sehr charmant und kreativ, er hatte meiner Mutter so etwas ins Ohr geflüstert wie, dass sie seine Königin sei und dass er sich schon auf die Silberhochzeit mit ihr freue. Ich habe als Kind immer meinen Kakao aus der Tasse getrunken und es dann gar nicht verstehen können, dass meine Mutter meine Lieblingstasse irgendwann mit sehr viel Kraft und sehr viel Wut gegen die Wand gepfeffert hat. Sie hatte eben herausbekommen, was mein Vater damals vor acht Jahren während meiner Geburt in England wirklich getrieben hatte.«

»Das tut mir leid. So eine Geschichte habe ich nicht erwartet.«

»Sie hätten lieber die Geschichte des etwas skurrilen, blaublütigen Herzogs in der Verwandtschaft gehört.«

»Wäre vielleicht auch für Sie eine nettere Geschichte geworden. Was ich Ihnen gewünscht hätte.«

Liz schaute ihn schräg an.

Er nahm kurz ihre Hand, sah sie an und sagte leise, so dass nur sie es hören konnte. »Ich wünsche Ihnen eigentlich nur schöne Geschichten. Aber wahrscheinlich wären Sie nicht so, wie Sie sind, wenn Sie nur schöne Geschichten erlebt hätten.«

»Ja, vom Unglück profitiert man ungeheuer und gewinnt ungemein an persönlicher Reife.«

Liz versuchte wie immer einen Spaß daraus zu machen, damit nicht zu viel Nähe zwischen ihnen entstand, doch als sich ihre Blicke trafen, blieb sie einen ganzen Moment lang an seinen Augen hängen und schwieg, bevor sie zugab:

»Das Leben verändert sich, wenn man am gleichen Tag seine Lieblingstasse und seinen Vater verliert. Und die Mutter eigentlich auch. Denn die Mutter, die wir bis zu dem Tag gekannt hatten, die gibt es seitdem nicht mehr. Und deshalb ist es furchtbar anstrengend, wenn sie kommt, aber genau deshalb kümmern meine Schwester und ich uns eben immer noch um sie. Wir atmen tief durch und bleiben freundlich. Seit sechsundzwanzig Jahren, um genau zu sein.«

»Das ist eine lange Zeit.«

»Ja.« Liz seufzte. »Aber das ist alles heute leichter, als es das für das achtjährige Mädchen war.«

»Das stimmt wahrscheinlich auch, dass es heute leichter ist«, sagte Simon Friedrich. »Aber vielleicht würde es Ihnen auch heute einfach mal richtig guttun, bemuttert zu werden.«

Simon lächelte sie an, und sie dachte ja, ja, ja. Und dann hielt sie ganz still, denn in Liz tobten die unterschiedlichsten Gefühle, und sie wollte unbedingt verhindern, dass auch nur eines davon nach außen drang. Sie hatte lange nicht von ihren Eltern und dem Silver Jubilee gesprochen, und ihr war gar nicht bewusst, dass es noch immer weh tat. Ja, verdammt noch mal, sie wollte gerne bemuttert werden, versorgt werden, jemanden haben, der sich um sie kümmerte. Aber das würde sie doch niemals zugeben. Sie kämpfte mit den Tränen, weil sie Simons Mitgefühl spürte und sich dadurch plötzlich selbst schrecklich leidtat. Und sie spürte, dass sie sich zwar am liebsten an ihn angelehnt hätte, um von ihm festgehalten zu werden, aber das gleichzeitige Schrillen aller Alarmglocken in ihrem Kopf machte das unmöglich. Hätte sie laufen können, sie hätte sofort ihre Schuhe angezogen, um schleunigst die Flucht zu ergreifen.

Hannes Winter war selbst erstaunt darüber, dass er sich freute, als er sie durch die frischgeschnittenen Büsche auf sich zukommen sah. Von weitem konnte er das Blau ihrer Augen nicht sehen, früher hätte er es vielleicht gekonnt, aber in den letzten Jahren hatte seine Sehschärfe ein wenig nachgelassen. Er konnte es jedoch erahnen. Er konnte das Blau ihrer Augen ahnen. Die letzten Tage hatte er die kleinen Sämlinge pikiert, eine Arbeit, die eine ruhige, konzentrierte, geschickte Hand erforderte, aber gleichzeitig so stumpfsinnig war, dass man währenddessen wunderbar nachdenken konnte. Er hatte dabei oft an sie gedacht und gegrübelt, warum sie ihn bloß so beschäftigte. Es gab mehrere Möglichkeiten. Während er die Kornblumen umsetzte, hatte er darüber nachgedacht, dass es die Erinnerung an Evelyns Augen war, die Erinnerung an seine große verlorene Liebe. Als er sich den Ringelblumen widmete, hatte er auch in Erwägung gezogen, dass allein die Tatsache, dass ein Mensch überhaupt zu ihm hierhergekommen war, sich nicht sofort in die Flucht hatte schlagen lassen und ihm sogar mit einer gewissen Hartnäckigkeit Fragen gestellt hatte, sich auf ihn ausgewirkt haben musste. Als er später den Rittersporn, der bereits zu knospen begann, ins Freiland umsetzte, dachte er über die seltsamen Themen nach, über die sie gesprochen hatten. Wie waren sie überhaupt auf Liebe gekommen? Ach ja, die Hochzeit. Wegen dieser Hochzeit, für die sie ihn unbedingt gewinnen wollte. Wie war sie bloß auf ihn gekommen? Gerade er, der Hochzeiten hasste, seitdem es für ihn nie eine gegeben hatte. Er und Brautsträuße!

Deswegen war sie wahrscheinlich wieder da. Er beobachtete, wie sie auf ihn zukam, und blinzelte gegen das Licht. Ihr Schritt war etwas zögernd. Sie wusste nicht, dass sie willkommen war. So ruppig war er über die Jahre geworden, so eigenbrötlerisch und unhöflich, dass er Menschen wie sie verunsicherte. Es gefiel ihm nicht, zu wem er geworden war. Er ging ein paar Schritte auf sie zu und rief ihr freundlich entgegen: »Haben Sie die Hoffnung immer noch nicht aufgegeben?«

»Nicht ganz«, lächelte sie. »Bin ich denn umsonst gekommen?«

»Was heißt schon ›umsonst‹, Sie sehen diesen Garten, dafür lohnt es sich doch, oder, Frau –? Wie heißen Sie eigentlich?«

»Hummel, Annemie Hummel.«

»Hummeln passen gut zu Blumen. Finden Sie nicht? Frau Hummel im Garten!«

»Sie machen sich über mich lustig.«

Ihre Augen veränderten die Farbe, sie schimmerten etwas dunkler blau, als sie dies sagte, und er schaute dem kleinen Schauspiel sehr interessiert zu.

»Überhaupt nicht. Könnten Sie kurz mit mir zu den Hortensien gehen? Ich brauche einen Blau-Abgleich.«

Sie starrte ihn an, als hätte er nicht mehr alle Tassen im Schrank, wahrscheinlich hatte sie damit sogar recht, doch genau dieses dunkle Blau, da war er sicher, das hatte keine seiner sorgsam gefärbten Blüten. Er führte sie in sein blaues Gewächshaus, das ihn wie immer mit seinem Blau empfing, und bemerkte, dass sie wie verzaubert stehen blieb. Er wartete ein wenig ab und ließ sie den Eindruck genießen, und es gefiel ihm, dass sie das Blau zu verstehen schien. Dann nahm er ihren Arm und führte sie in die Mitte des

Glashauses, drehte sie so, dass sie ins Licht schauen musste, und trat einige Schritte zurück, um das Blau ihrer Augen mit dem seiner Hortensien zu vergleichen.

»Noch eine Spur Sulfite in den nächsten Tagen«, brummelte er vor sich hin.

»Vielen Dank«, sagte er mit einer leichten Verbeugung. »Sie haben ein ganz hervorragendes Augenblau. Sie haben mir sehr geholfen. Und nun trinken wir eine Tasse Kaffee am Rosenbeet hinter meinem Haus. Ich hoffe, es macht Ihnen nichts aus, dass ich ihn ohne Maschine koche. Aber er schmeckt mir besser so. Es gehört doch einfach dazu, neben dem Filter zu stehen und Wasser nachzugießen.«

Annemie lief ihm verdutzt hinterher und folgte ihm bis in seine Laube.

»Ich setze mal Wasser auf«, kündigte er an und stellte einen Kessel auf einen Gasherd, der an der einen Seite des Raumes stand, und bot ihr einen Stuhl an.

Hannes Winter nannte dies zwar sein Haus, aber eigentlich war es eine Gartenlaube. Dafür gedacht, dass er als Gärtner einen Platz hatte, wenn es regnete, zum Aufwärmen im Winter, einen Ort, wo er sich mittags etwas zu essen machen konnte, oder, wie jetzt, um einen Kaffee zu kochen. Er war irgendwann einfach hiergeblieben. Hatte seine Wohnung in der Stadt und all seinen Besitz bis auf ein paar wenige Dinge verkauft und war mit Sack und Pack hier eingezogen. Die Laube bestand aus einem Raum, der etwa fünfundzwanzig Quadratmeter groß war. Auf der einen Seite befand sich die »Küche«, ein Kühlschrank, auf dem eine Doppelkochplatte stand, daneben ein Küchenschrank, der alles an Geschirr und Kochutensilien und Vorräten enthielt, und davor ein Tisch mit einem Stuhl, auf dem Annemie nun saß und sich neugierig umschaute, während sie die Stifte und das Messer, die auf dem Tisch vor ihr lagen, parallel zueinander legte und gewohnheitsmäßig ein paar Krümel wegfegte.

»Ist es Ihnen nicht ordentlich genug?«

Er sah, wie sie leicht zusammenzuckte und wieder errötete.

»O nein, nein, bitte … das ist so eine Marotte von mir. Ich muss immer alles ordnen, entschuldigen Sie …«

»Damit Sie den Überblick nicht verlieren.«

»Genau.«

Sie antwortete vorsichtig und sah ihn fragend an.

»Geht es Ihnen auch so?«

»Nein«, er deutete mit einer ausladenden Bewegung lachend in sein Reich, das zwar nicht gerade unordentlich war, jedoch sehr bunt und zusammengewürfelt.

»Aber ich kann es verstehen. Es gibt Zeiten im Leben, da braucht man Marotten.«

»Nun, diese Zeit dauert bei mir schon ziemlich lange an.« Sie faltete seufzend die Hände im Schoß und lächelte ihn schüchtern an. »Mein Mann, also, mein verstorbener Mann, hat mich meist ausgelacht deshalb. Und irgendwann hat es ihn wahnsinnig gemacht. Na ja, es ist vielleicht auch ein bisschen mehr als eine Marotte, und wenn jemand jeden Tag alles geraderückt …«

»Der Mann, mit dem Sie die Liebe nicht gefunden haben.«

»Sie haben ziemlich genau zugehört.«

»Ich führe nicht viele Unterhaltungen.«

Annemie nickte, das schien sie gut zu verstehen. Sie

fragte, ob sie sich umsehen dürfe, und er machte mit seiner freien Hand eine einladende Bewegung.

»Nur zu«, forderte er sie auf, während er kochendes Wasser in den Kaffeefilter goss und sich der Duft von frischem Kaffee im Raum ausbreitete.

Annemie drehte sich um, und er sah nun mit ihren Augen, wie er lebte. Sah sein Bett mit dem schönen Kopfteil aus Kirschholz, ein altes Familienerbstück, ordentlich gemacht, mit zwei zusätzlichen, gefalteten Decken am Fußende, denn die Nächte konnten sehr kalt sein. Davor stand ein Stuhl, über dessen Lehne ein Pullover hing und auf dessen Sitzfläche ein Wecker stand. Das war der zweite Küchenstuhl, der irgendwann einmal an den Tisch gehört hatte, an dem Annemie nun saß, aber dort nicht mehr gebraucht wurde. Weil Hannes Winter nie Besuch bekam, hatte er ihn in einen Nachttisch verwandelt. Annemie war der erste Mensch, den er seit Jahren in seine Laube gebeten hatte. Es war seltsam, wieder jemanden so nah bei sich zu haben. Neben dem Bett an der Wand stand ein kleines Regalschränkchen mit einigen Büchern und Schachteln, in denen er die Dinge aufbewahrte, von denen er sich nicht trennen konnte, damals, als er alles aufgegeben hatte, was man ein konventionelles Leben nannte, und daneben ein Schrank. Beides war wie das Bett aus Kirschholz und gehörte zusammen. Wenn er sich recht erinnerte, war es das Junggesellenschlafzimmer seines Großvaters gewesen. Oder seines Onkels? Er begann, solche Dinge zu vergessen. Sie waren unwichtig. Wichtig war, dass er das Holz mochte und dass er zufrieden war, wenn er seine Kirschbäume anschaute und dabei an das Holz seines Bettes dachte, in dem er schlief.

Annemie kniff die Augen zusammen, als sie das Bild entdeckte, das über seinem Ohrensessel an der freien Wand hing.

»Da hat jemand diesen Maler imitiert, der immer die schönen Seerosen malte, oder?«

Das Bild zeigte einen Garten, das Spiel von Licht und Schatten und schwimmenden Sonnenflecken, und war tatsächlich ein echter Monet. Er hatte ihn sich von dem Erlös ersteigert, den der Verkauf seines gesamten Hab und Guts erbracht hatte.

»Monet war ein leidenschaftlicher Gärtner. Er hat seinen Garten geliebt. Und ihn jeden Tag gemalt. Jeden Tag und jede Stunde war das Licht anders, und er hat sich in jeden nur möglichen Augenblick hineinvertieft.«

»Es ist schön hier«, sagte sie. »Ganz anders, als ich es gewohnt bin, aber schön. Eine kleine, perfekte Welt. Als Kind habe ich von so etwas geträumt. Ein eigenes Reich. Und aus jedem Fenster sehen Sie in Ihren Garten.«

Er sah sie nachdenklich an, während er den Kaffee fertig aufbrühte. Dann nahm er ein Tablett, stellte Milch und Zucker darauf, und bat Annemie, ihm zu folgen.

»Ich zeige Ihnen etwas, das Ihnen gefallen wird, Sie werden gerne die Hummel in dem Garten sein, versprochen.«

Damit ging er voraus, und ihr blieb nichts anderes übrig, als ihm zu folgen. Hinter seinem Haus, in einem Beet, das an drei Seiten von halbhohen, aufgeschichteten Steinmauern geschützt war, befand sich sein Rosengarten.

»Hier ist es warm, die Sonne fängt sich an den Mauern, und man kann auch draußen sitzen, wenn es sonst noch kühl ist. Und deshalb kommen hier schon die ersten Knospen und die ersten Rosenblüten zum Vorschein. Alles alte Rosen.«

»Das duftet ja wie Sommer!«, entfuhr es ihr. »Was für ein wunderschöner Rosengarten.«

»Der ist mein kleiner Schatz. Den kennt niemand. Sie sind der erste Mensch, dem ich meine Rosen zeige.« Er grinste. »Nachdem Sie sich schon selbst Zutritt zu meiner geheimen Hortensienzucht verschafft haben ... Aber eigentlich müssen Sie in ein paar Wochen wiederkommen, wenn hier alles hemmungslos blüht. Das wird Ihnen gefallen.«

Sie saßen zusammen auf der Bank in der wärmenden Frühlingssonne, lehnten sich zurück, schauten schweigend in die knospenden Rosen, hingen ihren Gedanken nach und genossen den Vormittag und ihre gegenseitige Gesellschaft in stillem Einvernehmen.

Nachdem Annemie gegangen war, setzte sich Hannes auf den Stuhl, auf dem sie gesessen hatte, nahm die Tasse in die Hand, aus der sie getrunken hatte, und dachte, dass er zum ersten Mal jemanden in sein Reich gelassen hatte. Es war ihm immer erschienen wie ein Königreich. Er hatte alles selbst erschaffen, er konnte die Lage eines jeden Steines bestimmen, die Blumen, die wachsen sollten, der Blick aus jedem seiner Fenster war von ihm gestaltet. Nichts passierte hier, was er nicht geplant hatte. Sie hatte das alles erkannt. Und nun war etwas passiert, was nicht eingeplant gewesen war. Annemie Hummel hatte seine Gärtnerei betreten. Und während er sich gefühlt hatte wie ein König, der in seinem Paradies lebte, fühlte er sich jetzt wie ein König in der Verbannung.

Nachdem sie gegangen war, spürte er seine Einsamkeit in einer Deutlichkeit, die weh tat.

∞

Simon verließ das Krankenhaus pünktlich, um Leonie am Kindergarten abzuholen. Das Wetter war so schön, dass er beschloss, mit ihr Eis essen zu gehen. Wie die Welt sich verändert hatte in den letzten Tagen. Vor zwei, drei Wochen waren noch so gut wie alle Bäume kahl gewesen, und nun waren alle Knospen aufgegangen und die Welt war voller Laub und grünem Licht und dunkelgrünem Schatten. Dazwischen blühte es in allen Farben, und man bekam sofort gute Laune, wenn man nach draußen kam. Während Simon zum Kindergarten radelte und sich freute, dass er jetzt das Auto stehen lassen konnte, weil er die meisten Strecken mit dem Rad fuhr, dachte er an Liz. Das war durchaus nichts Außergewöhnliches, er dachte in letzter Zeit ständig an Liz. Er sah sie vor sich, wenn sie Witze riss, wenn sie schlagfertig war und vor Energie sprühte, er sah sie vor sich, wenn sie ängstlich war, weil sie besorgt war, dass eine Untersuchung weh tun könnte, dass ihr Bein nicht mehr gut heilte oder dass sie ihre anscheinend große Sammlung an Stöckelschuhen nicht mehr tragen könnte. Er sah sie vor sich, wenn sie zerbrechlich wirkte, wenn das zum Vorschein trat, was sich hinter ihrer fröhlichen Burschikosität und Schnoddrigkeit versteckte und ihm direkt ans Herz ging. Er sah sie vor sich, wenn sie errötete, weil er ihr ein Kompliment machte oder sehr eindeutig erklärte, dass er sie ziemlich gut fand. Und er glaubte, in ihren Augen dann auch einen Funken dessen zu sehen, was ihn entzündet hatte. Er traute sich gar nicht, das Wort »Liebe« auch nur zu denken. Er versuchte es mit Verliebtsein, Schwärmerei, Einander-gut-finden, ja Flirt, für sich zu umschreiben, aber er wusste ganz genau, dass es mehr war. Er hatte nur so lange, lange nichts Derartiges empfunden. Und er hatte so lange fest geglaubt, nie wieder etwas Derartiges empfinden zu können oder auch nur zu wollen. Aber es ging total mit ihm durch. Und jetzt war sie auch noch selbst ein Scheidungskind und hätte vielleicht auch noch das nötige Verständnis für sein kleines Scheidungskind. Denn das war klar, er würde nie etwas tun können, was Leonies Gefühlswelt irgendwie Schaden zufügte. Davon hatte sie in ihrem kleinen Leben schon mehr als genug abbekommen.

Wie immer es auch weiterging, Leonie brauchte davon zunächst einmal gar nichts zu erfahren. Und auch Liz wollte er nicht mit seiner Geschichte belasten. Es war schwer genug, dieses ausweichende Wesen zu erreichen. Sie war sehr misstrauisch. Zögerlich und misstrauisch, ob er nicht doch ein Casanova war, der mit jeder Patientin flirtete. Mittlerweile dachte sie wahrscheinlich schon nicht mehr, dass er mit jeder flirtete, aber doch mit jeder zehnten, das traute sie ihm vermutlich noch zu. Er spürte, wie er sie aus der Reserve locken konnte, aber er nahm auch deutlich wahr, wie blitzschnell sie in der Lage war, eine feste Wand zwischen ihnen zu errichten, wenn er zu forsch war oder wenn seine ihn anschmachtenden Kolleginnen ihn umgaben. Er würde ihr im Moment lieber nichts erzählen, was zur Festigkeit und Höhe dieser Mauer beitrug, viel lieber wollte er alles dafür tun, damit sie Stein um Stein abgetragen werden konnte.

Als er am Kindergarten ankam, stand Leonie schon in ihrem roten Anorak mit ein paar anderen Kindern und den Erzieherinnen im Hof. Sie lief strahlend auf ihn zu, und sein Herz hüpfte wie immer, wenn er sie sah.

»Gehen wir Eis essen?«, fragte er sie, als er sie in den Kindersitz auf seinem Gepäckträger hob und festschnallte.

»Ojaojaoja!«

Sie quietschte fröhlich, und er fuhr los, etwas vorsichtiger als zuvor, etwas langsamer und auch noch etwas glücklicher. Das Leben fühlte sich einfach richtiger an, wenn seine Tochter mit ihm zusammen war.

Die beiden gingen mit ihrem Eis in den Park und setzten sich auf eine Bank am Ententeich, um zu schauen, ob schon kleine Entchen geschlüpft waren. Simon erklärte ihr, dass die Weibchen die braunen Federn hatten und die Männchen die schillernden, farbigen Federn besaßen, anders als bei den Menschen. Leonie kicherte und stellte sich vor, dass ihre Mama in langweiligen braunen Klamotten herumlief, während ihr Vater sich herausputzte und blau schillernde Jacken anzog, um ein Weibchen zu finden.

»Findest du auch wieder ein Weibchen?«, fragte sie ihn, und er dachte, dass das ein phänomenaler Zufall war, dass er gerade dabei war, sich zu verlieben, und seine Tochter, die die ganze Zeit seit der Trennung nie irgendetwas Derartiges gefragt hatte, gerade jetzt davon anfing.

»Wer weiß«, antwortete er. »Wie fändest du das denn?«

»Sie muss nett sein.«

»Meinst du, ich würde jemanden suchen, der nicht nett wäre?«

»Der Papa von der Josi hat auch eine Freundin, die ist nicht so nett, findet die Josi.«

Aha, daher wehte der Wind.

»Also ich würde nur nach jemandem schauen, der sehr, sehr nett ist, da brauchst du dir wirklich keine Sorgen zu machen.«

»Oder gar niemanden. Du hast ja mich. Ich kann ja deine Freundin sein.«

Sie kuschelte sich an ihn, und er legte den Arm um sie.

»Du bist meine Lieblingstochter. Zum Glück habe ich dich, mein Schatz.«

Auf dem Teich stritten sich zwei Enteriche ganz fürchterlich, und die Ente, die vorher friedlich neben ihrem Erpel hergeschwommen war, ergriff die Flucht und flog ein Stück weg ans Ufer. Ihr Entenmann schrie Zeter und Mordio und schnappte so lange mit dem Schnabel nach dem Konkurrenten, bis er sich davonmachte. Dann schwamm er aufgeregt schnatternd zu seiner Entenfrau, die das alles verfolgt hatte und wieder ins Wasser glitt, um auf ihn zuzuschwimmen. Sie schnatterten sich leise an, als ob sie sich unterhielten, es klang beruhigend, und dann war wieder Ruhe auf dem Teich.

»Entenpaare bleiben ihr Leben lang zusammen, wenn sie sich einmal gefunden haben. Diese beiden da sind bestimmt schon ein altes Ehepaar, und weil der andere Enterich seine Frau geärgert hat, hat der Mann ihn vertrieben.«

»Schwimmen die immer zusammen?«

»Sie schwimmen zusammen, sie bauen zusammen ihr Nest, die Entenmama legt die Eier und brütet sie aus, und in der Zeit sorgt der Entenpapa für sie, damit sie nicht verhungert, weil sie die Eier nicht alleine lassen kann, um auf Futtersuche zu gehen.«

»Woher weißt du das?«, fragte Leonie mit ihrem Schokoladenmund, den er versuchte mit einem Taschentuch abzuwischen. Die Schokolade war hartnäckig, aber er widerstand der Versuchung, ins Taschentuch zu spucken, um ihr Gesicht damit abzuwischen. Er hatte es früher gehasst, wenn seine Mutter oder, noch schlimmer, seine Tanten das bei ihm gemacht hatten, und er wollte nicht, dass Leonie sich jetzt oder später beim Gedanken an seine Spucke grauste.

»Auch das von den Amseln, und so?«

Simon erzählte Leonie vieles über Vögel.

Als Kind und Jugendlicher hatte er einen kleinen Vogeltick gehabt und unbedingt Ornithologe werden wollen. Angefangen hatte es sehr früh. Er hatte sich wie alle Einzelkinder ein Geschwisterchen gewünscht. Und weil er offensichtlich keines bekam, war er auf einen Hund umgeschwenkt.

»Ich wollte unbedingt einen Hund. Zum Geburtstag und Weihnachten zusammen, unbedingt einen Hund. Aber Oma und Opa wollten mir keinen Hund schenken. Sie mochten Tiere nicht so gerne, und sie hatten Angst vor der Verantwortung, man muss ja jeden Tag mit ihm raus, ob man Lust hat oder nicht, ob es regnet oder stürmt, der Hund muss raus. Das haben sie mir nicht zugetraut. Sie dachten, das ist jetzt so eine Laune von mir, und wenn die vorbei ist, dann bleibt die ganze Arbeit mit dem Hund alleine an ihnen hängen. Und sie fanden auch die Wohnung zu klein für einen weiteren Mitbewohner.«

»Und fandest du das doof?«

Leonie hörte gespannt zu.

»Ja, das fand ich sehr doof. Aber dann habe ich gedacht, na ja, eine Katze ist ja auch ein Tier, mit dem man spielen kann, das einen kennt und sich streicheln lässt und dabei schnurrt. Und mit einer Katze muss man nie Gassi gehen. Also habe ich mir eine Katze gewünscht.«

»Und hast du die dann bekommen?«

»Nein, eine Katze war Oma und Opa gar nicht recht, wegen des Katzenklos, und wer würde das dann immer saubermachen? Und die Haare überall ... Also, eine Katze ging auch nicht. Dann kam ich auf eine neue Idee: ein Meerschweinchen! Ein Freund von mir hatte auch eins, das hielt er in seinem Zimmer. Das wollte Oma aber auch nicht, sie fand, dass Meerschweinchen riechen und die ganze Wohnung dann nach Tier riecht. Hamster und Mäuse fand der Opa eklig, und zum Schmusen waren die ja auch nicht so wirklich geeignet. Ich habe dann aber immer noch nicht aufgegeben und habe versucht, sie von einem Wellensittich zu überzeugen. Denn dem hätte ich Sprechen beibringen können. Das gefiel mir gut. Und als ich dann zum Geburtstag etwas ziemlich Großes geschenkt bekam, das unter einem Tuch verborgen im Wohnzimmer stand, da dachte ich, das ist jetzt bestimmt der Käfig für den Wellensittich.«

»Und war er das?« Leonie hörte mit großen Augen zu und vergaß dabei fast, ihr Eis zu essen. Anscheinend war ihr diese Art von Wünschen sehr bekannt.

»Es war ein Vogelhäuschen. Für die Terrasse. Da durfte ich die Vögel im Winter füttern und sie dabei beobachten. Dazu bekam ich noch ein Buch über die heimischen Vogelarten, damit ich alles nachlesen konnte. Über Amseln und Meisen und Enten. Obwohl die natürlich nie zum Vogelhäuschen kamen.«

»Aber schmusen und spielen konntest du mit denen nicht.«

Wie recht sie doch hatte, seine kleine Tochter.

Er hatte das Vogelhäuschen erst gehasst. Schließlich hatte er sich nicht einen Wellensittich gewünscht, weil er sich für Vögel im Allgemeinen interessierte, sondern weil er sich ein kleines Wesen gewünscht hatte, das irgendwie zu ihm gehörte, auch wenn er ihm höchstens beibringen konnte, ein paar Wörter zu schnarren. Dennoch hatte er im Winter damit begonnen, die Vögel zu füttern, und manchmal auch beobachtet, wie sie sich um das Futter stritten, in welcher Reihenfolge sie die Körner aufpickten und welche sie nicht mochten. Und irgendwann hatte er auch angefangen, in dem Buch zu lesen, hatte die verschiedenen Vogelarten unterscheiden gelernt und war nach und nach ein kleiner Ornithologe geworden.

»Wenn ich ein Entenbaby wäre, dann wärt ihr meine Enteneltern, und ihr hättet euch nie getrennt. Weil sich Enten immer liebhaben und zusammenbleiben.«

Simon schluckte. Die Enten konnten das besser, als Paar bestehen bleiben, sich die Aufgaben in der Kinderfrage teilen und, auch wenn jeder mal seiner Wege schwamm, zusammenbleiben, da hatte Leonie durchaus recht.

»Das stimmt. Aber du könntest kein Schokoladeneis essen, du müsstest Schnecken und glitschige Würmer essen und auch im Winter im kalten Wasser schwimmen.«

»Dann bin ich doch lieber ich als ein Entenbaby«, stellte sie fest, stopfte sich ein großes Stück Waffel in den verschmierten Mund und warf das letzte Stück, das sie noch in der Hand hielt, dem Entenpärchen hin, das neugierig darauf zuschwamm.

»So, jetzt haben die wenigstens auch mal was Gutes.«

Annemie ging auf dem Heimweg schnell bei ihrem Edekaladen vorbei. Sie schaffte es gerade noch, bevor er schloss.

Sie hatte überhaupt nichts mehr im Kühlschrank. Ihr beschaulicher Tagesrhythmus von Haushalt, Einkaufen, Backen, Lesen und Dekorieren und wieder Lesen war vollständig durcheinandergeraten. Sie musste schon Listen führen, um sich alles merken zu können. Zur Beruhigung ihrer flatternden Nerven würde sie heute Abend unbedingt etwas backen müssen. Etwas Nerven- und Seelenstärkendes. Und zwar für sich. Zimtschnecken. Der Gedanke an warme Zimtschnecken zum Frühstück war sehr verführerisch. Eine ganze Ladung Zimtschnecken. Ihr schoss durch den Kopf, dass Zimtschnecken im Rosengarten von Herrn Winter bestimmt auch wundervoll schmeckten. Nur, wie würde man die dort aufbacken können? Sie schob den Gedanken beiseite, der hatte hier doch wirklich gar nichts verloren, und ging im Kopf rasch die Zutaten durch, die sie einkaufen musste, damit sie auch nichts vergaß.

Als sie den Laden betrat, johlte Waltraud auf.

»Ohoo! Und sie hat wieder Blumen dabei! Sie war in der Gärtnerei, stimmt's? Ich möchte auch einmal so einen Gärtner kennenlernen, der mir jedes Mal Blumen schenkt, wenn ich vorbeikomme.«

»Ach«, sagte Annemie. »Das ist überhaupt nicht so, wie du denkst.«

»Was denke ich denn?« Waltraud grinste ihre Freundin kess an, die hilflos mit den Schultern zuckte. »Ach komm, genieß es. Du hast ein paar Blümchen verdient. Wenigstens merkt es mal jemand.«

Annemie lächelte dankbar und legte den Strauß, den Hannes Winter für sie zusammengestellt hatte, bevor sie sich verabschiedet hatte, an der Kasse ab, um dann rasch durch die Reihen zu gehen und alles zu besorgen, was sie brauchte. Eier, Butter, Hefe.

»Was koche ich mir denn heute Abend?«, rief sie Waltraud über die Regalreihe hinweg zu. »Hast du eine Idee? Ich brauche eine Grundlage, bevor ich die Zimtschnecken esse, die ich gleich backen werde.«

»Eine Suppe?«

»Gute Idee. Kartoffelsuppe, das mache ich. Die geht schnell. Und dann lauwarme Zimtschnecken. Oh, wie ich mich darauf freue. Und Stille. Kein Telefonklingeln. Waltraud, du glaubst nicht, wie furchtbar das ist, wenn das Telefon andauernd klingelt, so oft habe ich das im Leben noch nicht gehört!«

Annemie kam mit ihrem vollbepackten Korb um die Ecke gebogen und legte alles vor Waltraud auf das Band, die die Preise eintippte und dann fragte, ob sie den Gärtner denn jetzt um den Finger gewickelt hatte.

»Er macht den Brautstrauß. Ein erster Schritt. Aber ich befürchte, viel weiter werde ich nicht kommen.«

»Und wann gehst du wieder hin?«

Annemie überlegte einen kurzen Moment.

»Meinst du, übermorgen wäre in Ordnung? Nicht zu

aufdringlich? Soll ich lieber länger warten? Damit er sich nicht bedrängt fühlt?«

»Also wegen der Hochzeitsangelegenheit solltest du noch ein wenig warten. Frühestens übermorgen, frühestens! Wegen der anderen Sache könntest du auch gleich morgen wieder hin.«

»Welcher anderen Sache?«

Annemie sah sie verständnislos an, und Waltraud rollte die Augen.

»Du bekommst Blumen, du strahlst über beide Ohren, streite es nur nicht ab, es gefällt dir gut bei ihm. Der Gärtner hat dich mit seinen Blumen becirct, und er gefällt dir auch. Gib's schon zu. Macht 12,81.«

»So ein Quatsch«, antwortete Annemie, während sie bezahlte und die Einkäufe in ihre Tasche einräumte. Doch sie dachte einen Moment darüber nach, was Waltraud gesagt hatte. Und in der Tür, als sie sich schon zum Gehen gewandt hatte, drehte sie sich noch einmal um und sah ihre Freundin an.

»Du hast recht«, sagte sie verwundert. »Du hast einfach recht.« Denn plötzlich wusste sie, dass es stimmte.

Als Annemie den Hefeteig für die Zimtschnecken mit Vehemenz knetete, wurde sie plötzlich furchtbar wütend. Sie wurde wütend auf ihre Mutter, die ihr ihre Hochzeit nicht gegönnt hatte, sie wurde wütend auf ihren Vater, der ihre schwangere Mutter sitzengelassen hatte, sie wurde wütend auf Rolf, der ihr nichts zugetraut und nichts zugestanden hatte, sie wurde wütend auf die ältere Frau Hartmann, die nur an sich denken konnte und nicht an ihre Tochter, und am allerwütendsten wurde sie auf sich selbst. Sie schlug den Teig auf die Holzplatte, sie ließ ihre Faust darauf niedersausen, sie nahm ihn hoch und flammte ihn wieder nach unten, sie machte ihn platt und sie stieß ihn wieder zusammen zu einer Kugel. Warum hatte sie sich das alles gefallen lassen? Jahrelang! Warum? Und warum merkte sie jetzt, mit über sechzig, dass sie zu einem ganz anderen Leben fähig gewesen wäre? Und das merkte sie nur, weil ihre Nachbarin einen Unfall gehabt hatte. Nur durch Zufall. Durch einen blöden Zufall musste sie feststellen, dass sie ihr Leben hatte an sich vorbeiziehen lassen, ohne es zu leben. Aus jedem dummen Teig holte sie das Möglichste heraus, aus jeder Buttercreme machte sie das Beste, nur aus ihrem Leben hatte sie nichts gemacht. Nichts! Heiße Tränen tropften auf den Hefeteig, und als die Wut verraucht war, grub sie ihre Hände in den weichen, geschmeidigen Teig und weinte bitterlich. Sie beweinte ihre Kindheit, ihre Mutter, ihre Jugend, ihre Ehe mit einem falschen Mann, die fehlende Liebe und ihr totes Kind. Sie weinte, weil sie nicht Konditorin geworden war, weil sie keine Feinstrumpfhosen trug wie Frau Schwarz aus dem Brautmodengeschäft, und am allerbittersten beweinte sie die Tatsache, dass ein fremder Mensch ihr heute Kaffee im Rosengarten serviert hatte und sie behandelt hatte wie eine Dame. Dass er gesagt hatte, man brauche eben manchmal Marotten, dass er ihr so tief in die Augen gesehen hatte, dass sie sich fast dafür schämte, dass sie so blau waren. Und weil sie die Hummel in seinem Garten gewesen war.

We are just breakable girls and boys.

Ingrid Michaelson

9

Liz beobachtete Simon Friedrich, der konzentriert ihre Krankenakte studierte und sich dann seufzend zu ihr aufs Bett setzte.

»Ich glaube, ich darf Sie einfach nie entlassen. Ich werde dafür sorgen, dass wir Sie hierbehalten und ich jeden Tag vorbeikommen kann, um Sie zu besuchen.«

Liz lachte und knuffte ihn in den Arm.

»Das würde Ihnen so passen. Das ist Freiheitsberaubung! Der bloße Gedanke sollte bestraft werden!«

»Das wird genug Strafe sein, Sie nicht mehr jeden Tag zu sehen. Wem soll ich dann Kaffee ans Bett bringen?«

»Da wird sich bestimmt jemand finden. Es wimmelt hier doch von Patientinnen, die gerne mit den Ärzten flirten, oder ist das nur im Fernsehen so? Aber selbst wenn Sie keine Patientin finden, allein in dem Grüppchen, das hier immer zur Visite anrauscht, habe ich mindestens zwei Kandidatinnen entdeckt, die gerne, ja sehr gerne von Ihnen Kaffee ans Bett gebracht bekämen.«

»Ihre Beobachtungsgabe ist ja schärfer als meine.«

»Tja, weil ich hier reglos liege. Da kann ich genauer hinschauen.«

»Vielleicht haben Sie auch bessere Augen. Zeigen Sie mal her.«

Simon beugte sich mit gespieltem Ernst vor, um Liz tief in die Augen zu sehen. Sie hielt seinem Blick mit weit aufgerissenen Augen stand.

»Auf jeden Fall haben Sie die schöneren Augen. Das nehmen wir in die Krankenakte auf.«

»Welches Auge nehmen wir auf?«

»Hm. Das linke ist wunderbar.«

»Jetzt ist das rechte aber beleidigt.«

»Das rechte ist von einer geradezu bemerkenswerten Schönheit. Sollen wir das auch festhalten?«

Sein Gesicht war nun so nah an ihrem, dass er sie ganz leicht hätte küssen können. Sie spürte, wie sein Atem ihr Gesicht schon streifte und dass er kurz davor war, es zu tun.

»Nehmen wir doch beide Augen mit auf. Dann fühlt sich keines zurückgesetzt«, flüsterte sie.

Seine Lippen kamen noch ein wenig näher, gleich würden sie sich berühren.

Liz ließ ihren Kopf mit einem Ruck in ihr Kissen zurückfallen, um noch ein paar Zentimeter Land zu gewinnen und dem Kuss auszuweichen, bevor sie ihm gar nicht mehr ausweichen konnte.

»Jetzt müssen Sie mir den Puls messen. Ich glaube, ich habe Herzrasen.«

»Ich auch«, gab er leise zu. »Fast schon Kammerflimmern.«

Sie sahen sich an und lächelten vorsichtig, wissend, dass sie sich beinahe geküsst hätten und dass dieser Beinahe-Kuss nun zwischen ihnen hin und her schwirren würde. Er war nicht aus der Welt. Er war nur vertagt.

In diesem Moment öffnete sich die Tür und Rosi Schäfers Rollator bog um die Ecke.

»Guten Abend, Herr Doktor!«, rief sie fröhlich.

»Guten Abend, Frau Schäfer, wie kommen Sie zurecht?«

»Danke, wunderbar«, sagte sie und ließ sich müde von der Anstrengung ihres Ausflugs aufs Bett fallen.

»Ich muss genau das Gegenteil tun«, flüsterte Simon Liz zu und nahm ihre Hand. »Ich darf Sie nicht hierbehalten, ich werde Sie auf der Stelle entlassen. Und dann werde ich Sie nach Hause bringen. Und dann sind wir endlich einmal alleine. Nur du und ich.«

Liz schwieg. In diesem Moment wollte sie nichts anderes, als mit ihm alleine sein. Ihr gesamter Körper vibrierte, und es war wunderbar, wie er ihre Hand hielt. Doch der kleine Kontrolleur in ihr raunte ihr die ganze Zeit schon Warnhinweise zu, und jetzt, da das Rauschen in ihrem Kopf etwas nachgelassen hatte, konnte sie die Sätze auch wieder verstehen.

»Das sagt er jetzt. Aber meint er es auch wirklich?«

»Das sagt er nicht nur dir. Das sagt er jeder, die es hören will.«

»Er probiert es eben immer wieder. Bis du einknickst. Und dann ist es zu spät.«

»Dummchen, wie viele Male willst du dich denn noch enttäuschen lassen?«

»Warum glaubst du, dass er anders ist als Jo? Du kennst ihn doch gar nicht.«

Sie kannte alle Einwände. Sie hatte sie sich selbst antrainiert, und sie hatte es gut gemacht. Wenn Liz sich etwas vornahm, dann erledigte sie die Sache gründlich.

Liz strich nachdenklich über seine Hand und sah ihn ernst an.

»Das ist nicht so einfach mit mir.«

Er sagte gar nichts darauf, er sah sie nur an und wartete geduldig, dass sie weitersprechen würde. Sie brauchte noch einen Moment, um sich zu sammeln. Es wäre so leicht, in seine Arme zu sinken und sich fallen zu lassen, alle Bedenken fallen zu lassen, es einfach zu wagen. Aber es war eben ganz und gar nicht leicht.

»Du kennst dich doch aus mit Knochenbrüchen. Wenn einmal etwas gebrochen war, dann geht man damit besonders vorsichtig um. Dann traut man dieser Stelle nicht mehr, auch wenn sie ganz geheilt ist und man gar nichts mehr sieht, oder? Es bleibt immer eine Schwachstelle. Und man versucht sie zu schützen, sie nicht zu sehr zu belasten, immer schön zu schonen …«

»Dabei bricht ein Knochen nie zweimal an der gleichen Stelle.«

»Aber Menschen sind so zerbrechlich. Und Herzen sind besonders zerbrechlich und heilen so schwer. Viel schwerer als Knochen. Es dauert viel länger. Man sieht die Krücken nicht, man sieht den Gips nicht. Aber eigentlich bewegt sich mein Herz nur noch per Rollator.«

»Das sieht man wirklich nicht«, erwiderte er lächelnd. Dann sah er sie ernst an.

»Kann es denn auch sein, dass dein Herz eigentlich wunderbar alleine laufen könnte, weil es super trainiert ist und die Selbstheilungskräfte in deinem Alter bestens funktionieren, und du dich nur nicht traust?«

»Wo ist der Unterschied?«

»Aus Erfahrung lernt man. Man schützt sich vor bestimmten Situationen, und das ist richtig. Aber man muss sich nicht grundsätzlich und immer vor allen Situationen schützen, man muss nicht vor allem Angst bekommen. Man kann neue Erfahrungen machen. Heilsame Erfahrungen. Und Neues dazulernen.«

»Hast du das selbst erlebt? Dass alles heilen kann? Ich wünschte mir manchmal, ich könnte noch einmal neu sein. Neu anfangen. Unschuldig, unbelastet. Ohne das Wissen, das ich habe. Aber ich glaube, solange ich das weiß, was ich weiß, fällt es mir schwer zu vertrauen.«

»Was ist passiert?«

»Spielt das eine Rolle?«

»Ich will wissen, gegen welche Gespenster ich kämpfen muss.«

Liz lächelte.

»Wir wollten heiraten. Er war's einfach für mich. Er war mein Mann. Wir haben schon eine ganze Weile zusammengewohnt, und falsch ausgequetschte Zahnpastatuben und all das, das war gar kein Thema bei uns. Wir hatten es schön. Dachte ich.«

»Und dann?«

»Musste er aus irgendeinem Grund mit meiner besten Freundin ins Bett gehen. Das abgeschmackteste, was man sich vorstellen kann. Und da hatte ich auf einen Schlag weder einen Verlobten noch eine beste Freundin. Und so etwas will ich nicht mehr erleben.«

»Das kann ich verstehen.«

»Ich wollte erst gar nicht wissen, wie lange das schon ging, es war mir egal. Aber dann fingen diese Gedanken an. Als wir die Ringe ausgesucht haben, war er da bereits mit ihr zusammen? Oder als wir unseren Trauspruch ausgesucht haben? Oder war sie schon mit ihm im Bett gewesen, als ich sie gefragt habe, ob sie meine Trauzeugin sein will? Wann haben die beiden begonnen, den Respekt vor mir zu verlieren?«

»Wie dumm und idiotisch …«

»Ja. Und das Schlimme ist, dass ich mir selbst nicht mehr vertraue. Klar, man täuscht sich mal in einem Menschen. Man hält ihn für ehrlich und aufrichtig, und dann ertappt man ihn bei einem Schwindel, oder man hält jemanden für einen Charmeur, der mit allen Patientinnen flirtet, und vielleicht spielt man mal eine Weile mit, oder auch nicht, und vielleicht ist er ganz anders, vielleicht ist alles ganz anders, man täuscht sich und wird eines Besseren belehrt. Das ist nicht das Problem.«

»Sondern …«

»Das Problem ist, dass ich davon überzeugt war, dass ich zwei Menschen wirklich kannte. Besser als jeden anderen. Ich wusste, was sie träumen, wie sie riechen, was in ihren Kleiderschränken liegt, wie sie mit Fieber aussehen, was sie lustig finden, warum sie weinen, ich wusste das alles. Aber ich habe nicht bemerkt, dass sie mich anlügen. Und zwar lange. Es war kein Ausrutscher. Es waren Wochen. Viele Wochen. Ich habe es nicht bemerkt. Ich kann meiner Wahrnehmung nicht mehr vertrauen.«

Simon sah sie an und schwieg. Dann nahm er nach einer Weile wieder ihre Hand und hielt sie fest in seiner.

»Das ist ein verdammt schwer zu besiegendes Gespenst. Aber ich werde es mit ihm aufnehmen. Sag ihm das.«

Liz musste lächeln.

»Und die Geschichte von meiner Mutter kennst du ja

auch schon. Und meine Schwester kann auch genau so etwas erzählen. Die Frauen in unserer Familie sind blind, was die Liebe angeht. Vollkommen blind.«

»Dabei hast du eigentlich so gute Augen. Und so schöne. Du gehörst in die Sehschule. Ich melde dich gleich nachher an.«

Liz zuckte seufzend die Achseln.

»Und du, Dr. Simon Friedrich? Keine Narben? Du kannst dich einfach so verlieben?«

»Einfach ist es nicht. Die Unschuld haben wir beide schon eingebüßt. Aber es ist passiert, Liz, es ist passiert. Ich habe mich in dich verliebt. Und weil das, ganz entgegen all deinen Vermutungen, lange nicht vorgekommen ist, werde ich daran festhalten und kämpfen. Es ist nämlich schön, in dich verliebt zu sein.«

Fabian hatte die Ringe fast fertig. Es waren klassische, schmale goldene Ringe mit einem feinen weißgoldenen Einsatz. Der Ring, den er für Nina anfertigte, war etwas zierlicher, und in einer weißgoldenen Fassung würde bald der Diamant funkeln, den er für sie erstanden hatte. Der Ring sah schlicht und besonders aus. Er wollte ebenfalls noch probieren, die weißgoldenen Elemente teilweise aufzurauen. Das Funkeln des Diamanten würde dadurch einen interessanten Effekt bekommen. Er hielt ihn stolz unter die Lupe. Es war wirklich der schönste Stein, den er seit langem gesehen hatte. Schon vor fast einem Jahr hatte er ihn bei dem Diamantenhändler, der Winter belieferte, gesehen, und er hatte sofort gewusst, dass dieser Stein seiner Ehefrau gehören sollte. Der Händler hatte zustimmend genickt.

»Eine solche Reinheit und so ein Feuer, in dieser Größe, das hat man selten. Der Schliff ist perfekt. In dieser Kantigkeit etwas ungewöhnlich, aber genau das macht ihn aus.«

Seit der Stein in seinem Edelsteinsafe lag, wusste er, dass er Nina einen Heiratsantrag machen würde. Es hatte noch ein paar Wochen gedauert, in denen er all seinen Mut zusammengenommen und einen sehr zarten Ring für sie gefertigt hatte, den eine kleine Blumenkrone aus winzigen, schimmernden Perlchen zierte, in deren Mitte ein dunkelblauer Saphir glänzte. Es war ein etwas verspielter, sommerlicher Ring, den er ihr bei einem Picknick, das er für sie vorbereitet hatte, scheinbar zufällig aus den Gänseblümchen gepflückt hatte, um nicht kniend, aber liegend um ihre Hand anzuhalten. Sie war erst sehr überrascht gewesen, doch dann hatte sie ihn angestrahlt, hatte ja gesagt und ihm ihre Hand hingehalten, damit er ihr den Ring anstecken könnte.

»Wir sind noch ganz schön jung«, hatte sie später überlegt, als sie den Champagner geleert hatten und Arm in Arm auf der Picknickdecke lagen, während am dunklen Himmel über ihnen die Sterne einer nach dem anderen erschienen.

»Wir werden mit etwas über vierzig schon Kinder haben können, die aus dem Gröbsten raus sind. Bis dahin ist der Betrieb einer der führenden geworden, weil deine Kunst und mein Marketinginstinkt uns ganz nach vorne gebracht haben. Wenn wir Silberhochzeit feiern, sind wir gerade mal um die fünfzig. Dann werden wir die ganze Welt bereisen und überall Winter-Schmuck finden!«

Er bewunderte es, dass sie einfach so groß und weit vorausdenken konnte. Das würde ihm nie einfallen. Er fand es schon großartig, Goldschmied bei Winter sein zu dürfen und seine Tochter Nina zur Frau zu bekommen. Weiter brauchte er gar nicht zu denken. Das reichte, um ihn zum glücklichsten Mann der Welt zu machen. Er lag hier unten im Gras, sah oben am Himmel die Sterne funkeln, und Nina war die Frau, die sie alle einzeln vom Himmel pflücken wollte.

Fabian schaute auf die Uhr und sah, dass es Zeit war zu gehen. Heute fand die Besichtigung einer Auswahl der Locations statt, wo sie ihre Hochzeit feiern könnten. Seine Sternenpflückerin würde es überhaupt nicht begrüßen, wenn er zu spät kam. Er stand auf, schloss die wertvollen Materialien in den Safe, knipste das Arbeitslicht an seinem Platz aus und verabschiedete sich beim Hinausgehen von den anderen beiden Goldschmieden, die im Raum nebenan noch arbeiteten.

Als er aus dem Haus trat, war Ninas Auto noch nirgends zu sehen. Das war gut. Er kannte niemanden, der gerne wartete, aber Nina wartete von allen Menschen, die er kannte, am allerwenigsten gerne. Er hatte schon beschlossen, Nina komplett wählen zu lassen, wo sie feierten. Es würde ihm bestimmt gefallen, was sie aussuchte. Sie hatte schließlich einen guten Geschmack und auch einen guten Riecher bei solchen Entscheidungen.

Es war Claus Winters Wagen, der kurz darauf um die Ecke bog, neben ihm saß Frau Hummel, mit einem dicken

267

Buch auf dem Schoß, und hinten Nina, die er mit einem Kuss begrüßte, als er sich neben sie setzte.

»Wir haben vier Stationen, bei denen wir uns die Räumlichkeiten innen und die Außenbereiche anschauen. Zwei liegen weiter außerhalb, mit denen beginnen wir, bei den anderen kommen wir auf dem Rückweg vorbei.«

Claus Winter bereitete ihn darauf vor, was ihn erwartete, und zwinkerte ihm im Rückspiegel zu. Das war nett von ihm. Claus Winter gab ihm stets das Gefühl, als Schwiegersohn völlig akzeptiert zu sein und dazuzugehören, manchmal dachte er, dass sein Schwiegervater in spe froh war, noch einen Mann in der Familie zu haben. Er selbst fand Claus Winter großartig. Er war so etwas wie sein Mentor, wie ein Vater, den er sich immer gewünscht hatte. Ein Mann von Format, der sich in einer anderen Welt bewegte, als seine kleinbürgerlichen Eltern es taten, und der ihn großzügig dahin mitnahm, um sie ihm zu zeigen. Claus Winter war ein fairer Chef, und er würde ein fairer Schwiegervater sein. Fabian nahm Ninas Hand und drückte sie lächelnd.

»Und, gibt es irgendwelche Favoriten? Weißt du schon, wo wir feiern?«

»Dann würden wir ja wohl kaum hier sitzen, um in der Gegend umherzufahren! Nein. Liz Baumgarten hat ein paar Orte vorgeschlagen, die wir noch nicht kennen. Einige haben wir bereits von den Fotos her ausgeschlossen, zu kleiner Außenbereich oder doch zu ländlich-rustikal, schauen wir mal, was jetzt kommt.«

Nina erwiderte den Druck seiner Hand und wandte sich an Annemie Hummel.

»Wohin geht's denn als Erstes? Das Schlösschen oder das ehemalige Weingut?«

»Zuerst zu dem Schlösschen. Das ist am weitesten entfernt und von dort arbeiten wir uns dann Stück für Stück langsam zurück nach Hause.«

»Das Schlösschen hatte eine eigene Kapelle, oder?«

Frau Hummel nickte.

Nina wusste schon wieder über alles Bescheid. Fabian konnte sich lächelnd zurücklehnen. Sie würde es schon richten.

Das Schlösschen sah ein wenig französisch aus und lag abgeschieden von der Hauptstraße in einem Park. Sie fuhren durch ein großes schmiedeeisernes Tor auf einem Kiesweg, der durch alten Baumbestand zum Haus führte, bis zu einem Rondell, in dessen Mitte ein Springbrunnen plätscherte. Als der Wagen zum Stehen kam, erschien der Schlossherr im Tweedjackett auf der Freitreppe, um sie zu begrüßen. Anscheinend hatte er sie bereits erwartet. Herr Wagenbach trug sein Haar halblang und streng nach hinten gekämmt. Seinen Hemdkragen zierte ein weinrotes Einstecktuch. Als er näher kam, konnte Fabian erkennen, dass eine kleine Perlennadel das Tucharrangement zierte. Gut, dass seine Eltern nicht dabei waren. So wie er seine Mutter kannte, würde sie ihn bestimmt ohne jegliche Hemmung darauf ansprechen, während sein Vater sich weigern würde, so einem Mädchen von Mann auch nur die Hand zu geben. Doch selbst wenn Nina sich dafür entscheiden würde, hier zu feiern, musste das ja nicht heißen, dass man diesen Herrn auch zu Gesicht bekam. Fabian mutmaßte, dass er sich dann in seine Privatgemächer zurückzog. Herr Wagenbach hatte das Schloss vor zwei Jahren gekauft, weil der vorherige gräfliche Eigentümer es nicht mehr unterhalten konnte. Seitdem hatte er das Anwesen gründlich renoviert und vermietete die Räumlichkeiten nun an besondere Gäste mit besonderem Geldbeutel, um den Unterhalt für das Anwesen aufzubessern. Während er sprach, schüttelte er beständig sein Haar mit einer ruckartigen Bewegung nach hinten, doch die streng zurückgekämmten Strähnen fielen ihm beim Reden immer wieder ins Gesicht. Alle fünf Sätze reichte auch das Kopfschütteln nicht mehr aus, und er strich das Haar mit einer betont eleganten Geste zurück, die er bestimmt lange vor dem Spiegel einstudiert hatte. Fabian schätzte ihn auf Mitte bis Ende vierzig und fragte sich, womit Herr Wagenbach wohl so viel Geld verdiente, dass er sich als Schlossherr kostümieren konnte und sich so ein Schlösschen dazu leistete.

»Ich bin gerne dabei, wenn hier gefeiert wird«, verkündete Herr Wagenbach stolz. »Die Gäste haben erfahrungsgemäß viele Fragen, und außerdem wirkt es doch irgendwie persönlicher, finden Sie nicht?« Demnach ließe es sich wohl kaum umgehen, dass sein Vater ihm die Hand schüttelte. Fabian beobachtete, wie Nina fast unmerklich eine Augenbraue hochzog. Vielleicht würde es ihm doch erspart bleiben.

Die Räume waren sehr geschmackvoll renoviert. Das Parkett glänzte, alles war hell und groß und edel, aber nicht prunküberladen. Speisesaal, Ballsaal und einige kleine Salons öffneten sich mit vier Meter hohen Flügeltüren zur Terrasse hin. Das einfallende Sonnenlicht brach sich funkelnd im Facettenschliff des Türglases, und Fabian konnte Nina ansehen, dass es ihr gefiel. Die Veranda selbst neigte sich in einem geschwungenen Halbrund zum Garten hin, wo eine breite Treppe einige wenige Stufen hinab zu einer Rasenfläche führte. Der gepflegte englische Rasen war von einer steinernen Balustrade eingefasst, auf der enorme Steinvasen in regelmäßigen Abständen üppige Blumenarrangements hielten.

Die Kapelle befand sich am anderen Ende des Gartens.

»Man geht einen wunderbaren Weg durch den Apfelhain und die historischen Rabatten, die wir nach alten Pflanzplänen wieder angelegt haben, kommt dann hier über diesen Rasen zurück, um auf der Terrasse mit einem Glas Champagner auf das junge Glück anzustoßen.«

Er schien von seinen eigenen Worten fast gerührt zu sein und führte sie zu der Kapelle, die wirklich sehr malerisch hinter blühenden Apfelbäumen lag.

»Nur den Pfarrer müssten Sie selbst mitbringen. Aber wenn Sie keinen haben, dann springt der Pfarrer der hiesigen Gemeinde gerne ein. Hat er schon ein paar Mal gemacht. Ganz wunderbar jedes Mal, ganz wunderbar.«

Als sie wieder im Auto saßen, um als Nächstes zu dem ehemaligen Weingut zu fahren, waren sie ganz erschöpft von dem Redeschwall des Schlossherrn, und selbst Nina schwieg eine Weile.

»Es ist ein Traum dort, oder?«, sagte sie dann. »Es ist nicht so plüschig romantisch, es hat Stil und es ist wirklich etwas Besonderes. Ich kenne niemanden, der dort schon einmal war. Und man hat auch noch einen Entertainer inklusive für die Verwandtschaft, um die man sich nicht selbst kümmern kann. Es ist nicht so sehr ›Sissy‹, es ist eher ein bisschen ›Großer Gatsby‹, oder? Das gefällt mir. Was meint ihr denn?«

Claus Winter nickte.

»So ungefähr habe ich mir das vorgestellt. Hätte ich gar nicht gedacht, dass es hier in der Nähe so etwas gibt.«

Er warf Annemie Hummel einen anerkennenden Blick zu.

Sie errötete lächelnd.

»Das werde ich Frau Baumgarten ausrichten. Sie hat wirklich ein Händchen für das Besondere.«

»Fabian, was meinst du?«

Nina sah ihn neugierig an.

»Toll«, sagte er. »Toll. Ein Schloss für meine Prinzessin. Aber muss man den Typen wirklich mitmieten?«

Das Weingut lag sehr idyllisch inmitten der Weinberge, die um diese Jahreszeit noch sehr kahl aussahen. Das Ambiente hier war wesentlich ländlicher, doch das barocke, rötliche Sandsteinhaus war unter der Verwendung von viel Glas und Stahl saniert worden. Dadurch wirkte es weniger bäuerlich, sondern interessant in der Kombination von Tradition und Moderne. Die Verwalterin führte sie herum und erklärte alles, zeigte ihnen die zwei ineinander übergehenden Säle, die man getrennt oder zusammen mieten konnte, den Innenhof, der sich bei Regen überdachen ließ, die kleine Bühne, die man entweder als Tanzboden oder für eine Band oder ein Streichquartett nutzen konnte, je nach Geschmack. Ein Vorteil des Weingutes war, dass es in einem der Gebäude auch einen Hotelbetrieb gab, wo man alle auswärtigen Gäste bequem würde unterbringen können, und dass das Hotelrestaurant, das einen sehr guten Ruf genoss, das Catering übernehmen würde.

Fabian schwirrte der Kopf. Nachdem sie die zwei anderen Örtlichkeiten ebenfalls besichtigt hatten, ein französisches Restaurant am Stadtrand, das in herrlicher Lage Hochzeiten ausrichtete, und die Orangerie des städtischen Schlossparks, die man mit einem kleinen abgetrennten Wandelgarten buchen konnte, wusste er erst recht nicht mehr, was ihm am besten gefiel. Ihm gefiel immer der Ort am besten, an dem sie sich gerade befanden. Er bewunderte Nina, die jedes Detail, das sie gesehen und das er noch nicht einmal bemerkt hatte, abrufen konnte. Nina war nach all diesen Eindrücken doch tatsächlich noch in der Lage, sich den gesamten Tagesablauf mal hier und mal dort vorzustellen und das eine gegen das andere abzuwägen. Sie beauftragte Frau Hummel damit herauszufinden, was man im Falle von Regen im Garten des Schlosses von Herrn Wagenbach machen könnte und wo man dort die auswärtigen Gäste unterbringen konnte, welche Kirche sich mit dem Weingut kombinieren ließe und wie abgetrennt vom öffentlichen Park man in der Orangerie tatsächlich sei. Denn auf Gaffer habe sie nun einmal gar keine Lust. Ein Testessen im Restaurant müsse zudem zeigen, ob es tatsächlich den Erwartungen entsprach. Alle anderen Räumlichkeiten ließen sich mit einem Caterer ihrer Wahl versorgen. Das Hotelrestaurant, welches das Weingut bewirtschaftete, sollte man auch einmal testen, meinte Nina, denn wenn es so gut war wie sein Ruf, hätte man dort den Vorteil, auf ein eingespieltes Team zurückgreifen zu können.

Als Claus Winter mit dem Wagen vor Hochzeitsfieber zu stehen kam, stieg er aus, öffnete die Beifahrertür, beugte sich charmant zu Frau Hummel, um ihr aus dem Wagen zu helfen, und fragte, ob er sie denn im Laufe der Woche zum Testessen in das Restaurant entführen dürfe?

»Mich? Aber wieso denn ausgerechnet mich … Wollen Sie das denn nicht lieber mit Ihrer Tochter und Ihrem zukünftigen Schwiegersohn machen?«

Sie waren nun alle ausgestiegen, und Fabian konnte den leichten Anflug von Panik in ihren Augen sehen. Doch Claus Winter ließ nicht locker.

»Wir teilen uns auf. Nina und Fabian arrangieren etwas mit dem Weingut, und wir beide gehen französisch essen. Wenn wir uns unsicher sind, schicken wir Nina und Fabian auch noch einmal dorthin. Abgemacht?«

Er drehte sich fragend in die Runde, und da keiner widersprach, schüttelte er Annemie, die unsicher lächelte, sehr herzlich die Hand.

»Haben Sie vielen, vielen Dank für diese wunderbare Vorbereitung. Grüßen Sie Frau Baumgarten, wünschen Sie ihr gute Besserung von uns und bis – wie wäre Donnerstag? Ich rufe Sie an, und dann sagen Sie mir, ob Ihnen der Donnerstag recht ist.«

Sie stiegen alle wieder ins Auto ein, Fabian ließ Nina nach vorne neben ihren Vater, und als er anfuhr, drehte er sich um und sah Frau Hummel mit ihrer Handtasche in der Hand vor dem Laden stehen. Sie schaute ihnen nach. Er hob kurz die Hand und winkte ihr, wie er auch seiner Mutter noch einmal gewinkt hätte. Er war sich aber gar nicht sicher, ob sie das durch die Scheibe überhaupt erkennen konnte, und fühlte sich plötzlich etwas albern. Doch dann hob sie ihren Arm und winkte kräftig zurück, und er wusste, seine Mutter und Frau Hummel würden sich jedenfalls schon einmal mögen.

Annemie konnte Liz vor lauter Blumen gar nicht sehen, als sie das Krankenhauszimmer betrat, im ersten Moment dachte sie sogar, sie hätte sich in der Tür geirrt. Doch dann jubelte schon Liz' Stimme hinter dem gewaltigen Blumenstrauß hervor.

»Sie brauchen mir gar nichts zu erzählen, liebe Frau Hummel! Ich weiß schon, dass es gut gelaufen ist. Schauen Sie nur, das sind die Gute-Besserungs-Danke-schön-Grüße von den Winters. Wie kann ich Ihnen bloß danken!«

Liz war ganz außer sich vor Freude, dass Annemie mit den Winters allem Anschein nach so gut zurechtkam und sie so zufrieden mit Hochzeitsfieber waren. »Ich mache Sie noch zur Partnerin, wenn das so weitergeht!«

Annemie lächelte froh, aber sie war weit entfernt davon, in Liz' übermütige Stimmung einzufallen. Sie blieb auch nicht allzu lange, denn zu Hause wartete Arbeit, auf die sie sich bereits seit Tagen freute: die Wiesenblumen-Hochzeitstorte für Frau Hartmann. Sie hatte schon alles dafür vorbereitet, die verschiedenen Teigböden waren gebacken und das Marzipan in unterschiedlichen Farben eingefärbt. Heute Abend würde sie in Ruhe vor sich hin werkeln können. Nach all diesen Tagen des Hin- und Herfahrens zwischen ihrer Wohnung, Hochzeitsfieber, dem Krankenhaus und der Gärtnerei, all dem Reden, Telefonieren und Planen war sie heilfroh, einen gemüt-lichen Abend mit ihrem Zuckerzeug in der Küche ver-bringen zu können.

Ihre Wohnung empfing Annemie in vertrauter Stille. Nach all den glamourösen Orten, die sie heute gesehen hatte, die sie eingeschüchtert hatten und bei denen sie sich gefühlt hatte, als wäre sie vollkommen fehl am Platz, kam ihr ihre Wohnung winzig und bescheiden vor. Sie hatte nun ständig mit Menschen zu tun, die auf eine so selbstverständliche Art unglaublich viel Geld hatten, während ihre knappe Haushaltsrechnung immer gerade mal aufging. Meist legte sie sich monatlich etwas zurück, falls die Waschmaschine ihren Geist vorzeitig aufgab oder etwas mit ihren Zähnen war. Man konnte ja nie wissen. Das Geld, das sie mit den Torten verdiente, war immer ein willkommenes Extra. Eine neue Backform für zwanzig Euro, eine neue Bluse für fünfunddreißig Euro. Fünfunddreißig Euro! Das gaben die Kunden von Hochzeitsfieber, ohne mit der Wimper zu zucken, für ein Gläschen Sekt zwischendurch aus. Und das, was sie wöchentlich für Essen ausgab, reichte bei Nina Winter gerade mal für ein einzelnes Abendessen. Annemie seufzte. Noch nie war sie dem Leben ihrer Liebesromanfiguren mit Champagner bei Sonnenuntergang und riesigen Blumensträußen näher gewesen, und nie hätte sie gedacht, dass man dabei unzufrieden werden könnte.

Doch sobald sie sich die Schürze umgebunden und ihr Zuckerbäckerzeug zurechtgestellt hatte, fühlte sie sich wieder genau richtig.

Sie rollte Scheiben von weißem Zuckerfondant aus und bezog die gefüllten Kuchenplatten damit, die sie zu einer zweistöckigen Torte aufeinandergeschichtet hatte. Sie formte Veilchenblüten aus violett gefärbtem Marzipan und drückte winzige orangefarbene Zuckerperlchen in ihre Mitte, aus rosa Marzipantalern fiederte und schnitzte sie Gänseblümchenblätter und hörte nicht auf, bevor sie fedrig und echt aussahen, dazwischen setzte sie blaue Kügelchen, die sie zu Traubenhyazinthen formte, sie rollte unzählige Grashalme und Blätter und Blättchen, die sie als Wiesenhintergrund zwischen den Blüten verteilte, bis die Torte aussah wie ein blühendes Wiesenkunstwerk. Josephine Hartmann würde sich freuen, dessen war sie sicher.

Als sie spätabends müde ins Bett ging und wieder einmal einschlief, bevor sie ihren Liebesroman überhaupt in die Hand genommen hatte, dachte sie noch kurz, bevor der Schlaf sie umfing, dass ihr Leben momentan schöner war, als es ein Liebesroman je sein konnte.

Am Morgen des Hochzeitstages von Josephine Hartmann, die Annemie gebeten hatte, bitte mit dabei zu sein, als »mütterliche Unterstützung«, wie sie etwas verschämt lächelnd gesagt hatte, öffnete sich plötzlich die Tür von Hochzeitsfieber, und die ältere Frau Hartmann betrat den Laden. Lange nicht so schwungvoll und dominant wie noch vor wenigen Tagen. Und sie sah auch nicht so gut aus wie damals. Vielmehr konnte man ihr ansehen, wie es ihr zugesetzt hatte, dass ihre Tochter offensichtlich bereit war, ohne sie zu heiraten.

Trotzdem versuchte sie als Erstes, Annemie herunterzuputzen. Was das eigentlich für eine Art sei, als Hochzeitsplanerin nicht alles daranzusetzen, die Familie zusammenzuhalten. Und wo diese Kapelle nun sei, es ginge ja wohl kaum an, dass sie als Brautmutter dort nicht zugegen war, und warum ihre Interessen eigentlich so komplett ignoriert wurden?

Annemie versuchte ganz ruhig zu bleiben und bat Frau

Hartmann, Platz zu nehmen. Sie setzte sich ebenfalls an den Tisch, sammelte all ihren Mut und sah ihr Gegenüber streng an.

»Frau Hartmann«, stieß Annemie hervor. »Sie haben Ihre Tochter ignoriert und nun ignoriert Ihre Tochter Sie.«

»Woher wollen Sie denn wissen, wer hier wen ignoriert hat«, begann sich die empörte Mutter schon wieder aufzuplustern, doch Annemie fiel ihr ins Wort.

»Ich versuche einmal, Ihre Frage zu beantworten.« Annemies Stimme zitterte ein wenig. Doch weil sie davon überzeugt war, das Richtige zu sagen, und weil Frau Hartmann tatsächlich nichts erwiderte, auch wenn sie noch recht schnippisch dreinsah, fuhr sie tapfer fort.

»Ihre Tochter träumt von einer sehr schönen, romantischen und intimen Hochzeit. Wissen Sie das eigentlich? Wovon sie träumt? Was ihr gefällt, oder was ihr überhaupt nicht zusagt? Sie haben ja feststellen müssen, dass Ihre Tochter nicht genau die Wege gegangen ist, die Sie für sie ausgesucht haben. Und das kann ich verstehen, dass man da zuerst auch gekränkt ist. Sie wollen ja schließlich ihr Bestes!«

Annemie bemerkte, dass Frau Hartmann ihre schnippische Maske allmählich verlor und sie nun stirnrunzelnd ansah.

»Aber sagen Sie doch, sind Sie nicht auch schrecklich neugierig geworden? Wollen Sie die Wege nicht sehen, die Ihre Tochter stattdessen gewählt hat? Ich glaube, es würde Josephine freuen, wenn Sie sich dafür interessieren könnten. Aus dem kleinen Wesen, das Sie zur Welt gebracht haben, ist ein wundervoller Mensch geworden.

Sie haben ihr das Leben geschenkt, aber, Frau Hartmann, Sie müssen sie doch auch so leben lassen, wie sie es für richtig hält!«

Frau Hartmann schwieg betroffen, und Annemie dachte noch einen Moment nach, bevor sie wieder anhob zu sprechen.

»Sie haben Ihre Tochter zu einem wundervollen Menschen erzogen. Man kann Ihnen da nur gratulieren, denn man schließt sie sofort ins Herz, so phantasievoll und warmherzig, wie sie ist. Und so selbstbewusst! Verzeihen Sie, wenn ich das so direkt anspreche, aber Sie können ja beide auch ganz schön stur sein!«

Frau Hartmann seufzte stumm und sah Annemie hilflos an.

»Sie haben sich bestimmt immer gefragt, wie bekomme ich diesen Dickkopf nur dazu, das zu tun, was ich will, oder?«

Als Frau Hartmann immer noch schwieg, Annemie jedoch die Spur eines Lächelns in ihrem Gesicht entdecken konnte, fuhr sie ermutigt fort.

»Probieren Sie es doch einmal mit einer ganz anderen Frage, zum Beispiel, wie kann ich herausfinden, was meine Tochter wirklich will, und wie kann ich ihr dann helfen!? Das wäre doch ein wunderschönes Hochzeitsgeschenk. Besser kann eine Mutter ihre Tochter nicht beschenken …«

»Haben Sie eine Tochter?«

»Ich hatte eine Mutter«, erwiderte Annemie, die ganz aufgewühlt war, weil sie eigentlich von sich gesprochen hatte. Von ihren eigenen Wünschen, die sich nicht erfüllt hatten. »Aber wenn das Leben mir eine Tochter geschenkt hätte, wäre ich sehr stolz auf eine Tochter wie Ihre gewesen.«

»Was kann ich machen?« Frau Hartmann hatte Tränen in den Augen. »Was kann ich tun? Ich wäre so gerne bei ihr. Es ist ihre Hochzeit. Ich war so … Was kann ich bloß tun?«

»Sie wissen, wo die Hochzeit stattfindet.«

»Sie wird sich vielleicht ärgern, wenn sie mich sieht, und das will ich nicht. Die letzten Tage waren furchtbar. Ich will doch nur ihr Bestes. Sie soll doch ihren schönen Tag haben, so wie sie ihn sich vorstellt. Ich wäre nur so gerne dabei.«

Annemie zögerte einen Moment. Dann hatte sie eine Idee. Es gab eine kleine Orgelempore in der Kapelle, wenn Frau Hartmann früh genug da wäre, könnte sie sich ungesehen dort oben hinsetzen und die Trauung beobachten. Und dann gäbe es noch eine Aufgabe, die Frau Hartmann wunderbar übernehmen könnte …

Die Hochzeit war schön. Schlicht und schön. Blumenkränze zierten die Kirchenbänke, die alte Orgel, die schon ein wenig heiser klang, spielte melancholische sanfte Lieder. Der Pfarrer redete so schön von dem Weg, den die beiden nun zusammen beschreiten würden, dass fast alle, die in der Kirche waren, nach ihren Taschentüchern zu suchen begannen. Und als die Braut nach der Zeremonie dankbar Annemies Hand drückte, wusste sie gar nicht, wohin mit dem zerknautschten feuchten Tuch, das sie noch immer in der Hand hielt.

Josephine war eine wunderschöne Braut. Ihr Kleid war wie die ganze Hochzeit, schlicht und romantisch, und als sie sich in ihrem Garten unter dem alten Baum zwischen ihren Gästen bewegte, die sich alle besonders und erwählt fühlten, dabei sein zu dürfen, verstand Annemie, warum es genau dort hatte sein müssen. Der Baum gab ihr den Halt und die Wurzel, die sie in ihrer Mutter nicht gefunden hatte. Aber sie sehnte sich danach.

Annemie schaute gespannt aus dem Hintergrund zu, was geschehen würde, als das Taxi hielt und jemand ihre Torte vor sich hertragend den Garten betrat.

»Oh!«, rief Josephine strahlend, als sie die Torte sah. »Die ist ja ein Traum! So etwas habe ich noch nie gesehen!«

Und dann sah Annemie, wie sie plötzlich verstummte, weil die Trägerin die Torte ein klein wenig senkte und sich dadurch zu erkennen gab.

Der aufmerksame Bräutigam kam gleich herbeigeeilt, um Frau Hartmann die Torte abzunehmen, damit Mutter und Tochter sich erst zögernd, doch dann umso inniger in die Arme schließen konnten und sich einfach nur festhielten.

»Du bist die schönste Braut, die ich je gesehen habe, ich wünsche dir alles Glück dieser Welt.«

»Und darauf ein Stück Torte …«, lächelte die Braut unter Tränen.

Als Annemie später ging, hatten ihr alle dankbar die Hand gedrückt. Die Braut, der Bräutigam, vor allem aber die Brautmutter.

Der Anruf von Fabian Schenks Mutter überraschte Annemie dann eigentlich gar nicht. Fabians Mutter wollte gerne einmal mit Annemie sprechen, ihr Sohn wisse davon nichts, ob es möglich wäre, dass dies so bliebe, erkundigte sich Frau Schenk vorsichtig vorab. Annemie versicherte ihr diskretes Stillschweigen und lud sie ein vorbeizukommen.

Als sie voreinander standen, mussten sie lachen, denn sie kannten sich bereits aus der Haushaltsabteilung des Kaufhauses, in dem Annemie ihre Backutensilien kaufte. Frau Schenk schien sehr erleichtert zu sein, mit jemandem reden zu können, und gestand Annemie all ihre Sorgen, die sie hinsichtlich der Hochzeit ihres Sohnes hatte, die sie als »über seinen Stand hinaus« bezeichnete, und Annemie dachte, wie schwierig es anscheinend doch war, die Kinder ihren Weg gehen zu lassen, den sie sich aussuchten, mit dem Partner, den sie sich aussuchten, um das Leben zu führen, das ihnen entsprach.

»Mochten Ihre Eltern denn Ihren Mann? Oder waren Sie die Schwiegertochter, die die Eltern Ihres Mannes sich für ihren Sohn ausgesucht hätten?«

Annemie fragte interessiert nach, und Frau Schenk schüttelte zunächst den Kopf, wollte erwidern, dass das doch etwas ganz anderes sei, als sie plötzlich merkte, dass es gar nichts anderes war. Überhaupt nichts anderes.

»Als Kind denkt man doch gar nicht so, wie die Eltern denken!«, rief sie aus. »Natürlich tut er das auch nicht.«

Sie sah Annemie ein wenig verblüfft an. Dass sie darauf nicht selbst gekommen war.

»Muss ich mir dann vielleicht gar keine Sorgen machen? Aber die spielen doch in einer ganz anderen Liga als wir!«

»Ich verstehe genau, was Sie meinen«, gestand Annemie. »Seit ich hier aushelfe, bin ich ja selbst in dieser komplett anderen Welt gelandet. Aber im Gegensatz zu mir bewegt sich Ihr Sohn sehr natürlich in dieser Welt. Er passt da gut hinein.«

»Wir haben so Angst, dass er einen Teil von sich verleugnet. Er ist so anders, wenn er bei den Winters ist.«

»Ich habe leider selbst keine Kinder …«

»Oh, das tut mir aber leid!«, unterbrach Frau Schenk, um sich gleich darauf selbst zu maßregeln, »aber ich wollte Sie nicht unterbrechen. Bitte …«

»… deshalb weiß ich nicht, wie es ist, wenn die Kinder plötzlich eigene Wege gehen. Ich weiß nur, ich wäre auch gerne anders geworden als meine Mutter. Sie ja vielleicht auch?«

Frau Schenk nickte, blickte aber immer noch recht unglücklich drein, denn sie hatte noch viel mehr auf dem Herzen, was sie nun Annemie gegenüber endlich einmal loswerden konnte.

»Wir wissen auch gar nicht, was wir zu der Hochzeit anziehen müssen, wo wir das einkaufen sollen, ob mein Mann dann mit Nina tanzen muss und ich mit Herrn Winter, und was für ein Tanz das dann wohl ist, und ob ich einen Hut brauche, und was für einen Anzug der Junge anziehen soll, und was wir ihnen schenken können, denn die haben ja schon einen Haushalt, und große Geldgeschenke können wir nicht machen. Wir kennen uns gar nicht aus!«

Annemie lächelte Frau Schenk beruhigend an.

»Aber dabei können wir Ihnen helfen, dazu gibt es doch Hochzeitsfieber! Wenn Frau Baumgarten erst wieder da ist, dann wird sie mit Ihnen einkaufen gehen und hilft Ihnen, genau das Richtige auszusuchen. Sie übt auch die Tänze mit Ihnen, wenn Sie wollen. Frau Baumgarten kümmert sich wirklich um alles. Machen Sie sich bitte keine Sorgen!«

»Und Sie?«

»Wenn es so weit ist, backe ich hoffentlich wieder ganz in Ruhe die Torten!«

Nach diesem bewegten Tag hatte Annemie große Sehnsucht danach, in dem Rosengarten auf der Bank zu sitzen. Sie wollte nicht nach Hause in ihre Wohnung, sie wollte auch nicht zu Liz, sie wollte zu Hannes Winter und neben ihm auf der Gartenbank sitzen. Ob es sehr unverschämt war, abends bei ihm aufzutauchen? Eine Gärtnerei schloss, wie sie annahm, um sechs, nun war es schon kurz vor sechs. Bis sie dort war, wäre es sicher halb sieben. Aber es war ihr in diesem Moment egal. Sie würde es einfach versuchen.

Als sie vor dem rostigen Gartentor stand, war sie sich plötzlich nicht mehr sicher, ob das wirklich eine gute Idee war. Eigentlich wollte sie schon umkehren, als sie den ergreifenden Gesang einer Amsel hörte. Und sie dachte, es wäre zu schön, jetzt auf der Bank zu sitzen und den Abendliedern der Vögel im Garten zuzuhören. Sie öffnete das Tor und trat ein. Seit sie zum ersten Mal hier gewesen war, hatte Hannes Winter die Büsche ein ganzes Stück zurückgestutzt, als ob er ihr den Weg zu ihm etwas erleichtern wollte. Sie fühlte sich dadurch gleich ein wenig willkommener. Als sie ihn mit einer Pfeife vor seiner Laube stehen sah, lächelte sie. Er hatte die Hände in den Taschen seiner abgewetzten Cordhose, um seinen Hals hatte er einen Schal gewickelt und seine ausgebeulte Strickjacke hing lose an ihm herunter. Als er sie bemerkte, hielt sie inne und winkte schüchtern, und zu ihrer Erleichterung hob auch er die Hand und kam ein paar Schritte auf sie zu.

»Sie sind doch wohl nicht um diese Zeit noch in Sachen Hochzeitsblumen unterwegs?«

»Nein«, sie schüttelte verlegen den Kopf.

Er sah sie aufmerksam an.

»Das ist gut. In Ihrem Alter – ich darf das sagen, denn ich bin noch älter – sollte man sich auch mal ein Päuschen gönnen.« Er deutete auf seine Pfeife. »Mach ich auch.«

»Deshalb bin ich ja hier«, gestand Annemie. »Ich weiß, es ist schon ein bisschen spät für einen unangemeldeten Besuch, aber ich wollte fragen, ob ich mich ein wenig auf Ihre Bank setzen darf. Im Rosengarten. Und dabei der Amsel zuhören. Ich will Sie auch gar nicht stören.«

»Der Rosengarten ist vormittags der beste Platz. Abends nicht.«

»Soll ich lieber wieder gehen? Ich will Sie wirklich nicht belästigen.«

»Abends gibt es einen besseren Platz. Kommen Sie, ich zeige es Ihnen. Aber warten Sie einen Moment.«

Er ging in die Laube und kam mit einer Flasche Wein und einer Decke in der Hand wieder heraus. Würde er ihr jetzt Wein aus der Flasche anbieten? Am Ende noch auf einem Lager auf dem Boden? Fast bereute sie es, dass sie hergekommen war. Doch jetzt gab es kein Zurück mehr. Er war schon losgestapft, und sie folgte ihm atemlos in einen anderen Teil des Gartens, den sie noch nicht

285

kannte. Als sie ankamen, sah sie, warum er sie hierhergeführt hatte. Auf einer kleinen Anhöhe stand unter einer rotblühenden Kastanie eine Bank, die genau gen Westen schaute, wo die Sonne als roter Ball gerade tiefer sank. Hannes Winter legte fürsorglich die Decke auf die Bank.

»Abends wird es kühl«, stellte er sachlich fest, zog aus einer seiner ausgebeulten Jackentaschen zwei kleine Wassergläser, was Annemie erleichtert registrierte, und aus der anderen einen Beutel mit Nüssen und eine trockene Scheibe Brot. Er legte alles in die Mitte der Bank und bot ihr den linken Platz an, setzte sich selbst rechts davon hin und goss in beide Gläser ein wenig Wein.

»Kein edles Kristall, aber die haben hier draußen den besseren Stand«, sagte er, als er Annemie ihr Glas reichte und mit ihr anstieß.

»Auf den Mai!«

»Auf den Mai«, antwortete Annemie und lehnte sich zurück. Er öffnete die Tüte mit den Nüssen und bot sie ihr an. Es war herrlich. Die Abendluft war noch lau, der Pfeifentabak verströmte einen Vanilleduft, von dem Schlückchen Rotwein wurde Annemie inwendig gleich recht warm, und als die ersten neugierigen Vögel kamen und sie mit schräg gelegtem Kopf beobachteten, wusste sie auch, für wen das trockene Brot gedacht war.

Schweigend fütterten sie die Vögel, und als sie ihr Glas ausgetrunken hatten, schenkte Hannes Winter noch einmal nach.

»Wie war Ihr Tag heute?«, fragte er Annemie und sah sie von der Seite an.

»Ich hätte gerne eine Tochter gehabt, um herauszufinden, ob man als Mutter wirklich vergisst, dass man selbst einmal Tochter war.«

»Waren Sie eine glückliche Tochter?«

»Nein«, erwiderte Annemie. »Überhaupt nicht. Was mich so erstaunt, ist, dass viele Eltern zu vergessen scheinen, dass ihre Kinder eigene Wege gehen müssen. Und dass sie ihnen so selten helfen. Was machen Sie denn mit Ihren Setzlingen? Sie bereiten sie auf das Leben draußen vor, und dann setzen Sie sie aus. Und Vögel machen das genauso.«

Sie warf der Amsel noch einen Krümel Brot hin.

»Sie tun alles für ihre kleinen Kinder, und dann schubsen sie die Kleinen aus dem Nest, damit sie fliegen. Aber Menschen wollen ihren Kindern immer auch noch die Flugbahn vorschreiben.«

Eine Weile schwiegen sie beide, und es war eine gemütliche Stille, die zwischen ihnen entstand. Annemie trank noch einen kleinen Schluck.

»Waren Sie denn ein glücklicher Sohn?«

Hannes dachte eine Weile nach, bevor er antwortete.

»Ich war so lange sehr unglücklich, dass ich vergessen habe, dass es einmal eine Zeit gab, in der ich nicht ganz so unglücklich war. Aber ich war nicht unbedingt der Sohn, den sich meine Eltern gewünscht hätten. Ich war anders. Da haben Sie schon recht mit Ihrer Flugbahn-Vorschrift. Und dann, so könnte man sagen, habe ich mich selbst aus dem Nest geschubst und bin hier gelandet.«

»In Ihrem ganz eigenen Nest.«

»Ja. Aber anfangs war ich hier auch ein zu dominanter Vater! Ich dachte, die Pflanzen machen genau das, was ich mit ihnen vorhabe. Es hat Jahre gedauert, bis ich verstanden habe, dass Pflanzen nur dort wachsen, wo sie auch wachsen wollen. Sie wachsen nicht nach Plan. Sie verschwinden plötzlich, und manchmal tauchen sie an einer anderen Stelle wieder auf. Man muss sie einfach wachsen lassen, schauen, wohin sie eigentlich wollen, und sie dann dort unterstützen.«

»Wie Kinder.«

»Haben Sie die Staudenrabatte am Weg bemerkt?«

Annemie nickte.

»Die sieht ein bisschen wild aus.«

»Genau. Die Pflanzen dort machen das Gegenteil von dem, was ich eigentlich mit ihnen vorhatte, aber wenn es mir gelingt herauszufinden, was sie brauchen, dann gedeihen sie aufs Beste. Der Rittersporn hat mich zum Beispiel jahrelang zur Verzweiflung getrieben. Er ist regelmäßig verschwunden. Einfach komplett verschwunden. Bis ich die Stelle im Beet gefunden habe, an dem es ihm gefällt. Jetzt treibt er meterhohe Blütenrispen.«

»Er belohnt Sie mit Blüten, weil Sie ihn verstehen.«

»Ich glaube, jedes Lebewesen blüht auf, wenn es verstanden wird und bekommt, was es braucht.«

Er sah sie an und trank sein Glas leer.

»Haben Sie außer den fünf Nüssen schon etwas zu Abend gegessen?«

Als Annemie verneinte, stand er auf.

»Ich auch nicht. Ich habe nie viel da, weil ich, wie Sie wissen, nicht viel Platz habe und keine Gäste hier vorbeikommen. Aber heute haben wir eine Ausnahme: Darf ich Sie einladen, zum Abendessen zu bleiben?«

»Ich weiß nicht.« Annemie zögerte. »Ich will Ihnen keine Umstände machen, und der Bus fährt bestimmt …«

»… auch noch in einer Stunde«, unterbrach er sie und

ging einfach voraus, als ob das Thema damit erledigt wäre. Annemie blieb nichts anderes übrig, als ihm nachzugehen.

Als sie nach einem improvisierten Abendessen, das aus Brot, einem Stück Käse und einem Bund Radieschen mit Butter und Salz und noch einem Glas Wein bestanden hatte, doch gehen musste, bevor der letzte Bus fuhr, war es dunkel geworden. Mit einer Taschenlampe schnitt Hannes noch einen Blumenstrauß, ohne den er sie nicht gehen lassen wollte, und begleitete sie dann mit den Blumen in der einen und der Taschenlampe in der anderen Hand zur Bushaltestelle, wo sie zusammen warteten. Als der Bus ankam und die Tür sich öffnete, hielt Hannes ihren Arm, um ihr beim Einsteigen behilflich zu sein, und reichte ihr mit einer kleinen Verbeugung die Blumen.

Das grelle Neonlicht im Bus blendete Annemie, so dass sie anfangs die Augen zusammenkneifen musste und die dämmrige Gemütlichkeit von Hannes Winters Laube umso mehr vermisste. Zu Hause stellte sie ihre Blumen in eine Vase und staunte, dass bereits jedes Zimmer ihrer Wohnung von einem Strauß aus der Gärtnerei Winter geschmückt wurde. Und das fühlte sich an wie Sommer.

Für Annemie war es die Woche der Abendessen mit den Brüdern Winter. Denn Claus Winter rief wie angekündigt am nächsten Tag bei ihr an und verabredete mit ihr, sie abends um sechs vor ihrer Haustür abzuholen. Sie nannte ihm ihre Adresse und überlegte, was sie zu so einem Essen anziehen könnte. Nach dieser mehrtägigen Berufstätigkeit stieß sie allmählich an die Grenzen ihrer Garderobe. Sie hatte einfach wesentlich mehr Kleider für zu Hause als für draußen. Und da sie kaum mehr zu Hause war, waren ihre Draußen-Kleider allesamt in der Wäsche.

Als sie Waltraud um Rat fragte, schaute die auf die Uhr, murmelte, dass sie heute in einer halben Stunde schon Schluss habe und eigentlich in die Stadtbibliothek gehen wollte. Aber das könnte sie auch vertagen, um stattdessen mit Annemie einkaufen zu gehen. Sie schaute sie prüfend an.

»Und wenn ich ehrlich bin, ein Friseurtermin wäre keine Fehlinvestition. Ich muss auch hin, schauen wir mal, ob wir einen Notfalltermin bekommen, und dann gehen wir beide endlich mal zusammen in die Stadt. Das wollte ich schon immer!«

»Ich hasse einkaufen«, seufzte Annemie.

Sich im Spiegel zu sehen, in diesem schrecklichen Licht der Umkleidekabinen, Kleider anzuprobieren, die auf der Stange hübsch aussahen und an ihr wie eine Wurstpelle, darauf hätte sie liebend gern verzichtet. Aber Waltraud hatte recht, sie brauchte wirklich etwas Neues, und mit der Hilfe ihrer Freundin war es vielleicht auch nicht ganz so schlimm.

»So«, strahlte Waltraud, als ihre Ablösung gekommen war und die Tür des Edekaladens hinter ihnen beiden zufiel. »Jetzt bin ich deine Einkaufsberaterin, und ich lasse nicht locker, bis wir etwas Hübsches für dich gefunden haben!«

Zuerst kümmerte sich Waltraud um den Friseurtermin. Sie gingen zu Marcel, der ihnen beiden schon seit Jahren die Haare machte. Es gab tatsächlich eine Lücke am späteren Nachmittag, in der nun ihre Namen standen.

»Waschen und Schneiden wie immer?«, fragte Marcel, der Annemies Gewohnheiten kannte.

»Heute lässt du dir mal Highlights machen, oder? So ein bisschen Glanz, das wär doch jetzt was für dich!«

»Ach, bisher ging es auch immer ohne«, protestierte Annemie.

»Bisher! Bisher war auch einiges anders! Da bist du weder jeden Tag mit enormen Blumensträußen nach Hause gekommen, noch hattest du Verabredungen zum Abendessen in feinen Restaurants!«

Annemie nickte zaghaft, und Waltraud lächelte lobend.

»Also, Highlights!«, sagte sie triumphierend zu Marcel, der Waltraud dankbar zuzwinkerte.

»Endlich! Das schlage ich ihr schon seit Jahren vor!«

Lächelnd hakte Waltraud sich bei Annemie unter und zog sie nach draußen, denn sie hatte bereits einen Plan. Waltraud steuerte mit Annemie ganz zielsicher in ein Bekleidungshaus, das Annemie bisher nur von außen kannte. Das war ihr immer zu vornehm gewesen.

»Die haben auch Schnäppchen, keine Angst«, beruhigte Waltraud ihre Freundin. »Vor allem haben sie nicht so entwürdigende Umkleidekabinen. Und das ist viel wert für Damen in unserem Alter.«

Gemeinsam betraten sie das Geschäft. Eine Verkäuferin kam lächelnd auf sie zu und fragte, ob sie helfen könne. Auch sie trug diese schönen Feinstrumpfhosen, die so elegante Beine machten. Annemie beschloss, nachher ihren Mut zusammenzunehmen und danach zu fragen. Waltraud schilderte, was sie suchten, und Annemie musste nur noch in die Kabine gehen und anprobieren, was die beiden ihr brachten.

Waltraud hatte recht, die Kabine war tatsächlich größer und auch viel angenehmer ausgeleuchtet, als sie es kannte, und sie genoss den Service, alles gebracht zu bekommen. Sie fühlte sich ein wenig wie Nina Winter bei der Brautkleidprobe. Auf jeden Fall fühlte sie sich wesentlich besser als sonst. Womit Waltraud ebenfalls recht behielt, war, dass es Schnäppchen gab und die Verkäuferin selbst sie ihr völlig selbstverständlich anpries. Sie musste gar nicht so tun, als hätte sie es nicht nötig, aufs Geld zu achten. Wie angenehm das war!

Annemie fühlte sich wie ein junges Mädchen, als sie kichernd aus der Kabine trat, mit einem Rock, der viel zu weit war, oder einem Kleid, dessen Reißverschluss sich gar nicht schließen ließ. Die beiden Gesichter, die vor der Kabine auf sie warteten, schauten stets kritisch, mäkelten hier, lobten da, kicherten mit und strahlten, als Annemie am Ende mit einem hellblauen Sommerkleid, einer weißen und einer kornblumenblauen Bluse und einem hellen, schmalen, ganz leicht schwingenden Rock zur Kasse ging.

»Und jetzt verraten Sie mir doch bitte mal, wo Sie diese Strumpfhosen kaufen.« Annemie sah die nette Verkäuferin erwartungsvoll an. »Ich glaube zwar nicht, dass ich damit auch so schöne Beine hätte wie Sie, aber das sieht so elegant aus, wo bekomme ich die denn, und wie heißt die Marke?«

Die Verkäuferin beschrieb es ihr, fügte aber warnend hinzu, die seien sehr teuer.

»Ach«, lachte Annemie. »Darauf kommt es jetzt auch nicht mehr an!«

Dann sah Waltraud noch einen hyazinthblauen Paschminaschal, den Annemie sich schön um die Schultern legen könnte, wenn es kühler war, und der ihre blauen Augen wunderbar zur Geltung bringen würde. Doch Annemie zuckte zusammen, als sie den Preis sah. Obwohl Waltraud sie mit Engelszungen zu überreden versuchte, dass sie das ganze Geld für ihre Torten nicht aufs Sparkonto, sondern wenigstens dieses eine Mal für sich selbst ausgeben sollte, war Annemie dieser Preis schlicht zu hoch.

Ob sie fragen dürfe, um welche Torten es ginge, wandte sich die Verkäuferin an sie, und Waltraud begann von Annemies Torten zu schwärmen, die sie für Hochzeitsfieber anfertigte, und als sie den Laden verließen, hatte Annemie ihr alle Telefonnummern hinterlassen, denn eine goldene Hochzeit der Eltern nahte ebenso wie der fünfzigste Geburtstag des Ehemannes.

»Da hast du deinen Schal wieder drin«, raunte Waltraud, und Annemie schimpfte, sie sei eine elende Verführerin und dass sie sich den Schal erst dann kaufen würde, wenn sie das Geld dazu verdient hatte.

Beim Friseur musste Annemie ausführlich von ihrem neuen Leben als Hochzeitsplanerin erzählen, alle hörten gebannt zu, wie sie von hübschen Bräuten, aufgeregten Brautmüttern, Eheringen und Testmenüs erzählte, während die Highlights einwirkten. Als sie sich im Spiegel sah, mit frisch geschnittenem und golden schimmerndem Haar, das ihre blauen Augen plötzlich viel deutlicher betonte, da gefiel sie sich sogar selbst ausgesprochen gut.

Liz sah Rosi Schäfer etwas wehmütig beim Packen zu, denn ihre Zimmernachbarin durfte jetzt nach Hause gehen.

»Sie haben es gut«, seufzte Liz. »Ich möchte auch so gerne nach Hause.«

»Wenn ich denn mal nach Hause könnte. Ich muss ja direkt in die Reha. Das müssen Sie bestimmt auch. Sie können sich doch noch gar nicht bewegen, wie soll das denn gehen? Alleine zu Hause, mit so einem Ding hier.«

Sie stupste den Rollator, den sie gerade zum Schrank schob, um dort Kleider herauszunehmen, sie auf den Wagen zu legen, um ihn zurück zum Bett zu fahren. Was für eine mühselige Art des Packens. Und Liz konnte ihrer Zimmernachbarin noch nicht einmal helfen.

»Ich werde Krücken bekommen, damit ist man bestimmt ein bisschen beweglicher, oder?«

»Wenn man's kann!«, erwiderte Rosi Schäfer. »Ist jedenfalls schwerer, als es aussieht, das kann ich Ihnen schon einmal sagen.«

Sie pendelte mit ihrem Rollator immer weiter zwischen Schrank und Bett hin und her, auf dem ihr Koffer lag, so dass sich dieser allmählich immer mehr füllte, während sich der Schrank nach und nach leerte.

»Kann Ihnen denn niemand helfen, soll ich mal die Schwester rufen?«

Liz wurde vom Zusehen ganz ungeduldig.

»Lassen Sie mal, Kindchen«, lachte Rosi Schäfer. »Ich muss ja üben. Das werden Sie auch müssen!«

»O Gott.«

Liz ließ sich in ihr Kissen sinken. Woher sollte sie bloß diese Geduld nehmen? Es konnte ja wohl nicht sein, dass man eine halbe Stunde brauchte, um eine Tasche zu packen! Mit Zeit konnte man doch wahrhaftig Sinnvolleres anfangen. Wie im Bett herumliegen, dachte sie zähneknirschend. Nach fast zwei Wochen reichte es ihr jetzt wirklich.

Rosi Schäfer war mit Packen gerade fertig, als die Visite ins Zimmer kam. Alle Ärzte verabschiedeten sich von ihr, wünschten ihr Glück für die Reha, und Hochwürden in Weiß kündigte an, dass Dr. Friedrich nach der Visite noch zum Entlassungsgespräch vorbeikommen würde. Das klang ein bisschen nach Knast, fand Liz und bekam große Sehnsucht nach der Freiheit.

»Und wann werfen Sie mich endlich hier raus?«

Liz betrachtete die Ärzteschar, die sich wie jeden Morgen um ihr Bett versammelt hatte. Lauter erwachsene Menschen in weißen Kitteln, die brav an den Patientenbetten standen und auf Kommandos des Chefs warteten.

»Dr. Friedrich, bitte.«

Der Chef machte eine Handbewegung, und ihr Dr. Friedrich referierte, dass der Knochen gut heilte, dass das Krückentraining heute begänne und die Schwester später bei ihr vorbeikäme, um den weiteren Behandlungsablauf mit ihr zu besprechen.

»Gibt es nicht auch eine ambulante Reha?«

Liz wollte alles, nur nicht schon wieder in eine Klinik und ein neues Krankenhausbett.

»Gibt es. Ist aber anstrengend. Und: Sie brauchen dann jemanden, der Sie versorgt. Rund um die Uhr. Bis Sie Ihr Bein wieder belasten können.«

Nachdem er das Entlassungsgespräch mit Rosi Schäfer geführt hatte und sie von einem jungen Sanitäter abgeholt wurde, fragte Liz, ob sie nicht auch so einen hübschen Sanitäter bekommen könnte? Für die Rundumversorgung. »Ist doch viel billiger als ein Reha-Aufenthalt.«

»Aber komplizierter. Du brauchst ja ganz verschiedene Arten von Hilfen, die alle unterschiedliche Abrechnungsnummern haben. Haushaltshilfe, Pflegehilfe, Transporthilfe, Krankengymnastik, Lauftraining. Am praktischsten ist natürlich jemand, der alles zusammen übernimmt. Das wäre dann so etwas wie dein Ehemann. Oder dein Freund. Mit medizinischer Vorbildung. Der würde vielleicht auch noch für Kaffee sorgen können.«

»Stimmt«, erwiderte Liz. »Dafür brauche ich auch noch jemanden. Ein Freund wäre schon praktisch. Aber ich habe nun mal keinen.«

»Aber du könntest einen haben.«

»Kennst du da etwa jemanden?«

»Hmm.« Simon grinste sie an, doch sie schüttelte den Kopf.

»Ganz schlechter Start, wenn einer von beiden gleich so bedürftig ist.«

»Ganz hervorragende Übung fürs gemeinsame Älterwerden. Wenn man schon mal weiß, wie man einen Rollstuhl aufklappt und wie man ihn am besten schiebt. Nicht zu vernachlässigen ist der Spaß, den man beim Krückenwettlauf haben kann.«

»Du bist unmöglich!« Liz lachte. »Außerdem arbeitest du hier den ganzen Tag. Ich würde dir vielleicht erlauben, mich einmal pro Woche zu besuchen. Vielleicht auch zweimal. Darüber ließe sich reden.«

»Du brauchst aber jemanden, der bei dir schläft, falls du nachts etwas brauchst. Der dir etwas zu essen bringt, wenn du Hunger hast, und dich hochhebt, wenn du aufstehen willst. Wenn du es wirklich alleine schaffen willst, brauchst du in der Anfangszeit Rundumbetreuung. Ich könnte mir eine Woche Urlaub nehmen und bei dir einziehen, bis du mit den Krücken zurechtkommst und ich dich ab und zu alleine lassen kann. Um mal kurz einen Tag hier in der Klinik runterzureißen und dich dann wieder auf Händen zu tragen.«

Er grinste sie an.

»Du machst Witze.«

Liz musterte ihn skeptisch.

»Keineswegs.«

»Du meinst das ernst?«

Liz schaute ihn verwundert an. Wie konnte das angehen, er kannte sie doch kaum, auf was würde er sich da einlassen? Aber eigentlich wusste er ja selbst am besten, worauf er sich einließ, zumindest was das Krankheitsbild und ihre Fähigkeiten und Unfähigkeiten betraf.

»Ich bin verliebt in dich. Ich will in deiner Nähe sein. Überleg's dir. Und denke nicht, dass ich dich hier entlassen werde, ohne vorher eine feste Verabredung mit dir zu haben.«

Als er ging, drehte er sich in der Tür noch mal zu ihr um und lächelte sie an.

»Und ich meine es wirklich ernst, Elizabeth.«

Er sprach es englisch aus und lispelte dabei so fürchterlich, dass sie lachen musste. Kopfschüttelnd sah sie ihm hinterher.

Durch das geöffnete Fenster kam eine Brise laue Luft zu ihr hereingeweht, und sie dachte, wenn sie es schaffen würde, auf Krücken zu gehen, dann würde sie üben und üben und so schnell wie möglich raus ins Freie gehen. Sie sah nicht besonders viel Natur von ihrem Bett aus. Im Innenhof des Krankenhauses standen einige Bäume, aber allein diese hatten, seit sie hier lag, so eine üppig belaubte Krone entwickelt, dass sie die Welt da draußen wahrscheinlich kaum wiedererkennen würde. Sie staunte eigentlich jedes Jahr aufs Neue, wie schnell es ging. Erst war alles noch kahl, dann sah man allmählich kleine, lustige Knospen wachsen, und plötzlich drehte man sich um und die ganze Welt war grün belaubt, und man konnte sich gar nicht mehr vorstellen, dass eben noch Winter gewesen war. Jedes Jahr aufs Neue schien sie den Moment zu verpassen, in dem all das geschah, in dem die Knospe sich entfaltete, in dem die Welt plötzlich sommerlich aussah.

So ähnlich war es mit dem Verlieben. Erst war einfach eine ausgiebige Pause in diesem Ressort angesagt. Dann kam ein kleines Herzklopfen, und dann kam eine kleine innere Freude, sobald er ins Zimmer kam. Und dann wurde sie größer. Und jetzt? Jetzt hatte sie vergessen, wie es war, wenn die Äste kahl waren. Nun rauschte das Laub, und sie war verliebt. Wusste nicht mehr, wie man das Herz schützte in seinem zerbrechlichen Zustand, wie man es besser schonte. Wie man weglief, wusste sie auch nicht mehr. Sie trug gerade sowieso keine Schuhe, die sie daran erinnern könnten.

Stattdessen verselbständigten sich ihre Gedanken und landeten bei den Bildern, die er beschrieben hatte. Plötzlich begann sie den Gedanken gemütlich zu finden, dass er bei ihr wohnen könnte. Dass sie zusammen auf dem

Sofa lümmelten und Pizza aßen. Dass sie sich nachts zusammen unter die Decke kuschelten, dass er sie im Arm halten würde, wenn ihr Bein schmerzte. Dass er sie küsste, wenn er abends wiederkam, und sie fragte, wie ihr Tag gewesen war. Sie dachte an seine Hände, die wirklich schön und schlank waren, und daran, wie gut es sich anfühlte, wenn er ihre Hand in seiner hielt. Verdammt, das war wirklich nicht die Art von Gedanken, die sie denken wollte. Aber es waren schöne Gedanken. Und was war schon dabei, sie noch ein bisschen weiterzudenken? Es musste ja keiner davon wissen.

10

Annemie ließ das Make-up, das Waltraud ihr leihweise mitgegeben hatte, unberührt stehen, auch die Wimpern wollte sie sich nicht tuschen, sie wäre sich entsetzlich aufgedonnert vorgekommen. Das Einzige, was sie benutzte, und selbst damit fühlte sie sich schon zu geschminkt, war ein rosafarbener Labello. Die Lippenstifte hatte sie alle abgelehnt. Sie hatte ihr ganzes Leben lang noch nie Lippenstift aufgelegt, hatte sie protestiert, und Waltraud hatte die Augen gen Himmel gerollt und gestöhnt, dass es dann ja mal langsam Zeit dafür würde. Auf Waltrauds dringendes Anraten hin hatte sie sich dann diesen Labellostift gekauft, der ihre Lippen in einem zarten Rosé schimmern ließ. Als Annemie sich im Spiegel betrachtete, gefiel sie sich ganz gut. Ihre Haare glänzten in einem etwas wärmeren Goldton als sonst und ihre Augen strahlten. Sie trug ihre neue weiße Bluse und die Perlenkette, die Rolf ihr zur Hochzeit geschenkt hatte. Sie hoffte, dass sie echt war, und sie hoffte ebenfalls, dass ein Fachmann wie Herr Winter es ihr nicht gleich ansehen würde, falls sie es doch nicht war. Ihr neuer Rock fühlte sich angenehm an. Und die neue Strumpfhose erst! Nicht nur saß sie perfekt, so dass man sie überhaupt nicht spürte, weil sie nirgends rutschte oder kniff, ihre Beine wirkten tatsächlich auf magische Weise viel schöner und selbst ihre alten Pumps sahen plötzlich richtig gut aus in dieser Kombination. Sie schlüpfte in ihren Mantel und schaute auf die Uhr. Es war kurz vor sechs. Ob sie schon einmal nach unten gehen sollte? Genau in diesem Moment klingelte es.

»Ich komme!«, rief sie Claus Winter durch die Gegensprechanlage zu, griff nach ihrer Handtasche und lief die Treppen hinunter.

Er wartete bereits an der Eingangstür auf sie und reichte ihr mit einer angedeuteten Verbeugung die Hand, als sie die Tür öffnete und heraustrat.

Sein Auto stand direkt vor dem Haus, und er hielt zuerst Annemie die Beifahrertür auf, bevor er selbst einstieg. Annemie blickte ein Stück die Straße hinunter und entdeckte Waltraud, die zusammen mit Frau Schneider neugierig vor dem Laden stand, um nach ihr, oder vielmehr Herrn Winter samt Limousine, Ausschau zu halten. Wenigstens winkten sie nicht.

Auf dem Weg zum Restaurant fühlte Annemie sich wie eine Prinzessin. Claus Winter fragte, ob die Temperatur im Wagen ihr angenehm war oder ob sie es lieber wärmer oder kühler hätte oder ob es irgendwo zog. Er machte sie auf eine üppig blühende Clematis aufmerksam, die einen Zaun förmlich mit Blüten übergoss, und er entschuldigte sich, weil er einmal etwas stärker bremsen musste. Annemie wurde ganz still und beschloss, jede Sekunde dieses Ausflugs zu genießen.

Als sie ankamen, stieg er wieder aus, um ihr die Tür zu

öffnen, und reichte ihr die Hand zum Aussteigen, er hielt ihr die Restauranttür auf, er nahm ihr den Mantel ab und führte sie an einen netten Tisch am Fenster. Annemie registrierte nervös die vielen Sorten von Besteck und Tellern und Gläsern, die gestärkten Stoffservietten und die Speisekarte, die in einer Sprache verfasst war, die sie nicht kannte. So war sie in ihrem ganzen Leben noch nicht essen gegangen, geschweige denn an einem ganz normalen Donnerstag. Liz hatte ihr geraten, das Besteck einfach von außen nach innen zu benutzen und sich um die Gläser nicht zu scheren, denn die würden die Ober schon für sie zurechtstellen, je nach Weinwahl. Und den sollte sie am besten Herrn Winter wählen lassen. Claus Winter saß ihr ganz gelassen und unbeeindruckt gegenüber und studierte die Karte. Er schien nicht nur zu verstehen, was darauf geschrieben stand, es schien ihm auch noch zu gefallen.

»Frau Hummel, hätten Sie etwas dagegen, wenn ich etwas vorschlage? Es gibt hier eine wunderbare Zusammenstellung eines Fünf-Gänge-Menüs, da bekommen wir kleine Portionen und einen großen Überblick. Was meinen Sie?«

»Gerne.« Annemie nickte. Das war ein guter Vorschlag. Sie fragte sich, ob Herr Winter diesen Vorschlag machte, weil er ihre Unsicherheit spürte, oder ob ein Herr wie er sich immer so verhielt. Als er sie fragte, welchen Wein sie trinken mochte, bat sie ihn, diesen doch ebenfalls auszusuchen, dann würde er auch gut zum Essen passen. Und sie sei, ehrlich gesagt, keine großartige Weinkennerin und ließe sich heute gerne von allem überraschen.

Nachdem die Bestellung aufgenommen war und der

Wein hellgolden in den Gläsern funkelte, begann sie sich ein wenig zu entspannen.

»Wie sind Sie eigentlich dazu gekommen, so wundervoll zu backen? Meine Tochter schwärmt heute noch von den Petit Fours, die Sie uns bei unserem ersten Besuch angeboten haben. Und das will etwas heißen. Damit haben Sie sie gewonnen!«

Er zögerte einen Augenblick.

»Sie haben ja sicher bemerkt, dass sie nicht begeistert war, dass Frau Baumgarten nicht selbst da war ...«

»Oh, das war nicht zu übersehen«, seufzte Annemie. »Und glauben Sie, es wäre auch mir selbst viel lieber gewesen, wenn Frau Baumgarten da gewesen wäre. Ich bin nur eingesprungen, weil sie immer so nett ist. Aber diese Aufgabe ist schon sehr groß für mich. Ich bin das überhaupt nicht gewohnt.«

»Sie bewältigen diese Aufgabe aber mit viel Charme und Persönlichkeit. Ich könnte mir auch vorstellen, dass es vielen Kunden gefällt, von jemandem beraten zu werden, der wie Sie schon eine gewisse Lebenserfahrung gesammelt hat. Das darf ich so sagen, oder?«

»Jetzt sagen Sie bloß, ich sehe nicht mehr aus wie dreißig!«, lachte Annemie, die sich durch den ungewohnten Wein auf nüchternen Magen zusehends entspannte. »Ach, Unsinn«, Annemie schüttelte den Kopf. »Ich bin so alt, wie ich bin, und das ist schon immer so gewesen! Aber ja, ich glaube, dass manche der Bräute gerne meine Meinung hören. Ich hab nur leider gar keine Ahnung von Trends oder Moden, oder wie man heutzutage heiratet. Doch ich weiß, dass eine Braut an ihrer Hochzeit glücklich sein sollte. Und die Eltern auch. Sie glauben gar nicht, wie viele Sorgen sich Eltern machen. Das stellt man sich gar nicht vor, wenn man keine Kinder hat.«

»Sie haben keine Kinder?«

»Nein. Das war uns leider nicht vergönnt. Ich hätte sehr gerne Kinder gehabt.«

Sie schaute ihn einen Moment schweigend an.

»Es muss herrlich sein, eine Tochter wie Nina zu haben.«

»Ihr hat immer die Mutter gefehlt, und ich habe Angst, dass ich viel falsch gemacht habe. Mich hat es zum Beispiel beeindruckt, dass Sie Nina bei unserem ersten Treffen nach ihrem Mädchentraum gefragt haben. Auf so etwas kommt ein Mann nicht. Ein Mann träumt nicht von Hochzeiten als Junge. Der träumt von Autos oder von Abenteuerexpeditionen durch den Dschungel.«

»Genau das haben Sie ihr mitgegeben, sie tritt so selbstsicher auf und sie weiß, was sie will, das habe ich zum Beispiel nie richtig gelernt, ich hatte keinen Vater.«

Ein Ober trat mit zwei kleinen Tellerchen an ihren Tisch.

»Als Gruß aus der Küche darf ich Ihnen eine hausgemachte Saucisse chaud auf lauwarmem Linsensalat in einer karamellisierten Balsamicoreduktion bringen.«

Annemie schaute auf den großen Porzellanlöffel, der etwas hielt, das wie sehr dunkle Linsensuppe aussah, und blickte Claus Winter hilfesuchend an. Nahm man den Löffel nun ganz in den Mund, oder löffelte man die Suppe mit einem kleinen Löffel aus dem großen heraus? Er nahm den Löffel, führte ihn zum Mund, leerte ihn aber nicht in einem Schluck, sondern behielt ihn in der Hand, um ihn gleich noch einmal zum Mund zu führen.

»Mmmh, das fängt schon einmal sehr ausgewogen an«, kommentierte er, während Annemie es ihm nachtat. Begeistert schloss sie die Augen, als sie das kleine aromatische Würstchen zerbiss, während sich die würzige Süße der Soße und die mehlige Beschaffenheit der Linsen sehr fein um das Fleisch herumlagerten.

»Ein bisschen wie ein Petit Fours auf salzig, oder?«, rief sie begeistert aus. »Was für eine wundervolle Mischung!«

Claus Winter strahlte sie an.

»Es werden hoffentlich noch ein paar mehr wundervolle Mischungen dazukommen heute Abend! Wie schön, dass es Ihnen schmeckt. Und Sie sehen heute übrigens sehr hübsch aus, irgendetwas ist anders an Ihnen, aber ich komme nicht darauf, was.«

»Ich verrate es Ihnen«, lächelte Annemie. »Ich war beim Friseur.«

»Auf Ihren Friseur!«

Er hob das Glas und stieß mit ihr an, und Annemie dachte, sie sollte jetzt erst mal nichts mehr trinken, sonst fing sie noch an zu kichern wie ein Backfisch.

∞

Nina und Fabian saßen indessen an einem kleinen Tisch des Hotelrestaurants, das zu dem Weingut gehörte, und schauten sich die Karte an, um ein paar Speisen auszusuchen, die sie probieren wollten.

»Lass uns auf alle Fälle eine Suppe nehmen, ein Fisch- und ein Fleischgericht und zwei Nachspeisen, oder? Was meinst du?«

Nina sah Fabian fragend an, der nach einem Blick auf

die verwirrende Vielfalt des Angebots dankbar nickte, als einer der Köche zu ihnen trat, um sie persönlich zu begrüßen.

»Damit Sie einen besseren Eindruck von unserer Küche bekommen und sich vielleicht auch leichter entscheiden können, würden wir Ihnen gerne Folgendes vorschlagen: Wir kochen speziell für Sie jetzt zwei kalte und zwei warme Vorspeisen, einen Fischgang und zwei Fleischgänge mit passenden Beilagen und möchten Ihnen dann noch eine Auswahl an Nachtischen anbieten, alles in sehr kleinen Portionen, so dass Sie ohne Probleme zu schaffen sein werden.«

»Das ist aber ein großer Aufwand für Sie«, entgegnete Nina.

»Wir hoffen, Sie damit überzeugen zu können. Aber es ist nur ein Angebot, fühlen Sie sich bitte nicht verpflichtet.«

»Dann nehmen wir das gerne an. Und sind gespannt, nicht wahr, Schatz?«

»Absolut«, stimmte Fabian ihr zu. »Und vielen Dank für diese Mühe.«

»Nichts zu danken, wir freuen uns, Sie bekochen zu dürfen.«

Damit entschwand der Koch, und Fabian sah Nina an.

»Dir ist aber schon bewusst, dass die nicht zu allen Menschen so freundlich sind, sondern nur zu dir, weil du Winter heißt und eine angesehene Juwelierstochter bist?«

»Und zu dir, weil du bald mit Haut und Haar dazugehörst und der beste Goldschmied bist, den man sich nur wünschen kann. Fällt es dir sehr schwer, dich daran zu gewöhnen, dass du hofiert wirst?«

»Ja.«

»Knapp und ehrlich!«

Nina lächelte ihn an.

»Du kennst doch meine Eltern. Meine Güte, das ist ein wahrer Kulturenclash für sie.«

»Frau Hummel wird ihn bei der Hochzeit etwas abmildern. Vielleicht ist es gar nicht so schlecht, dass sie dabei ist. Sie ist so eine Mama, findest du nicht? Zu ihr fasst man irgendwie Vertrauen. Deine Eltern werden sie bestimmt mögen. Und das wird helfen.«

Der Kellner brachte eine Karaffe mit Wasser und die Weinkarte, und Nina bestellte mit einem kurzen, Zustimmung suchenden Blick zu Fabian einen kalten Chardonnay.

»Aber richtig kalt. Gläserbeschlagend kalt, bitte.«

Kurz darauf stießen sie mit beschlagenen Gläsern an, und Nina lächelte.

»Fabian, Schatz, bevor das Essen losgeht, wollte ich mit dir noch etwas besprechen. Nämlich unsere Hochzeitsreise.«

»Wohin würdest du denn am liebsten fahren? Wie ich dich kenne, hast du doch sicher schon etwas im Blick, oder …?«

»Ich habe gedacht, wenn wir frisch verheiratet sind, sind wir ja quasi noch ungebunden, wir haben noch keine Kinder, noch kein Haus, noch keinen geplanten Umbau oder sonst etwas. Wir könnten eine kleine Auszeit nehmen und eine längere Reise machen. Was meinst du? Weißt du, so schnell kommen wir nicht wieder dazu. Hm?«

»Wie lange stellst du dir diese kleine Auszeit denn vor?«

»Liebling! Es geht nicht darum, was ich mir vorstelle, ich würde es mir gerne mit dir zusammen vorstellen! An was denkst du denn, wenn du das hörst? Denkst du nicht einfach nur: O ja?!«

»Also, wenn ich ehrlich bin, denke ich als Erstes daran, ob es gut ist, deinen Vater mit der ganzen Verantwortung so lange alleine zu lassen. Er freut sich schließlich darauf, dass wir ihn nun nach und nach entlasten.«

»Das tun wir doch auch. Und genau deshalb würde ich so gerne noch mal reisen. Ausgiebig reisen.«

»Wie ausgiebig denn?«

»Drei Monate? Vier?«

»Du willst drei Monate weg? Wer soll das denn finanzieren?«

»Ich. Wir. Keine Ahnung. Wir jobben unterwegs. Wir zelten. Wir machen mal was ganz anderes!«

»Jobben, zelten? Nina, Liebling, das ist doch nicht dein Ernst. Du machst beim Italiener schon eine Szene, wenn der Mozzarella von der Kuh ist statt vom Büffel, und du willst dich dem einfachen Leben zuwenden?«

»Meinst du, ich kann das nicht?«

»Ehrlich gesagt, habe ich Zweifel … sag mal, meine Süße, muss ich Angst bekommen? Sind das kalte Füße?«

»Nein, Quatsch, ich denke nur: Wenn nicht jetzt, wann dann?«

»Ich dachte immer, dein Plan ist, dass wir reisen, wenn die Kinder aus dem Haus sind und der Betrieb gut läuft? Habe ich mich da getäuscht?«

Nina seufzte. Eigentlich waren sie sich da stets einig gewesen. Bis sie vor einigen Tagen plötzlich an das Schicksal ihrer Mutter denken musste, die so früh gestorben war. Vielleicht sollte man Träume nicht zu lange aufschieben, weil man nie sicher sein konnte, was mit ihnen passierte.

Gerade als sie anhob, Fabian von diesen Gedanken zu erzählen, kamen die Platten mit den kalten und warmen Vorspeisen, die sie erst einmal von dem schwierigen Thema ablenkten.

Annemie fasste sich ein Herz und stellte Claus Winter die Frage, die sie schon den ganzen Abend am meisten interessierte.

»Ihr Bruder und Sie. Sie sind so unterschiedlich. Man käme nie darauf, dass Sie Brüder sind, wenn man es nicht wüsste. War das schon immer so?«

»Wir waren schon immer sehr unterschiedlich, aber auf eine ganz andere Art und Weise als heute. Obwohl ich gar nicht weiß, wie er heute ist, da kennen Sie ihn inzwischen besser als ich.«

Er wartete eine Weile, doch da Annemie nichts sagte, sondern ihn erwartungsvoll ansah, sprach er weiter.

»Ich war immer der Brave. Derjenige, der ordentlich für die Schule lernte, der den Eltern gefallen wollte. Hannes war der Künstler. Der Rebell. Hannes lachte, wenn ich mir Sorgen machte, dass wir nicht pünktlich nach Hause kämen. Er schwänzte die Schule, und er kam damit durch. Er war der Augenstern unserer Mutter. Mein Vater blieb dagegen skeptisch, ob man mit Talent und Frohsinn allein durchs Leben kommen könnte. Dennoch war er stolz auf diesen begabten Sohn. Mit siebzehn hatte Hannes ein Collier entworfen, das nur aus Blüten bestand, auf so eine Idee war keiner von uns gekommen und auch keiner der Goldschmiede, die für uns arbeiteten. Hannes' Entwürfe wurden unglaublich erfolgreich. Die High Society der damaligen Zeit kam nur seinetwegen zu uns. Filmstars, Sänger, Politiker. Mein Vater wollte ihn als Designer einstellen, bevor es das Wort überhaupt gab, aber Hannes ließ sich nicht einfangen. Er sagte, er habe keine Ideen, wenn er in einem Büro sitzen müsse.«

Annemie nickte. In einem Büro konnte sie sich Hannes beim besten Willen nicht vorstellen.

»Mein Vater war leider auch der Meinung, der Sohn des Chefs könne nicht kommen und gehen, wie er gerade Lust hatte. Das untergrabe seine Autorität und die Ordnung des Hauses. ›Dann lasse ich es eben!‹, hat Hannes ausgerufen, und damit war das Thema für ihn erledigt. Er ging, und ich blieb. Zu den Bedingungen meines Vaters, zu geregelten Bürozeiten – ich akzeptierte alles. Ich hatte nie ein Problem damit. Hannes hatte immer schon einen Blick für die Natur gehabt. Vielleicht ist er deshalb nun in seinem Garten da draußen glücklich? Meinen Sie, er ist glücklich?«

Claus sah Annemie besorgt an. Sie spürte, wie sehr er es hoffte, und war froh, ihm antworten zu können, dass er auf eine melancholische Art und Weise wahrscheinlich tatsächlich glücklich war.

»Er hat sich ein kleines Paradies geschaffen da draußen. Es ist seine Welt. Ganz und gar. Er hat wirklich eine Begabung, die Blumenbeete sehen aus wie Gemälde, und mit welcher Geduld er seine Hortensien düngt und färbt, das kann nur ein Künstler.«

»Geduld war eigentlich keine Tugend, die ihm je zu eigen war. Er war ein Draufgänger, wissen Sie. Er war ja der Ältere. Und immer wenn ich mal Ärger hatte, dann hat er mich rausgeboxt. Haben Sie Geschwister?«

»Nein«, antwortete Annemie bedauernd. »Mein Vater hat meine Mutter verlassen, bevor es dazu kommen konnte.«

»Und jetzt leben Sie alleine?«

»Mein Mann ist vor sieben Jahren gestorben. Aber ich bin es schon immer gewohnt, viel alleine zu sein. Als Kind. Als Ehefrau. Und jetzt eben auch. Es macht mir eigentlich nichts aus. Ich kenne es gar nicht anders.«

»Ich weiß gar nicht, was ich machen soll, wenn Nina und Fabian nicht mehr im Haus unserer Familie wohnen wollen, sondern sich etwas Eigenes suchen möchten. Ich könnte es ja verstehen, aber es wäre … ich wäre … also, ich möchte es mir eigentlich gar nicht vorstellen.«

Er schenkte Annemie Wein nach, und sie betrachtete ihn aufmerksam.

»Sie vermissen Ihre Frau noch immer«, stellte sie fest und dachte, wie herrlich das sein musste, von einem Mann so beständig geliebt zu werden. So war sie noch nicht einmal geliebt worden, als Rolf und sie geheiratet hatten.

»Jeden Tag«, antwortete er leise. »Ich vermisse sie jeden einzelnen Tag.«

Mittlerweile waren die Teller abgeräumt worden, und das Dessert wurde gebracht, eine orangenaromatisierte Crème brulée mit frischen Erdbeeren. Annemie liebte das feine Krachen der Zuckerkruste an ihrem Gaumen, deren Konsistenz einen Gegensatz zu der sahnigen Creme bildete, und dachte, dass man doch bestimmt auch einen Kuchen so füllen könnte. Man müsste die cremige Füllung nur irgendwie zwischen den knusprigen Karamellblättern stabilisieren. Die Erdbeeren waren schon richtig aromatisch.

»Bei Erdbeeren muss ich immer an Hannes denken.«

Claus Winter sah versonnen aus dem Fenster. »An seinem Geburtstag gab es traditionell den ersten Erdbeerkuchen. Mit rosa Sahnecreme und den schönsten Erdbeeren belegt. Meistens musste meine Mutter mindestens zwei davon backen. Jungs im Wachstum können ganz schöne Mengen verdrücken. Einmal hat Hannes gewettet, dass er einen ganzen Kuchen alleine isst.«

»Und«, fragte Annemie neugierig. »Hat er es geschafft?«

»Ja. Es ging ihm nicht besonders gut danach, aber er hat es geschafft.«

»Wann hat er eigentlich Geburtstag?«, fragte Annemie neugierig. »Wenn es in der Erdbeerzeit ist, dann doch sicher bald.«

»Sehr bald«, bestätigte Claus Winter. »Übermorgen.«

»Oh«, entfuhr es Annemie. »Das ist wirklich sehr bald. Werden Sie ihm denn gratulieren?«

»Ob wir bis dahin wohl schon wissen, ob er sich um die Blumen für Ninas Hochzeit kümmert? Was meinen Sie?«

»Also, er hat sich schon bereit erklärt, den Brautstrauß zu binden. Er weiß allerdings noch nicht, für wen er das tun wird. Bisher hat sich dazu noch kein Gespräch ergeben. Aber«, fügte sie hinzu, »ich hätte da eine Idee.«

Sie lächelte Claus Winter an.

Nina und Fabian waren sich absolut einig, dass das Essen vorzüglich schmeckte. Gang für Gang war wunderbar zusammengestellt, sowohl für sich alleine, als auch in der Kombination mit dem jeweils vorangegangenen und kommenden Gang. Keine Einigkeit fanden sie jedoch beim Thema Hochzeitsreise.

»Warum können wir nicht eine normale Hochzeitsreise machen wie andere Paare auch? Warum fliegen wir nicht zwei Wochen in ein tolles Hotel, auf die Kanaren oder nach Bali, oder nach Südafrika. Das ist doch auch alles weit weg und besonders. Meinetwegen auch drei Wochen. Warum nicht?«

»Weil es mir darum nicht geht.«

»Worum geht es dir denn?«

»Darum, dass alles festgelegt sein wird, wenn wir geheiratet haben. Und dass wir jetzt noch eine Chance haben, etwas zu erleben, wovon wir unseren Enkeln erzählen können. Und diese Chance haben wir jetzt und nicht, wenn wir den Betrieb übernommen haben und Kinder haben und ein Haus bauen …«

»Wir bauen ein Haus …?«

»Oder auch nicht. Vielleicht bauen wir auch um. Oder Papa zieht nach oben, was weiß denn ich?«

»Aber du weißt immer alles!«

»Wäre aber schön, wenn du auch mal was weißt, wenn du auch mal Pläne entwickelst!«

Nina funkelte ihn aufgebracht an.

»Aber du willst doch gar nicht wissen, was ich denke. Du willst von mir eine Bestätigung dessen, was du denkst!«

»Ich habe dich doch gerade gefragt!«

»Ich habe auch geantwortet. Aber meine Antwort interessiert dich gar nicht.«

Nina stand ruckartig auf.

»Entschuldige mich bitte. Ich muss mal kurz wohin.«

Im Bad ließ sie das kühle Wasser über ihre Handgelenke fließen und sah sich im Spiegel an. Was war bloß in sie gefahren, so einen Streit loszutreten? Das hatte sie doch gar nicht gewollt. Außerdem wusste sie gar nicht, ob sie so eine lange Reise überhaupt machen wollte. Fabian hatte völlig recht. Es wäre nicht fair ihrem Vater gegenüber, ihn so lange alleine zu lassen. Sie legte ihre Finger an die Schläfen und lehnte ihre Stirn an das kalte Glas des Spiegels. Irgendetwas war mit ihr durchgegangen.

Als sie zurück zu ihrem Platz kam, küsste sie Fabian.

»Schatz, es tut mir leid, ich weiß nicht, was in mich gefahren ist. Vielleicht ist es doch so etwas wie Hochzeitsfieber, dass man plötzlich nicht mehr klar denkt. Vergessen wir das, hm?«

»Und wohin reisen wir jetzt? Irgendwann müssen wir etwas buchen.«

Fabian sah sie an, und sie konnte erkennen, dass er noch rätselte, was bloß mit ihr los war.

Ich weiß es ja selbst nicht, wollte sie ihm antworten, doch da er die Frage nicht laut stellte, konnte sie auch ihre Antwort nur denken.

»Wollen wir uns nächste Woche mal im Reisebüro verabreden? Oder sollen wir Liz Baumgarten fragen, ob sie einen Tipp für uns hat? Dann rede ich morgen mit Frau Hummel. Und danach sehen wir weiter.«

Nachdem sie sich unter vielen Dankeschöns und der Versicherung, dass es herrlich geschmeckt habe, verabschiedet hatten und nach Hause fuhren, hielt Fabian vor der Winter'schen Villa an, machte aber zunächst keine Anstalten auszusteigen.

Nina sah ihn fragend von der Seite an.

»Ich muss noch mal in die Werkstatt. Ich habe eine

Idee, für die ich Ruhe brauche, daran kann ich nachts am besten arbeiten. Und frag mich jetzt bitte nicht, woran.«

»Okay. Aber mach nicht zu lange, hörst du?«

Fabian stieg aus, öffnete die Tür an Ninas Seite und küsste sie liebevoll auf den Mund.

»Schlaf schön, mein Liebling.«

»Du auch. Gute Nacht.«

Sie sah den wegfahrenden Lichtern nach und wandte sich zum Haus, das dunkel und leer auf sie wartete. Ihr Vater war anscheinend noch gar nicht zurück. Die Vorstellung, dass er Frau Hummel zum Essen ausführte, war schon irgendwie lustig. Manchmal verstand sie ihren Vater nicht so richtig. Aber vielleicht verstand er sie ja auch nicht immer? Sie war in einer seltsamen Stimmung, sie wusste auch nicht so recht, weshalb, und beschloss, sich noch etwas abzulenken. Es gab schon eine provisorische Gästeliste, und da sie wusste, dass eine Aufgabe, die sie mit Sicherheit nicht komplett auf die Hochzeitsplanerin würde abwälzen können, die Sitzordnung war, beschloss sie, sich damit zu beschäftigen. Nachdem sie in bequeme Klamotten geschlüpft war und sich eine Tasse Lindenblütentee aufgegossen hatte, fing sie an, große Rechtecke auf Papier zu zeichnen und einzelne Namen auf die Tische zu verteilen.

Annemie fühlte sich wunderbar, als sie von Claus Winter nach Hause gefahren wurde. Welch ein Abend! Kurz bevor sie bei ihr ankamen, fragte sie ihn, ob er denn meine, dass man das Hochzeitsessen dort ausrichten würde.

»Oh, das habe ich ganz vergessen, Ihnen zu sagen«, fiel es Claus Winter ein. »Wir haben eine ganze Weile zwischen dem Weingut und dem Schlösschen geschwankt, aber wir neigen momentan zu dem Weingut. Es gefällt Nina, weil es moderne Elemente mit Tradition verbindet, und ich denke, Fabian fühlt sich dort auch wohler. Wenn Nina auf dem Schlösschen bestanden hätte, hätte sie ihn garantiert auch dazu bekommen, das am besten zu finden. Die junge Dame hat Überzeugungskraft.«

»Aber dann hätten wir ja gar nicht essen zu gehen brauchen! Warum haben Sie denn nichts davon gesagt?«

»Nun, ich wollte gerne mit Ihnen essen gehen. Es war ein schöner Abend, wir haben uns ein bisschen kennengelernt, und ich würde vorschlagen, bis zur Hochzeit sollten wir uns ruhig noch ein bisschen besser kennenlernen. Das erleichtert sicher vieles, meinen Sie nicht?«

Sie hielten gerade an einer Ampel, und er sah ihr bei diesem Satz einen irritierenden Moment zu lange in die Augen.

Als er sie vor ihrem Haus absetzte und sie wie ein Gentleman in einem Film zur Haustür geleitete, bedankte er sich mit einem Handkuss für den Abend, und Annemie musste lachen und vehement den Kopf schütteln.

»Also ich bitte Sie, Herr Winter, wer sich hier zu bedanken hat, das bin ja wohl ich! So gut habe ich noch nie gegessen, in meinem ganzen Leben nicht, und ich bin Ihnen sehr, sehr dankbar für diesen sehr, sehr schönen Abend.«

Er sah sie unverwandt an und hielt ihre Hand noch immer fest in seiner.

»Sie haben es bestimmt schon oft gehört, Sie haben

ungewöhnlich blaue Augen. Es war mir ein großes Vergnügen, einen ganzen Abend lang hineinschauen zu dürfen. Schlafen Sie gut, liebe Frau Hummel, ich hoffe, dass Ihnen das Essen gut bekommen ist, sonst gehen wir noch einmal hin und beschweren uns. Gute Nacht.«

Er hatte ein nettes Lächeln. Ein sehr nettes Lächeln. Fast vergaß sie zu antworten.

»Gute Nacht …«, brachte sie noch heraus und sah ihm nach.

»… und dann hat er sich sogar noch einmal umgedreht und gewinkt.«

Annemie war gleich morgens, als der Edekaladen aufgemacht hatte, zu Waltraud gelaufen, die vor Neugier schier platzte und sich alles haarklein erzählen ließ.

»Jetzt hast du sogar zwei Verehrer. Pass auf. Der eine schenkt dir Blumen, der andere führt dich zum Essen aus … bald bist du viel zu fein, um noch mit mir zu reden!«

Annemie ging auf Waltrauds wilde Mutmaßungen gar nicht ein.

»Es war wie in einem Film. Er hat mir den Stuhl zurechtgerückt, als ich mich hingesetzt habe, später ist er extra aufgestanden und hat den Stuhl für mich etwas nach hinten gezogen, damit ich besser aufstehen kann, und dann hat er mir in den Mantel geholfen, mein Gott, ich habe vor Aufregung die Ärmel gar nicht gefunden. Es wäre schneller gegangen, wenn ich ihn selbst angezogen hätte! Und ein Handkuss. Ein Handkuss!«

Frau Schneider kam in den Laden und lief schnurstracks zu ihnen hin.

»Habe ich etwas verpasst?«, rief sie und griff schon hinter ihr linkes Ohr, um ihr Hörgerät lauter zu stellen. »Ich habe ja abends noch lange am Fenster gestanden, um zu sehen, wie Sie zurückkommen. Aber dann wurde es doch kühl. Und dann habe ich es wohl verpasst.«

»Ja«, seufzte Waltraud. »Den Handkuss haben Sie dann wohl wirklich verpasst.«

»Nein!«

Frau Schneider riss die Augen weit auf, und ihre grauen Löckchen wippten vehement auf und ab.

»Ein Handkuss! Frau Hummel! Sie sind ja schlimmer als ein Backfisch. Da müssen wir jetzt aber mal ein bisschen auf Sie aufpassen, bis das Fräulein Baumgarten wieder aus dem Krankenhaus zurück ist!«

»Das müssen wir«, bestätigte Waltraud und grinste Annemie hinterher, als sie auf dem Weg zu neuen Taten beschwingt den Laden verließ.

11

Mina fühlte sich gerädert, als sie am Morgen auf-wachte. Am liebsten wäre sie im Bett liegen geblie-ben, aber als sie auf die Uhr schaute, erschrak sie. Sie hatte total verschlafen, eigentlich war sie sonst um diese Zeit schon im Büro. Anscheinend hatte sie gestern Abend vergessen, den Wecker zu stellen. Es war ein seltsamer Abend mit Fabian gewesen, sie wusste gar nicht, warum sie sich so aufgeregt hatte. Er hatte ja recht. Sie konnten wirklich nicht einfach für ein paar Monate verschwin-den. Was hatte sie sich da bloß gedacht? Sie würde ihn nachher gleich anrufen, um sich mit ihm im Reisebüro zu verabreden, und dann könnten sie ihre Reise gemein-sam planen. So, wie er es sich vorstellte. Zwei Wochen, oder drei. Sie würden zusammen ein schönes Ziel finden und Zeit für sich haben. Das war auch mal nötig. Der Betrieb, ihr Vater, das Haus, der anstehende Umbau, die Hochzeitsplanung, es war ständig etwas los. Kein Wun-der, dass sie da Fluchtgedanken bekam. Nein, sie würden eine schöne Hochzeitsreise machen, und wenn sie wie-derkämen, dann würden sie zusammen mit ihrem Vater die zukünftige Wohnsituation besprechen, und wenn der

Nestbau einmal geregelt sein würde, dann könnte man sich um die Besiedelung des Nestes kümmern. Bei dieser Vorstellung huschte ein Lächeln über Ninas Gesicht, und sie sammelte die Papiere ein, auf denen sie gestern die Sitzordnung festgehalten hatte. Sie war richtig stolz auf ihr Werk. Nicht nur hatte sie darauf geachtet, dass an jedem Tisch genug Gäste saßen, die sich bereits kannten, sie hatte dabei auch stets Gäste daruntergemischt, die sich noch nicht kannten, von denen sie aber dachte, sie könnten sich gut miteinander amüsieren. Es war ihr sogar gelungen, die zwei Tische für Fabians Familie mit einigen anderen Gästen zu besetzen, die wahrscheinlich ganz gut zu den Schenks passten. Nina hatte bis tief in die Nacht daran gesessen und mehrere Anläufe nehmen müssen, bis sie alle Geladenen auf die Tische verteilt hatte.

Sie sammelte die Blätter ein und beschloss, sie eben bei Hochzeitsfieber vorbeizubringen. Dann könnte Frau Hummel vielleicht mit Frau Baumgarten vorab klären, ob das eine passable Ordnung war oder ob sie gegen irgendwelche Gepflogenheiten verstieß, die ihr selbst nicht geläufig waren. Dazu hatte sie schließlich eine Hochzeitsplanerin.

Frau Hummel strahlte sie an, und Nina fiel auf, dass ihre Haare anders aussahen.

»Sie waren beim Friseur«, stellte sie freundschaftlich fest. »Schön geworden!«

Nachdem sie sich kurz über ihre jeweiligen Essen am Abend zuvor unterhalten hatten, legte Nina die Mappe mit der Sitzordnung auf den Tisch.

»Da wir uns bereits für das Weingut entschieden haben und somit Saal und Tischgröße kennen, habe ich mir gestern Nacht ein paar Gedanken um die Platzierung der Gäste gemacht. Wenn Sie das irgendwo ablegen wollen? Man wird sicher mit Frau Baumgarten und auch mit meinem Vater noch einmal alles durchgehen, aber ich dachte, ein Anfang wäre damit gemacht.«

»Wunderbar.«

Frau Hummel warf einen Blick auf Ninas Zeichnungen, stutzte ein wenig und blätterte dann in einem von Liz' Ordnern, der die Tischgröße und die Anzahl der Tische des Weinguts illustrierte.

»Oh«, sagte Frau Hummel, und Nina schaute irritiert auf.

»Ist irgendwas?«

»Oh, liebes Fräulein Winter …«

»Frau Winter«, korrigierte Nina automatisch.

»Frau Winter«, wiederholte Annemie. »Sie haben alles auf Zwölfertische verteilt. Es gibt dort aber Zehnertische …«

Nina spürte, wie es ihr plötzlich ein wenig die Kehle zuschnürte. Wie sich ein Kloß in ihrem Hals bildete und es in ihren Augen stach.

»Das darf doch nicht wahr sein«, flüsterte sie, und dieser Gedanke bezog sich eher auf die aufsteigenden Tränen als auf die Tatsache, dass ihre stundenlange Mühe umsonst gewesen war.

»Das darf doch wohl nicht wahr sein«, wiederholte sie noch einmal laut und versuchte, das Schluchzen zu unterdrücken. Als Frau Hummel ihr allerdings mitfühlend über den Rücken strich, da konnte sie nicht mehr an sich halten.

»Kindchen, das ist ja nicht so schlimm, das kann man alles wieder ändern …«

Annemie nahm Nina tröstend in den Arm, und Nina ließ sich schluchzend an ihre Schulter sinken und weinte Tränen, von denen sie gar nicht so recht wusste, woher sie eigentlich kamen. Sie spürte nur, dass es in Ordnung war, sich in den mütterlichen Armen von Annemie Hummel auszuweinen, die ihr immer wieder beruhigend über den Rücken strich und murmelte, dass alles gut war. Auch das Wort »Kindchen« fiel öfter, und es tat Nina irgendwie gut.

»Nicht dass Sie jetzt denken, ich bin ein Nervenbündel oder ein Psycho oder sonst was.«

Nina schnäuzte sich geräuschvoll die Nase in das Taschentuch, das Annemie Hummel ihr hinhielt.

»Aber das ist doch ganz normal«, sagte Annemie und lächelte sie vorsichtig an.

»Wie sehe ich aus?«, fragte Nina. »Kann ich so überhaupt ins Büro?«

»Na, vielleicht gehen Sie mal ins Bad und kühlen sich das Gesicht, und dann trinken wir ein Tässchen Kaffee. Ich habe auch noch Kuchen da. Sie werden sehen, gleich fühlen Sie sich schon besser.«

Nina ging ins Bad wie geheißen, wusch sich das Gesicht mit kaltem Wasser, nahm dankbar das Handtuch, das Annemie ihr reichte, und kam mit noch etwas gerötetem Gesicht zurück in den Laden, wo Annemie ihr bereits eine große Tasse Milchkaffee und ein kleines Stück Kuchen hingestellt hatte. Nina schossen gleich wieder die Tränen in die Augen, und sie riss sie weit auf und atmete tief durch, um sie zu vertreiben. Noch einmal weinen war jetzt einfach nicht drin. Was sollte das überhaupt?

Nina fand es furchtbar spießig von sich selbst, aber trotzdem tat es ihr total gut, den Kuchen zu löffeln, den Milchkaffee zu trinken, und sie fand es sehr tröstend, dass etwas Süßes und etwas Warmes in ihrem Magen landete, von wo aus sich langsam ein wohliges Gefühl in ihrem Körper auszubreiten begann. Sie ließ sich sogar noch ein zweites Stück Kuchen geben, weil es an diesem Morgen schon in Ordnung war, einfach hier zu sitzen und sich von Annemie Hummel bemuttern zu lassen.

Annemie hatte das Küchenfenster weit geöffnet und summte beschwingt mit den Vögeln um die Wette, die auf dem Baum vor ihrem Küchenfenster zwitscherten. Das Wetter war wundervoll. Der Himmel war blau und ein lauer Wind wehte zum Fenster hinein und mischte sich mit dem Duft des frischgebackenen Biskuitbodens, der auf einem Küchenrost auskühlte.

Liebevoll putzte Annemie die Erdbeeren, die sie für Hannes' Geburtstagstorte ausgesucht hatte, und sie freute sich schon auf sein überraschtes Gesicht. Sie versuchte, sich seinen Blick vorzustellen, wenn sie mit dem Erdbeerkuchen bei ihm auftauchte. Es machte sie glücklich, an sein Gesicht zu denken. An diese funkelnden dunklen Augen, die sie unter seiner Hutkrempe aus dem wettergegerbten Gesicht manchmal so lustig anblitzten. Es war schön, von diesen Augen angefunkelt zu werden.

Sein Bruder Claus hatte ganz ähnliche Augen, aber sie

schauten sie aus einem anderen Gesicht heraus an. Beim genaueren Hinsehen konnte man zwar deutlich erkennen, dass die beiden Brüder waren. Doch Claus Winters Gesicht hatte weichere Züge, er war blasser und gepflegter als sein gärtnernder Bruder, der sich stets im Freien aufhielt. Claus Winter war ein Büromensch. Ein sehr eleganter Büromensch. Und überaus charmant. Er hatte sie wie eine richtige Dame behandelt, als er sie zum Essen ausgeführt hatte. Und das, obwohl sich die Winters bereits längst entschieden hatten, die Hochzeit in dem Weingut zu feiern. Und er wollte den Abend auch noch wiederholen, um sie besser kennenzulernen. Was gab es an ihr denn schon groß kennenzulernen? Sie schüttelte lächelnd den Kopf und sortierte die schönsten Erdbeeren, die sie gefunden hatte, nach Größe, damit sie den Kuchen aufs Feinste verzieren konnte.

Sie wurde aus Hannes nicht richtig schlau.

Er war manchmal so ruppig und abweisend, richtiggehend unhöflich. Und trotzdem konnte sie ihm dafür nicht böse sein. Sie hatte das Gefühl, er war es einfach nicht mehr gewohnt, unter Menschen zu sein, vielleicht wurde es ihm manchmal auch zu viel. Eigentlich konnte sie das verstehen. Die vielen Gespräche, die sie in letzter Zeit führen musste, seit sie Liz vertrat, waren ihr eigentlich auch zu viel. So viele Worte, so viele Gefühle, ihr normales Leben war wesentlich stiller gewesen, und mitunter sehnte sie sich danach zurück. Andererseits war die Stille, die sie zusammen mit Hannes auf seiner Bank genoss, schöner als die Stille, die sie in ihrer leeren Wohnung stets umfing. Es war eine lebendigere Stille, und sie freute sich, dass sie durch den Kuchen wieder eine Gelegenheit haben würde, mit ihm zusammenzutreffen. Sie war gespannt, wie es sein würde. Es war jedes Mal überraschend anders. Und jedes Mal schön. Sehr schön.

∞

Liz konnte ihr Glück kaum fassen. Niemals hätte sie gedacht, dass sie sich freuen würde, wenn eines Tages jemand an ihr Bett träte und ihr sagte, dass sie heute Krücken bekäme. Aber jetzt bekam sie Krücken, und sie freute sich wie ein kleines Kind über ein langersehntes Spielzeug. Sie würde sich alleine bewegen können! Sie würde – wenn man es denn so nennen wollte – laufen können!

Als der Krankenpfleger kam und ihr die Krücken brachte, um zusammen mit ihr zu üben und ihr einzubläuen, das geschiente Bein bei allem, was sie tat, auf keinen, absolut gar keinen Fall zu belasten, strahlte sie wie ein Honigkuchenpferd. Doch zu ihrem eigenen Erschrecken war sie bereits nach wenigen Schritten so erschöpft, dass sie nicht mehr wusste, wie sie den Weg zurück ins Bett bewältigen sollte.

»Wie soll ich das je schaffen? Wie schaffen das andere?«, jammerte sie unglücklich und sah den Pfleger hilflos an.

»Training, Training, Training«, antwortete er grinsend. »Muskeln vergessen schnell. Aber trösten Sie sich, sie lernen auch ungefähr genauso schnell, mit neuen Aufgaben umzugehen. Sie werden ganz schön Muckis kriegen!«

Er deutete auf ihre Oberarme, die sich anfühlten wie Pudding.

»Das ist ein kleiner Trost. Das Bein verkümmert, und meine Arme sehen dann aus wie die von Popeye. Und wie lange dauert es, bis diese Muskeln ihre neuen Aufgaben gelernt haben?«

»Das hängt von Ihrer Trainingsbereitschaft ab. Zähne zusammenbeißen und loslegen. Dann klappt's schon.«

Liz war erstaunt, wie viele dynamische, zuversichtliche Frohnaturen sich in einem Krankenhaus versammelten. Dieser sonnige Pragmatismus war ihr ein wenig unheimlich, aber er schien zum Berufsbild zu gehören. Vielleicht lernte man das ja in der Ausbildung schon. Auf jeden Fall nahm sie sich vor, sehr, sehr viel zu trainieren. Später am Nachmittag wollte Natalie vorbeikommen, das würde sie ausnutzen, um mit ihr zusammen dieses Gebäude zum ersten Mal seit zwei Wochen zu verlassen. Ein kleiner Freigang! Bei dem Gedanken wurde sie richtig übermütig.

Als die Visite kam, fühlten sich ihre Arme noch so zittrig an, dass es ihr schwerfiel, an Fortschritte zu glauben. Hochwürden in Weiß studierte ihre Röntgenbilder, sah sich ihre Prellungen an, die nun in allen Farben schillerten, und stimmte zu, die Patientin am nächsten Tag zu entlassen. Er empfahl ihr noch einmal, wie allen anderen auch, eine stationäre Reha, aber Liz wehrte ab. Als Freiberuflerin konnte sie es sich einfach nicht leisten, ihren Laden so lange alleine zu lassen. So umständlich und unbequem es auch war, sie würde sich irgendwie durchkämpfen müssen.

»Sie haben ja bestimmt jemanden, auf dessen Hilfe Sie sich verlassen können«, sagte Simon mit einem vielsagenden Lächeln.

»Eventuell«, antwortete Liz und lächelte dabei, wie sie hoffte, ganz unverbindlich. Der Blick, den er ihr von der Tür her zuwarf, als er als Letzter der Kolonne weißbekittelter Menschen den Raum verließ, war dagegen alles andere als unverbindlich, und Liz ertappte sich Minuten später dabei, wie sie noch immer die Tür anlächelte, durch die er entschwunden war.

∞

Als Natalie am Nachmittag kam, saß Liz schon angezogen auf dem Bettrand. Die Krücken lehnten neben ihr, und sie strahlte ihre Schwester an.

»Ausflug!«, rief sie munter. »Einmal vor die Tür nach draußen und zurück!«

»Schaffst du das denn schon? Ich kann dich ja schließlich nicht in dein Bettchen zurücktragen, falls du nicht mehr kannst.«

Natalie schaute etwas zweifelnd auf die noch recht zerbrechlich wirkende Liz, die jeden Einwand vehement abwehrte.

»Ich muss hier raus. Ich muss üben. Komm, hilf mir mal hoch, dann verausgabe ich mich nicht gleich schon beim Aufstehen!«

Natalie rollte die Augen gen Himmel und half Liz dabei, auf ihrem gesunden Bein zum Stehen zu kommen.

»Ich darf das gebrochene Bein noch nicht mal einen Hauch belasten, es muss immer in der Luft bleiben. Das wird im Sommer großartig aussehen bei meinen kurzen Röcken, ein Bein total stämmig und muskulös wie bei einem Fußballer und das andere ein verkümmertes, dürres Ding. Na ja, wer wird mir schon auf die Beine gucken.«

Natalie sah sie schräg von der Seite an, während sie sich langsam durch den Gang arbeiteten. Sie kamen kaum voran, weil Liz alle paar Schritte anhalten musste, um ein wenig zu verschnaufen.

»Vielleicht der nette Arzt?«

»Der nette Arzt …«

Liz blieb einen Moment stehen und sah Natalie an.

»Weißt du, was er vorgeschlagen hat?«

Sie erzählte Natalie, was Simon zu ihr gesagt hatte, und Natalie sah sie mit großen Augen an.

»Er ist nett, er meint es bestimmt ernst. Sei jetzt bitte nicht so doof wie sonst und gib ihm eine Chance. Du wirst auch nicht jünger. Und dann noch die unterschiedlichen Beine …«

Natalie grinste Liz an und Liz drohte ihr mit einer Krücke, aber nur kurz, sonst hätte sie das Gleichgewicht verloren.

»Ganz im Ernst, Liz, du kannst nicht immer nur weglaufen. Es sind bestimmt nicht alle Männer so wie Jo und wie Papa und wie mein Ex. Außerdem ist das Ganze inzwischen lange her, warum nimmst du sein Angebot nicht an?«

Liz schaute ihre Schwester mit großen Rehaugen an und sagte nichts.

»Was kann denn passieren? Notfalls wirfst du ihn raus! Er ist doch wirklich nett zu dir, warum lässt du dir nicht helfen? Versuch's doch mal!«

»Ich träume schon davon, wie wir zusammen auf dem Sofa Pizza essen und wie ich in seinen Armen einschlafe. Ach Nati, ich glaube, ich habe mich wirklich verliebt in ihn, aber …«

»Das ist doch wundervoll! Was gibt's denn da noch für ein ›Aber‹? Du bist verliebt!« Natalie strahlte sie an.

»Es ist wie mit meinem Bein, ich weiß nicht, ob ich mein Herz schon wieder belasten darf oder ob es nicht besser noch eine Weile geschont werden sollte.«

»Das erfährst du nur, wenn du die Krücken weglegst und es probierst. Lauf nicht weg.«

»Jetzt verheddern wir uns aber gerade in den Metaphern!«

Liz grinste ihre Schwester an.

»Egal, Hauptsache, du verstehst mich!«

»Ach Nati, er ist zu gut, um wahr zu sein. Ich kann es gar nicht glauben, weißt du, da muss irgendetwas nicht stimmen. Er sieht gut aus, er ist klug, er ist einfühlsam und dann ist er auch noch witzig! Und seine Hände! Ich glaube, ich habe noch nie so schöne Hände gesehen!«

»Papa hatte schöne Hände, oder?«

»Das ist jetzt kontraproduktiv, keine Vergleiche mit Papa! Und dann ist er anscheinend tatsächlich in mich verliebt, er ist aufmerksam, und er bringt mir Kaffee ans Bett. Und er bietet mir seine Hilfe an. Ich dachte anfangs, er flirtet nur zum Zeitvertreib und weil es für ihn dazugehört, weißt du, aber dann würde er mir doch nicht anbieten, mir zu Hause zu helfen, oder?«

»Unwahrscheinlich.«

»Oder glaubst du, er sagt das nur, um einmal mit mir alleine zu sein und Dinge zu tun, die man nur tun kann, wenn man mit jemandem alleine ist, und mich dann wieder fallen zu lassen wie eine heiße Kartoffel?«

»Genauso unwahrscheinlich.«

»Möglich ist alles.«

»Aber unwahrscheinlich.«

»Dann glaubst du also wirklich, dass ich einen ernsthaften Verehrer habe, der willens ist, die Phase des Rosenschenkens zu überspringen, um gleich in die häusliche Pflege einzusteigen? Und das, obwohl er so gut aussieht, dass er jede haben könnte? Eine Rose würde genügen. Und bei den beiden, die ihn während der Visite immer anhimmeln, würde es noch nicht einmal das brauchen. Die würden ihm Rosen schenken, wenn sie ihn bekommen könnten.«

»Du hast dich verliebt. Hör auf zu denken. Hör auf deine weise kleine Schwester. Lass es zu.«

Sie hatten den Weg durchs Krankenhaus geschafft und gingen durch die große Tür, die sich automatisch vor ihnen öffnete, nach draußen. Zum ersten Mal seit über zwei Wochen war Liz im Freien.

»Oh, ist das schön! Du glaubst gar nicht, wie schön das ist! Keine Krankenhauszimmerdecke über dir, nur frische Luft um dich herum!«

Sie atmete tief ein und stöhnte. Direkt hinter der Tür standen die Raucher. Um richtig frische Luft zu bekommen, würden sie noch ein Stückchen weitergehen müssen. Liz schüttelte den Kopf. Männer in Bademänteln und Gummilatschen, die ihre Infusionshalter vor sich her schoben, Frauen in bonbonfarbenen Jogginganzügen und großen Verbänden standen vereint im Qualm ihrer Zigaretten, während Liz an ihnen vorbeihumpelte.

»Lass uns die Bank da hinten anpeilen, da sitzen wir schön im Grünen.«

Natalie sah etwas skeptisch zu der Bank, die lauschig unter den Kastanien stand, hinter denen der Parkplatz des Krankenhauses begann. Es war ein ganzes Stück zu gehen, aber Liz war zielstrebig. Wenn sie sich etwas vorgenommen hatte, dann gelang es ihr auch.

»Da verschnaufen wir dann ein Weilchen, und dann schaffe ich auch wieder den Weg zurück.«

Sie setzten sich zusammen auf die Bank, blinzelten in die Sonne, und Liz sog das alles glücklich in sich auf. Licht, Wärme, Blütenduft, der von irgendwoher wehte, das dichte Laub an den Bäumen, sie konnte gar nicht glauben, dass die Welt so schön sein konnte. Nach zwei Wochen Verbannung in ein Krankenhauszimmer schien ihr selbst der Vorplatz des Krankenhauses ein wahres Paradies zu sein. Und die Aussicht darauf, entlassen zu werden, mit der Hilfe von Annemie Hummel wieder von zu Hause aus zu arbeiten und Dr. Simon Friedrich Einlass in ihr Leben zu gewähren, das war alles sehr aufregend und wundervoll.

Liz beobachtete die vorbeigehenden Menschen und konnte nicht anders, als Zeichen zu suchen, die ihr versicherten, dass alles gut werden würde.

Wenn dieses Paar an uns vorbeikommt, bevor ich bis zehn gezählt habe, dann meint er es ernst … Liz war noch nicht bei sieben angelangt, da war das Paar bereits an ihnen vorüber. Er meinte es ernst! Wenn das Kind in dem Buggy seinen Ball fallen lässt, bevor … Ups, da rollte der Ball schon davon, und Liz lächelte.

Sie schloss die Augen, lehnte den Kopf an die Schulter ihrer Schwester, und gemeinsam genossen sie diesen Moment.

Liz hätte ewig so sitzen können. Sie hatte einmal ein chinesisches Sprichwort gelesen. »Der Same des Glücks ist der Augenblick.« Und hier auf dieser Bank verstand sie den Satz plötzlich. Sie war ganz im Hier und Jetzt, sie genoss diesen Augenblick und: Sie war glücklich.

Doch Augenblicke gehen vorüber, und für Liz ging dieser Augenblick in dem Moment vorüber, als sie eine Kinderstimme hinter sich »Papa!« rufen hörte und eine vertraute Männerstimme mit »Hallo, mein Schatz!« antwortete. Im ersten Moment dachte Liz noch, dass diese Männerstimme der von Simon wirklich ähnelte. Doch als sie sich umdrehte und erkannte, dass diese Stimme ihm tatsächlich gehörte, und sah, wie ein kleines Mädchen strahlend auf ihn zugelaufen kam und sich in seine Arme warf, war sie zunächst einfach nur verblüfft.

»Er hat eine Tochter«, murmelte sie, und Natalie fuhr ebenfalls herum.

»Und eine Frau scheint es auch noch dazu zu geben …«, ergänzte Natalie. Denn nun sahen sie, wie Simon mit dem Mädchen auf dem Arm auf eine Frau zuging, die gerade aus einem Auto stieg und ihm einen Kinderrucksack in die Hand drückte.

»Sandra, was soll ich denn machen, da drin warten ein OP-Plan und unzählige Patienten, ich kann Leonie doch nicht mit in den OP nehmen!«

Die Frau hatte sich bereits umgedreht, um wieder zu ihrem Auto zurückzugehen.

»Ich kann sie auch nicht mitnehmen, und ich kann genauso wenig dafür wie du, dass der Kindergarten heute früher schließt«, rief sie ihm über die Schulter hinweg zu.

»Die Erzieherinnen sind krank, sie konnte nirgendwo mitgehen, die Hälfte der Kinder ist anscheinend auch schon krank, sieh zu, wie du klarkommst. Muss ich ja auch oft genug. Und ich bin nicht die Einzige, die ein Kind haben wollte!«

»Und wann bist du wieder zu Hause?«, rief er ihr noch hinterher, doch sie hatte die Autotür bereits zugeschlagen und hörte ihn nicht mehr. Sie ließ Simon mit dem Mädchen auf dem Arm und dem bunten Rucksack in der Hand einfach stehen.

Liz drehte dem Parkplatz und Simon den Rücken zu und wünschte, sie wäre ganz weit weg, wünschte, sie hätte diese Szene nie beobachtet, hätte nie gesehen, dass er eine Frau hatte und ein Kind. Und sich auch noch um die Verantwortung drückte. Sie wünschte, sie hätte Simon niemals kennengelernt und müsste nie wieder zurück ins Krankenhaus und nie mehr ein Wort mit ihm sprechen. Vor allem wünschte sie, sie hätte ihm keine Sekunde lang vertraut.

»Bring mich nach Hause, ich will da nicht mehr rein«, sagte Liz und deutete auf das Krankenhaus.

»Ich befürchte, das geht nicht so einfach«, seufzte Natalie und legte den Arm um ihre Schwester. »Vielleicht haben wir uns auch getäuscht. Vielleicht ist es gar nicht sein Kind, sondern das einer Bekannten?«

»Und deshalb ruft es ›Papa‹?«

»Vielleicht ist die Frau nicht seine Frau?«

»Und deshalb sagt sie ihm, dass sie ja nicht die Einzige war, die das Kind wollte?«

»Aber vielleicht sind sie gar nicht mehr zusammen?«

»Und deshalb fragt er sie, wann sie nach Hause kommt? Nati, lieb von dir, aber ich glaube, was wir gesehen haben, war nicht misszuverstehen.«

Liz schwieg. Was gab es auch noch zu sagen? Sie war kurz davor gewesen, einem Mann, dem sie eigentlich zutiefst misstrauen sollte, zu vertrauen. Ihr erstes Gefühl war richtig gewesen, und all die Stimmen in ihrem Kopf, die er nach und nach zum Verstummen gebracht hatte, hatten auch recht behalten. Hätte sie doch nur besser auf ihren Instinkt gehört! Warum war sie nur so dumm gewesen, ihren Verstand auszuschalten? Der Unfall musste sie doch reichlich mitgenommen haben, wenn sie auf einen so offensichtlichen Mistkerl hereingefallen war, der an ihrem Bett gesessen hatte, einen auf Frauenversteher und hartnäckigen Verehrer gemacht hatte, während zu Hause eine Frau mit Kind auf ihn wartete.

»Dass er auch noch so einer ist, der seiner Frau den ganzen Kinderkram überlässt.«

»Das Krankenhaus ist bestimmt immer für eine Ausrede gut. Kein Wunder, dass es ihr mal gereicht hat.«

Natalie seufzte und schwieg eine Weile. Doch irgendwann schaute sie auf die Uhr und sagte, dass sie jetzt bald die Kinder vom Kindergarten abholen müsste und dass sie besser langsam aufbrachen.

»Ich möchte dich noch wohlbehalten in dein Zimmer zurückbringen.«

»Wohlbehalten. Schönes Wort. Ich glaube, was ich jetzt von mir übrig behalten habe, ist alles andere als wohl.«

Liz kämpfte sich hoch, bis sie auf ihrem gesunden Bein stand. Der Weg zurück ins Krankenhaus schien sich endlos vor ihr auszudehnen, und sie fühlte sich schwach. So als hätte jemand den Stöpsel gezogen und all ihre Kraft wäre aus ihr herausgelaufen. Als sie sich in ihrem Zimmer aufs Bett fallen ließ und Natalie ihr den einen Schuh auszog, die Krücken ordentlich neben den Nachttisch stellte und sie zum Abschied auf die Wange küsste, war sie so müde, dass sie sich dankbar in den dunklen Schlaf fallen ließ, der sie vor den quälenden Gedanken rettete, die in ihrem Kopf kreisten.

Sie schlief so fest, dass sie nicht mitbekam, dass Simon noch zweimal zu ihr ins Zimmer schaute. Doch als sie später aufwachte, fand sie einen Zettel neben ihrem Bett, auf den er einen kleinen Brief geschrieben hatte. Sie zerknüllte ihn, ohne ihn zu lesen. Sie wollte keine einzige Lüge mehr von ihm hören oder lesen. Keine einzige.

Annemie hatte bei Liz aufgeräumt, gelüftet, hatte das Nötigste für sie eingekauft, ihr einen Willkommens-Blumenstrauß ans Bett gestellt und eine Kuchenplatte auf dem Küchentisch platziert, unter deren Glashaube sich bunte Petit Fours für sie stapelten. Sie freute sich darauf, dass Liz morgen nach Hause kommen würde. Sie freute sich darauf, sie ein wenig bemuttern zu können, und natürlich freute sie sich auch darauf, dass sie sich die Arbeit dann besser aufteilen konnten und sie den zusätzlichen Weg ins Krankenhaus nicht mehr bewältigen musste. Mit einem Auto wäre das ja alles nicht so aufwendig gewesen. Aber ohne Auto hatte sie mit dem Bus schon immer recht kunstvoll geplante Wege zurücklegen müssen, die die Fahrpläne der jeweiligen Linien und die möglichen Umsteigestationen mitsamt der dabei entstehenden Wartezeiten berücksichtigten. Wenn Liz ab morgen zu Hause war, würde sie einfach ein logistisches Problem weniger haben.

Annemie begutachtete ihre Erdbeertorte, die sie für Hannes Winter zum Geburtstag gebacken hatte. Unter dem Tortenguss leuchteten die Erdbeeren ihr fröhlich entgegen, und darunter schichteten sich Sahnecreme, Erdbeeren und Biskuit zu einer wunderbaren Mischung. Annemie lief summend durch die Wohnung, schlüpfte in ihr neues Sommerkleid, zog ihre Schuhe an, setzte als Letztes den durchsichtigen Deckel auf ihre Tortentragebox und ging los Richtung Bushaltestelle.

Als sie am Edekaladen vorbeikam, sah Waltraud sie durch die Fensterscheibe und lief auf die Straße zu ihr heraus.

»Oh, was haben wir denn da für eine Torte?«

Sie schielte neugierig durch den Deckel.

»Das ist doch nicht etwa für den Gärtner? Annemie! Du backst für ihn!«

Waltraud grinste und winkte Frau Schneider herbei, die gerade die Straße herunterkam.

»Kommen Sie mal, das dürfen Sie nicht verpassen! Sie backt für ihn!«

»Ach, hör auf. Schluss jetzt, ihr Waschweiber! Wenn ich den Bus bekommen will, muss ich mich sputen. Bis später!«

Annemie winkte ihnen fröhlich und ging weiter zur Bushaltestelle, wo sie den Bus gerade noch erwischte, ohne durch übermäßiges Tempo den Fortbestand der Torte zu gefährden.

»Und wo picknicken wir heute?«, fragte Annemie, als sie in der Gärtnerei angekommen war und noch versuchte, die Torte vor Hannes Winter zu verbergen. »Ich habe Ihnen etwas mitgebracht. Aber das zeige ich Ihnen erst, wenn ich weiß, wo wir hingehen.«

Hannes und sie standen etwas verlegen lächelnd voreinander.

»Sie sehen heute anders aus«, bemerkte er. »Ich will damit sagen, schön anders, also, Sie sehen heute besonders schön aus. Also nicht, dass Sie sonst nicht …« Er schüttelte den Kopf. »Ich werde ungeschickt, ich weiß nicht mehr, wie man Komplimente macht. Ihre Augen strahlen so blau. Das kommt von Ihrem Kleid. Ich weiß, wo wir heute hingehen. Kommen Sie. Wir machen unser Picknick in den Hortensien. Im Gewächshaus sind alle Fenster und Türen offen, da ist es luftig und blau. So luftig und blau, wie Sie es sind.«

Während sie ihm folgte und dabei ein wenig aufgeregt war, drehte er sich um und lächelte wieder, was sein Gesicht, durch das viele Wetter gewandert waren, in tausend kleine Falten legte.

»So luftig und blau, wie ich mich fühle, wenn Sie mich besuchen.«

Sie rückten einen Tisch zurecht, der inmitten des blauen Meeres einen Blick in den blühenden Garten bot, stellten Hocker daran, sie holten Geschirr und eine Tischdecke und Hannes kochte in aller Ruhe den Kaffee in der Laube, den sie dann gemeinsam ins Hortensienhaus trugen.

»Ich bekomme immer so schöne Blumen von Ihnen, ich wollte Ihnen auch mal etwas mitbringen.«

Damit hob Annemie den Deckel von der Tortenschachtel und stellte die Erdbeertorte für ihn auf den Tisch. Sie hatte den Transport unversehrt überstanden und prangte in leuchtendem Rot vor ihnen. Und sie duftete, wie nur frischer Erdbeerkuchen duften kann, und Hannes strahlte.

Während Hannes das Besteck für Annemie geraderückte und den Kaffee einschenkte, schnitt Annemie die Torte an und legte ihnen beiden ein schönes Stück auf den Teller. Als Hannes den ersten Bissen nahm, schnupperte er erst an seiner Gabel, schloss die Augen und kaute bedächtig. Als er die Augen wieder öffnete, lächelte er Annemie durch seine freundlichen Fältchen an und sagte, dass der Kuchen himmlisch schmecke.

»Ich glaube, ich habe zwanzig Jahre keine Erdbeertorte mehr gegessen. Vielleicht sogar noch länger.«

Er nahm einen zweiten Bissen und aß das ganze Stück mit viel Genuss auf. Annemie sah ihm dabei zu und freute sich, dass es ihm schmeckte, sie freute sich, dass sie mit ihm in seinem Hortensienhaus saß, aus dem er sie vor kurzem noch hatte vertreiben wollen, und dachte, wie schön es war, dass Claus Winter sie hierhergeschickt hatte und sie Hannes Winter hatte kennenlernen dürfen.

»Ob ich wohl noch ein Stückchen haben könnte?« Hannes schaute den Kuchen mit einem Hundeblick an, und Annemie lachte auf.

»Sie können auch noch fünf Stücke essen, Sie können den ganzen Kuchen essen, er ist doch für Sie!«

Als das zweite Stück sicher auf seinem Teller gelandet war, schaute er sie mit einem unergründlichen Blick an.

»Wissen Sie, es ist kaum zu glauben, aber früher hat mir meine Mutter immer eine Erdbeertorte zum Geburtstag gebacken. Jedes Jahr. Wunderbare Erdbeeren. Es waren meistens die ersten des Jahres. Ich habe immer schon Tage vorher gehofft, dass es bereits welche geben würde, denn wenn das Frühjahr sehr kalt war, konnte es durchaus passieren, dass es noch keine gab. Aber ich hatte schon manchmal den Verdacht, dass sie sie selbst heimlich in einem Gewächshaus heranzog, damit sie pünktlich zu meinem Geburtstag reif waren.«

Er lächelte versonnen in der Erinnerung.

»Und wissen Sie, was mich sehr verblüfft. Sie kommen heute mit einem Erdbeerkuchen zu mir. Und heute ist mein Geburtstag. Ausgerechnet heute.«

Er sah sie an und nahm ihre Hand.

»Ich danke Ihnen. Von ganzem Herzen. Das ist wie, ja, wie soll ich sagen, das ist wie Geburtstag!«

Hannes hielt noch immer Annemies Hand, und sie dachte, dass sich das wundervoll anfühlte. Sie dachte, das sind Gärtnerhände, und sie hatte das Gefühl, sie könnte durch diese Berührung wachsen. Als könnte sie beginnen zu blühen.

»Herzlichen Glückwunsch zum Geburtstag, lieber Herr Winter. Ich wünsche Ihnen alles Gute und freue mich, mit Ihnen zusammen Kuchen zu essen. Und ich muss Ihnen etwas gestehen. Ich wusste, dass heute Ihr Geburtstag ist. Ich habe extra für Sie zum Geburtstag gebacken.«

»Aber woher, aber wie …«, er sah sie verwundert an und lockerte den festen Griff um ihre Hand ein wenig, was sie bedauerte.

»Ich muss Ihnen etwas sagen. Ich wollte es Ihnen schon die ganze Zeit sagen, aber es ergab sich nie und es schien mir dann auch nie so wichtig, aber jetzt will ich es doch … also, dass Sie heute Geburtstag haben, das weiß ich von Ihrem Bruder Claus Winter …«

Annemie glaubte in diesem Moment noch fest daran, dass sie nun eine Bruderversöhnung herbeiführen könnte, nach all den Jahren, doch sie erschrak, als er ihre Hand sehr unmittelbar losließ und in seinem Gesicht nach dem ersten Ausdruck von Überraschung plötzlich eine Härte erschien, die sie nur bei ihrer ersten Begegnung in seinem Gesicht gesehen hatte. Bei der allerersten Begegnung, als er sie schimpfend hinauswerfen wollte. Ihr wurde mit einem Mal ganz schwindelig. Sie versuchte weiterzusprechen, doch angesichts seines Blickes fiel es ihr schwer, und sie begann zu stammeln.

»Und der Brautstrauß, also die Hochzeit, das ist für Nina, da habe ich Sie wegen Nina gefragt. Wegen Ihrer … Nichte.«

Ihr versagte die Stimme. Sie fühlte sich elend. Was war passiert? Eben gerade hatten sie noch gelacht, eben gerade noch waren sie glücklich gewesen und hatten sich gefreut.

»Was …?«

Sie schaute ihn fragend an. Doch seine Augen verrieten ihr nichts mehr. Sie waren verschlossen. Die Rollläden waren heruntergelassen, und sie fror plötzlich.

»Gehen Sie.«

Er sagte es so leise, dass sie es im ersten Moment nicht verstand.

»Bitte?«

Er schwieg in stillem Zorn, und Annemie wagte es nicht, noch einmal nachzufragen.

»Gehen Sie.«

Er wiederholte den Satz mehrere Male, immer lauter werdend, bis Annemie ängstlich aufschreckte und nach ihrer Tasche griff. Was war denn nur in ihn gefahren?

»Herr Winter … bitte, ich … glauben Sie mir …«

Er schaute wie abwesend in eine weite Ferne, die sich für ihn hinter dem Gewächshaus aufzutun schien, eine Ferne, in die ihr Blick ihm nicht folgen konnte.

»Gehen Sie«, wiederholte er sehr leise. »Und kommen Sie nie mehr wieder. Ich will Sie hier nie mehr sehen.«

Annemie hielt ihre Tasche vor sich, blickte auf den Erdbeerkuchen, der plötzlich vollkommen lächerlich geworden war und so schrecklich rot aus dem blauen Meer der Hortensien herausstach. Sie verließ das Gewächshaus, so schnell sie konnte. In der Tür hielt sie kurz inne und drehte sich zu ihm um. Er starrte noch immer in diese Ferne, und sie wusste zwar nicht, was da gerade geschehen war, sie wusste nicht, was diesen Ausbruch ausgelöst hatte, aber eines wusste sie sicher: Sie hatte ihn für immer verloren.

Sie fand den Weg zum Gartentor ohne nachzudenken. Sie fand sich an der Bushaltestelle wieder, wo sie ebenfalls ohne nachzudenken auf den Bus wartete, einstieg und so lange fuhr, bis sie aussteigen musste, was sie ebenso mechanisch tat. Als sie bei dem Edekaladen vorbeikam, stürzte Waltraud auf sie zu, die sie schon hatte kommen sehen. Annemie nahm das gar nicht richtig wahr, sie bewegte sich wie in Trance, sie wusste gar nicht, was sie eigentlich noch aufrecht hielt, warum sie eigentlich noch Schritte tat, sie fühlte sich so hohl und leer, als könnte sie jeden Moment in sich zusammenfallen. Als wäre sie nur eine Hülle ihrer selbst, die sich aus irgendeinem Grund noch immer bewegte. Und aus irgendeinem Grund antwortete sie Waltraud, die plötzlich besorgt vor ihr stand und sie fragte, was denn bloß los sei. Wie von ferne hörte

Annemie sich antworten, so als gehöre die Stimme gar nicht zu ihr, aber es war ihre Stimme, und sie klang bitter.

»Ach«, sagte die Stimme, die Annemie hörte. »Hochzeiten und Liebe, Blumen und Torten. Was sind das doch für dumme Illusionen, die daran geknüpft sind. Die ganze Romantik soll einen doch die bittere Pille der Enttäuschung nicht erkennen lassen, die sich dahinter verbirgt. Alles nur Verkleidung. Wir machen uns doch alle etwas vor. Deshalb tragen die Bräute alle Schleier, damit sie nicht klar geradeaus gucken können …«

»Annemie!«, rief Waltraud, »Was ist denn passiert?«

»Weißt du«, sagte Annemie und klang fast wieder wie sie selbst. »Ich bin froh, wenn dieser ganze Hochzeitswahn hier vorbei ist. Morgen kommt Liz nach Hause, dann helfe ich ihr beim Nötigsten. Und dann höre ich auf. Und mit dem Backen höre ich auch auf. Blödes Kuchenbacken. Widerliches, süßes Zeug. Ich sage dir jetzt etwas, Waltraud: Das Leben ist so bitter, wie es ist. Da hilft auch kein Kuchen.«

Damit ließ sie Waltraud stehen, die ihr fassungslos nachstarrte, und ging schnurgerade auf ihre Haustür zu. Sobald sie die Wohnungstür hinter sich geschlossen hatte, begann sie so sehr zu zittern, dass sie kaum den Reißverschluss ihres Kleides öffnen konnte, das sie ganz schnell ausziehen musste, überhaupt musste sie auch die Schuhe und die Strümpfe ganz schnell ausziehen, um die Vorhänge zu schließen und sich am hellen Nachmittag ins Bett zu legen, sich die Decke über den Kopf zu ziehen und zu hoffen, dass das Zittern doch irgendwann aufhören möge, irgendwann bald, bitte. Bitte.

Annemie schlief den ganzen Nachmittag, den ganzen Abend und die ganze Nacht. Als sie am Morgen aufwachte, hatte das Zittern zwar aufgehört, doch das Gefühl der Leere, das sich in ihr ausgebreitet hatte, war noch da. Am liebsten wäre sie einfach liegen geblieben, hätte sich die Decke wieder über den Kopf gezogen und sich versteckt. Wie hatte sie nur denken können, dass sie etwas bewirken könnte bei den Brüdern Winter? Wie hatte sie glauben können, gerade sie wäre fähig, große Versöhnungen in die Wege zu leiten? Gerade sie, die in Gefühlsdingen so ungeübt war!

Sie schaute unter der Decke hervor und sah zum Fenster, wie sie das seit zweiundvierzig Jahren von diesem Platz aus jeden Morgen tat, und sie erkannte sehr deutlich, dass sie diese Ansicht in den letzten zwei Wochen aus einer gänzlich anderen Stimmung heraus wahrgenommen hatte. Gestern noch war sie so erwartungsvoll aufgestanden, sie hatte gelächelt, sie hatte sich auf den Tag gefreut. Sie wollte vor Scham versinken, wenn sie daran dachte. Claus Winter war so charmant gewesen, dass sie sich gefühlt hatte wie eine Prinzessin. Und Hannes Winter. An ihn zu denken tat besonders weh. Sie hatte sich so gut gefühlt, so besonders. Wie eine Figur aus ihren Liebesromanen. Heute fühlte sie sich wieder wie das, was sie in der wirklichen Welt war: die Magd. Unfähig, auch nur den einfachsten Auftrag auszuführen.

Annemie dachte nach, wie sie wohl diesen Tag überstehen könnte. Welch furchtbare Aufgaben heute auf sie warteten! Sie musste Claus Winter anrufen und ihm von dem gestrigen Tag berichten. Sie würde es Liz erzählen müssen, wenn sie wieder zu Hause war, und sie würde ihr auch sagen müssen, dass sie nicht mehr backen würde. Keinen Erdbeerkuchen, keine Hochzeitstorten. Nichts. Nie mehr. Sie würde sich mit Nina treffen müssen, die noch einmal nach einem Brautkleid schauen wollte, um sich zu verabschieden. Ja, das würde sie tun müssen. Das gehörte sich so. Danach würde sie Nina und Fabian alleine zu dem Trauspräch mit dem Pfarrer schicken, das würden die beiden auch ohne sie schaffen. Die beiden würden sowieso alles auch ohne sie schaffen. Sie war ja ohnehin zu nichts nutze. Annemie seufzte. Welch schwerer Tag ihr da bevorstand. Müde hob sie ihre Beine aus dem Bett und stand auf.

Die Blumen, die in der Küche standen, schienen sie zu verhöhnen, es war ein Strauß aus Frühlingsakelei, Vergissmeinnicht und Tränenden Herzen. Sie waren noch nicht komplett verblüht, aber manche der Tränenden Herzen sahen schon so traurig und verschrumpelt aus, wie ihres sich anfühlte. Und sie nahm sie und warf sie in den Mülleimer. Den Strauß im Wohnzimmer wollte sie ebenfalls wegwerfen. Sie hielt ihn schon in der Hand, als sie sah, dass die Rosenknospen gerade dabei waren, sich zu öffnen. Der Gedanke an den Vormittag im Rosenbeet trieb ihr die Tränen in die Augen, und sie brachte es nicht übers Herz, die Blumen zu beseitigen, und stellte sie zurück in die Vase.

Frau Schwarz begrüßte Nina und Annemie wie alte Bekannte und führte sie wieder in den gleichen Raum, in dem Nina schon letzte Woche Brautkleider anprobiert hatte. Auch Frau Heckmann stand bereit und fragte, was sie den Damen anbieten könnte.

»Heute trinken wir gerne mal ein Schlückchen Sekt, oder?«, sagte Nina und blickte fragend zu Annemie.

»Ist Ihnen das recht? Ich glaube, heute wird mir das helfen, wenn mir ein Schluck Sekt zu Kopf steigt.«

Vielleicht macht es mir Mut, dachte Annemie und nickte zustimmend. Vielleicht würde ihr der Abschied von Nina leichter fallen, vielleicht würde ihr der ganze Tag leichter fallen, wenn sie ihn mit Sekt übergoss.

Nina legte den Arm um Annemie und drückte sie.

»Ich bin so froh, dass ich Sie habe. Ich weiß, ich bin manchmal ein bisschen schwierig, aber mir fällt das nicht so leicht, mit der ganzen Romantik umzugehen, die anscheinend zu einer Hochzeit dazugehört. Ihnen fällt das einfach so zu!«

Annemie wusste darauf keine Antwort. Warum war Nina ausgerechnet heute so nett zu ihr? Wie sollte sie ihr ausgerechnet heute Lebewohl sagen?

Während Frau Heckmann Kataloge anschleppte und Frau Schwarz mit dem Sektkühler und einem Tablett mit Gläsern um die Ecke kam, lächelte Nina Annemie so herzlich an, dass sie verlegen zurücklächelte, während sie innerlich sehr durcheinander war.

»Sie haben für mich etwas Mütterliches. Ich bin immer gut ohne Mutter ausgekommen, mein Vater hat ja alles für mich getan. Aber vielleicht ist es doch so …«, sie suchte einen Moment nach den richtigen Worten. »Also, ich glaube, wenn man heiratet, dann ist es schön, wenn man eine Mutter hat. Und ich wollte Ihnen nur sagen, es ist schön, dass Sie hier sind.«

Annemie schluckte den Kloß der Rührung in ihrer Kehle hinunter. Dennoch war alles, was sie herausbrachte, ein hilfloses: »Ach Kindchen.«

»Das meine ich! Sehen Sie! Wer sagt schon ›Ach Kindchen‹ zu mir!«

Annemie seufzte. Wie sollte sie ihr jetzt sagen, dass sie alleine weitermachen musste? Sie blätterten gemeinsam durch die Kataloge, und sowohl Annemie als auch Frau Schwarz waren erstaunt, dass Nina auch bei dem ein oder anderen femineren Modell ins Nachdenken kam.

»Mir geht so viel durch den Kopf«, gestand Nina Annemie, nachdem sie sich einige Modelle zum Anprobieren ausgesucht hatte, die nun von Frau Schwarz und Frau Heckmann herbeigeholt wurden.

»Mein Vater hat meine Mutter so sehr geliebt, dass er nach ihrem Tod nie mehr eine andere Frau lieben wollte. Er ist alleine geblieben, obwohl er sicherlich andere Frauen hätte haben können. Das ist eine ganz große Liebe. Ich weiß nicht, ob meine Liebe so groß ist.«

»Sie haben kalte Füße, das ist ganz normal. Machen Sie sich nicht zu viele Gedanken.«

Annemie nahm ihre Hand und drückte sie. Vor ein paar Tagen hätte sie noch glücklich geseufzt bei dieser Geschichte. Heute stimmte sie sie nur noch bitterer.

»Ich weiß nicht, ob mein Vater Ihnen die Geschichte erzählt hat, warum Onkel Hannes und er miteinander gebrochen haben?«

Als Annemie stumm den Kopf schüttelte, fuhr Nina fort.

»Sie haben die gleiche Frau geliebt, meine Mutter eben, meinen Vater hat sie aber geheiratet, und dann haben sie mich bekommen. Und dann ist sie gestorben. Und auch bei Hannes war die Liebe so groß, dass er sich für immer von der Welt zurückgezogen hat. Er wollte nicht mehr leben ohne sie.«

In Annemies Kopf begann es zu rauschen. Deshalb hatte er so reagiert, als sie den Namen seines Bruders und seiner Nichte erwähnt hatte. Fast war sie ein wenig erleichtert. Anscheinend war sie gar nicht alleine daran schuld, dass er derart heftig reagiert hatte. Sie konnte gar nichts dafür. Es war die Erinnerung, die ihm zugesetzt hatte. Annemie sah Nina ganz aufgewühlt an, doch Nina bemerkte es kaum, denn sie war in ihre eigenen Gedanken verstrickt.

»Ich glaube nicht, dass ich nie wieder einen anderen Mann lieben könnte, wenn es Fabian nicht mehr gäbe.«

Nina sah Annemie hilfesuchend an, und Annemie versuchte verzweifelt, ihre Gedanken zu sortieren, um Nina antworten zu können.

»Ich glaube, manchmal gibt es so etwas wie die ganz große Liebe. Aber sehr selten. Die gibt es eher in Romanen. Was es öfter gibt, ist eine große Liebe. Wegen der man heiratet. Weil man zusammengehören will. Weil man miteinander glücklicher ist als ohneeinander. Und wie man mit Verlust umgeht, das hat nicht nur mit der Größe der Liebe zu tun. Das ist Typsache. Und Ihr Vater und Hannes scheinen da sehr absolut zu sein, was Liebe angeht.«

»Meinen Sie?«

»Ja«, sagte Annemie und dachte, gestern hätte sie noch an die ganz große Liebe geglaubt. Und irgendwie hatte sie die Geschichte auch sehr gerührt, Hannes tat ihr plötzlich leid. Claus tat ihr leid. Nina tat ihr leid. Und auch ihre Mutter tat ihr plötzlich leid, deren Leben ja auch durch den Verlust der Liebe von Harvey Sandrock anders verlaufen war, als es mit ihm zusammen verlaufen wäre. Und sie selbst tat sich, wenn sie es recht bedachte, auch ziemlich leid.

Kein Wunder, dass Hannes' Herz noch immer besetzt war. Kein Wunder, dass sie keinen Platz in seinem Herzen hatte. Vielleicht hatte sie gedacht, wenn sie einen Platz in seinem Garten hatte, wenn sie doch die Hummel in seinem Beet hatte sein dürfen, und er ihr immer Blumen aus seinem Garten mitgegeben hatte, bekäme sie auch einen Platz in seinem Herzen. Ja, das hatte sie geglaubt, aber gegen die Kraft einer verstorbenen Liebe hatte jemand wie Annemie Hummel keine Chance. Das war ihr jetzt klar. Sehr endgültig und schmerzhaft klar.

Nina hatte alle Kleider durchprobiert, und während alle drei anwesenden Damen hingerissen seufzten über diese schöne Braut, schien sie selbst sehr unentschlossen und unglücklich. Sie gefiel sich nicht. Und Annemie wusste plötzlich, warum.

»Schließen Sie mal die Augen«, sagte Annemie, trat neben Nina und hielt ihre Hand, damit sie nicht schwankte.

»Und jetzt stellen Sie sich vor, Sie stehen vor der Kirche und drinnen wartet Fabian vor dem Altar. Und jetzt tritt Ihr Vater neben Sie und führt Sie langsam den Mittelgang entlang zum Altar, wo Fabian steht und Ihnen erwartungsvoll entgegenblickt. Die Orgel spielt etwas und alle Gäste drehen sich um, um Sie zu bewundern. Wie sehen Sie sich? Welches Kleid tragen Sie?«

Annemie, Frau Schwarz und Frau Heckmann schauten Nina gespannt an. Nina kniff angestrengt die Augen zusammen. Sie sagte nichts. Es war sehr still im Raum, und alle warteten darauf, was Nina wohl sagen würde.

»Wie ist das Kleid?«, fragte Annemie noch einmal.

Nina öffnete die Augen und blickte Annemie hilfesuchend an.

»Ich sehe nichts. Nichts.«

Das hatte Annemie befürchtet. Und das, dachte Annemie, war kein gutes Zeichen. Sie würde ihr jetzt unmöglich auf Wiedersehen sagen können.

Fabian wunderte sich, dass Nina nicht schon längst einen Trauspruch für die Hochzeit ausgesucht hatte. Sie saßen mit dem Pfarrer zusammen und erfuhren gerade alles über die Bedeutung des Trauspruchs, den sie nun für sich wählen mussten. Der Pfarrer legte ihnen ein Buch vor, in dem es unzählige verschiedene Vorschläge gab. Sonst hatte Nina doch immer alles fest im Griff, bevor er überhaupt wusste, dass irgendetwas geplant werden musste. Sie schien ihm etwas blass heute und etwas stiller als gewöhnlich.

»Lassen Sie mich Ihnen ein wenig weiterhelfen in dieser Fülle, die zur Auswahl steht. Also, einer der Favoriten vieler Brautpaare ist aus dem ersten Korintherbrief, das kennen Sie bestimmt auch: ›Nun aber bleiben Glaube, Liebe, Hoffnung, diese drei. Aber die Liebe ist die größte unter ihnen.‹ Wie stehen Sie dazu?«

Da Nina schwieg, ergriff Fabian das Wort.

»Wenn das ein Favorit ist, gibt es nicht auch etwas, was nicht so viele Paare wählen? Etwas, das ein bisschen außergewöhnlicher ist? So wie meine zukünftige Frau?«

Fabian schaute Nina an, und Nina schreckte aus ihren Gedanken auf.

»Wie bitte? Entschuldigung, Schatz, was habe ich gerade verpasst …?«

»Eine versteckte kleine Liebeserklärung«, lächelte der Pfarrer. »Der erste Korintherbrief ist jedenfalls eine Fundgrube, vielleicht lesen Sie ihn sich einmal in Ruhe durch und finden so das Passende. Hier zum Beispiel, 13,7. ›Die Liebe erträgt alles, glaubt alles, hofft alles, hält allem stand. Die Liebe hört niemals auf.‹«

»›Wo du hingehst, da will ich auch hingehen. Wo du bleibst, da bleibe ich auch‹«, las Fabian. »Das klingt auch schön. Für mich klingt das richtig, was meinst du?«

Fabian sah Nina an und dachte, sie wird meine Frau sein. Ich werde sie heiraten. Ich werde Nina heiraten. Aber, dachte er, vielleicht will ich doch nicht überall hingehen, wo sie hingehen will. Wenn er das wörtlich nähme, dann müssten sie die Hochzeitsreise ja doch eher ausdehnen. Er las noch ein Stück weiter:

»Oder hier: ›Über alles zieht an die Liebe, die da ist das Band der Vollkommenheit.‹«

»Eine sehr schöne Quelle ist auch das Hohe Lied«, schlug der Pfarrer vor. »Vielleicht schauen Sie auch hier einmal hinein. Es ist etwas stärker im Ausdruck, falls Ihnen das zusagt.«

Der Pfarrer schob Nina ein weiteres aufgeschlagenes Buch zu, in dem einige Stellen markiert waren. Sie schaute darauf und las langsam: »»Lege mich wie ein Siegel auf dein Herz, wie ein Siegel auf deinen Arm. Denn Liebe ist stark wie der Tod und Leidenschaft unwiderstehlich wie das Totenreich.‹«

Ihre Stimme schwankte ein wenig, und Fabian dachte, dass das Wort ›Tod‹ im Eheversprechen vielleicht eher nichts zu suchen hatte. Vor allem in Ninas Fall, schließlich wusste er, wie früh sie schon mit dem Tod hatte umgehen müssen.

»›Ihre Glut ist feurig und eine Flamme des Herrn‹«, fuhr Nina fort und schluckte, »›so dass auch viele Wasser die Liebe nicht auslöschen und Ströme sie nicht ertränken.‹«

Nina schwieg, nachdem sie dies vorgelesen hatte. Der Pfarrer sah sie beide an und schlug vor, dass sie sich zu Hause noch einmal in Ruhe Gedanken machen sollten. Bei ihrem nächsten Traugespräch könnten sie das Thema gerne noch einmal aufgreifen. Fabian und Nina nickten zustimmend, und Fabian wunderte sich ein wenig, dass seine selbstsichere, immer nach vorn preschende Nina heute so still und zaghaft war.

Doch als sie ihn auf dem Heimweg im Auto bat, anzuhalten und ein paar Schritte mit ihr durch die Wiesen zu gehen, und als sie nach einer ganzen Weile stummen Gehens plötzlich anfing zu sprechen, da verstand er leider sehr genau, was los war.

12

*L*iz wartete auf dem Treppenabsatz, und es konnte ihr gar nicht schnell genug gehen, dass Natalie ihre Wohnungstür aufschloss. Endlich zu Hause!

Die letzten Stunden im Krankenhaus waren die schlimmsten gewesen. Schlimmer noch als die ersten, als sie mit Schmerzmitteln vollgepumpt worden war, damit sie überhaupt schlafen konnte. Für die Schmerzen, an denen sie jetzt litt, gab es kein Gegenmittel, und der Schock der Erkenntnis, dass Simon ein Lügner und Betrüger war, saß ihr tiefer in den Knochen als der Schock des Unfalls.

Jedes Mal, wenn sich die Tür ihres Krankenzimmers geöffnet hatte, war sie in fürchterlicher Angst erstarrt, dass es Simon sein könnte. Sie hätte nicht gewusst, was sie ihm sagen sollte. Ein Gespräch dieser Art wollte sie überhaupt nie mehr führen. Sie wollte niemanden mehr bitten, ihr etwas zu erklären, sie wollte von niemandem mehr wissen, warum und weshalb, sie wollte nicht fragen müssen, warum gerade sie, und vor allen Dingen wollte sie die Antworten nicht hören. Die gestammelten, die gelogenen und auch die ehrlichen nicht. Sie wollte nichts dergleichen hören. Das Einzige, was sie wollte, war: Dr. Simon Friedrich so rasch und so komplett wie nur möglich zu vergessen.

Sie humpelte auf den Krücken durch ihre Wohnung und sah, dass Annemie Hummel nicht nur für sie gebacken hatte, sie hatte auch aufgeräumt und gelüftet und Blumen hingestellt. Was für ein Engel sie war. Auf Frauen war vielleicht doch mehr Verlass als auf Männer. Claire einmal ausgenommen.

Während Natalie ihre Sachen auspackte, humpelte Liz zum Küchenfenster und öffnete es. Ein winziger Vogel, der direkt auf der Fensterbank gesessen haben musste, flog völlig verschreckt davon und blieb ein Stück entfernt auf einem Balkongeländer sitzen, wo er in heftigstem Stakkato laut lostrillerte. Liz war beinah so erschrocken wie dieser kleine Vogel, und dann sah sie, dass sie ihn anscheinend aus seinem Nest verscheucht hatte, denn in einer Ecke ihrer Fensterbank entdeckte sie ein sehr ordentlich gebautes, kugeliges Nest mit einem kleinen runden Schlupfloch.

»'tschuldigung«, rief sie dem Vogel zu und humpelte langsam zurück in die Küche, damit er erkannte, dass sie keine Gefahr darstellte und zurück in sein Nest fliegen konnte. Es rührte sie, dass in ihrer Abwesenheit ein Nestbau stattgefunden hatte, dass sich ein winziger Vogel gerade ihre Fensterbank ausgesucht hatte.

Nachdem Natalie mit dem Versprechen, abends wiederzukommen, gegangen war, setzte sich Liz an ihren Computer, um nachzusehen, was für ein Vogel sich da eigentlich bei ihr niedergelassen hatte. Sie gab den Suchbegriff »heimische Vögel« ein und fand schnell heraus, dass es ein Zaunkönig oder eine Zaunkönigin sein musste. Er hatte zwar keine Krone, wie sie sich das zu dem Namen immer vorgestellt hatte, aber er war winzig und die Farbe seines Gefieders entsprach der Beschreibung. Als sie nachlesen wollte, wie lange das Brüten wohl dauern würde und wie lange die ganzen kleinen Zaunprinzen und -prinzessinnen ihre Küchenfensterbank besetzen würden, staunte sie nicht schlecht. Zaunkönige waren ja ganz gerissene, hochpolygame Kreaturen! Sie bauten sehr kunstvoll mehrere Nester und setzten sich dann stundenlang singend und balzend davor, um eine Zaunkönigin anzuwerben. Mit etwas Glück kam eine angeflogen, testete das Nest, polsterte es noch ein wenig aus und ließ sich dann darin nieder. Das Gleiche machte er bis zu acht Mal. Acht Nester, acht Zaunköniginnen, acht mehrköpfige Familien zu füttern. Ach nein, las Liz interessiert weiter, beim Füttern halfen die Männchen nicht, Aufzucht und Fürsorge überließen sie lieber den Weibchen. Das hatte sie doch gerade erst miterlebt. Simon, der Zaunkönig. Ja, werben und balzen, das konnte er gut. Mühselig erhob sie sich noch einmal und trat vorsichtig ans Küchenfenster. Der Zaunkönig saß laut singend vor dem Nest, um seine Königin anzulocken.

Anscheinend habe ich einen Hang zu Zaunkönigen, dachte Liz. Mehrere Wohnungen, mehrere Frauen. Das Dumme ist nur, dass ich keine Zaunkönigin bin, sondern Menschenfrau. Und wir Menschenfrauen wollen eben nicht, dass unser König noch andere Frauen in anderen Häusern besucht.

Sie humpelte zurück zu ihrem Computer und versuchte herauszubekommen, wie sie an eine vernünftige Hilfe kommen würde, Natalie konnte unmöglich jeden

Tag vorbeischauen. Vielleicht sollte sie doch versuchen, eine Reha irgendwo weit weg zu beantragen, und erst wiederkommen, wenn sie ihren Alltag alleine bewältigen konnte. Aber das konnte sie Frau Hummel unmöglich zumuten, die bestimmt schon heilfroh war, dass Liz nicht mehr im Krankenhaus lag. Obwohl Liz durchaus das Gefühl hatte, dass sie durch diese vielen neuen Aufgaben ein wenig aufgeblüht war. Und dass sie den Auftrag für die Winter-Hochzeit gerettet hatte, dafür würde sie ihr niemals genug danken können. Das war genau das, was sie jetzt brauchte, mit ihrem hinkenden Bein und ihrem hinkenden Herzen: eine richtig große, stressige Hochzeitsfeier, bei der sie an so vieles würde denken müssen, dass sie sich selbst darüber vergessen konnte. Ob sie es wohl alleine in den Hochzeitsladen schaffen würde? Es gab doch sicher Taxifahrer, die einem halfen, wenn man sie nett bat. Sie hatte Sehnsucht nach ihrem Auftragsbuch und nach ihren klaren Plänen, mit denen sie stets alles im Griff hatte.

Annemie brühte im Laden erst einmal einen Kaffee auf. Sie hoffte inständig, dass Liz in der Lage sein würde, nun das meiste ohne sie zu bewältigen. Ihr war das alles zu viel. Sie wollte ihre Ruhe, nichts als ihre Ruhe. Sie fühlte sich zu müde und zu alt für diese Art von Aufregung.

»Frau Hummel ...?« Nina kam in den Laden, wo Annemie gerade versuchte, alles übergabefertig zu machen.

»Frau Hummel, hätten Sie einen Moment Zeit für mich?«

Nina stand vor ihr und druckste ein wenig herum.

»Wollen wir eine Tasse Kaffee trinken?«, fragte Annemie, die spürte, dass Nina etwas auf dem Herzen hatte.

Als Nina nickte, goss sie ihnen beiden eine Tasse ein und setzte sich mit ihr an den großen Tisch.

»Jetzt sitzen wir hier, wie vor ein paar Wochen«, sagte Nina. »Es ist gar nicht lange her, aber es hat sich doch einiges verändert. Ich dachte, jemand wie Sie wäre niemals in der Lage, jemanden wie mich zu beraten. Und jetzt hat Ihr Rat mein Leben verändert.«

Annemie sah sie mit großen Augen überrascht an. Was war denn mit Nina Winter los?

»Ich werde Fabian nicht heiraten. Ich bin gekommen, um Ihnen zu sagen, dass wir nicht heiraten werden. Das klingt jetzt doof, aber ich bin Ihnen dankbar. Durch Sie habe ich es erst gemerkt, dass ich gar nicht heiraten will! Ich will etwas ganz anderes! Als Sie mich gefragt haben, wie ich mich sehe, in welchem Kleid ich zum Altar schreite … wissen Sie, was ich da wirklich gesehen habe?«

Annemie schüttelte den Kopf, und Nina schloss wieder die Augen.

»Ich sah mich, wie ich das Kleid hochraffe, mich umdrehe und zur Kirchentür hinauslaufe ins sonnige Tageslicht, wo meine Koffer und mein Rucksack warten und mein Flugticket für eine Weltreise. Das ist mein Traum. Das ist genau der Traum, den ich verwirklichen möchte. Ich dachte, ich könnte das später ja immer noch. Nachdem die Kinder aus dem Haus sind.«

Sie sah Annemie stirnrunzelnd an, die noch nichts darauf erwiderte.

»Ohne Sie hätte ich sicher den Fehler gemacht, nicht an meine Träume zu glauben, sondern zu denken, man könne sie aufsparen, einmachen, in Gläser sperren und später rauslassen. Dabei weiß jeder, dass eine frische Erdbeere nur so gut schmeckt, wenn sie frisch gepflückt ist. Eine eingemachte Erdbeere ist immer nur ein Abklatsch, auch nett, aber einfach nicht das Wahre!«

Annemie nickte und ergriff ihre Hand. Es war genau, was sie befürchtet hatte, aber sie war froh, dass Nina es erkannt hatte. Rechtzeitig erkannt hatte.

»Ich habe Ihnen etwas mitgebracht. Als Dankeschön. Sie waren so lieb zu mir, und ich war manchmal etwas biestig zu Ihnen. Hier, das ist etwas ganz Weiches, das wird Sie trösten, falls mal wieder jemand wie ich kommt und biestig ist. Verzeihen Sie mir, bitte?«

»Ach Kindchen …«

Annemie nahm Nina in den Arm.

»Ich bin natürlich sehr traurig, aber ich bin froh, dass Sie den Mut haben, sich das alles einzugestehen. Das war bestimmt nicht leicht. Haben Sie es denn Ihrem Vater schon gesagt?«

»Der ist der Nächste. Er wird enttäuscht sein. Ich habe fast mehr Angst, es ihm zu sagen als Fabian.«

»Nina, er liebt Sie über alles. Er wird immer nur das Beste für Sie wollen. Und auch wenn das Beste etwas anderes ist, als Sie die ganze Zeit dachten, dann wird er das verstehen. Vielleicht nicht sofort. Aber er wird Sie verstehen. Ich wäre jedenfalls stolz darauf, wenn meine Tochter so einen Mut an den Tag legte. Und ich wäre stolz darauf, Sie zur Tochter zu haben.«

Nina ergriff Annemies Hände und drückte sie fest.

»Jetzt packen Sie aber mal aus«, sagte Nina. »Ich will sehen, wie es Ihnen steht.«

Annemie nahm das kleine Päckchen, das Nina vor sie hingelegt hatte, und öffnete es. Aus dem Papier schaute etwas sehr Blaues heraus. Etwas leuchtend Hyazinthblaues, was sich sehr weich anfühlte.

»Oh«, entfuhr es Annemie, »das ist ja ein Schal, das ist diese besondere Wolle!«

»Paschmina. Gefällt er Ihnen?«

»Er ist wunderbar. Wie sind Sie bloß darauf gekommen? Ich hatte fast den gleichen in der Hand, und er war mir viel zu teuer … ach Nina«, seufzte Annemie. »So viel hätten Sie aber nicht ausgeben dürfen.«

»Ich bin froh, Sie kennengelernt zu haben. Ich darf Sie doch besuchen, wenn ich von der Reise zurück bin? Und wenn ich Ihren mütterlichen Rat brauche?«

»Jederzeit, ob Sie Rat brauchen oder auch einfach so. Jetzt kommen Sie noch mal her, Kindchen, und lassen Sie sich umarmen.«

Die beiden hielten sich einen Moment fest im Arm, und dann sprang Nina los, in ein neues Leben, von dem sie noch gar nicht gewusst hatte, dass es die ganze Zeit schon auf sie gewartet hatte. Auf der letzten Stufe drehte sie sich noch einmal um.

»Sagen Sie das bitte Frau Baumgarten, dass wir den Auftrag zurückziehen? Um diesen ganzen formellen Kram wird sich bestimmt mein Vater kümmern. Und es wird nicht zum Nachteil für Sie sein, keine Angst. Und noch mal danke! Danke für die Entscheidungshilfe!«

Damit sprang sie davon und rannte beinahe Liz um, die sich mit Hilfe des Taxifahrers gerade mühsam aus

358

dem Taxi geschält hatte und nun einbeinig vor ihrem Hochzeitsfieber auf den Krücken balancierte und überlegte, ob sie genug Kraft haben würde, die vier Stufen ohne fremde Hilfe hochzukommen.

∞

»Was war denn das?«, fragte Liz Annemie, die noch winkend in der feuerwehrroten Ladentür stand und nun überrascht die Hand sinken ließ.

»Oh, Liz, meine Liebe, was machen Sie denn hier?! Warten Sie, ich helfe Ihnen hoch …«

Annemie half Liz die Treppe hoch, in den Laden hinein und sie auf einen der Stühle zu hieven, die um den großen Tisch standen.

»Frau Hummel, was war das eben? Habe ich da richtig gehört? Jemand zieht seinen Auftrag zurück? Was sollen Sie mir ausrichten? Wer war das?«

»Nina Winter.«

Annemie sagte es ganz leise, denn in ihrem Mitgefühl für Nina Winters schwierige Entscheidung hatte sie gar nicht mehr daran gedacht, dass es für Liz Baumgarten ja eine ganz wichtige Hochzeit gewesen wäre. Aber eine Hochzeit mit einer unglücklichen Braut wäre auch für Liz kein schöner Anblick gewesen.

Liz vergrub ihr Gesicht in den Händen.

»Das darf ja wohl nicht wahr sein«, murmelte sie.

»Sehen Sie«, versuchte Annemie zu erklären, »die junge Frau war nicht glücklich, sie hat bei all den Vorbereitungen gemerkt, dass sie gar nicht heiraten will, dass sie ihren zukünftigen Mann gar nicht so liebt, wie sie sollte …«

»Ach, und wie sollte man denn lieben? Spricht da etwa die Expertin? Fragen Sie Frau Hummel?! O mein Gott, ich hätte Sie niemals in den Laden lassen dürfen … Frau Hummel und Hochzeitsvorbereitungen. Herrje, das Mädel hat ein bisschen kalte Füße bekommen, das ist doch normal!«

»Frau Baumgarten, das waren mehr als kalte Fü…«

»Da redet man der jungen Frau etwas Mut zu, erzählt eine Geschichte von einer anderen jungen Braut, die auch mal zweifelte und heute glücklich verheiratet ist, dann soll sie noch mal drüber schlafen und gut ist. Haben Sie denn so wenig Vorstellungskraft?!«

Liz war außer sich und redete sich richtiggehend in Rage, Annemie kam überhaupt nicht mehr zu Wort. Liz' ganzer Frust über Simon, über ihr Bein, über ihre Hilflosigkeit und den geplatzten Winter-Auftrag prasselte auf Annemie nieder, die sich nach der enttäuschenden Begegnung mit Hannes gerade wieder so weit berappelt hatte, dass sie das Gefühl hatte, aufrecht stehen zu können. Wenn auch nicht viel mehr. Unter Liz' aufgebrachter Tirade sank Annemie endgültig in sich zusammen, sie brachte kein Wort zu ihrer Verteidigung heraus. Völlig hilflos verstummte sie und hörte gar nicht mehr, was Liz eigentlich sagte. Die Worte rauschten durch sie hindurch, blieben irgendwo in ihr hängen, ohne dass sie sie wirklich verstand.

»… genau die Richtige gefragt … Bock zum Gärtner gemacht … weil Ihr Leben einsam und traurig ist, können andere trotzdem heiraten und glücklich sein …« Annemie sah die wütende, schimpfende Liz wie betäubt an, dann nahm sie ihre Tasche, die auf einem der Stühle lag, steckte den Schal ein, den Nina Winter ihr geschenkt hatte, und ging.

Wie betäubt stieg sie in den Bus, der sie nach Hause fuhr. Sie stieg automatisch an der richtigen Haltestelle aus und kramte kurz vor ihrer Haustür in ihrer Handtasche nach dem Schlüssel. Als sie stehen blieb, sah sie, dass die letzte Nacht wohl sehr kalt gewesen sein musste. Denn auf der Stufe zu ihrer Haustür lagen zwei tote Hummeln. Zwei kleine dunkle Pelzchen, die sich nie mehr regen würden zu ihrem schwerfälligen Frühjahrsflug. Traurig beugte Annemie sich herab und hob sie vorsichtig auf, um den kleinen erstarrten Pelzchen einen Platz unter der Linde vor ihrem Haus zu geben.

In ihrer Wohnung ging Annemie gleich in die Küche, wo sie alle Backutensilien in den Müll warf. Alle Marzipanrosen und alle Fondantplatten, alle Liebesperlen, alle Zuckerherzen, alle Zuckerfarben, ihre gesamte Kuvertüre und alles, was sie in ihrem Vorratsschrank stehen hatte, was auch nur im weitesten Sinne mit Backen zu tun hatte. Hinterher wischte sie das Regalbrett fein säuberlich aus, damit jeder Zuckerrest und jedes Mehlstäubchen beseitigt war und sie nichts, aber auch gar nichts mehr nur im Entferntesten an Hochzeitstorten erinnerte. Danach packte sie eine Tüte für Waltraud, in die sie die letzten Liebesromane steckte, die sie auch nie wieder brauchen würde, und legte sie auf die Garderobenablage neben der Wohnungstür.

Dann hüllte sie sich in das blaue weiche Wolltuch, das Nina ihr geschenkt hatte, und starrte ihren Wandschrank an. Sie war unfähig, irgendetwas zu tun. Sie konnte sich nicht dazu aufraffen, die Teppichfransen zu ordnen, die ganz durcheinandergeraten waren. Sie konnte noch nicht einmal mehr geradlinig denken.

Nina verstummte und sah zu ihrem Vater, der, während sie ihm alles erzählte, aufgestanden war und aus dem Fenster geschaut hatte. Sie hatte sein Gesicht nicht sehen können, und sein schweigsamer Rücken hatte ihr nichts verraten. Er stand noch immer vor dem Fenster und schaute hinaus. Was würde er jetzt wohl antworten? Ob er böse sein würde, nein, das glaubte sie nicht, aber wahrscheinlich enttäuscht. Enttäuscht, dass sie nicht heiratete, dass diese gute Verbindung für den Betrieb nicht eingegangen wurde, das glaubte sie am ehesten. Doch am meisten fürchtete sie sich davor, dass er sie bitten würde, ihn jetzt nicht mit allem alleine zu lassen, in der Firma, in dem großen Haus, und dass er sie bitten würde, nicht zu reisen. Die dunkle Silhouette ihres Vaters, die sich vor dem Fenster abzeichnete, bewegte sich noch immer nicht, und Nina wurde nervös.

»Papa …?«

Claus Winter drehte sich langsam zu ihr um.

»Verzeih bitte, Nina, das war jetzt etwas viel auf einmal, das muss ein alter Mann wie ich erst einmal verdauen.«

Nina erkannte, dass er müde aussah. Müder als zu Beginn des Gesprächs, in dem sie ihm eröffnet hatte, dass sie Fabian nicht heiraten würde, dass sie die Hochzeit bereits abgesagt hatte und dass es ihr Traum sei, durch die Welt zu reisen.

»Ich glaube, ich merke gerade, dass ich viel falsch gemacht habe.«

»Aber Papa, das hat doch mit dir gar nichts zu …«

»Doch«, unterbrach er sie. »Doch, das hat es.«

Er ging ein paar Schritte auf sie zu und setzte sich wieder ihr gegenüber hin.

»Du hast mir geholfen, den Tod deiner Mutter zu verkraften, und ich habe dir bestimmt auch dabei geholfen. Für eine Weile war das vielleicht sogar richtig. Richtig zum Weiterleben. Aber wir haben den Absprung nicht geschafft. Die Zeiten ändern sich. Was vor zwanzig Jahren richtig war, ist heute nicht mehr richtig. Heute ist es einfach nicht mehr richtig, dass du mir hilfst, die Leere in meinem Leben zu füllen, die durch den Tod deiner Mutter entstanden ist. Das ist das Einzige, was heute richtig ist, dass ich endlich zulasse, dass du dein eigenes Leben lebst. Und dich um Verzeihung bitte, dass ich das nicht schon viel früher getan habe. Viel früher. Buch dein Ticket, mein Mädchen. Und hau ab. Entdecke die Welt.«

Nina sprang auf und umarmte ihren Vater.

»Und komm wieder und erzähl mir davon. Machst du das?«

»Das mach ich. Das mache ich.«

Nina vergrub ihr Gesicht am Hals ihres Vaters und eine Weile hielten sie sich einfach nur fest.

»Und du bist nicht traurig?«

»Kaum«, grinste ihr Vater mit verdächtig feucht glänzenden Augen. »Und wenn, dann geht es dich überhaupt nichts an.«

»Und auch nicht böse?«

»Soll ich dir sagen, was ich bin? Neidisch bin ich. Ich will von überall her eine Postkarte. Keine E-Mail. Eine Postkarte. Mit fremden Briefmarken, mit einem Luftpost-Aufkleber und fünf Wochen Verspätung. Versprichst du mir das?«

»Versprochen.«

»Und versprichst du mir, dass du immer versuchen wirst, glücklich zu sein?«

»Versprochen.«

»Und sag mal, kann ich Fabian als Goldschmied behalten?«

»Das musst du sogar. Er ist der Beste.«

»Und was ist mit euch beiden? Irgendwann kommst du wieder. Und dann?«

»Dann sind wir Freunde, glaub ich. Ich glaube, wir sind als Freunde viel besser, als wir das als Ehepaar gewesen wären. Gib ihm Anteile, wie du es vorhattest. Wir kommen damit klar. Ich liebe seine Entwürfe, und er wird es lieben, wie ich sie an die Leute bringe, wenn ich zurück bin.«

Hannes wusste nicht, wohin mit sich. Seit Annemie gestern gegangen war, suchte er einen Platz, an dem er wieder seine Ruhe finden könnte, aber er fand sie nicht. Er ging zur Bank im Rosengarten. Und dachte an Annemie. Er ging zu seiner Abendkastanie, um den Amseln zuzuhören, und dachte an Annemie. Er stand in seinem blauen Hortensienhaus und musste es verlassen, weil es nicht gut zu ertragen war, hier an Annemie zu denken. Er schnitt

Blumen für sie und warf sie auf den Kompost. Dann ging er erneut zum Kompost, sammelte die Blumen wieder ein und stellte sie ins Wasser. Er trat vor seinen kleinen Monet, sah in die Lichtpunkte des Gartens und fragte ihn, wie er das hinbekommen hatte, sich so auf den Garten zu konzentrieren und sich durch Menschen nie ablenken zu lassen.

Seine Ruhe war dahin. Er hatte das Gefühl, dass er Jahre gebraucht hatte, um Evelyn zu vergessen, und noch einmal Jahre, um ihren Tod und seinen Bruder und seine Familie zu vergessen. Und dann waren diese blauen Augen in seinem Leben erschienen und hatten alles wieder aufgewühlt. Hatten ihm gezeigt, wie einsam und alt er geworden war und wie schön es sein kann, Augenblicke mit einem anderen Menschen zu teilen. Blaue Augenblicke. Bunte Augenblicke. Das Leben war schön gewesen, seit sie aufgetaucht war. Er hatte sich gefreut, wenn sie kam. Und jetzt hatte er sie für immer vertrieben und es würde nun erneut lange, lange dauern, bis er sie so weit vergessen hatte, dass er wieder Ruhe in seinem Garten würde finden können.

Er stand, die Hände in den Hosentaschen, vor seinen Gewächshäusern und sah in das schimmernde Blau, als er ein Rascheln hörte und sich umdrehte. Einen irrwitzigen Bruchteil einer Sekunde lang glaubte er, dass sie zurückgekommen war, doch noch bevor er sich komplett umgedreht hatte, wusste er, dass das unmöglich der Fall sein konnte. Nach allem, was er gesagt hatte, würde sie niemals zurückkommen. Wer gekommen war und nun vor ihm stand, war sein Bruder Claus.

Sie sahen sich eine ganze Weile nur an, neugierig musterten sie einander, und schließlich brummte Hannes: »Du bist alt geworden, du bist ein alter Mann, kleiner Bruder!«

»Ebenso, ebenso. Vielen Dank«, gab Claus zurück, trat einen Schritt auf ihn zu und streckte ihm seine Hand entgegen.

»Und meinst du nicht, dass zwei alte Männer wie wir durchaus wieder miteinander reden könnten?«

»Hat sie dich geschickt?« Hannes sah ihn skeptisch an.

»Wer? Nina?«

»Frau Hummel. Die blauäugige Frau Hummel. Hat sie dich hergeschickt?«

»Nein. Sie weiß gar nicht, dass ich hier bin. Nina hat die Hochzeit abgesagt.« Er stutzte. »Woher weißt du, dass sie etwas mit uns zu tun hatte, hat sie dir das inzwischen erzählt?«

»Ja. Und ich habe sie hochkant rausgeworfen.«

»Das hättest du nicht tun dürfen.«

»Sag mir nicht, was ich tun darf und was nicht! Du befindest dich in meinem Garten. Hier tue und lasse ich, was ich will!«

»Sie konnte nichts dafür. Ich habe sie um den Gefallen gebeten. Sie ist ein sehr guter Mensch.«

»Ich weiß.«

»Na also. Dann weißt du auch, dass du das nicht hättest tun dürfen.«

»Ja. Wenn sie noch einmal vorbeikommt, entschuldige ich mich. Zufrieden?«

»Kommt sie denn noch einmal vorbei?« Claus sah seinen Bruder fragend an.

Hannes blickte zu Boden und schüttelte den Kopf,

und Claus erkannte, dass es ihm wirklich leidzutun schien.

»Hannes, lass uns ein paar Schritte gehen. Zeig mir deine Gärtnerei.«

Hannes nickte und gemeinsam gingen sie an den Beeten vorbei, zu dem kleinen Obsthain, dessen Blüten schon herabgefallen waren, zum Rosengarten, zu den Gewächshäusern, zu der Kastanie auf der Anhöhe und zu Hannes' Wohnung in der Laube. Nur das blaue Gewächshaus, das hatte Hannes bei seiner Führung ausgelassen. Das wollte er für sich alleine behalten. Während er eine Flasche Rotwein öffnete, sagte er, um das Bruderwiedersehen zu feiern, könne man schließlich auch mal vor sechs Uhr abends anfangen zu trinken.

»Hältst du es damit denn so genau?«, fragte Claus, und Hannes nickte.

»Wenn man alleine ist, ist es besser, es damit sehr genau zu nehmen. Sonst macht es irgendwann keinen Unterschied mehr, ob du nachmittags um vier oder morgens um neun Uhr die erste Flasche öffnest.«

Sie stießen mit kleinen halbvollen Gläsern an, und Hannes dachte daran, wie er mit Annemie unter der Abendkastanie angestoßen hatte, und seufzte. Dann tranken sie, und irgendwann begannen sie zu reden. Von früher. Von Evelyn. Von Liebe. Von sehr blauen Augen und von sehr großem Schmerz. Von Nina. Und zuletzt auch von Annemie.

Als Hannes seinem Bruder sehr viel später das blaue Gewächshaus zeigte, nachdem sie fast zwei Flaschen Wein zusammen geleert hatten und sich dankbar an den Türrahmen lehnten, der ihnen von links und rechts etwas

Halt bot, da wusste Hannes plötzlich, was er zu tun hatte. Annemie würde nie mehr zu ihm kommen. Jetzt war es an der Zeit, dass er sich auf den Weg machte.

∞

Claus, der noch ganz beseelt von dem Wiedersehen mit seinem Bruder war, sprach, so rasch es ging, mit Fabian und klärte mit ihm, sozusagen von Mann zu Mann, wie es beruflich weitergehen würde. Fabian war nach dem Gespräch sehr erleichtert. Wenn er ehrlich war, gab er – zumindest vor sich allein – sogar zu, dass es ihm fast wichtiger war, zum Juwelier Winter zu gehören als zur Familie Winter. Natürlich war er noch reichlich mitgenommen von Ninas Eröffnung gestern, aber Claus konnte ihm schon ansehen, dass er es hinbekommen würde, ein loyaler Geschäftspartner zu bleiben, und sagte ihm, wie froh er darüber war.

Danach machte Claus sich auf den Weg zu Hochzeitsfieber, um seine Schulden zu begleichen, um sich für die Unterstützung zu bedanken, die sie erfahren hatten, und um Annemie Hummel zu einem Abschiedsessen einzuladen. Als er durch die feuerwehrrote Tür eintrat, fand er darin jedoch nicht wie erwartet Annemie Hummel vor, sondern eine junge Frau mit Krücken, die sich ihm als Liz Baumgarten vorstellte.

»Herr Winter«, seufzte Liz, als sie verstand, wen sie vor sich hatte. »Ich kann mir vorstellen, warum Sie gekommen sind. Nein, sagen Sie nichts. Alles, worum ich Sie bitte, ist eine Chance, noch einmal mit Ihrer Tochter zu reden.«

Sie holte tief Luft.

»Frau Hummel ist sehr spontan und ohne jede Vorbildung in diesem Geschäft für mich eingesprungen, dafür war und bin ich ihr sehr dankbar, aber natürlich mangelt es ihr in manchen Bereichen an Erfahrung, an Professionalität, und ich denke, wenn Sie Ihre Tochter und mich noch einmal zusammenbringen, dann kann ich ganz bestimmt etwas gegen ihre Hochzeitspanik unternehmen, dann kann ich vielleicht alles wieder geraderücken.«

Sie sah ihn gespannt an, doch Claus Winter lächelte und erwiderte, dass doch alles geradegerückt sei.

»Meine liebe Frau Baumgarten, die Dinge sind gerader gerückt denn je!«

Liz runzelte die Stirn. Irgendetwas verstand sie jetzt nicht mehr.

»Aber die Hochzeit …«

»… fällt zum Glück aus. Zum Glück haben wir alle früh genug erkannt, dass die Hochzeit ein Fehler ist. Frau Hummel sei Dank!«

»Frau Hummel?«

»Sie hat Lebenserfahrung, und mit ihrer großen persönlichen Zuwendung hat sie gespürt, dass bei unserer Braut Nina etwas nicht stimmt. Ich wollte es nicht sehen, weil ich ein großes Interesse an der Verbindung hatte, das Geschäft, die Sorge um das einzige Kind, nun, da gab es genug, was mir den Blick verstellte. Der Bräutigam hat es natürlich auch nicht bemerkt, und Nina, Sie haben sie jetzt nicht kennengelernt …«

»Nein, leider …«, warf Liz bedauernd ein und hörte gebannt weiter zu.

»Nina ist sehr zielstrebig, und sie wollte immer die

perfekte Tochter sein, dabei hat sie vergessen, dass sie vor allem eine glückliche, junge Frau sein sollte. Und das haben wir nun, dank Frau Hummel, geradegerückt.«

»Oh.« Liz war blass geworden. Sehr blass. Da hatte sie wohl einen schlimmen Fehler gemacht. Einen entsetzlichen Fehler. Wie sollte sie das bloß jemals wiedergutmachen?

»Und sie hat mir persönlich einen sehr großen Gefallen getan. Es ist nicht leicht, altes Narbengewebe so zu behandeln, dass es heilen kann, aber sie hat uns definitiv allen sehr geholfen. Frau Baumgarten, darf ich Sie bitten, mir eine Rechnung zu stellen über alles. Wir haben Ihre Zeit und Ihr Know-how in Anspruch genommen, und ich bitte Sie, das abzurechnen. Ich weiß, an einer Hochzeit hätten Sie mehr verdient …«

»Darauf kommt es nicht an«, unterbrach ihn Liz. »Das hat sich jetzt vielleicht so angehört, aber das wollen wir nicht. Wir wollen glückliche Hochzeiten, nur das!«

»Und ich möchte mich Frau Hummel gegenüber gerne persönlich erkenntlich zeigen. Wann treffe ich sie denn hier wieder an?«

Liz wurde ganz schlecht. Sie hatte Annemie Hummel hinausgeworfen wie einen Straftäter, und dabei hatte sie alles so gut gemacht, wie sie selbst es wahrscheinlich gar nicht hinbekommen hätte. Sie musste unbedingt zu ihr. Ganz schnell, ganz schnell zu ihr, um sie um Verzeihung zu bitten.

»Wissen Sie was, ich gebe Ihnen mal ihre Adresse, da ist sie jetzt sicherlich.«

»Die Adresse habe ich«, erwiderte Claus Winter, und Liz zog erstaunt die Augenbrauen hoch.

»Ich habe sie dort zum Abendessen abgeholt und wieder nach Hause gebracht. Mein Navi wird den Weg finden!«

Liz vergrub beschämt ihr Gesicht in den Händen, nachdem Claus Winter gegangen war. Unfassbar, was sie alles zu Annemie Hummel gesagt hatte! Nur weil sie frustriert war über ihr eigenes Leben und ihr eigenes Pech, hatte sie alles auf Frau Hummel geschoben, die ihr Bestes gegeben hatte, um den Laden am Laufen zu halten. Dabei war sie gar nicht erpicht auf diese Aufgabe gewesen. Da platzte eine Hochzeit, und alle waren glücklich! Frau Hummel sei Dank, hatte er gesagt. Sie musste jetzt wirklich sofort zu ihr hingehen, sie schämte sich entsetzlich. So gut sie konnte, humpelte sie zum Telefon, um sich ein Taxi zu rufen, humpelte zur Tür, schloss ab und arbeitete sich schon einmal das Treppchen vor dem Laden hinunter, weil sie für alles so entsetzlich lange brauchte. Dabei hatte sie jedenfalls genug Zeit zu überlegen, was sie zu ihrer Entschuldigung vorbringen könnte, und genug Zeit, um zu merken, dass sie sich so mies verhalten hatte wie selten in ihrem Leben.

Als Annemie die Tür öffnete, erschrak Liz. Aus Annemie Hummels Gesicht war das Leuchten gewichen, das die ganze Zeit über in ihren Augen gewohnt hatte. Ihre blauen Augen waren matt, und sie verzog kaum eine Miene, als sie Liz sah.

»Frau Hummel …«

Liz brach in Tränen aus, als sie sah, was sie angerichtet

hatte. Sie bat sie um Verzeihung, sie erklärte ihr alles, von Simon, von ihrem Bein, von dem Zaunkönig, sie erzählte, wie begeistert Claus Winter von ihr gesprochen hatte, wie dankbar sie ihr war, wie sie sich schämte, sie goss ihr ganzes beschämtes Herz vor ihr aus. Doch Annemie verzog immer noch keine Miene.

So etwas wie ein mechanisches Lächeln hob zwar ihre Mundwinkel, doch die Augen erreichte es nicht.

»Machen Sie sich keine Gedanken, Kindchen«, erwiderte Annemie, nachdem Liz verstummt war. »Es ist schon alles gut so, wie es ist. Ich bin auch froh, dass es vorbei ist. Und das mit dem Backen, ich wollte Ihnen sagen, dass es mir sowieso zu viel geworden ist. Es wäre mir doch lieber, wenn Sie sich nach jemand anderem umschauen. Ich glaube, ich bin zu alt geworden.«

Wieder lächelte sie auf diese ungewohnt mechanische Weise, und als sie die Tür geschlossen hatte, überlegte Liz fieberhaft, was sie tun könnte, um Annemie zu zeigen, wie leid es ihr tat, wie ernst es ihr war und wie sehr sie sich wünschte, dass sie nicht mehr litt.

Backen, dachte Liz. Ich werde für sie backen. Wenn sie erst einmal eingekauft hatte, würde sie das sogar im Sitzen machen können und ihr Bein dabei hochlegen. Sie begann zu spüren, dass sie sich heute übernommen hatte. Auch ihre Arme waren total zittrig und schmerzten von der ungewohnten Anstrengung. Aber das war jetzt egal. Zuerst musste sie einkaufen und für Frau Hummel backen.

Als sie im Edekaladen durch die Reihen humpelte und bei den Zutaten in der Nähe der Kasse stand, hörte sie, wie Waltraud sich gerade mit Frau Schneider unterhielt,

die noch nicht wusste, wie die Sache mit der Erdbeertorte ausgegangen war.

»Und dann ist sie wiedergekommen, ohne Kuchen und
ohne ihre Tortenschachtel und ohne Blumen, und lief
hier entlang, als würde man sie an einem Bändchen ziehen. Kein Blick, kein Hallo, nichts.«

Liz rückte ein Stück näher zur Kasse, um besser mit-
hören zu können.

»Und dann hat sie gesagt, mit dem Backen höre sie jetzt
auch auf. Widerliches süßes Zeug, das hat sie gesagt. Können Sie sich das vorstellen? Und dass das Leben so bitter
ist und dass da auch kein Kuchen mehr hilft.«

Als Liz ihre Krücke aus der Hand fiel, drehten sich die
beiden zu ihr um, und alle drei schwiegen betreten.

»Und ich war auch noch gemein zu ihr«, gestand Liz.
»Jetzt backe ich ihr etwas. Meinen Sie, das freut sie überhaupt?«

Die beiden waren sich sicher, dass es Annemie freuen
würde, und während sie ihr halfen, die richtigen Zutaten
zusammenzusuchen, und beratschlagten, welchen Kuchen sie am besten backen sollte, erzählten sie Liz von
den immer schöner werdenden Blumensträußen und
den immer leuchtenderen Augen ihrer Freundin. Das
verbesserte Liz' Stimmung zwar überhaupt nicht, im Gegenteil, sie fühlte sich dadurch noch schuldiger, als sie es
sowieso schon tat. Annemie hätte Trost gebraucht, und
sie hatte ihr auch noch den Dolch in den Rücken gesto-
ßen.

»Sie meinen also Marmorkuchen.«

»Ja, und lassen Sie die Butter schön flüssig werden, dann
wird er lockerer«, riet Waltraud.

»Und trennen Sie die Eier, das Eiweiß geben Sie extra aufgeschlagen dazu«, ergänzte Frau Schneider.

»Ach was, das mache ich nie. Das braucht man nicht, glauben Sie mir, und ich habe bei einem Bäcker gearbeitet, jahrelang. Daher kenne ich doch auch die Annemie.«

Liz schaute hilflos zwischen den beiden hin und her.

»Aber auf was Sie achten sollten, also, wenn Sie das Mehl unterheben, dann machen Sie das von Hand. Nicht den Mixer nehmen. Der Teig wird sonst wie Gummi.«

»Aha. Hoffentlich kann ich mir das alles merken!«

»Und Sie dürfen nie die Ofentür abrupt öffnen, da erschrickt der Kuchen!«, rief ihr Frau Schneider noch hinterher, als sie mit einer Tüte an ihrer Krücke aus dem Laden humpelte. Liz hatte gar nicht gewusst, dass Kuchenbacken so eine sensible Angelegenheit war. Dass Kuchen sogar erschrecken konnte.

Als Liz in ihrer Küche später versuchte, gleichzeitig ihrem Backbuch zu gehorchen, den Anweisungen der beiden Damen Folge zu leisten und dabei auch noch den Teig zu rühren, wurde ihr klar, dass Kuchenbacken eine wesentlich komplexere Angelegenheit war, als sie gedacht hatte. Und dass es mit der Herstellung des Teiges und der damit einhergehenden Verwüstung der Küche noch lange nicht getan war. Denn während ihr Kuchen am Rand schon verbrannte, war er innen noch völlig flüssig, was vielleicht daran lag, dass sie vergessen hatte, die richtige Temperatur einzustellen. Jedenfalls musste sie den Kuchen noch einmal zurück in den Ofen bugsieren, wozu sie sich mit dem Stuhl vor den Herd setzen musste, um beide Hände frei zu haben und nicht auch noch vor einem zweihundert Grad heißen Ofen mit einem flüssigen Kuchen in Händen auf einem Bein zu balancieren. Auch dass man beim Verzieren des Kuchens Fehler machen konnte, war ihr neu. Erst als sie sich wunderte, warum die Schokoladenkuvertüre über den Kuchen lief und überhaupt nicht fest wurde, lernte sie, dass der Kuchen abgekühlt sein musste, bevor man die dickflüssige Schokolade auftrug. Liz seufzte. Das war eigentlich auch logisch. Aber bevor sie das alles fertigstellen konnte, musste sie sich erst einmal hinlegen. Und fiel binnen Sekunden auf ihrem Sofa vor Erschöpfung in einen Tiefschlaf. Weshalb sie weder das Türklingeln noch das Telefon hörte, das hartnäckig schellte. Denn ihr Schlaf war hartnäckiger.

13

Annemie erwachte am Morgen und fühlte eine so steinschwere, bleierne Müdigkeit in allen Gliedern, als hätte sie überhaupt nicht geschlafen. Sie griff nach dem blauen Schal, der neben ihr auf dem Bett lag, und zog ihn über sich. Dabei musste sie an Nina denken und dann an Claus Winter. Und dann an Hannes.

Sie schob den Schal beiseite. Vielleicht wäre es für sie irgendwann einmal schön, seine Weichheit zu spüren, im Moment war es alles andere als das. Sie wollte sich nicht an diese zwei Wochen Frühling erinnern, die nun gerade hinter ihr lagen. Zwei Wochen, in denen ihr Leben einem Ausnahmezustand geglichen hatte, den sie mit dem normalen Leben verwechselt hatte. Bis dahin war alles gutgegangen. Solange ihr klar gewesen war, dass es ein Ausnahmezustand war, in den sie durch Liz' Unfall katapultiert worden war, war alles noch in Ordnung gewesen. Doch als sie gedacht hatte, es könnte immer so weitergehen, als sie gedacht hatte, dass es auch für sie ein Leben gab, mit Blumen und mit Freunden, mit Geschäftigkeit und Lachen, Essengehen und Türaufhalten, mit Einkaufen und Strumpfhosen, die fast so viel kosteten wie ein paar Schuhe und trotzdem nicht halb so lange hielten, mit gemeinsamen Stunden, in denen man zusammen schweigen konnte, mit Stunden, in denen man sich ein Leben erzählen konnte und in denen sie einfach so sein konnte, wie sie war, Stunden, in denen sie wahrgenommen wurde. Als sie geglaubt hatte, all dies sei möglich, ab da war alles schiefgegangen. Nun würde es ihr schwerfallen, sich wieder an ein Leben zu gewöhnen, in dem all das fehlte. Aber sie hatte ja Übung darin, sich an etwas zu gewöhnen, das weniger war, als sie erwartet hatte. Ein Leben lang hatte sie dies geübt. Es würde ihr auch dieses Mal wieder gelingen. Ohne Backen, ohne Träumen. Auf sie wartete ein Stoß Bügelwäsche, Blusen, die sie akkurat zusammenfalten konnte, und auf sie warteten viele Teppichfransen, die seit Tagen nicht gekämmt worden waren. Es war nicht gut, wenn die Dinge durcheinandergerieten. Überhaupt nicht gut.

Nach dem Frühstück, das wie gewohnt aus zwei Scheiben Brot mit zwei Sorten Marmelade auf fast harter Butter bestand, stellte sie das Bügelbrett im Wohnzimmer auf und machte sich an die Arbeit. Nach einer Weile schaltete sie den Fernseher ein, damit ihre Gedanken sich nicht verselbständigten, sondern schön klein und gehorsam bei der Sache blieben.

Als ein feuriger Liebhaber vor seiner Angebeteten niederkniete und eine Rosenblüte zerzupfte, um die Blätter vor ihr auszustreuen und zu flüstern, sie solle stets auf Blüten wandeln, schaltete Annemie den Fernseher jedoch schnell wieder ab. Da boten ihr ja sogar die eigenen Gedanken mehr Sicherheit. Irgendwann war der Bügelkorb leer, und sie räumte die glatte Wäsche schön ordentlich in ihren Schrank, rückte die Kanten noch einmal gerade und zog sich ihre Straßenschuhe an, um etwas zum Mittagessen kaufen zu gehen. Sie nahm den Stoffbeutel mit den Liebesromanen von der Hutablage, griff nach ihrer Handtasche mit dem Portemonnaie und trat in den Flur, um die Tür hinter sich zu schließen. Als Allererstes würde sie Waldtraud bitten, kein Wort über die letzten zwei Wochen zu verlieren, sonst würde Annemie eben woanders einkaufen gehen. Das musste sein. Und keine mitleidigen Blicke, die würde sie sich auch verbitten. Frau Schneider brauchte sie wahrscheinlich nicht darum zu bitten, Frau Schneider vergaß in der Regel schnell.

Annemie ging durch das Treppenhaus nach unten, trat aus der Haustür und erstarrte. Vor ihr leuchtete ein blaues Blumenmeer. Wogte fröhlich im Frühlingswind, schien voll blauer Blüten in den Himmel hinauf, der ebenso blau von oben herabschien. Blaue Hortensien überall. Sie standen Spalier auf den Stufen, sie säumten den Bürgersteig links und rechts und ließen nur eine schmale Gasse frei, die sie vorsichtig staunend beschritt. Sie sah Liz, die auf dem Balkon stand und herunterwinkte, sie sah Frau Schneider lächelnd aus dem Fenster darüber winken, weiter hinten, vor dem Edeka, sah sie Waltraud aufgeregt von einem Bein auf das andere springen, sie schien ihr irgendetwas zuzurufen, aber Annemie konnte sie nicht verstehen.

Annemie setzte vorsichtig einen Fuß vor den anderen und staunte über diesen Weg, über dieses Leuchten, über dieses Blau. Sie ging den schmalen Weg Schritt für Schritt immer weiter, bis sie plötzlich vor einem alten Lieferwagen und Hannes stand, der ihr beide Hände entgegenstreckte.

»Kommen Sie bitte mit mir und verzeihen mir?«, bat er sie. »Ich möchte keine blauen Blumen mehr sehen, ich möchte lieber in blaue Augen sehen. In Ihre blauen Augen.«

Er stand vor ihr und sah sie an, sein Gesicht war in ein vorsichtiges Lächeln aus tausend kleinen Falten gelegt, aus denen seine Augen sie freundlich anfunkelten.

Annemie reichte ihm die Hand und lächelte ebenfalls vorsichtig. Ich wandele durch Blumen, dachte sie noch, bevor sie einfach ja sagte. Ja.

Er öffnete die Beifahrertür des Lieferwagens und half ihr auf die Sitzbank hinauf, dann schloss er die Tür und ging um den Wagen herum, um selbst einzusteigen, und strahlte sie an, während er den Schlüssel im Zündschloss drehte. Gerade als der Wagen sich langsam in Bewegung setzte, kam das Auto von Claus Winter vor Annemies Haus zum Stehen, und Claus Winter stieg erstaunt aus. Er lehnte an seiner Wagentür, schaute verblüfft auf das wogende Blau, sah Hannes und Annemie in dem alten Lieferwagen der Gärtnerei Winter sitzen, in der nun sehr viel Frühling herrschen würde, und verstand.

Als Hannes an ihm vorbeirollte, winkte er ihm zu.

»Dieses Mal kommst du zu spät, mein Lieber. Dieses Mal schon ...«, und Claus nickte. Er hatte verstanden und blickte den beiden zufrieden, wenn auch mit etwas Wehmut hinterher.

Hannes hatte den Eingang zur Gärtnerei ebenfalls mit Hortensien gesäumt, mit den sehr, sehr tiefblauen, es waren die letzten, die er hatte. Das, was einmal das blaue Gewächshaus gewesen war, stand leer.

»Tut es Ihnen nicht leid?«, fragte Annemie und sah ihn an.

»Nein«, antwortete er. »Es ist viel schöner so. So habe ich auch mehr Zeit für den Rosengarten!«

Und dann führte er sie in die Laube, wo er ihnen erst einmal einen Kaffee aufbrühen wollte, den sie zwischen den Rosen trinken könnten.

»Es wird Ihnen dort heute noch besser gefallen«, kündigte er an, während er das Wasser über das Kaffeepulver laufen ließ. »Die Rosen sind extra für Sie aufgeblüht und duften aufs Schönste.«

Annemie sah sich um und entdeckte, dass Hannes alles, was man in diesem Raum parallel legen konnte, für sie parallel zueinander gelegt hatte. Jedes Stäbchen, jeder Stift, jedes Besteck, jedes Buch, alles war perfekt aufeinander ausgerichtet. Sogar die Teppichfransen des kleinen Läufers vor seinem Bett lagen parallel nebeneinander. Hannes war ihrem Blick gefolgt und nickte.

»Marotten muss man ernst nehmen. Besonders wenn etwas Neues im Leben passiert, ist es überaus wichtig, an Vertrautem festzuhalten.«

»Oder man macht genau das Gegenteil«, erwiderte Annemie. »Man fängt neu an und bringt alles ein wenig durcheinander, damit alles seine neue eigene Ordnung finden kann. Und damit die Träume genug Ritzen finden, durch die sie hindurchrutschen können ins Leben.«

Damit zog sie mit einer spielerischen Handbewegung

einmal den Finger über den Tisch und verschob alle Gegenstände, als hätte der Zufall sie drapiert. Und Hannes nahm ihre Hand in seine, küsste sie, mit einem Handkuss, der nicht formvollendet kurz über dem Handrücken endete, sondern bei dem sie seine Lippen spürte, sein Gesicht und seine Wärme.

»Dann werden wir jetzt mal träumen und leben, so gut es eben geht«, lächelte er, und Annemie erwiderte sein Lächeln.

»Ja.«

Liz versuchte, ihrem kleinen, flachen und brettharten Marmorkuchen durch die Kuvertüre noch zu etwas Ansehen zu verhelfen. Doch sie befürchtete, dass sie damit nicht viel ausrichten würde und dass sie noch einen weiteren Versuch starten müsste, um einen halbwegs vorzeigbaren Kuchen für Annemie hinzubekommen. Woran es wohl lag, dass sie noch nicht einmal in der Lage war, einen langweiligen Marmorkuchen zu backen? Sie nahm ein paar der verbrannten Krümel, die sie außen abgekratzt hatte, öffnete behutsam einen Fensterflügel und streute sie vorsichtig außen auf die Fensterbank ihres Küchenfensters. Vielleicht würde der Zaunkönig die Krümel ja mögen? Der winzige Vogel war sofort verschreckt weggeflogen, saß auf dem benachbarten Balkongeländer und stieß in einem aufgeregten Stakkato Warnsignale hervor, die so laut waren, dass man gar nicht vermutete, dass sie solch einem winzigem Körper entspringen konnten.

»Ich meine es ja gar nicht böse, ich bin gut zu euch! Ich

tu euch nichts!«, rief sie ihm zu und fand es schade, dass er keine Menschensprache verstand. Sein Leben wäre leichter, wenn sie eine Sprache fände, in der sie ihm erklären könnte, dass sie nicht zu seinen Feinden gehörte. Ob das nun das Weibchen war, das das Nest auspolsterte? Ob sie schon Eier gelegt hatte? Leider konnte man keinen Blick in das kugelige, verschlossene Nest werfen, das die kleinen Baumeister zwischen ihrem struppigen Lavendel, der im letzten Winter erfroren war, in der Ecke des Fensterbretts errichtet hatten.

Als es klingelte, humpelte sie zur Tür, um den Drücker zu betätigen und Natalie hereinzulassen. Sie ließ die Wohnungstür einen Spalt offen stehen und trat wieder vorsichtig ans Küchenfenster. Der Zaunkönig saß immer noch schimpfend auf dem Balkongeländer, und Liz dachte, dass sie versuchen würde, ihn an sich zu gewöhnen und einfach das Fenster eine Weile offen stehen zu lassen.

»Ich wollte mal sehen, wie es meinem liebsten Flüchtling geht. Warum bist du denn weggelaufen und hast dich gar nicht gemeldet?«, fragte eine vertraute Stimme, die eindeutig nicht Natalies war.

Erschrocken fuhr Liz herum.

»Wenn ich mich recht erinnere, bin ich nicht weggelaufen, sondern wurde ganz ordnungsgemäß entlassen«, antwortete Liz kühl.

»Aber hast du denn meinen Brief nicht gelesen?«

»Nein«, sagte Liz. »Habe ich nicht.«

Simon grinste erleichtert.

»Ach deshalb. Ich dachte schon wer weiß was, als ich gestern den ganzen Abend auf den Telefonhörer gestarrt habe, mit meinem Carepaket für dich auf dem Schoß. Aber dann habe ich gedacht, du bist vielleicht einfach müde gewesen?«

Da Liz immer noch nicht lächelte, fing er noch einmal an zu erklären, dass er dringend und unerwartet weggehen musste und ihr deshalb einen Brief ans Bett gelegt hatte, in dem stand, wie sie ihn immer erreichen konnte.

»Ich hab mir Sorgen gemacht«, sagte er und kam auf sie zu.

»Mir kommen die Tränen.«

Liz drehte sich zum Fenster, weil sie seinen Anblick kaum ertragen konnte. So ein hundsgemeiner Lügner. Da wagte er es, hier in ihrer Küche zu stehen und das unschuldige Lämmchen zu geben.

»Liz, was ist denn los, warum – was ist denn passiert? Ich hab dir geschrieben, ich will mich doch um dich kümmern ...«

Simon sah sie verzweifelt an.

Der kleine Zaunkönig stieß immer noch panische Alarmrufe aus, und plötzlich hatte Liz das Gefühl, seine Sprache sehr gut zu verstehen.

»Und was sagt deine Frau dazu?«, entfuhr es ihr. »Und deine Tochter? Finden die das richtig, dass du dich um eine andere Frau kümmern willst? Wo deine Frau doch anscheinend schon der Meinung ist, dass du dich nicht genug um deine eigene Tochter kümmerst.«

Simon schluckte.

»Tja«, sagte Liz. »Wenn Patienten plötzlich Krücken haben, dann bekommen sie auch Dinge mit, die außerhalb des Krankenzimmers passieren.«

»Du warst auf dem Parkplatz.«

Er sah sie fragend an, und sie nickte.

»Und jetzt sag bloß nicht, dass es alles ganz anders ist, als ich denke … Ich war vielleicht naiv, aber ich bin nicht blöd.«

»Liz, es ist anders.«

Sie musste lachen. Es war unglaublich. Jo hatte damals auch diesen albernen Satz gesagt, es sei alles ganz anders, als sie denke. Dabei war es ganz genau so gewesen, wie sie gedacht hatte. Genau so.

»Weißt du, ich fände es gut, wenn du dich nicht auch noch lächerlich machst, und mich nicht lächerlich machst, indem du so einen Unsinn redest. Wenn du mich schon die ganze Zeit angelogen hast, dann habe wenigstens jetzt den Respekt, mich mit so einem Quatsch zu verschonen und zu gehen.«

Simon holte tief Luft, und dann sagte er sehr ruhig und sehr langsam einen Satz nach dem anderen.

»Ich gehe nicht. Ich rede keinen Quatsch. Ich respektiere dich. Ich habe eine Tochter. Ich bin geschieden. Ich liebe meine Tochter und hätte sie am liebsten immer bei mir. Aber das will meine Exfrau nicht. Ich habe meiner Tochter noch nichts von dir und dir noch nichts von meiner Tochter erzählt, weil wir von mir bisher überhaupt noch nicht gesprochen haben. Ich habe dir nichts mit Absicht verschwiegen. Es war alles zu viel auf einmal. Ich wünsche mir, dass wir zusammen sein können und uns kennenlernen. Ich wünsche mir, dass du Leonie kennenlernst. Ich möchte mich um dich kümmern. Und jetzt schließen wir mal das Fenster, damit dieser arme Zaunkönig zur Ruhe kommt.«

Damit ging Simon an Liz vorbei und schloss sehr behutsam den offenen Fensterflügel.

»Der ist genau wie du«, sagte Simon, als er sich wieder zu ihr umdrehte.

»Was an diesem Vogel ist genau wie ich? Und woher weißt du überhaupt, dass das ein Zaunkönig ist?«

»Ich kenn mich aus mit Vögeln.«

»Das glaub ich dir aufs Wort.«

»Mit heimischen Singvögeln.«

»Schon gut. Also, was an diesem Vogel ist genau wie ich?«

»Die Panik. Er sieht eine Bewegung, die er zu kennen glaubt, und bekommt Angst, verlässt sein Nest und warnt den halben Hinterhof vor einem Angreifer, der gar keiner ist, sondern es gut mit ihm meint. Du hast ihm ja sogar Krümel hingelegt. Du bist kein Feind. Aber er missversteht dich und flippt aus.«

Liz sah ihn prüfend an.

»Ich dachte, der Zaunkönig ist eher wie du.«

»Inwiefern?« Simon sah Liz fragend an.

»Polygamie. Viele Nester, viele Frauen.«

»Du kennst dich aber auch aus mit Vö…«

»Hab ich mir gestern angelesen«, unterbrach sie ihn schnell.

»Hintereinander käme es hin. Gleichzeitig nie. Viel zu anstrengend.«

Er streckte einen Arm nach ihr aus, und als sie nicht wegzuckte, ging er einen Schritt auf sie zu.

»Ich würde gern ein Nest für dich bauen und mich trillernd davor setzen und werben, bis du kommst und es mit mir bewohnst. Weißt du, was die Zaunkönige im Winter manchmal machen?«

Liz schüttelte den Kopf.

»Bis zum Winter bin ich nicht gekommen.«

»Die ganze Familie kuschelt sich zusammen in das Nest, wenn es ihnen draußen zu kalt wird. Alle Schnäbel zusammen in die Mitte. Den ganzen Winter lang schnäbeln.«

Liz musste wider ihren Vorsatz lächeln.

Er kam noch einen Schritt näher und legte vorsichtig seine Arme um sie.

»Liz, sei meine Zaunkönigin.«

»Die einzige?«

»Die einzige.«

Er sah ihr in die Augen, er hatte so verdammt schöne Augen, dass sie gar nicht mehr wegschauen konnte. Ihre Mutter würde sagen »Lauf um dein Leben!«, aber vielleicht sollte man in ihrem Alter gar nicht mehr auf Mütter hören. Außerdem konnte sie mit ihrem geschienten Bein und ohne Schuhe sowieso nicht weglaufen.

»Jetzt glaub mir und hab Vertrauen in deinen Arzt. Und kann ich dich jetzt, da wir endlich mal alleine sind, vielleicht auch küssen?«

»Ich kann nicht mehr stehen«, seufzte Liz und beschloss, sich einfach fallen zu lassen, einfach in seine Arme fallen zu lassen und darauf zu vertrauen, dass er sie hielt.

Es war ein goldener Herbsttag, an dem Claus Winter wie jeden Tag gespannt zum Briefkasten ging. Das war eine ganz neue Erfahrung für ihn. Bisher war der Gang zum Briefkasten für ihn eine alltägliche Notwendigkeit gewesen. Man musste eben die Zeitungen herausholen und schauen, ob man Post hatte, welche Rechnungen beglichen werden mussten, welche Strafzettel wieder zu bezahlen waren, was die Krankenkasse bloß schon wieder wollte. Aber seit Nina zu ihrer Weltreise aufgebrochen war, erwartete er ihre Karten mit Spannung. Wo war sie jetzt? Wohin hatte es sie verschlagen, und wie ging es ihr?

An diesem warmen Tag holte er eine Karte aus dem Briefkasten, auf der drei weiße Eisbären durch eine weiß-blaue Schneewüste trabten.

»Liebster Papa«, las er, als er die Karte umdrehte. »Vom nördlichsten Postamt der Welt schicke ich Dir, kurz bevor der arktische Winter einbricht, ein paar gletscher-kühle Grüße. Jetzt, wo ich nach all dem Trubel des Reisens weiß, wie still es am Ende der Welt ist, kann ich wieder langsam an Umkehr denken. Ich vermisse Zuhause! Ich vermisse Dich! Deine Nina.«

Marion von Schröder ist ein Verlag
der Ullstein Buchverlage GmbH

ISBN: 978-3-547-71172-1

© 2011 by Ullstein Buchverlage GmbH, Berlin
Alle Rechte vorbehalten
Gesetzt aus der Bembo
Satz: LVD GmbH, Berlin
Druck und Bindearbeiten: CPI – Clausen & Bosse, Leck
Printed in Germany

Bettina Haskamp
Hart aber Hilde

Roman | 288 Seiten | Klappenbroschur | ISBN 978-3-547-71171-4

Keine Gnade für Klaus-Dieter. Heute will ich seinen Kopf!

Pia hat alles, was eine Frau nicht braucht: Schulden, drei Jobs, einen pubertierenden Sohn, einen ekelhaften Chef und einen fatalen Hang zu den falschen Männern. Natürlich würde sie lieber heute als morgen ihr Leben ändern – aber wie? Bei einer ihrer Chaos-Aktionen fährt Pia eine alte Dame um. Ausgerechnet Hilde wird der Schlüssel zu ihrem neuen Glück.

Herzzerreißend komisch. Der neue Bestseller von Bettina Haskamp.

Marion von Schröder

Bettina Haskamp
Alles wegen Werner

Roman | 220 Seiten | gebunden mit Schutzumschlag
ISBN 978-3-547-71152-3

Die miserable Ehe der fünfzigjährigen Clara endet mit einem
Knall, Ehemann Werner hat sie aus der Luxusvilla am Meer
geworfen und ist mit einer schönen Brasilianerin auf und
davon. Was Clara geblieben ist, sind Rotwein, Verzweiflung
und ein übergewichtiger Hund. Kann es ein Leben jenseits
von Werner geben? Clara begibt sich auf die Suche danach
und macht dabei höchst verblüffende Entdeckungen.

Ein herzerwärmend komischer Roman über eine Frau, die
durch den größten anzunehmenden Unfall in ihrem Leben
zu sich selbst findet.

———————— Marion von Schröder

Alice Castle
Schokoherz

Roman | Aus dem Englischen von Julia Walther
464 Seiten | Softcover | ISBN 978-3-547-71153-0

Männer oder Schokolade –
was macht Frauen wirklich glücklich?

Endlich bekommt Bella das Angebot ihres Lebens. Sie
beginnt in einem kleinen Laden in Brüssel als Chocolatière
zu arbeiten. Die süße Leidenschaft bestimmt ihr Leben,
doch Schokolade allein hat noch keine Frau glücklich
gemacht. Denn auch ihre Liebe zu Tom stellt eine zarte
Versuchung dar. Bringt er sie schließlich zum
Dahinschmelzen?

Marion von Schröder

Justus Pfaue
Ein Paradies für alle

488 Seiten | Gebunden mit Schutzumschlag
ISBN 978-3-547-71168-4

Eine verbotene Liebe in dramatischen Zeiten

Der Kaufhauskönig Georg Wertheim verliebt sich unsterblich
in die junge Hanna. Sie erwidert seine Liebe von ganzem
Herzen. Doch seine Familie und ein von Hanna sorgfältig
verborgenes Geheimnis verhindern die Hochzeit der beiden.
Er heiratet eine andere, Hanna aber bleibt die Liebe seines
Lebens. Als Georg von den Nazis bedroht wird, steht
plötzlich auch ihr Leben auf dem Spiel.

_____ Marion von Schröder

Julia Freidank
Die Gauklerin von Kaltenberg

Historischer Roman | 496 Seiten | Gebunden
ISBN 978-3-547-71166-0

Das große historische Abenteuer um die »Carmina Burana«

Kaltenberg, 1315. Mit einem sinnlichen Lied aus den »Carmina Burana« soll die junge Anna ihren Geliebten, den Burgherrn Ulrich, verhext haben. In letzter Minute rettet sie der Schwarze Ritter Raoul vor dem Tod. Fortan steht Anna zwischen den beiden Männern, die sich abgrundtief hassen. Der leidenschaftliche Kampf einer Frau um Freiheit und Glück beginnt.

»Niemand, der historische Abenteuer liebt, wird an diesem Buch vorbeigehen können! Ich habe diesen Roman mit großer Begeisterung gelesen.« *Iny Lorentz*

»Atmosphärisch, spannend und einfach besonders. Schon lange habe ich mich nicht mehr so süffig unterhalten gefühlt.« *Peter Prange*

———————— M a r i o n   v o n   S c h r ö d e r